Andrew Mayne

Auf falschen Fährten – The Naturalist

EDITION M

Das Buch

»Sie hatte noch nie von einem Tier gehört, das einen Menschen erst verwundet und sich dann hinsetzt, um ihm beim Sterben zuzusehen.«

Als in der Wildnis von Montana eine frühere Studentin von Professor Theo Cray brutal ermordet wird, gerät er unter Verdacht. Aber man kann ihm nichts nachweisen, und die Polizei erklärt abschließend: Die grausamen Klauenhiebe an der Leiche stammen von einem Grizzlybären. Doch Theo lässt der Fall keine Ruhe. Mit Hilfe von wissenschaftlichen Methoden verfolgt er heimlich verschiedene Spuren. Er will herausfinden, was in Montana mordet – offenbar seit Jahren. Seine Suche führt ihn zu der gefährlichsten Bestie überhaupt: dem Menschen …

Der Autor

Der Magier und Schriftsteller Andrew Mayne, Star der »Don't Trust Andrew Mayne«-Show des US-amerikanischen Privatsenders A&E, steht bei Amazon UK auf Platz fünf der unabhängigen Bestsellerautoren des Jahres. Bereits als Teenager ging er als Illusionist auf seine erste Welttournee, bevor er später hinter den Kulissen für Penn & Teller, David Blaine und David Copperfield arbeitete. Außerdem betreibt er den Podcast WeirdThings.com. Erfahren Sie mehr über den Schriftsteller unter www.AndrewMayne.com.

ANDREW MAYNE

AUF FALSCHEN FÄHRTEN

THRILLER

Aus dem Amerikanischen von Tanja Lampa

EDITION M

Die amerikanische Ausgabe erschien 2017 unter dem Titel »The Naturalist«
bei Thomas & Mercer, Seattle.

Deutsche Erstveröffentlichung bei
Edition M, Amazon Media EU S.à r.l.
5 Rue Plaetis, L-2338 Luxemburg
Oktober 2018

Die Übersetzung dieses Buches wurde durch AmazonCrossing ermöglicht.

Umschlaggestaltung: semper smile, München, www.sempersmile.de
Umschlagmotiv: © Tei Sinthip / Shutterstock; © ilolab / Shutterstock;
© Nopporn_Wongchai / Shutterstock
Lektorat und Korrektorat: Verlag Lutz Garnies, Haar bei München
www.vlg.de
Gedruckt durch:
Amazon Distribution GmbH, Amazonstraße 1, 04347 Leipzig /
Canon Deutschland Business Services GmbH, Ferdinand-Jühlke-Str. 7,
99095 Erfurt /
CPI Books GmbH, Birkstraße 10, 25917 Leck

ISBN 978-2-919-80132-9

www-edition-m-verlag.de

Meinem Freund Gerry Ohrstrom für seine ansteckende Unterstützung und Begeisterung für die Wissenschaft.

Kapitel 1

1989

Irgendetwas stimmte mit dem Wald nicht. Anders konnte Kelsie es nicht beschreiben. Irgendetwas war nicht in Ordnung. Sie starrte in die Richtung, in die Trevor gegangen war. Sollte sie ihm nachgehen oder neben dem kleinen roten Zelt warten, bis er von seiner Pinkelpause zurückkam?

Er würde sie doch nur auslachen, wenn sie zugäbe, dass sie Angst hatte. Also suchte Kelsie in ihrem Rucksack nach dem Klopapier, das sie sich fünfzig Kilometer zuvor auf der Toilette einer Tankstelle ausgeliehen hatte. Es hatte sich im Kabel ihres Walkmans verfangen, in dem noch die Musikkassette lag, die Trevor im Bostoner College für sie aufgenommen hatte.

Trevor studierte im Hauptfach Journalismus. Er war ein schlaksiger Typ, dem die zerzausten schwarzen Haare meistens in den Augen hingen. Sie hatten sich auf einer Party außerhalb des Campus kennengelernt und kamen sich schnell näher, da sie beide auf progressive Rockmusik und Brettspiele standen. Am ersten Abend in seinem Zimmer im Studentenwohnheim hatten sie *Tubular Bells* von Mike Oldfield gehört, Stratego gespielt und billigen Wein getrunken. Sie wusste damals schon, dass sie sich in ihn verliebt hatte, gestand es ihm aber erst zwei Monate später.

Ihre Eltern hassten ihn. Ihr Vater, ein Bankdirektor, kam über den Ausdruck »Hauptfach Journalismus« nicht hinweg, ihre Mutter nicht über ihre eigene erste Ehe, die sie im College eingegangen war. Sie hielten Trevor nur für ein weiteres kurzes Liebesabenteuer und damit nicht für wichtiger als Kelsies Begleiter für den Abschlussball an der Highschool.

Trevors Eltern waren geschieden und lebten im Ausland. Er sprach nur selten über sie, und Kelsie tat es ihm mit ihren Eltern bald gleich. Als er ihr vorgeschlagen hatte, in den Sommerferien eine Rucksacktour quer durchs Land zu machen, hatte sie ohne zu zögern Ja gesagt. Um endlich unabhängiger von ihren Eltern zu werden, erzählte sie ihnen nur, sie komme in den Ferien nicht nach Hause. Ihre Anrufe und Nachrichten, die sie ihr im Studentenwohnheim hinterließen, ignorierte sie. Zum Teufel mit ihnen.

Das war jetzt zwei Wochen und Tausende Kilometer her. Als Kelsie in den dunkelblauen Wald starrte, wünschte sie, sie wäre doch nach Hause gefahren und hätte versucht, ihre Eltern von Trevor zu überzeugen. Die Tour gefiel ihr, meistens zumindest. Doch manchmal erlebte sie auch Trevors Wutausbrüche und hatte Angst, irgendetwas zu tun, weshalb er die Augen verdrehen und sie daran erinnern könnte, wie wenig sie vom Wandern und Zelten verstand.

»Trev?«, rief Kelsie und starrte den Weg hinunter, den er genommen hatte.

Sie bekam keine Antwort.

»Brauchst du Klopapier, Schatz? Ich habe hier eine Rolle …«

Sie lief zehn Meter in diese Richtung, schaute sich kurz um, um sicherzugehen, dass sie das Zelt noch sehen konnte, und ging weiter.

Der Wald bereitete sich auf die Nacht vor. Grillen zirpten, und irgendein riesiger schemenhafter Vogel – vielleicht eine Eule – flog über sie hinweg, um nach Hause oder sonst wohin zu fliegen.

Kelsie schauderte es noch immer, wenn sie an ihre Wandertour in den Appalachen dachte. Damals hatte sie einen riesigen Schwarm schwarzer Vögel über den dunklen Himmel fliegen sehen und ihn Trevor gezeigt. Es waren wirklich viele Vögel gewesen, und sie hatte ehrfürchtig nach oben gestarrt, während sie vorbeizogen.

»Das sind doch nur Fledermäuse, Schatz«, hatte er ihr erklärt.

»Fledermäuse?«

»Yepp. Vermutlich gibt es hier irgendwo eine große Höhle.«

»Cool«, hatte sie gesagt und sich ernsthaft bemüht, so zu klingen, als meinte sie es auch so. Doch in dieser Nacht hatte sie kein Auge zugetan. Jeder Schattenwurf an der Zeltwand hatte ihr einen Schauder über den Rücken gejagt.

Doch das war nichts im Vergleich zu jetzt.

Sie kam an die Stelle, an der Trevor eigentlich sein sollte. Hier hatten mehrere Stämme eine Keilform und dadurch eine Art natürlichen Sichtschutz gebildet, hinter dem selbst sie sich etwas wohler fühlte.

Doch er war nicht da.

Vielleicht hatte er einen anderen Rückweg genommen?

Sie hatte sich schon halb herumgedreht, als sie das helle Leder seines Wanderstiefels bemerkte. Sie kniete sich nieder und hob ihn auf.

Er war unter einer Wurzel eingeklemmt, als wäre Trevor gestolpert und aus dem Schuh gerutscht. Nur dass er nicht vor dem Schuh auf dem Boden lag. Er war nirgendwo.

»Trev?«, rief sie zaghaft, zu verängstigt, um laut zu rufen.

Die Bäume wurden immer dunkler und das Dämmerlicht verblasste. Kelsie beschloss, zum Zelt zurückzukehren, und versuchte sich vorzustellen, wie Trevor dort grinsend auf sie wartete. Sie nahm den Stiefel und lief zum Zeltplatz zurück.

Für einen kurzen Moment geriet sie in Panik, weil sie das Zelt nicht sehen konnte. Doch als sie näher kam, erkannte sie in dem schwachen Lichtschein den roten Stoff. Nur von ihrem Freund gab es noch immer keine Spur.

»Schatz?«, rief sie.

Er hatte sie schon einmal nachts hereingelegt, wofür sie ihn mit Sexentzug bestraft hatte. Obwohl sie sich ziemlich sicher war, dass er sie verstanden hatte, hoffte sie, dass dies hier nur ein Rückfall war.

Kelsie stellte den Stiefel vor das Zelt und überlegte, ob sie im Zelt auf ihn warten oder versuchen sollte, Feuer zu machen.

Ich mache lieber ein Feuer, beschloss sie.

Als sie sich vor den kleinen Kreis aus Steinen kniete, um die trockenen Zweige anzuzünden, entdeckte sie einen Baumstamm, der vorher nicht dort gewesen war. Halb so hoch wie ein Mann und schwarz wie die Nacht stand er zwischen zwei Tannenbäumen an einer Stelle, die – das hätte sie schwören können – eben noch leer gewesen war.

Ihr stockte der Atem. Schnell schaute sie nach links und rechts, um sicherzugehen, dass sie sich nicht täuschte. Als ihr Blick wieder zu dem Baumstumpf zurückkehrte, war er verschwunden.

Plötzlich begann der Wald sich zu bewegen.

Eine explosionsartige Bewegung, als springe ein Schatten auf sie zu.

Das Nächste, was sie wusste, war, dass sie auf dem Rücken lag und unter dem enormen Gewicht von etwas, das auf ihrer Brust stand, kaum Luft bekam. Sie war gefangen.

Ihre Finger spürten dicke, raue Haare, die sie an die Malpinsel ihrer Mutter erinnerten. Der Geruch war kupfern und widerlich.

Obwohl sie die Klauen aufblitzen sah, verstand sie es erst, als sie wenige Sekunden später spürte, wie das warme Blut aus ihrem Bauch sickerte.

Trevor hatte ihr erzählt, dass es in diesem Wald Bären und Berglöwen gab. Kelsie hatte keine Ahnung, was sie gerade angriff. Während sie wie gelähmt auf dem Boden lag und verblutete, wusste sie nur, dass sie noch nie von einem Tier gehört hatte, das einen Menschen erst verwundet und sich dann hinsetzt, um ihm beim Sterben zuzusehen.

Kapitel 2

DIE EISMASCHINE

Ein Wissenschaftler sollte keine Wünsche und Gefühle haben, sondern nur ein Herz aus Stein.

Charles Darwin

Polizeilichter tauchen die abgenutzten Chrombuchstaben, die das Wort **EISMASCHINE** bilden, in rotes und blaues Licht. Gedankenversunken stehe ich mit meinem Plastikkübel vor dem Münzautomaten des Motels. Wo mag das Wasser für das Gerät herkommen? Aus einem nahen Fluss? Ob man es filtert? Wird es in der Maschine luftdicht verschlossen, bevor man es zu Eiswürfeln gefriert?

Ich habe gerade einen Artikel über diese neuen Bakterien gelesen, die man tief unten in Eishöhlen entdeckt hat. Sie haben sich von der Fotosynthese zur Chemosynthese weiterentwickelt und ernähren sich nur von Eis. Sie könnten sich also auch durch die Aktivkohle fressen, die man in den meisten Wasserfiltern verwendet, als wäre es Eiscreme.

Für den Menschen scheinen sie nicht schädlich zu sein … was mich zu der Frage führt, ob man sie bei der Zersetzung von

Mineralienablagerungen bei Nierensteinen einsetzen könnte. So viele Fragen …

So viele Fragen, dass ich die quietschenden Reifen kaum höre, mit denen hinter mir ein Fahrzeug zum Stehen kommt. Ich drehe mich um und starre auf einen gepanzerten Van und ein halbes Dutzend Polizeiwagen auf dem Parkplatz. Hinter jedem Auto sind jeweils zwei Polizisten in Deckung gegangen. Sie haben die Pistolen gezogen und die Gewehre angelegt. Alle Augen und Waffen sind auf die Zimmer auf der gegenüberliegenden Seite des Parkplatzes gerichtet.

»Runter!«, raunt mir jemand zu.

Ein Mann mit schwarzer Hose und Krawatte, die von einer kugelsicheren Jacke verdeckt wird, verbirgt sich hinter der Fahrertür eines Ford Bronco, der neben mir geparkt ist. Ich erkenne zwar die Dienstmarke an der Kette, doch seine Waffe ist nicht gezogen.

Er gibt mir ein Zeichen. »Gehen Sie zurück in Ihr Zimmer!«

Obwohl alles in Zeitlupe geschieht, kann ich mich nicht von der Stelle bewegen. Ich lasse mich hinter die Stoßstange seines Wagens sinken und sehe zu.

Vier Männer in schwarzen Kampfanzügen und Schutzmasken springen aus dem Fond des Vans und laufen in Richtung der gegenüberliegenden Hotelzimmer. Einer trägt einen dicken Metallbock. Er rammt ihn gegen eine der Türen. Sie springt auf, und mit vorgehaltenen Waffen stürmen zwei Männer hinein, während die anderen ihnen Deckung geben.

Es herrscht gespannte Stille.

Drinnen ruft jemand: »Sauber!«

Einer der bewaffneten Männer kommt wieder heraus und gibt ein Handzeichen, während er gleichzeitig den Kopf schüttelt.

Die anderen bewaffneten Männer folgen ihm aus dem Zimmer und machen drei Polizisten Platz, die nun hineingehen.

Eine große Frau mit Sakko und Cowboyhut tritt ebenfalls hinein. Ihre lederne Haut ist braun gebrannt, und selbst über den Parkplatz hinweg kann ich ihre Falten um Mund und Augen erkennen.

Nachdem sie einen Blick in das Motelzimmer geworfen hat, kehrt sie auf den Parkplatz zurück und sucht mit Blicken die Fahrzeuge ab. Sie zeigt auf einen der Wagen, und ein Polizist gibt das Kennzeichen über Funk durch. Niemand sagt ein Wort, als seine Stimme über den Parkplatz hallt.

Der Mann, der mich aufgefordert hat, in mein Zimmer zurückzugehen, entspannt sich langsam und richtet sich hinter seiner Fahrzeugtür auf. Er fängt mein Spiegelbild in seinem Türspiegel auf und dreht sich zu mir um. »Habe ich Ihnen nicht gesagt, Sie sollen in Ihr Zimmer gehen?«

»Ich … kann nicht.« Ich schaue zu den Polizisten hinüber, die um die Tür herumstehen. »Ich glaube nicht, dass sie mich hineinlassen.«

Es dauert einen Moment, bis er das versteht. Ich verarbeite auch noch, was gerade geschehen ist.

»Ach du Schande.« Seine Augen verengen sich zu Schlitzen. »Sind Sie Dr. Cray?«

»Ja … Theo Cray. Was geht hier vor?«

Seine Hand geht zu seiner Hüfte, wo eine Waffe steckt. Er zieht sie nicht, belässt die Hand aber am Griff.

Mit tiefer, bedächtiger Stimme sagt er: »Dr. Cray, dürfte ich Sie zu Ihrer eigenen Sicherheit bitten, den Eiskübel langsam abzusetzen und die Hände hochzuheben, damit ich sie sehen kann?«

Ohne nachzudenken, befolge ich seine Anweisungen.

»Würden Sie nun auf die Knie gehen?«

Da ich nur Shorts trage, bohrt sich der Kies in meine Knie, aber ich bin zu benommen, um den Schmerz zu spüren.

Er steigt über mich, ohne die Hand von seiner Pistole zu nehmen. »Ich werde mich jetzt hinter Sie stellen, um sicherzugehen, dass Sie keine Waffe bei sich tragen.« Ich beobachte aus den Augenwinkeln, wie er mit der freien Hand zu seiner anderen Hüfte greift. »Darf ich Ihnen zu meiner eigenen Sicherheit Handschellen anlegen?«

»Okay.« Er hat eine Waffe. Also bin ich mir nicht sicher, ob ich Nein sagen könnte. Ich traue mich auch nicht nachzufragen, warum er das Bedürfnis hat, mir Handschellen anzulegen.

Nachdem die kalten Metallklemmen schnell, aber ohne Gewalt, um meine Handgelenke zugeschnappt sind, fragt er: »Ist es okay, wenn ich nun Ihr Hemd hochschiebe?«

»Natürlich«, antworte ich matt.

Ich spüre die kalte Luft Montanas auf meinem verschwitzten Rücken.

»Ich werde jetzt Ihre Taschen abtasten.«

»Okay.«

Er legt eine Hand auf meine Schulter, um mich unten zu halten, während er meine beiden Taschen befühlt. »Was ist da drin?«

Ich gerate in Panik, weil mein Kopf plötzlich leer ist. »Ähm … Zimmerschlüssel, Brieftasche, ähm … Handy.«

»Sonst noch etwas?«

Ich zögere kurz, weil ich fürchte, er könnte die Antwort falsch verstehen. »Ähm … ein Taschenmesser.«

Ich rieche den Geruch von Latex, als er ein Paar Handschuhe hervorzieht. »Darf ich das aus Ihren Taschen nehmen?«

»Ja. Ja … natürlich.«

Im Film gibt es immer viel Geschrei, wenn das geschieht. Doch dieser Mann hier redet mit mir wie ein Arzt. Er wird nicht laut. Er bedroht mich nicht.

Er nimmt alle Gegenstände aus den Taschen und legt sie einige Meter von mir entfernt auf den Boden. Zwar nah, aber doch außerhalb meiner Reichweite.

»Sie werden hier einen Moment warten müssen, bis wir die Sache geklärt haben.«

»Was geklärt haben?«

Er antwortet nicht. Stattdessen legt er die Finger an den Mund und pfeift. Die Frau mit dem Cowboyhut dreht sich um, um zu sehen, wer diesen Lärm macht.

Ihr zusammengekniffener Blick fällt auf mich. »Cray?«, ruft sie.

Der Mann nickt. Ich nicke ebenfalls stumm.

Bisher war alles mit der verwirrenden Ruhe einer medizinischen Untersuchung abgelaufen. Doch nun wechselt alles in den Schnellgang, da sich alle Energie und Aufmerksamkeit, die bisher meinem Motelzimmer gegolten hatte, wie der Lauf einer Kanone auf mich richtet.

Ich spüre viele Augenpaare, die mich anstarren.

Einige sind wütend.

Ich werde gemustert und beurteilt.

Und ich habe keinen blassen Schimmer, warum.

»Was geht hier vor?«, frage ich noch einmal.

Die Frau mit dem Cowboyhut kommt mit schnellen Schritten herüber. Sie wirkt schon sehr imponierend, wie sie auf mich hinunterstarrt, als sei ich eine Probe in meinem Labor. Mein Blick fällt auf ein Messer an ihrem Gürtel.

»Hat er versucht wegzulaufen?«, fragt sie mit leichtem Südstaatenakzent, ohne mich aus den Augen zu lassen.

»Er war sehr kooperativ.«

»Gut. Dr. Cray, wenn Sie weiterhin kooperieren können, wird alles schnell vorbei sein.«

So wie sie das sagt, klingt es nicht sehr beruhigend.

Kapitel 3

BEISPIEL

Ich bin ein Wissenschaftler. Als solcher beobachte und analysiere ich. Ich stelle Vermutungen an und überprüfe diese. Ich mag intelligent sein, doch ich lebe nie wirklich in dem Moment.

Als Kind habe ich immer Comics gelesen und wollte Batman sein, dieser Detektiv in Gestalt eines dunklen Ritters. Doch die Figur, mit der ich am meisten gemeinsam hatte, war der Beobachter – diese Toga tragende, kahlköpfige Gestalt, die in den Marvel-Comics auftauchte und nichts anderes tat als … zu beobachten.

Gerade jetzt beobachte ich mein Leben wie das Auf- und Absteigen der Zahlenfolgen auf meinem Computerbildschirm, während ich nach einem Zusammenhang suche.

Detective Glenn, der Mann, der mich in dem Motel gefunden hat, sitzt mir gegenüber. Wir führen eine normale Unterhaltung, wobei wir so offensichtliche Fragen wie die, warum ich Plastikbeutel um meine Hände trage, vermeiden.

Ich denke nicht, dass ich formal verhaftet wurde. Soweit ich das beurteilen kann, habe ich allem zugestimmt, zwar nicht auf einmal, aber nach und nach. Das meinen sie wohl damit, wenn sie sagen, sie halten jemanden zur Vernehmung fest. Die

Handschellen hat man mir abgenommen, nachdem Glenn mich auf einen Stuhl an den Tisch in dem Besprechungszimmer gedrückt hat. Doch die Beutel blieben um meine Handgelenke geklebt. Ich bin offensichtlich ein Probestück.

Glenn hat eine derart ruhige und gewinnende Art, dass ich manchmal fast vergesse, wie ich hierhergekommen bin. Die Fahrt in Handschellen auf der Rückbank eines Polizeiwagens. Die Waffen, die auf mich gerichtet waren. Die wütenden und angewiderten Blicke, die ich mir nicht erklären kann.

Ich studiere Glenn genau, während er mich zwischen Höflichkeitsfloskeln über das Wetter in Montana und die Winter in Texas beobachtet. Er hat lichtes blondes Haar und wachsame graue Augen in einem erschöpften Gesicht. Er erinnert mich an einen alternden Werfer beim Baseball, der herausfinden will, wie der Schlagmann auf seinen nächsten Wurf reagieren wird. Obwohl er einen schottischen Nachnamen trägt, ähneln seine Gesichtszüge mehr einem Holländer.

Wieder versuche ich herauszufinden, worum es überhaupt geht. Doch seine einzige Antwort ist: »Dazu kommen wir noch. Zunächst müssen wir einige Dinge klären.«

Ich schlage vor, die Dinge sofort zu klären, soweit mir das möglich ist. Doch er zögert und zeigt kein Interesse an dem, was ich vielleicht zu sagen hätte. Angesichts der zwei Dutzend Polizisten, die in mein Motel gestürmt sind, und des gegenwärtigen Zustands meiner Hände und Füße vermute ich jedoch, dass sie in Wirklichkeit ein großes Interesse an mir haben.

Eine dunkelhaarige Frau in einem Laborkittel klopft an die Tür des Besprechungszimmers. Glenn winkt sie herein.

Sie stellt einen Arbeitskoffer auf den Tisch und zieht sich eine Maske über Mund und Nase. »Läuft sie?«, will sie wissen und zeigt dabei auf eine Videokamera in einer Ecke des Raumes, die ich bisher nicht bemerkt habe.

»Ja«, antwortet Glenn.

»Gut.« Sie dreht sich zu mir um und zieht die Beutel von meinen Händen.

Offensichtlich hatte man sie mir übergestreift, um Beweise zu erhalten, bis man mich … tatsächlich verhaftet. Aber Beweise wofür?

»Mr Cray, ich werde nun einige Proben nehmen.« Sie spricht sehr laut, vermutlich, damit das Mikrofon sie hören kann. Nach einem prüfenden Blick auf meine Fingernägel hält sie sie Glenn hin.

Er beugt sich vor und schaut sie sich genauer an. »Sie sind sehr kurz geschnitten. Warum?«

»Chytridiomykose«, antworte ich.

»Chy…?« Er gibt den Versuch auf, das Wort auszusprechen. »Was ist das? Eine Krankheit?«

»Ja. Eine Pilzerkrankung.«

Die Laborantin lässt meine Hand fallen. »Ist das ansteckend?«

»Ja«, antworte ich erstaunt über ihre Reaktion. »Sofern Sie eine Amphibie sind. Ich habe diese Krankheit nicht und glaube auch nicht, dass ich sie übertrage. Aber ich verbringe viel Zeit mit dem Studium von Fröschen in verschiedenen Umgebungen und muss sehr vorsichtig sein, damit ich sie nicht verbreite.«

Glenn notiert sich etwas auf seinem Block. »Erklärt das auch, warum Sie sich vor drei Tagen Stiefel gekauft haben?«

Ich frage nicht, woher er das weiß. »Ja. Was ich nicht sterilisieren kann, vernichte und ersetze ich. Ich mag etwas übervorsichtig sein, aber es ist durchaus möglich, dass die unbewusste Verbreitung dieser Krankheit durch die Forscher ein Grund für den Rückgang des Amphibienbestands ist.«

»Sie reisen also viel?«, hakt Glenn nach.

»Andauernd.« Habe ich damit zu viel gesagt?

»Um Frösche zu studieren?«

»Manchmal …« Ich bin mir nicht sicher, wie ausführlich ich werden soll. Bisher schien er kein großes Interesse zu haben, doch das konnte eine Taktik sein, damit ich ungeduldig zu reden begann.

Glenn zieht einen Schnellhefter aus seiner Mappe und blättert ihn durch. Ich versuche, die Ausdrucke zu ignorieren, kann aber durch das Papier sehen. Es sind Internetrecherchen über mich – Fachbereichsseiten, Forschungsartikel, Interviews.

Die Laborantin fährt mit einem kleinen Stäbchen und einem Tupfer unter meinen Fingernägeln entlang. Sie arbeitet sehr behutsam. Ich bin überrascht, dass sie nicht wusste, was Chytridiomykose ist. Doch das sollte ich vermutlich nicht sein. Obwohl sie wie eine Wissenschaftlerin gekleidet ist, ist sie nur eine Laborantin, die sich auf das Sammeln kriminaltechnischer Proben versteht, nicht auf deren Untersuchung.

Nachdem er einige Seiten überflogen hat, schaut Glenn mich verwundert an. »Bioinformatik? Sie sind Biologe?«

»Nicht wirklich. Es ist eine Mischung aus wissenschaftlichem Rechnen und Biologie.«

Obwohl er versucht, seine Fragen vage und unwissend klingen zu lassen, weiß ich, dass er intelligent ist und genau hört, was ich sage und was nicht. Da ich aber nicht weiß, worauf er hinauswill, antworte ich ernsthaft.

»Wir verwenden die Mittel des wissenschaftlichen Rechnens im Bereich der Biologie. Hauptsächlich in der Genetik. Zum Beispiel der DNA. Das Ganze ist dabei so komplex, dass man es nur mithilfe von Computern verstehen kann.«

Er nickt. »Sie sind also eine Art Genforscher?«

»Nein. Manchmal untersuche ich zwar auch DNA, aber das ist nicht mein Fachgebiet. Zurzeit arbeite ich im Bereich der phänotypischen Plastizität.«

Er schaut erst fragend zur Laborantin, die den Kopf schüttelt, dann zu mir. »Ich lehne mich jetzt mal weit aus dem Fenster und behaupte, dass das nichts mit Plastik zu tun hat.«

»Nicht wirklich.« Ich suche nach einer meiner Cocktailparty-Erklärungen. Dabei fällt mir wieder einmal auf, wie sehr ich es hasse, einem Nichtwissenschaftler meine Arbeit zu erklären. »Haben Sie auf der Highschool irgendeinen Sport betrieben?«

»Ja, ich habe Football gespielt.«

»Haben Sie dafür Muskelmasse aufgebaut?«

»Neun Kilo, die ich heute auch noch gerne hätte.« Er grinst verlegen in Richtung Laborantin.

Wenn die beiden keine Verdächtigen in die Mangel nehmen und unter deren Fingernägeln nach Beweisen suchen, sind sie vermutlich nichts anderes als zwei Kollegen mit ihren üblichen Insiderwitzen.

»Manche Säugetiere sind in der Lage, auf diese Art Muskeln aufzubauen, Reptilien dagegen nicht«, fahre ich fort. »Wir können unsere Muskelmasse grundlegend verändern. Ein Silberrücken, also ein älteres Gorillamännchen, frisst mehr, erhöht so sein Testosteron und bekommt tatsächlich größere Muskeln. Er …« Ich zögere. »Ich wollte Sie nicht langweilen.«

Glenn schüttelt den Kopf. »Nein, Professor. Fahren Sie fort. Ich finde diese Dinge faszinierend.«

»Nun, ›phänotypisch‹ bezeichnet im Prinzip den Code in unserer DNA, der uns erschafft. ›Plastizität‹ beschreibt seine Fähigkeit, sich zu verändern. Chinesische Kinder zum Beispiel werden viel größer als ihre Eltern. Dabei bleibt ihre DNA unverändert. Sie verfügt aber bereits über einen eingebauten Code und kann sich so einer erhöhten Menge an Proteinen, einer größeren Gebärmutter und so weiter anpassen. Ein anderes Beispiel ist die Fettleibigkeit. Ursprünglich wurden wir für eine Umgebung geschaffen, in der Kalorien rar sind. Deshalb können wir unsere Körpermasse verdreifachen, wenn wir nicht aufpassen. Das ist der Nachteil der phänotypischen Plastizität.«

»Sie sind also hergekommen, um Tiere zu beobachten, die ihren Körpertyp verändern können?«

»Grundsätzlich ja. Speziell geht es mir um Möchtegern-Amphibien.« Ich grinse bei meiner geistreichen Wortschöpfung, die ich schon hundert Mal vor meinen leicht amüsierten Studenten verwendet habe.

Glenn und die Laborantin sind jedoch zu keinem Spaß aufgelegt.

»Möchtegern-Amphibien?«, fragt Glenn.

»Möchtegern-Frösche, oder genauer gesagt Kaulquappen«, erkläre ich umständlich. »Die Kaulquappen des Eisfrosches sind dabei besonders interessant. Leben zu viele dieser Kaulquappen in einem Teich, verändern sich ein oder zwei. Ihre Mäuler und Schwänze werden plötzlich größer und sie mutieren von Pflanzenfressern zu Fleischfressern. Sie erinnern dann an Minipiranhas und fangen an, die anderen Kaulquappen aufzufressen. Geht dann deren Anzahl zurück, schrumpfen ihre Mäuler und Schwänze wieder auf Normalgröße und sie benehmen sich wieder wie alle anderen glücklichen kleinen Kaulquappen, die darauf warten, zu wachsen und sich in einen Frosch zu verwandeln.«

Glenn lässt meine Erklärung einen Moment auf sich wirken. »Interessant. Möchtegern-Frösche. Ich verstehe. Und nach denen suchen Sie?«

»Nicht wirklich. Ich untersuche die Umgebung, die sie erschafft. Ich denke nicht, dass sich dieses Verhalten ausschließlich auf Kaulquappen beschränkt. Das Ganze kann sich auch bei kleineren Mikroorganismen oder beim Menschen abspielen.«

Glenn zieht die Augenbraue hoch. »Beim Menschen?«

»Ja. Man sieht das zum Beispiel bei der Gebärmutter, in der der eine Fötus dem anderen Fötus Nährstoffe wegnimmt, was zu unterschiedlichen Geburtsgewichten führt. Bei vermutlich einer von zehn Schwangerschaften kommt es zu Zwillingen, bei denen jedoch der eine Zwilling von dem anderen absorbiert wird. In der Wissenschaft spricht man hier vom sogenannten Verlorener-Zwilling-Syndrom. Hat die Mutter es verursacht? Oder der böse Zwilling? Wenn dem so ist, gewinnt immer der böse Zwilling. In einer kontaminierten Umgebung wie einem Teich reguliert ein Organismus spontan die Population. Dann kehrt er wieder in seine normale Form zurück. Der Spitzenräuber – also das dominante Raubtier an der Spitze der Nahrungskette – tritt immer dann in Aktion, wenn die Population eine gewisse Größe erreicht hat. Man erlebt das bei kannibalischen Ratten, Spinnen und sogar bei Computerprogrammen.«

»Ein Schaf, das sich in einen Wolf verwandelt?«, will Glenn wissen.

Ich denke kurz nach. »Vielleicht. Solche Verhaltensweisen findet man kaum in domestizierten Populationen, da sie äußerst homogenisiert und bewusst ausgewählt sind. Bei verwilderten Nutztieren wie Schweinen dagegen kann man beobachten, wie sie in die verschiedenen Formen zurückkehren. Auch bei Hunderudeln kann es dazu kommen.«

»Aha, nun, das ist äußerst interessant, Dr. Cray.« Er wendet sich an die Laborantin. »Caroline, haben Sie alles, was Sie brauchen?«

»Einen Moment noch.« Sie tupft meinen Daumen mit einem Wattestäbchen ab, das sie anschließend in eine Plastiktüte legt, die mit **RECHTER DAUMEN** gekennzeichnet ist. »Das sollte genügen.« Sie packt sämtliche Proben in eine Tasche, versiegelt sie mit Sicherheitsklebeband und hält sie in die Kamera, bevor sie aus dem Raum geht.

Ich starre auf die Kamera, die mich anstarrt, und frage mich, wer wohl auf der anderen Seite den Beobachter spielt.

Glenn steht auf. »Dr. Cray, wenn Sie einen Moment haben, würde ich gern Ihre fachliche Meinung zu etwas hören. Und dann werden wir sehen, ob wir irgendwo Schuhe für Sie auftreiben können.«

Einerseits bin ich erleichtert, dass meine Hände nicht mehr in Handschellen oder Plastiktüten stecken. Andererseits beunruhigt es mich, dass Detective Glenn aufhorchte, als ich ein bestimmtes Wort erwähnte.

Raubtier.

Kapitel 4

SELBSTBESCHULDIGUNG

Während Detective Glenn mich den Flur hinunterführt, ist er noch immer freundlich und behandelt mich wie einen geladenen Gast. »Ich weiß Ihre Kooperation zu schätzen, Dr. Cray.«

Als wir an den offen stehenden Büros vorbeigehen und die Leute von ihren Schreibtischen aufschauen, bemerke ich, wie man mich mustert – und das alles andere als beiläufig.

Offenbar bin ich ein Verdächtiger oder eine Person von besonderem polizeilichem Interesse, wie es in den Nachrichten heißt. Doch niemand sagt mir, warum.

Spätestens jetzt sollte ich nervös werden. Doch merkwürdigerweise komme ich mit der Situation besser zurecht, eben weil man mich im Unklaren lässt. Es ist etwas anderes, als auf die Untersuchungsergebnisse einer aggressiven Krebserkrankung zu warten. Weil ich den Einsatz nicht kenne, wirkt das Ganze irgendwie surreal.

Glenn schließt einen Raum auf. Die Wände sind mit Schränken gesäumt und in der Mitte steht ein großer Tisch. »Nehmen Sie Platz, Dr. Cray.«

»Nennen Sie mich Theo«, sage ich, während ich mich setze. Normalerweise bitte ich die Leute schon früher darum, doch in diesem Fall war ich etwas geistesabwesend. »Den ›Doktor‹ behalte ich mir für den medizinischen Bereich vor.« Ich erspare ihm meine Schmährede über Leute mit blödsinnigen Dr.-phil.-Titeln, mit denen ich es an der Universität zu tun habe und die, obwohl sie nicht einmal die naturwissenschaftliche Arbeit eines Fünftklässlers bestünden, trotzdem darauf beharren, mit der gleichen Ehrfurcht angesprochen zu werden wie der Leiter der Onkologie einer Universitätsklinik.

»Einfach nur Theo?« Detective Glenn durchsucht einige Aktenschränke hinter mir und zieht mehrere Hefter heraus. »Sind Sie kein Genie oder so etwas in der Art?«

»Sie spielen auf den Preis an? Nein, der Geniepreis ist das ›MacArthur-Fellows-Program‹. Ich habe den ›Brilliance Award‹ gewonnen. Das ist etwas anderes und sein Name schlichtweg grauenhaft. In meinem Lebenslauf erwähne ich ihn überhaupt nicht.«

Glenn legt die Hefter auf den Tisch und nimmt mir gegenüber Platz. »Jetzt kommen Sie schon. Sie sind offensichtlich irgendein Genie und können ruhig zugeben, dass Sie ein wirklich intelligenter Mensch sind.«

Er schmeichelt meinem Ego, um mich aus der Reserve zu locken. Aber wozu? »Ich bin nicht intelligent genug, um zu wissen, warum ich hier bin.«

Er wedelt mit den Händen in der Luft herum. »Das ist bloß dieser verfahrensmäßige Unsinn. Damit sind wir bald durch.«

Was bedeuten könnte, dass ich demnächst wieder Handschellen trage.

»Als Biologe – Entschuldigung, als Informatiker … Wie bezeichnen Sie sich selbst?«

»Die Berufsbezeichnung ändert sich bei jeder Tagung. Ich sage einfach Bioinformatiker.«

»Okay. Da Sie ein intelligenter Mensch sind, möchte ich Ihnen einige Fotos zeigen. Von verschiedenen Fällen. Ich bin neugierig, was Sie wahrnehmen.«

»Wahrnehmen? Ich kann doch nicht hellsehen.«

»Schlechte Wortwahl. Ich will die Dinge einfach mit Ihren Augen sehen. Tun Sie mir den Gefallen.«

Am liebsten würde ich ihn darauf hinweisen, dass ich ihm bereits seit zwei Stunden einen Gefallen tue. Doch ich lasse es bleiben. Ich bin einfach kein streitfreudiger Mensch.

Er schiebt mir einen Hefter zu. Die Ränder sind abgenutzt und das Etikett verblasst. Ich öffne ihn und starre auf einen zerplatzten Männerkopf. Ein Auge starrt in die Kamera, der Rest des Gesichts fehlt. Auf der Kachel unter seinem Kopf sind Blutspritzer zu erkennen. Ich schließe den Hefter und schiebe ihn fort. »Jemals von Triggerwarnungen gehört?«

»Von was?« Glenn nimmt den Hefter wieder an sich und starrt auf sein Inhaltsverzeichnis. »Mein Gott. Das tut mir leid. Eigentlich wollte ich Ihnen den hier geben.« Er schiebt einen zweiten Hefter über den Tisch. »Was halten Sie davon?«

Ich schaue auf das Bild einer Kuh mit blutigen Flecken um den Hals und aufgeschlitztem Bauch. »Sie wollen meine fachliche Meinung hören?«

»Ja.«

»Das ist eine tote Kuh.«

»Ja. Aber wie ist sie gestorben?«

»Ist das ein Test?«

»Nein. Das ist hier in der Gegend ein Geheimnis, über das man Witze macht. Der Farmer behauptet, es sei ein Chupacabra gewesen, also eines dieser vampirartigen Fabelwesen, während andere Aliens dafür verantwortlich machen. Es sieht definitiv so aus, als hätten Kojoten an dem Tier geknabbert, aber die Zeichen am Hals bleiben ein Rätsel.«

»Die Frage ist also ernst gemeint?« Ich schaue mir die Wunden erneut an.

»Absolut.«

Während ich die Verletzungen betrachte, versuche ich mich an alles zu erinnern, was ich über Kühe weiß. Das ist zwar nicht viel, reicht aber aus, um eine Vorstellung davon zu haben, was passiert ist. Ich werfe das Foto wieder auf den Tisch und bin mir nicht sicher, ob es nicht doch ein Test ist. Die Lösung ist zu offensichtlich. »Wollen Sie nur meine Antwort hören oder auch den Weg zu dieser Antwort?«

»Den Weg?«

»Ja. Wie ich zu meiner Mutmaßung gekommen bin.«

Er grinst. »Okay, Professor, zeigen Sie mir den Weg.«

»Wie ich bereits gesagt habe, studiere ich Systeme. Ein System kann die DNA sein. Oder eine Zelle. Ein Körper. Ein Teich. Ein Planet. Wir alle funktionieren in verschiedenen Systemen. Welches System sehen wir hier?« Ich schiebe das Foto in seine Richtung.

»Nun, anhand der Kojotenbisse sehen wir, an welcher Stelle in der Nahrungskette die Kuh steht.«

»Natürlich. Aber welches andere System noch?« Ich zeige auf die blutigen Flecken am Hals. »Was könnte dies hier verursacht haben? Haben Sie die auch bei anderen Tieren gefunden?«

»Ja …«

Ich falle ihm ins Wort. »Vermutlich bei Schafen. Aber nicht bei Schweinen oder Pferden. Richtig?«

Glenn nickt. »Das stimmt.«

»Nun, die Antwort ist also offensichtlich.«

»Offensichtlich … Und sie lautet?«

»Kojoten.«

»Okay, aber was ist mit den Flecken am Hals?«

»Alle Tiere, die ich aufgezählt habe, teilen ein System. Welches ist das?«

»Eine Farm«, antwortet Glenn.

»Präziser?«

»Eine Viehfarm?«

»Ja. Und was macht eine Viehfarm erst zu einer Viehfarm?«

Er nickt, während er allmählich versteht. »Normalerweise ein Zaun.«

»Ein Stacheldrahtzaun. Auf diese Weise wird das System eingefasst. Es funktioniert großartig für Kühe und Schafe. Aber für Pferde ist der Zaun zu niedrig und Schweine können sich unten durchgraben. Die einzigen Wesen, die hier getötet werden, sind die Tiere, die von einem Stacheldrahtzaun aufgehalten werden. Schafe und Kühe.«

»Sie kommen also am Zaun nicht weiter, die Kojoten finden sie und schleifen sie fort?«

»Vielleicht. Ich vermute, die Kojoten haben gelernt, sie in Richtung Zaun zu jagen. Die Kuh schneidet sich daran, bleibt aber nicht darin hängen. Sie läuft weiter, bis sie verblutet. Das kann einige Kilometer von der Stelle entfernt sein, an der sie sich am Zaun verletzt hat.«

»Beeindruckend. Also, meiner Meinung nach sind Sie ein Genie.« Sein Lob klingt übertrieben. Seine Hände liegen auf den anderen Heftern. »Die hier sind etwas drastischer. Wahllose Fälle. Ich möchte, dass Sie sie sich ansehen. Vielleicht fällt Ihnen dazu ja auch etwas Wissenschaftliches ein.«

Er schiebt den Stapel in meine Richtung, doch ich greife nicht danach. »Bin ich deshalb hier?«

»Tun Sie mir einfach noch den einen Gefallen, Professor. Glauben Sie mir, so charmant wie ich ist hier niemand.«

Was er damit meint, will ich lieber nicht herausfinden. Soweit ich weiß, bin ich in nichts verwickelt. Also sollte ich problemlos einige Überlegungen anstellen können. Hauptsache, ich komme hier schnell wieder heraus.

Er reicht mir zwei Dutzend Fotos von Körpern, blutigen Handabdrücken und beliebigen Gegenständen. Die Bilder stammen von mindestens drei verschiedenen Personen: von einer älteren Frau, die man anscheinend zu Tode geprügelt hat, einem Mann mit zahlreichen Schnittwunden und einer blutbefleckten jungen Frau, deren Gesicht auf keinem der Bilder zu sehen ist.

Außerdem gibt es Aufnahmen von Kleidern, Handys, Geld und Baumstämmen, die mit Blutflecken übersät sind, sowie einige Bilder von Gegenständen, die keine Makel aufweisen.

Gedankenverloren sehe ich die Fotos aufmerksam durch. Detective Glenn ist ebenso viele Lichtjahre entfernt wie die Kamera in der Zimmerecke, die mich noch immer beobachtet. Wie der Beobachter hinter der Wand vermutlich auch.

Ich bilde vier Stapel aus den Fotos und sortiere sie nacheinander. Ich sehe Insektenstiche, Hautausschläge durch Giftefeu, eine Hand, die auf einem geschlossenen Pinienzapfen liegt. Ich weiß nicht, wie irgendetwas davon zusammenpasst. Die Kuh war leicht – da gab es nur ein Foto.

Nach einigen Minuten schaue ich zu Glenn hinüber und will ihn um Anhaltspunkte bitten. Das höfliche Lächeln ist aus seinem Gesicht verschwunden.

Er starrt auf einen der Stapel in der Mitte. Sein Blick wandert kurz zu der Kamera, bevor er wieder zu mir schaut und die Fassung wiedererlangt. »Dr. … Theo, warum haben Sie diese Fotos dort zusammengelegt?«

Mein Magen verkrampft sich. Irgendetwas ist passiert. Irgendetwas, das mich in ein schlechtes Licht gerückt hat.

Ich breite die Fotos des betreffenden Stapels auf dem Tisch aus und will es schnell erklären. »Die hier sehen wie Aufnahmen desselben Opfers aus verschiedenen Winkeln aus.«

Er zieht das Foto mit dem blutigen Pinienzapfen und eines mit einer Handtasche auf einem Baumstamm heraus. »Auf diesen Fotos ist keine Person zu sehen. Trotzdem haben Sie sie auf diesen Stapel gelegt.« Er lässt die Bilder wieder auf den aufgefächerten Stapel fallen. »Warum?«

»Oh.« Ich sammele die Fotos wieder ein und gehe sie noch einmal durch. »Ich habe nicht wirklich darauf geachtet. Zufall vermutlich.«

»Hier sind zwei Dutzend Fotos. Sie haben die sechs Bilder, die zum selben Fall gehören, herausgegriffen. Wie wahrscheinlich ist das?«

»Eher unwahrscheinlich. Also war es vermutlich kein Zufall …« Ich versuche, meine eigene Schlussfolgerung zu verstehen.

»Nein. Anscheinend nicht.«

Ich zeige auf die Zahlen unten auf den Fotos. »Das sind vermutlich Fallnummern. Die meisten passen zusammen. Scheint sich um Codes für ein Datum zu handeln.«

Glenn nimmt die Fotos und besieht sich die Zahlen. »Die sollten nicht hier stehen.« Er schaut verärgert in Richtung Kamera und seine Schultern sinken herab. »Sie haben also nur auf die Zahlen geschaut? Deshalb haben Sie sie auf einen Stapel gelegt.« Er schüttelt den Kopf und wirft frustriert die Hände in die Luft. »Ich schätze, das ergibt einen Sinn.«

Ich sollte jetzt den Mund halten, kann es aber nicht. Mein Wunsch nach logischen Erklärungen ist zwanghaft – und in diesem Moment sehr gefährlich. »Nein. Deshalb nicht.«

Die Sehnen in Glenns Unterarmen spannen sich an und seine gesamte Körperhaltung wird starr. Seine Stimme klingt ruhig und beherrscht, als er mich fragt: »Woher wussten Sie dann, dass sie alle vom selben Tatort stammen?«

Kapitel 5

DER HINWEIS

Es ist offensichtlich, dass Detective Glenn lange und hart an sich gearbeitet hat, um in extremen Situationen nicht die Beherrschung zu verlieren. Vermutlich ist bisher nichts zufällig geschehen. Das Foto mit dem gespaltenen Kopf war »zufällig« aufgetaucht, weil er wissen wollte, wie ich darauf reagiere.

Seine Haltung veränderte sich, als er sah, wie ich die Fotos in Stapeln sortierte. Das hatte ihn überrascht. Ich denke, bis jetzt hat er seine Mutmaßungen nur beiläufig abgewogen und sein fehlendes Aggressionspotenzial war dabei von Vorteil gewesen. Hätte ich das früher bemerkt, hätte ich vermutlich schneller erkannt, was hier vor sich geht.

Warum ich den Sheriff – die Frau vom Parkplatz – seit Stunden nicht mehr gesehen habe, hat seinen Grund. Sie trägt alles an der Oberfläche, während Glenn am Boden eines tiefen Ozeans entlanggleitet. Vermutlich hat sie der Spezialeinheit der Polizei befohlen, meine Zimmertür einzutreten. Glenn dagegen arbeitete mit einer feineren Methode, dank der ich bereitwillig wie ein verschreckter Streuner auf den Rücksitz seines Wagens geklettert war.

»Warum haben Sie diese Fotos zusammengelegt?«, fragt er noch einmal.

Ich werfe einen Blick auf den Stapel und antworte: »Das geschah unbewusst.«

Seine Stimme wird wieder freundlich. »Gibt es etwas, das Sie mir sagen möchten, Theo?«

»Ja. In Botanik bin ich total schlecht. Ich konnte mir die ganzen Namen nie merken.« Ich zeige auf ein dorniges kleines Unkraut. »Das ist keine Mariendistel, aber damit verwandt.« Ich zeige auf das Unkraut auf den anderen Fotos. »Es ist nur auf den Fotos, die ich hier zusammengelegt habe. Das bedeutet, sie wurden alle zur gleichen Jahreszeit aufgenommen.«

Er greift nach einem der Fotos und starrt es an. »Unkraut?«

»Ja, Unkraut.« Ich zeige auf die übrigen Bilder. »Die anderen habe ich nach anderen Gesichtspunkten sortiert.« Ich tippe auf die Fotos der alten Frau und auf diejenigen, die meiner Meinung nach zu ihr gehören. »Hier ist es zu einer Linsenverzeichnung gekommen. Man erkennt sie in der unteren Ecke an den geraden Linien.« Ich tippe auf den nächsten Stapel. »Dies hier sind eindeutig Filmkopien, die mit einem Scanner digital übertragen wurden. Sie stammen vermutlich aus den Neunzigerjahren.«

»Vermutlich«, wiederholt Glenn, während er unmerklich den Kopf schüttelt.

Plötzlich klopft jemand an der Tür und ruft Glenn nach draußen auf den Flur.

»Entschuldigen Sie mich«, murmelt er und geht hinaus.

Ich kann sie zwar vor der Tür reden hören, verstehe aber kein Wort. Ich bin neugierig, will aber nicht zu interessiert schauen, da mich die Kamera noch immer beobachtet.

Detective Glenn kommt zurück und lässt sich auf seinen Stuhl fallen, wobei er irgendwie entspannt wirkt. »Darf ich Ihnen einen Rat geben, Dr. Cray?«

»Den kann ich bestimmt gut gebrauchen.«

»Sollten Sie sich irgendwann noch einmal in einer solchen Situation wiederfinden, sagen Sie nichts, bis Sie mit Ihrem Anwalt gesprochen haben.« Er tippt auf den Stapel mit den Fotos. »Das hier ist unheimlich. Man könnte sogar sagen, belastend.«

»Ich war nur ehrlich.«

»Das habe ich gemerkt. Wäre fast zu Ihrem eigenen Nachteil geworden. Wo wir gerade davon reden, ich wüsste gerne, warum Sie bei dem Foto mit der Kopfverletzung gezögert haben.«

»Dann war das also geplant?«

»Oh ja.« Er nickt. »Ich wollte sehen, ob Sie eine typische Reaktion des Widerwillens zeigen oder sich plötzlich abtasten wollen.«

»Und ich zögerte …«

»Genau. Wie übrigens auch Polizisten und Ärzte.«

»Ich habe früher als Sanitäter gearbeitet.«

Das bringt mir eine hochgezogene Augenbraue ein. »Wirklich?«

»Ja. Aber deshalb habe ich nicht gezögert. Ich habe gesehen, wie das Blut über die weiße Fuge zwischen den Kacheln gespritzt ist, was mich an Knochen erinnert hat.«

Glenn blinzelt mit einem Auge. »Knochen? Sie sind ein sonderbarer Mensch. Ich weiß nicht, ob Sie wissen, wie sonderbar.« Er fährt mit den Händen über die Fotos. »Wollen Sie wissen, was mich am meisten interessiert?«

»Sagen Sie es mir.«

»Sie haben nicht ein einziges Mal die Leichen erwähnt. Sie haben alles erwähnt, nur sie nicht.«

Selbst ich muss zugeben, dass das etwas sonderlich ist. »Ich vermute, Menschen sind nicht mein Fachgebiet …«

Er lacht kurz. »Das habe ich gemerkt.«

»Also … steht es mir jetzt frei zu gehen?«

»Sie hätten jederzeit gehen können. Eigentlich haben wir Sie ja nie verhaftet.«

Ich beäuge argwöhnisch die Tür. »Wenn Sie sagen, ich sei frei«, will ich wissen, »bin ich dann *uneingeschränkt* frei? Oder laufen Sie mir weiterhin nach wegen … Gott weiß, worum es hier geht?«

»Sie sind frei. Sie sind nicht unser Mann.«

»Ihr Mann? Können Sie mir denn jetzt sagen, worum es geht?«

»Ja, Professor. Für einen kurzen Moment waren Sie unser Verdächtiger Nummer eins in einem Mordfall. Der Staatsanwalt dachte schon darüber nach, welche Krawatte er bei Ihrer Hinrichtung tragen würde.« Sein Blick wandert wieder zu der Kamera, bevor er leise weiterspricht: »Hier draußen werden sie immer ein bisschen schreckhaft, wenn es um solche Dinge geht. Sie wollten Sie unbedingt haben, um jeden Beweis Ihrer Schuld zu erhalten.«

Ich fühle mich etwas benommen. »Warum ich?« Die Fotos sollten es deutlich gemacht haben, aber manchmal stehe ich derart neben mir, dass ich die direktesten Verbindungen nicht herstelle.

»Machen Sie Witze? Sie sind der wahr gewordene Traum von einem Verdächtigen. Ein distanzierter, genialer Wissenschaftler. Sie kommen hier herein und reden von Raubtieren. Das war einfach zu gut.«

Ich spüre ein Brennen auf der Haut, während er das sagt. Obwohl Glenn völlig entspannt wirkt, befürchte ich noch immer, dass er nur so tut.

Er bemerkt mein Unbehagen. »Im Ernst«, sagt er und bewegt sich in Richtung Tür, »Sie können jederzeit gehen.«

Ich drehe den Kopf in Richtung Tür und erwarte fast schon, bewaffnete Aufpasser zu entdecken, die mich fortschleppen wollen. »Wenn das ein Spiel ist, weiß ich nicht, was ich jetzt tun soll. Keine Ahnung, was Sie von mir hören wollen.«

»Es tut mir leid, Dr. Cray. Ich weiß, das war für Sie eine Art Höllentrip.«

Für einen kurzen Moment trete ich aus mir heraus und sehe, wie ich auf ihn wirken muss. Als Rettungssanitäter habe ich ständig Menschen unter Schock erlebt. Genauso fühle ich mich in diesem Moment.

Mein Blick fällt auf das oberste Foto. Die Hand einer Frau, weich, fast elegant in ihrer Haltung, baumelt herab, von den Fingerspitzen tropft rote Farbe. Ihre Handflächen sind schmutz- und blutverkrustet.

Ich breite die übrigen Fotos auf dem Tisch aus und schaue mir jedes einzelne erneut an.

Detective Glenn hat erwähnt, dass mir alle Details aufgefallen sind, nur nicht die Menschen.

Jetzt fällt es mir auf.

Es gibt kein Foto von ihrem Gesicht.

Jetzt ergibt alles einen Sinn. Endlich weiß ich, warum ich hier bin.

Eine andere Last drückt auf meine Schultern. Nach einer langen Pause schaue ich zu Glenn auf, der mich aufmerksam ansieht.

Schließlich finde ich die Kraft zu sagen, was ich nicht sagen will. »Ich kenne sie …«

Kapitel 6

FELDFORSCHUNG

Detective Glenn wartet auf meine Reaktion, während er ihren Namen ausspricht. »Juniper Parsons.«

Ich reagiere nicht, was vermutlich bereits eine Reaktion ist. Zunächst hatte ich befürchtet, er könnte den Namen einer mir nahestehenden Frau nennen. Davon gibt es aber nicht viele. Die Hand auf dem Foto könnte zu einem halben Dutzend Frauen gehören, mit denen ich zusammenarbeite, oder zur Tochter eines Bekannten.

In letzter Zeit war ich nur mit einer einzigen Frau zusammen – wobei diese Beschreibung schon einer Übertreibung gleichkommt: Allison. Ihre Hand hätte ich vermutlich sofort erkannt. Schließlich habe ich viele Nächte damit verbracht, ihre Handrücken zu streicheln und ihre Hände in meinen zu halten, während wir über alles sprachen – von Bob Hopes Komödien bis hin zum Geruch der Luft in der Wüste Gobi.

Wäre sie die Frau auf dem Foto gewesen, hätte mein Körper auf recht einfache Art darauf reagiert. Es hätten sich die Blutgefäße erweitert, die Nackenhaare aufgestellt und der Magen zusammengezogen.

Im ersten Moment spüre ich das flüchtige Gefühl von Erleichterung, weil mir der Name nichts sagt. Flüchtig, weil sich sofort eine höhere Emotion einstellt, die zu jener Art gehört, durch die unser soziales Gehirn uns mitteilt, wie wir auf Grundlage der inneren anstelle der äußeren Erfahrungen empfinden müssten. Und diese Emotion sagt mir, dass ich mich schuldig fühlen sollte. Schuldig wie ein Hund, der zur Strafe in der Ecke sitzt – aber nicht, weil er weiß, dass er das Essen nicht vom Tisch nehmen darf, sondern weil er etwas Unangemessenes getan hat, das er nicht versteht.

Detective Glenn beobachtet meine ausbleibende Reaktion. Sie mag meine Unschuld untermauern, verstärkt aber vermutlich gleichzeitig seine Ansicht, ich stände den Menschen in meinem Umfeld distanzierter gegenüber als üblich. Ich bin eine Karikatur des abgehobenen Wissenschaftlers.

Namen kann ich mir nicht gut merken. Also gehe ich die Junipers, die ich kenne, in Gedanken durch. Meinte er June?

An June kann ich mich kaum erinnern. Sie war eine meiner Studentinnen, als ich vor sechs Jahren als Vollzeitkraft zu unterrichten begann. Damals war ich kaum älter als meine Studenten, wodurch es schwierig war, das Bedürfnis nach professionellem Verhalten mit dem Wunsch nach Akzeptanz durch eine Gruppe nahezu Gleichaltriger unter einen Hut zu bringen.

Sie studierte Zoologie im Hauptfach, wollte aber in die Ethologie wechseln und das Verhalten der Tiere in ihrer Umgebung erforschen. Ich lehrte damals schon meinen ganzheitlichen Ansatz zum Verständnis der Systeme. Vergesst die Namen und Konventionen, die uns vertraut sind. Erfindet stattdessen eure eigenen. Nicht alle Tiere, die denselben Namen tragen, verhalten sich auch gleich, wenn sie in verschiedenen Ökosystemen leben. Ein Inuit, der überlebt, weil er Wale fängt, die mehr wiegen als alle Menschen, die er kennt, führt einen völlig anderen Lebensstil als ein Veganer in San Francisco, der niemals etwas essen würde, das nicht seinen gesamten Lebenszyklus in der Erde vergraben verbracht hat.

Wir unterhielten uns auch außerhalb des Unterrichts. Ich glaube, ich war mit ihr und einigen anderen Studenten nach einer Vorlesung einmal in eine Pizzeria gegangen. Aber sie hatte nie in meinem Labor gearbeitet, und soweit ich mich erinnere, schrieben wir uns keine Nachrichten und telefonierten auch nicht miteinander.

Nach einem langen Moment schaue ich wieder zu Glenn auf. »Was ist mit ihr passiert?«

»Erinnern Sie sich an sie?«

»Ich glaube schon. Sie nannte sich selbst June. Vielleicht klang ihr Juniper etwas zu hochgegriffen.«

»Vor drei Tagen erhielten wir einen Anruf. Juniper war zu Forschungszwecken hier draußen unterwegs und hatte sich nicht gemeldet. Also haben wir jemanden in ihr Motelzimmer geschickt. Dort war sie mindestens genauso lange nicht mehr gewesen. Alles war unberührt. Nur ihr Auto fehlte. Das fanden wir schließlich in einer Werkstatt, wo man ihm ein neues Getriebe einbauen sollte. Heute Morgen haben zwei Wanderer ihre Leiche gefunden. Damit wurde der Vermisstenfall zu einem potenziellen Mordfall. In einer solchen Situation ermitteln wir zunächst alle Personen, die das Opfer gekannt haben. Dabei stießen wir auf Ihren Namen.«

Wie es dazu kam, erklärt Glenn nicht. Er behält seine Polizistengeheimnisse für sich, während er darauf wartet, dass ich etwas sage.

Soll ich nun protestieren oder lieber schweigen?

Er wartet kurz und fährt dann fort: »Zwei Wissenschaftler, die sich kennen, forschen in der gleichen Gegend …«

Vermutlich bin ich nun an der Reihe zu antworten. »Ich wusste nicht, dass sie hier war. Juniper und ich haben seit Jahren nicht miteinander gesprochen.«

Glenn zuckt unverbindlich mit den Schultern. »Sie hatte Ihr Buch auf ihrem iPad. Außerdem einige Ihrer Forschungen. Das führte uns wieder zu Ihnen zurück. Ein bisschen viel *Law & Order*, erster Akt, ich weiß. Aber das wahre Leben spielt manchmal so.«

»Aber jetzt wissen Sie, dass ich es nicht getan habe?« Ich versuche, diesen Satz wie eine Feststellung klingen zu lassen. Doch er wirkt mehr wie eine Frage, und dazu noch wie eine verzweifelte.

»Ich denke, wir können Sie praktisch ausschließen. Und falls Sie sich dadurch besser fühlen – wir haben auch den Mechaniker in der Werkstatt überprüft und die Polizei vor Ort hat ihren Ex-Freund befragt. Sie waren nicht unser einziger Verdächtiger … nur der interessanteste.«

»Was hat sich in der letzten Stunde geändert?« Ich habe Angst, zu viele Fragen zu stellen. So schnell, wie der anklagende Finger gerade in eine andere Richtung zeigt, könnte er auch wieder auf mich zurückweisen.

»Unser Rechtsmediziner konnte inzwischen eine genauere Untersuchung durchführen. Deshalb können wir Sie als Verdächtigen ausschließen.«

Mein Blick schnellt zu dem Foto ihrer eleganten Hand, die voller Verzweiflung herabhängt. »Okay, aber wer hat ihr das angetan?«

»Nicht wer, Dr. Cray. Was.«

Kapitel 7

INSELN

»Wie Sie zweifellos erkannt haben, waren die Verletzungen ziemlich schwer«, beginnt Detective Glenn. »Zunächst schien es irgendeine Messerattacke gewesen zu sein. Ein Arm wurde fast abgetrennt und der Kopf beinahe durchtrennt. Wir fanden blutige Fuß- und Handabdrücke im Umkreis von fast neunzig Metern. Sie wurde angegriffen und gejagt. Vermutlich mehrmals. Anschließend hat man sie zu einem Baumstamm geschleift. Das Ganze hat sich weniger als einen Kilometer von der Interstate entfernt abgespielt. Also nicht im tiefsten Wald. Aber solche Dinge können überall passieren. Wie Sie inzwischen wissen, lautet unser Grundsatz, so viele Beweise wie möglich zu sichern, bevor die Spuren kalt werden.«

»Solche Dinge?« Ich versuche, nicht auf die Bilder zu starren.

»Bärenangriffe. Am Anfang waren wir uns nicht sicher.« Für einen Moment bricht seine Stimme. »Es kommt mehrmals im Jahr zu Zusammenstößen und im Durchschnitt zu einem Todesfall.« Er zeigt auf mich. »Die Hälfte entfällt auf Wissenschaftler. An zweiter Stelle stehen die selbst ernannten Experten für Grizzlybären. Juniper war offensichtlich zur falschen Zeit am falschen Ort. In einigen Wunden haben wir den Teilabdruck einer Tatze gefunden und etwas, das vermutlich Bärenfell ist. Ein Beamter des ›Fish and Wildlife‹, ein Experte auf dem Gebiet des Artenschutzes, bestätigte, dass sich die Wunden mit Bärenbissen decken.«

»Ein Bär.« Diese Information muss ich erst einmal verdauen. Wenn man in Montana und Wyoming forscht, hält man ständig nach Bären Ausschau. Ich habe immer eine Dose Bärenspray in meinem Rucksack, wenn ich einen Fuß in ihr Revier setze. Ich habe Hunderte von ihnen gesehen. Sogar Grizzlys. Ich mache immer einen großen Bogen um sie, und sie zeigen sich dafür immer erkenntlich.

Ich habe nie gemeinsam mit Juniper Feldforschung betrieben, weiß also nicht, wie gut sie ausgebildet war. Aber ich hielt sie nie für ein dummes Ding.

Selbst wenn, Bärenangriffe waren überaus selten. Was überrascht, wenn einem bewusst wird, wie nah wir ihnen im Wald kommen.

Stellte man nachts eine Wildkamera auf einem Zeltplatz auf, wäre man überrascht und vielleicht auch erschrocken, wie viele Tiere dort umherwandern und herumkriechen.

Einen hungrigen Bären kann man in Hörweite der Autobahn finden, auf der die automatisch gesteuerten Elektrofahrzeuge von Tesla vorbeizischen und Kinder auf den Rückbänken der Wohnwagen unbeirrt *Star Wars* auf riesigen Fernsehern schauen, während das Popcorn in der Mikrowelle knallt.

Die Natur ist da, auch wenn man sie nicht wahrnimmt.

»Vor zwei Tagen rief ein Wanderer an und meldete, er hätte nicht weit von der Stelle, an der wir Juniper schließlich gefunden haben, Frauenschreie gehört. Er meinte, seine Freunde und er hätten zwar nachgesehen, aber nichts entdecken können.«

Glenn seufzt leise. »Was da draußen leicht passieren kann. Ich habe einmal auf der Stoßstange eines Cadillac gestanden, der vom Matsch und Gestrüpp verdeckt wurde, und nach genau diesem Wagen gesucht. Mann, das gab Ärger.«

Ich erzähle keine Geschichten. Ich rede mir ein, dass es an meiner starken Fokussierung liegt. »Haben Sie eine Ahnung, warum sie dort draußen war? Hoffentlich nicht, um Bärenforschung zu betreiben.«

Er überfliegt seine Notizen. »Insulare biogeografische Analogien?«

»Inseln«, antworte ich. »Sie suchte nach Inseln.«

»Inseln? Hier oben?«

»So nenne ich sie. Allgemein gesprochen handelt es sich dabei um Ökosysteme, die von der Außenwelt abgeschnitten sind. Bei Inseln isoliert das Meer sie. In einer Wüste findet man vielleicht eine Oase. Sogar in einem dichten Dschungel kann man manchmal Höhlen mit isoliertem Leben entdecken. Wissen Sie noch, was ich über die Tiere gesagt habe, die verschiedene Bereiche eines Ökosystems ausfüllen? Dass selbst Kaulquappen zu Spitzenräubern werden können? Anscheinend suchte Juniper nach Miniökosystemen, die eigenständiger sind, als man von außen vermutet. Man entdeckt sie an den ungewöhnlichsten Orten. Höhlen habe ich bereits erwähnt. Aber man findet sie auch an Felswänden und sogar im vom Menschen geschaffenen Umfeld wie zum Beispiel einem Kreuzfahrtschiff oder dem Dach eines Gebäudes. Der Grad ihrer Isolation variiert dabei. Doch je abgeschiedener sie sind, desto wahrscheinlicher ist es, dass einige wenige Arten in der Lage sind, alle Funktionen zu übernehmen, die man in einem größeren System findet.« Ich merke, dass ich schon wieder doziere.

»Fahren Sie fort.«

»Nun, aus bioinformatischer Sicht wird es richtig interessant, wenn man sich selbst nicht auf traditionelle Taxonomien, also Einordnungen in bestimmte Systeme, beschränkt. Die

Soziologen sehen aufstrebende Strukturen ja in allem, von Gefängnissen bis hin zu Poker spielenden Computern.«

Plötzlich erkenne ich eine Verbindung zwischen Junipers Forschung und dem, was ich ihr beigebracht habe, und spüre einen Hauch von Schuld. »Ich sage meinen Studenten immer, dass Computermodelle informativ sind, aber sie erzählen uns nur wenig über fremde Systeme. Wir müssen vergleichen und gegenüberstellen. Ihr müsst rausgehen. Ihr müsst das Unerforschte erforschen.«

Detective Glenn beobachtet meine Hände. Immer, wenn ich angespannt bin, balle ich sie zu Fäusten und presse sie fest zusammen. Im Moment sind meine Finger ganz weiß, weil sie nicht mehr durchblutet werden.

»Sind Sie okay, Dr. Cray?«

Ich schüttele den Kopf. »Nein. Ich erinnere mich gerade an ein Gespräch, das ich mit June … Juniper geführt habe. Sie bat mich um einen Rat.« Die Erinnerung wird lebendiger. Wir waren zusammen mit einigen anderen Studenten in einer Pizzeria nahe dem Campus. Sie rutschte auf die Bank neben mir. Sie hatte hellbraune Augen.

Sie warf ihr Haar zurück und grinste mich kurz an. »Also, Professor Theo, welchen Rat würden Sie einer angehenden Wissenschaftlerin geben?« Sie stützte den Ellbogen auf der Rückenlehne ab. Ich rutschte ein Stück zurück, um ihr mehr Raum zu geben, was sie mit einem weiteren Grinsen quittierte.

Damals machte ich mir große Sorgen, als einer dieser lüsternen Professoren daherzukommen, die junge Studentinnen wie verzweifelte Wölfe bedrängen, die dann wiederum überrascht tun, wenn sie hören, dass ihr Fachgebiet noch einen weiten Weg vor sich hat, bis es Frauen gegenüber offener wird.

Ihre Körpersprache bemerkte ich nicht. Vielleicht war sie auf die Art und Weise kokett, die man jungen Frauen manchmal beibringt, damit die Männer sie wahrnehmen, die sie anderenfalls übersehen würden. Ich weiß es nicht. Ich sah nur die Frage.

Und ich gab ihr eine aufrichtige Antwort. Sie zog sich von mir zurück, stützte den Kopf in die Hände und den Ellbogen auf den Tisch, während sie mir aufmerksam zuhörte.

Ich dachte, sie wollte mir nur einen Gefallen tun, während ich fortfuhr. Heute weiß ich, dass sie das nicht tat. Sie nahm jedes Wort ernst.

Diese Worte, meine Worte, brachten sie letztendlich um.

Kapitel 8

GRENZGEBIETE

Von Plinius dem Älteren, der starb, als er nach dem Ausbruch des Vesuvs nahe Pompeji an Land eilte, bis in die heutige Zeit leben Wissenschaftler mitunter gefährlich. Experten auf der Suche nach Krankheitserregern verlieren ihr Leben im Kampf gegen Krankheiten, Astronauten beim Wiedereintritt in die Atmosphäre und Meeresforscher in den Tiefen des Ozeans.

Selbst das Laboratorium kann zu einem gefährlichen Grenzgebiet werden. Marie Curie wurde von den radioaktiven Elementen getötet, deren Wirkung sie uns zeitlebens verständlich machen wollte. Virenjäger in Sicherheitsanlagen der Stufe fünf, in denen jedes Luftmolekül gereinigt wird, sterben, wenn ein winziger Einstich ihre Handschuhspitze durchdringt.

Manchmal ist Nachlässigkeit die Ursache. Manchmal nur die Tatsache, dass wir die Natur der Dinge, die wir erforschen wollen, nicht verstehen. Oder man hat schlicht Pech und ist zur falschen Zeit am falschen Ort.

Wenn ich meinen Studenten erkläre, sie sollen in die Welt hinausgehen, jeden Stein umdrehen und ihre Nase in unbeachtete Plätze stecken, setze ich vielleicht voraus, dass sie dabei vorsichtig vorgehen. Möglicherweise trage ich die Schuld, weil ich die unkalkulierbaren Risiken herunterspiele.

Einen Großteil meiner Jugend habe ich in den Wäldern verbracht. Doch heute erinnere ich, mit Brille und geistesabwesend gekämmtem Haar, meine Studenten sicherlich sehr an die agoraphobischen Englischprofessoren und zweibeinigen Laborratten, die das Tageslicht nur auf ihrem Weg zu den Verkaufsautomaten im Studentenzentrum sehen.

Ich bin definitiv kein Überlebenskünstler. Mein Limit in der freien Natur steigt proportional zur Menge an Frischwasser und Müsliriegeln in meinem Rucksack und mein Wissen über Wälder ist in vielen Situationen eher abstrakt und theoretisch als praktisch.

Trotzdem habe ich einiges über die freie Natur von meinem Stiefvater gelernt. Und der Ausbilder im Korps der Reserveoffiziere hat mir ein gewisses Maß an gesundem Menschenverstand eingehämmert. Er hatte meine intellektuelle Neugier zu Recht als Nachteil in den meisten Kampfsituationen gewertet.

Und indem ich ignorierte, wie wenig ich weiß, habe ich Juniper vermutlich in ihr Unglück gestürzt.

Detective Glenn nimmt einen Anruf entgegen, während ich dasitze und auf die ausgestreckte Hand des armen Mädchens starre.

Ihre Finger haben sich im Todeskampf verkrampft, nachdem ihr Körper keine Coenzyme mehr produzierte, die das Versteifen der Muskeln – die Leichenstarre – verhindern.

In einem Semester stehen uns gerade so viele Stunden zur Verfügung, dass wir unseren Studenten das Wichtigste weitergeben. Ich habe endlose verschiedene Stundenpläne erstellt und versucht, das herauszufiltern, was ich für absolut wichtig gehalten habe. Irgendwie war es mir gelungen, Zeit zu finden, in der sie auf dem Videobildschirm des Hörsaals Videospiele spielen konnten – nur um ihnen zu zeigen, wie cool ich sein konnte, während ich ihnen gleichzeitig beibrachte, wie sogar ein digitales Ökosystem emergente Regeln befolgen kann.

Nun tut es mir leid, dass ich so viel Zeit mit diesem Unsinn oder mit Filmtagen vergeudet habe, an denen wir Filme wie *Avatar* gesehen und versucht haben, den Lebenszyklus eines Aliens vernunftmäßig zu erklären.

Ich hätte ihnen beibringen müssen, wie man überlebt.

Die Videospiele und Filme sind nichts als selbstsüchtige Nachsicht. Ich bin nicht der beliebte Professor, der tolle Witze reißt oder einfach nur mit seinen Studenten redet. Ich bin oft distanziert und weltentrückt. Diese sogenannten lustigen Lehrmittel sind mein Versuch, ihnen zu zeigen, dass es eine Verbindung gibt zwischen den coolen Dingen in ihrem Leben und der Welt, in der ich lebe.

Doch jetzt, wo ich die Fotos der armen Juniper sehe, komme ich mir so lächerlich vor wie ein Geschichtsprofessor, der in einem »Captain America«-Kostüm in die Klasse stolziert.

Ich hätte ihr und ihren Kommilitonen beibringen müssen, wie man sich in Sicherheit bringt, anstatt mich zu bemühen, gemocht zu werden.

Juniper hätte nicht allein dort draußen sein dürfen. Jemand hätte wissen müssen, wo sie war. Sie hätte eine Waffe mitnehmen müssen. Sie hätte all die Dinge tun sollen, die ich nicht tue …

Impulsiv, neugierig und ahnungslos hatte sie vielleicht mehr von mir gelernt, als sie sollte.

»Dr. Cray? Sind Sie okay?«, fragt Glenn.

Erst jetzt bemerke ich, dass ich die sechs Fotos von Juniper zusammengelegt habe und an mich presse. Verlegen lege ich sie zurück auf den Tisch.

»Es tut mir leid.« Ich schiebe meinen Stuhl zurück. »Ich sollte jetzt wohl gehen. Wenn das okay ist?«

»Ja. Natürlich.« Glenn steht auf und geht zur Tür, um sie mir zu öffnen. Bevor er den Türknauf herumdreht, hält er inne. »Ich habe eben mit ›Fish and Wildlife‹ telefoniert. Sie schicken uns ihren besten Fährtensucher. Wir werden dieses Tier fangen. Falls das ein Trost ist.«

Ich lächle schwach. »Wir beide wissen, dass es das nicht ist. Der Bär war einfach nur ein Bär.« Ich hole Luft, obwohl meine Lunge sich nicht rühren will. »Sie hätte es besser wissen müssen.«

»Geben Sie ihr nicht die Schuld«, erwidert Glenn.

Ich schaue auf. Meine knappen Worte sind voller Selbsthass. »Ich gebe nicht ihr die Schuld.«

Kapitel 9

MITTERNACHT

Am späten Nachmittag setzt mich ein Polizist auf dem Parkplatz meines Motels zusammen mit einem Karton ab, in dem sich meine Schuhe, mein Notebook und andere Dinge befinden, die sie aus meinem Zimmer und meinem Auto mitgenommen haben.

Der Türrahmen des Motelzimmers ist noch immer an der Stelle zersplittert, an dem die taktische Einheit sie eingeschlagen hat. Ich könnte an der Rezeption um ein anderes Zimmer bitten, aber es ist mir egal.

Ich schließe die Tür hinter mir und halte sie mithilfe der Kette verschlossen. Das Bett ist noch ungemacht, obwohl die Kissen anscheinend bewegt wurden. Vermutlich ist jemand mit einer klebrigen Rolle darübergefahren, um Haare aufzusammeln. Offenbar haben sie nicht nur nach Junipers Blut gesucht, sondern auch nach anderen Hinweisen auf sie.

Während Detective Glenn und ich miteinander sprachen, hat man alles, was man gefunden hat, kurz untersucht.

Ich wette, Glenn hätte mich unschuldig gefragt, ob ich hier allein oder mit einer anderen Person wohne, hätten sie ein langes braunes Haar in meinem Bett oder im Abfluss der Dusche gefunden. Das wäre der erste Schritt zur Klärung der Frage gewesen, ob ich ein Lügner und potenzieller Mörder war.

Ich weiß, dass Glenn mich während der ganzen Zeit, die ich im Büro des Sheriffs verbracht habe, sorgfältig eingeschätzt hat. Er hat Hunderte, vielleicht sogar Tausende schuldige Menschen getroffen. Er hat sicherlich seine eigenen Muster, nach denen er sucht. Obwohl jeder Mensch einzigartig ist, sind unsere Reaktionen teilweise doch gleich.

Man könnte mich leicht als emotionslos bezeichnen. Und wahrscheinlich bin ich das auch, wenn man den Begriff wörtlich nimmt.

Als mein Vater starb, verwandelte ich mich von einem kontaktfreudigen, vielleicht sogar extrovertierten zu einem sehr verschlossenen Jungen. Meine Mutter schickte mich zu mehreren Psychologen, weil sie befürchtete, ich ginge mit meinem Kummer nicht angemessen um.

Während ich in deren Praxen saß, konnte ich meine Gefühle nur durch Ja- oder Nein-Antworten zum Ausdruck bringen. Als mir Dr. Blakely, ein Therapeut, damals einen schriftlichen Test vorlegte, in dem er mir spezielle Fragen darüber stellte, wie ich mich fühlte, wurde offensichtlich, was in meinem Kopf vor sich ging – zumindest für Dr. Blakely und mich.

Dr. Blakely rief meine Mutter herein und erklärte ihr unverblümt, dass ich die Situation so gut verarbeitete, wie es zu erwarten war. Ich war weder ein Soziopath noch gefühllos. Ich brachte nur meine Gefühle nicht zum Ausdruck und erkannte sie auch nicht auf gleiche Art und im gleichen Zeitrahmen wie andere Menschen.

Das Wort Emotion stammt aus dem Lateinischen und bedeutete ursprünglich »herausbewegen«. Das Problem ist, dass wir dieses »Herausbewegen« der Gefühle erwarten. Der Mensch ist ein Gesellschaftstier, und unsere Erfahrungen müssen nach außen getragen werden, damit andere sie erkennen können.

Mutter sah mich niemals weinen. Ich denke, das beunruhigte sie am meisten, weshalb sie mich zu verschiedenen Therapeuten schickte. Als ich etwas älter wurde und mehr Erfahrung besaß – und Davis, ihr zweiter Ehemann, mir einige Hinweise lieferte –, erkannte ich endlich, warum sie immer wieder eine zweite Meinung einholen wollte.

Sie weinte niemals.

Meine Mutter konnte ihr eigenes Unvermögen, die Gefühle zu zeigen, die ein Mensch haben sollte, wenn eine geliebte Person stirbt, nicht zugeben.

Ich zweifle nicht daran, dass der Verlust meines Dads sie tief getroffen hat. Ich weiß, dass sie ihn aufrichtig liebte. Alle liebten ihn. Er war ein selbstloser Mensch, der starb, als er anderen helfen wollte.

Ich habe die Schwere des Verlustes meiner Mutter niemals an ihrem Verhalten gemessen. Sie war so eindeutig wie eine mathematische Gleichung. Als Dad starb, waren das ausgelassene Lachen und das Strahlen, das er in unserem Haus verbreitet hatte, wie ausgelöscht. Selbst ein Fremder konnte spüren, dass etwas fehlte.

Rückblickend betrachtet, erinnert es mich an die Geschichten, die mein Stiefvater aus seiner Zeit als Soldat in Deutschland erzählt hat, wenn er mit der Bahn von West- nach Ost-Berlin gefahren ist. Davis meinte, er habe immer das Gefühl gehabt, von einem Farb- in einen Schwarz-Weiß-Film zu reisen.

Als Dad noch lebte, war die Welt voller Farben. Später existierte die Farbe nur noch als eine Nummer auf der Farbkarte. Alles fühlte sich gedämpft an.

Meine Reaktion auf Junipers Tod war schwelende Wut. Glenn glaubt jetzt vielleicht, dass ich sie nicht getötet habe, aber während ich hier auf meinem Bett liege und an die Decke starre, frage ich mich, ob er mich für einen Mann hält, der dazu in der Lage wäre.

Was hätte ich sagen sollen, als er ihren Namen erwähnte? Welche Regung hätte mein Gesicht zeigen sollen? Ich weiß es nicht. Doch nichts zu tun und ihn so ausdruckslos wie eine griechische Statue anzustarren, war sicherlich nicht die richtige Antwort.

Am Ende der Befragung gab Glenn mir noch einmal die Chance, wie ein normaler, fühlender Mensch zu reagieren, als er meinte, sie würden den Bären fangen. Meine Antwort war die eines Wissenschaftlers, nicht die eines lebendigen Mannes, den die Wut angesichts dieser Ungerechtigkeit antrieb.

Selbstverständlich hasse ich diesen verdammten Bären.

Er mag sich seiner Natur gemäß verhalten haben, doch das tun Ebola und Cholera auch. Trotzdem würde ich sie auf diesem Planeten auslöschen, wenn ich könnte.

Bären sind faszinierende Tiere, die mehr mit uns gemeinsam haben, als wir glauben. Sie passen sich an fast ebenso viele Umgebungen an wie wir und sind extrem arrivierte und intelligente Säugetiere.

Sie verdienen unseren Schutz.

Nur dieser nicht. Weil er so dumm war und nicht wusste, dass diese harmlose junge Frau keine Bedrohung darstellte, muss er nun sterben.

Im Augenblick wünschte ich, ich wäre da draußen bei den Jägern, die nach ihm suchen.

Das hätte ich Glenn sagen sollen. Die richtige Antwort wäre Wut gewesen – und der Wunsch, etwas zu tun.

Er denkt vermutlich, ich sei nicht nur emotionslos, sondern auch … ein Feigling.

Die echten Kerle – Männer, die Juniper niemals kennengelernt oder ihr übergeordnet waren – suchen jetzt im Wald nach ihrem Mörder.

Ich dagegen liege hier in diesem klimatisierten Zimmer hinter einer fast verschlossenen Tür und schmolle angesichts meiner Unfähigkeit, Menschen zu zeigen, wie wütend ich bin.

Glenn könnte kein Urteil über mich fällen, das hart genug wäre.

Ich bin erbärmlich.

Unfähig, meine Frustration auszudrücken, bin ich sogar noch schlimmer als erbärmlich: Ich bin im wahrsten Sinne des Wortes ohnmächtig.

Regungslos liege ich da, bis mein Handy klingelt.

Es ist Detective Glenn.

»Wir haben ihn!«, ruft er begeistert.

»Wo? Ich will ihn sehen.«

Kapitel 10

DIE BESTIE

Ich fahre auf den Parkplatz der Straßenbaubehörde am Waldrand. Hier werden die Straßenreinigungsgeräte in einem Lager untergestellt. Unter der einzigen Straßenlaterne steht eine Gruppe von Männern um etwas herum.

Mindestens zwanzig Personen bilden einen Kreis. Lastwagen mit Gewehrständern versperren mir teilweise den Blick auf sie und auf das, um das sie herumstehen. Die meisten Fahrzeuge gehören der Landes- und Bundesregierung.

Ich steige aus dem Wagen. Die Entfernung zwischen mir und dem Ding unter der Laterne entspricht fast der Größe eines Footballfeldes. Obwohl mir jeder einzelne Schritt bewusst ist, habe ich das Gefühl, ich käme ihm nicht näher.

Die Lichter der Kameras aus der Mitte des Kreises erleuchten die hohen Pinien wie stille Blitze. Der Duft von heißem Kaffee und Gelächter erfüllen die kalte Luft.

Denkt man sich die Lastwagen, die Handys, die Kiste mit den Donuts und die Gewehre weg, könnte es eine Szene aus der Höhle von Lascaux sein, wo sich vor zwanzigtausend Jahren die Männer versammelt haben, um ihren Jagdsieg zu feiern.

Ich bin der Eindringling. Die anderen sind die Helden, die die Ungeheuer gejagt haben, die die Jungfrauen getötet hatten. Ich bin der Zuschauer, der sich Monster besieht, aber kein Recht auf das Schulterklopfen und die Glückwünsche hat.

»Dr. Cray!«, ruft Detective Glenn mir zu. Er wendet sich von einem Mann in Forstdienstuniform ab und kommt zu mir herüber.

Fast erwarte ich, dass er mich fragt, was ich hier tue, obwohl er mich eingeladen hat.

Er gibt mir die Hand … und grinst. Er kannte Juniper nur als Leiche. Für ihn begann ihre Geschichte, als man sie tot im Wald gefunden hat. Und für ihn fand sie ein gutes Ende, als das Monster bezwungen wurde.

Das Gleiche gilt für die anderen Männer.

Die Hauptrolle in ihrem Drama spielt der Bär. Jeder Mann ist ein Protagonist, das Tier der Antagonist. Die arme Juniper ist nicht mehr als der auslösende Vorfall. Für sie ist sie nicht mehr als ein Name und ein Anlass.

Ich bin deshalb nicht wütend auf sie. Wenigstens haben sie ja etwas getan, während ich mich nur mit meinen eigenen Problemen beschäftigt habe.

Glenn stellt mich einem Mann mit grau meliertem Bart und »Fish and Wildlife«-Jacke vor. Im Bund seiner Shorts steckt eine Pistole. »Das ist Kevin Richards. Er hat das Tier aufgespürt und getötet.«

Ich schüttle seine Hand.

»Mein Beileid«, meint Richards und schaut mich tröstend an. Ich spüre, dass er zu den Jägern gehört, die den Tod eines Lebewesens nicht genießen.

Ich weiß nicht, was ich sagen soll. Ich nicke nur, weil ich mich zu sehr schäme, um zuzugeben, dass der größte Verlust, den ich empfinde, der Verlust meines Stolzes ist.

Durch eine Lücke zwischen den Männern erhasche ich einen kurzen Blick auf das braune Fell.

Richards umfasst meine Schulter. »Ich zeige ihn Ihnen.«

Seine Geste soll Trost spenden, beraubt mich aber meiner Manneswürde. Ich unterdrücke den Drang, seine Hand abzuschütteln.

Er ist der triumphierende Ritter, der dem verschreckten Dorfbewohner den toten Drachen zeigt. Als wolle er sagen: »Hab keine Angst. Ich habe mich schon darum gekümmert, kleiner Mann.«

Die anderen Männer bemerken Richards und Glenn und machen Platz, damit wir das Tier sehen können.

Man hat eine große blaue Plane auf dem Schotter ausgebreitet. In der Mitte ragt ein Berg von Fell empor, der mit Blättern und kleinen Ästen übersät ist.

Ich kann dunkelrote Blutflecke an dem Körper erkennen, wobei es sich nicht um Schusswunden handelt.

Tatsächlich hat das Tier nur eine sichtbare Wunde – eine Eintrittsstelle an der rechten Schläfe, direkt neben dem Auge. Das waren ein Meisterschuss und ein schneller Tod.

Die Augen des Bären sind noch immer offen. Sein Kiefer steht wie bei einem Knurren weit offen, und die scharfen Fangzähne sind gut zu erkennen. Seine Krallen ragen wie Steakmesser aus den Tatzen heraus.

Das ist also das Monster, das Juniper getötet hat.

Das ist der Albtraum, der ihr das Leben genommen hat.

Er ist groß, selbst für einen Grizzlybären.

Ich sollte bei seinem Anblick Hass empfinden.

Irgendein Instinkt sollte mich nach einer Axt greifen und auf die Bestie einschlagen lassen, um zu zeigen, wie wütend ich bin. Doch meine Wut reicht noch nicht einmal, um zu spucken oder den Kopf zu schütteln.

Ich schaue hin, und alles, was ich sehe, ist ein Bär.

Nur ein Bär.

Das Knurren auf seinem Gesicht war vielleicht nur ein Krampf, nachdem er angeschossen worden war. Als Richards abdrückte, hatte das Tier vermutlich den Kopf nach unten gehalten und nach etwas Essbarem unter einem Baumstamm gesucht.

Er wurde in einem friedlichen Moment getötet, nicht während eines Heldenkampfes. Er starb, wie es sein sollte, leise und nichts ahnend.

Und wie Juniper hätte sterben sollen, später im Alter.

Ich habe Mitleid mit dem Bären. Junipers und sein Weg hätten sich niemals kreuzen sollen. Wäre sie in Windrichtung zehn Meter weiter weg gewesen, hätte es sich der Bär jetzt auf seinem Schlafplatz gemütlich gemacht und Juniper säße bei einem Stück Pizza und einem Glas Wein in einer Pizzeria in der nächsten Stadt. Beide wären glücklich und zufrieden.

Stattdessen liegen eine tote Frau in der Leichenhalle und ein toter Bär, der zum Ziel von Gespött und Hass wurde, hier auf dem Boden.

Ich schaue zu Richards hinüber und schenke ihm ein schwaches Lob. »Gute Arbeit.«

Er nickt mir wissend zu, obwohl er nicht wirklich weiß, was ich denke, und geht mit Glenn fort.

Ich stehe neben dem Bären und starre auf ihn hinab, ohne ihn wirklich anzusehen.

»Entschuldigung«, höre ich plötzlich eine Stimme hinter mir.

Ich drehe mich um und sehe eine junge Frau in Polizeiuniform, die einen dicken Umschlag in den Händen hält. »Sind Sie der Biologe?«

»Ja.«

»Ich soll Ihnen das hier geben.« Sie reicht mir den Umschlag. »Mein Mann muss zur Arbeit, ich muss wieder zurück.« Sie schaut auf den Bären. »Ach du Schande. Was für ein Monstrum«, sagt sie, bevor sie wieder zu ihrem Wagen geht.

Es dauert einen Moment, bis ich bemerke, dass ich den Umschlag in der Hand halte. Der Bär scheint mich anzustarren.

Ich greife hinein und meine Finger berühren einige Glasfläschchen, die ich zunächst für Proben halte, die sie aus meinem mobilen Labor genommen haben. Ich ziehe eins heraus und lese das Etikett.

PARSONS, JUNIPER 8.04.17-H.C.M.E.

Das dunkle Material in dem Fläschchen ist eindeutig … Blut. Dunkles geronnenes Blut. Aus einer Wunde entnommen. Ich untersuche die anderen Phiolen. Alle tragen die gleiche Kennzeichnung.

Ich halte ihr Blut in der Hand.

Darin befindet sich ihre DNA. Ich habe hier das Rezept, um eine Juniper Parsons zu erschaffen.

Selbst wenn ich das genetische Material in ein Ei zaubern und es zur Trennung bringen könnte – und selbst wenn ich den Informationsverlust ignorieren würde, der aus der Unkenntnis der originalen DNA-Oberflächenmethylierung resultierte –, wäre es natürlich nicht Juniper.

Von dem Akt der Befruchtung bis zu dem Moment, in dem sie sich vor Jahren in dem Restaurant neben mich setzte, hat die Welt um sie herum sie beeinflusst und sie zu der Juniper geformt, an die ich mich erinnere. Diese junge Frau ist fort, und ich habe sie nicht wirklich gekannt. Ihre DNA ist ebenso wenig Juniper wie ihr Foto.

Ich lese den Aufkleber auf dem Umschlag.

AN: DR. LIAM GOODSON. FISH AND WILDLIFE

Das erklärt, warum man mir mehrere Fläschchen mit Blut gegeben hat. Ich gebe Richards, der sich gerade mit Glenn und einigen anderen Männern unterhält, ein Zeichen.

»Entschuldigen Sie bitte. Eine Polizistin hat mir das gegeben.« Ich reiche Richards den Umschlag.

Er schaut hinein und nickt, bevor er ihn an einen älteren Mann mit Spitzbart und dicker brauner Brille weitergibt. »Goodson, ich glaube, das ist für Sie.«

Dr. Goodson nimmt den Umschlag, überprüft seinen Inhalt und lächelt mich dann höflich an. »Dr. Cray? Damit können wir bestätigen, dass es der richtige Bär ist«, erklärt er mir aus beruflicher Höflichkeit.

Ich vermute, sie werden nach ihrem Blut in seinem Fell und dem Magen suchen.

Ich nicke und will schon gehen, drehe mich aber noch einmal um, um Dr. Goodson etwas zu fragen. »Warum glauben Sie, dass das hier der Bär war?«

»Wir haben Blut an seinen Tatzen und in seinem Fell gefunden«, antwortet er und zeigt auf einen Einsatzkoffer, der dem nicht unähnlich ist, den ich selbst benutze, wenn ich auf der Ladeklappe eines Pritschenwagens sitze. »Haben es getestet. Sie kennen sich mit Hämoglobintestsets aus?«

»Ja, natürlich.« Er meint diese kleinen Testfläschchen, die Stoffe enthalten, die ihre Farbe ändern, wenn sie mit menschlichem Blut in Kontakt kommen. Damit kann man schnell sagen, ob es sich bei einer Blutprobe um menschliches oder tierisches Blut handelt. Er hat vermutlich mehrere Sets für verschiedene Blutarten in seinem Koffer. Das ist eine der Methoden, mit der sie Wilderer fangen.

Ich steige in mein Auto und starre minutenlang auf die Männer, die noch immer um den Bären herumstehen.

Ich versuche, das Geschehene zu verarbeiten.

Als ich heute Morgen aufwachte und zur Eismaschine ging, war das Letzte, was ich erwartet habe, Teil eines Dramas zu werden, zu dem eine tote junge Frau und die Jagd auf einen Killerbären gehören.

Jetzt ist alles vorbei, und ich bin noch immer erschüttert und verwirrt.

Erschüttert von den Ereignissen und verwirrt über mein eigenes Handeln.

Langsam öffne ich meine rechte Hand und schaue auf das, was ich darin halte. Darauf zu starren, bringt mir auch keine Antworten. Nur Fragen.

Allen voran die eine: Warum hatte ich das Gefühl, eine Probe von Junipers Blut stehlen zu müssen?

Kapitel 11

DER PHILANTHROP

Als ich aufwache, steht das Fläschchen mit dem Blut neben drei leeren Bierdosen auf meinem Nachttisch. Ich weiß, dass ich es zurückgeben sollte. Auch wenn weder Seriennummern noch eine Liste mit dem Inhalt des Umschlags vorhanden waren, könnte jemand sein Fehlen bemerken.

Ich bin sicher, das gilt als Manipulation von Beweismaterial, auch wenn nicht mehr wegen Mordes ermittelt wird.

Warum habe ich es an mich genommen?

Nur zu gerne glaubte ich, es läge daran, dass mir das Sammeln von Proben in Fleisch und Blut übergegangen ist. Ich bringe einem ganzen Kurs bei, wie man in seinem mobilen Labor mit Klebeband, Stifthüllen und allem, was so herumliegt, improvisiert.

Mein eigenes Labor ist eine zusammengewürfelte Sammlung von Dingen, die ich überall stibitze. Manche brauche ich sofort, andere fallen mir erst viel später ins Auge.

Einmal lieferten mir die seltsamen Löcher in dem Kokon einer Raupe, die mir zufällig aufgefallen waren, die Erklärung, warum eine bestimmte Blume zwar in der einen Umgebung wuchs, sich aber einige Hundert Meter weiter hinter dem nächsten Berg nicht durchsetzen konnte. Ein Insektenkundler, mit dem ich zusammenarbeitete, erkannte in den Löchern Termitenbohrungen. Eigentlich sind Termiten nicht die natürlichen Feinde der Raupe. Doch immer, wenn die Raupe einen Kokon auf einem Ast spinnen wollte, hat diese spezielle Termitenart das Häuschen wieder aufgerissen, sodass schädliche Parasiten eindringen konnten. Die Raupe starb und schaffte es nie bis zur nächsten Stufe, auf der sie umherfliegen und Blütenstaub verteilen konnte.

Die unschuldigste Erklärung für mein Handeln war Gedankenlosigkeit. Biokleptomanie ist wenigstens nachvollziehbar. Alles andere ist etwas makaber.

Ein Fehler, der uns Wissenschaftlern zu oft unterläuft, ist der Glaube, wir müssten einer Sache nur einen Namen geben, um sie zu verstehen. Ein Skelett in einem Museum oder ein Tropfen Blut liefert uns immer nur einen Teil des Ganzen. Junipers Blut ist auch nicht mehr – nur ein Pixel im Bild.

Ihre entsorgte Zahnseide hätte wahrscheinlich mehr über sie verraten. Dann wüsste ich wenigstens, was sie zu Abend gegessen hat, wie es um ihre Zahngesundheit stand, und hätte vielleicht auch die DNA der Person, die sie zuletzt geküsst hat.

Ich schiebe meine Beweggründe beiseite und gehe ins Bad. Ich sitze gerade auf der Toilette, als mein Handy klingelt.

Ich wasche meine Hände mit rein symbolischer Gründlichkeit und prüfe die Telefonnummer des Anrufers – Julian Stein. Er ist der Philanthrop hinter der Stiftung, die meine Forschung unterstützt. Trotz meiner eher vagen Bewerbung drückt er seit Jahren meine Förderung durch.

Julian ist verdammt brillant. Er war ein Wunderkind und verkaufte mit siebzehn sein erstes Softwareunternehmen, bevor er Risikokapitalgeber und stinkreich wurde.

Obwohl dieser Typ es geschafft hat – Haus mit Blick auf die Golden Gate Bridge, Penthäuser in New York und

Red-Carpet-Auftritte bei den Indiefilmen, deren Produktion er unterstützt –, erzählt er mir immer wieder, wie sehr er mich beneidet.

Das ist schon lustig. Während ich mir Sorgen mache, dass die Universität meinen Vertrag auflösen könnte, und nicht weiß, wie ich dann meine Miete zahlen soll, schaut ein Mann, der in seinem Privatjet Präsidenten durch die Gegend fliegt, neidisch zu mir herüber.

Doch wenn ich draußen bin und Feldforschung betreibe oder vor meinem Computer sitze und etwas Aufregendes entdecke, weil ich dafür Zeit hatte, dann verstehe ich es.

Er ist durch eine skurrile Story in einer Computerzeitschrift auf mich aufmerksam geworden. Ich hatte eine Möglichkeit entdeckt, wie man ein örtliches Telefonbuch oder Adressenverzeichnis nutzen kann, um vorherzusagen, in welchen Städten die Grippewelle zuerst ausbrechen wird. Meine Prognosen basierten auf mehreren Faktoren. Der Wichtigste war die Anzahl der Personen in einer Stadt mit gleichem Nachnamen.

Menschen mit gleichem Nachnamen sind oft miteinander verwandt, treffen sich zum Essen und sind weniger vorsichtig, wenn es darum geht, vom Teller des anderen zu essen und Krankheitserreger weiterzugeben. Dadurch entstehen über das Wochenende Infektionsherde, die sich dann in der Schule und am Arbeitsplatz ausbreiten. Tagungszentren in der Nähe ergänzten meine Berechnung.

Obwohl das natürlich keine feste Regel war, hatte sie eine gewisse Aussagekraft. Ob sie nur reine Theorie ist, die zu den verfügbaren Daten passt, wird sich noch zeigen.

Nachdem er den Artikel gelesen hatte, rief Julian mich an und ermutigte mich, weiter in dieser Art zu forschen.

Trotzdem würde ich uns nicht als Freunde bezeichnen. Er lebt ein Leben im Fünf-Minuten-Takt, und man ist sich immer deutlich bewusst, dass er, sobald das Gespräch beendet ist, zum nächsten Namen auf einer sehr langen Liste von Personen geht, mit denen er spricht.

Ich nehme das Gespräch mit leicht belegter Stimme an. »Hey, Julian.«

Seine Stimme klingt bedrückt. »Theo, ich habe schon gehört. Wie geht es dir?«

Ich zögere nachzufragen, was er gehört hat. Von meiner Verhaftung – gut, es war nicht wirklich eine Verhaftung – oder von Juniper. Bei Julian braucht man sich auch nicht zu fragen, wie er es so schnell herausgefunden hat.

Schließlich sage ich das, was eine weniger an sich selbst interessierte Person sagen würde. »Armes Ding.«

»Kanntest du sie gut?«

»Nicht wirklich. Ich habe seit Jahren nicht mit ihr gesprochen. Ich wusste noch nicht einmal, dass sie hier in der Nähe arbeitete.« Habe ich damit meine Unschuld zu sehr beteuert?

»Ich habe ihr vor einer Weile ein Stipendium bewilligt.«

»Hast du?« Abgesehen von den Tagungen, die Julian ansetzt und zu denen ich gelegentlich gehe, weiß ich, ehrlich gesagt, nicht, wen er unterstützt.

»War keine große Summe. Doch als ich hörte, dass sie eine deiner Studentinnen war, war das automatisch ein Ja. Sie hat dich ein paarmal zitiert.«

Verdammt, sie hätte mich besser nicht gekannt. »Das wusste ich nicht. Ich kannte sie nur als Studentin.«

»Ich bin gerade auf ihrer Facebook-Seite. Da gibt es ziemlich viele Beileidsbekundungen. Sie muss etwas Besonderes gewesen sein.«

Ich wünschte, ich wüsste es. Ich stelle Julian auf Lautsprecher, damit ich die Seite auf meinem Notebook suchen kann. Der erste Link verweist auf ihr Twitter-Profil. Ich klicke darauf und ein Foto erscheint.

Da ist sie. Sie lächelt.

Ich habe dieses Gesicht und dieses Lächeln seit Jahren nicht mehr gesehen. Doch jetzt erinnere ich mich wieder lebhaft.

Sie war eine hübsche junge Frau. Nicht auf konventionelle Art. Ich glaube, ich erinnere mich wieder – ihr Vater war Ire und ihre Mutter stammte aus Haiti. Sie hätte als Brasilianerin oder eine andere Exotin mit kaffeebrauner Haut durchgehen können. Sie war einzigartig.

Ich werfe einen kurzen Blick auf das Fläschchen mit ihrem Blut neben mir. Wenigstens haben wir noch ihre DNA …

Welch perverser Gedanke. Selbst für einen Biologen.

»Ich habe gehört, sie haben den Bären gefangen.«

»Ja. Ich habe ihn letzte Nacht gesehen.«

»Ich schätze mal, das ist gut so.«

»Du schätzt mal?«

»Sie haben mich mitgenommen und befragt«, erkläre ich fast beichtend.

»Das überrascht mich nicht.«

»Vielleicht nicht. Aber für einen kurzen Moment dachten sie, ich hätte sie getötet.«

»Das klingt ja furchtbar.«

»War auch nicht lustig.«

»Zum Glück sind sie der Sache schnell genug auf den Grund gekommen.«

»Ja, schon …«, erwidere ich langsam.

»Ja, schon? Das klingt jetzt nicht sehr vertrauenerweckend.«

»Wie bitte? Ich habe sie nicht getötet.«

»Das habe ich auch nie bezweifelt«, gibt er scharf zurück.

»Es ist nur … die Sache mit dem ersten Eindruck, du weißt schon … Er trifft oft zu.«

»Theo, jetzt komme ich nicht mehr mit. Was willst du mir sagen?«

»Ich weiß es nicht. Es ist nur, na ja, der Detective, mit dem ich gesprochen habe. Er war intelligent. Gewieft. Ich glaube nicht, dass er irgendwelchen wilden Theorien hinterherjagt.«

»Aber sie haben doch festgestellt, dass es ein Bär war, und haben ihn gefunden.«

»Ja. Ja.« Ich greife nach dem Fläschchen und drehe es im Sonnenlicht, das durch den Türspalt hereinfällt, hin und her. Irgendetwas spiegelt sich darin wider.

»Hast du schon mit ihren Eltern gesprochen?«, will Julian wissen.

Ich blinzle und erkenne ein Haar. Es ist eine kurze, gerade Borste, die nicht von einem Menschen stammt – zumindest von keinem gesunden.

»Theo?«

»Sag mal, Julian, kennst du zufällig einen Fachmann für Bären?«

»Wir haben einmal ein Projekt für Bärenvielfalt unterstützt. Willst du mit denen reden?«

Ich weiß nicht, was ich fragen sollte. »Nein, ähm … Ich habe hier eine Probe ihres Blutes und vielleicht das Haar des Bären.«

»Du hast das gesammelt?«

»Nein. Nicht wirklich. Egal.« Ich stelle das Fläschchen zurück auf den Tisch.

»Soll sich das mal jemand ansehen?«

»Nein, ›Fish and Wildlife‹ kümmert sich darum. Ich bin vermutlich nur ein wenig morbid.«

»Du bist Wissenschaftler. Wir können abwarten und hören, was sie sagen, wenn du willst … obwohl ich mir nicht sicher bin, dass sie viel mehr tun als zu bestätigen, dass es der richtige Bär ist. Ich würde gerne wissen, ob irgendetwas mit ihm nicht stimmte oder ob Juniper irgendetwas getan hat, das zu diesem

Angriff geführt hat. Dieses ganze PMS-Zeug, das Bären anzieht, ist doch bloß ein Märchen, oder?«

»Ich weiß, ehrlich gesagt, nicht, ob genügend Datenpunkte vorliegen. Aber egal, sich da einzumischen, würde vermutlich eine Grenze überschreiten.«

»Vielleicht«, stimmt Julian zu. »Aber ich möchte dich trotzdem etwas fragen. Wenn Juniper ein Fläschchen mit deinem Blut und etwas Bärenfell hätte, würdest du dann wollen, dass sie es jemandem gibt, damit er es untersucht?«

»Ja. Aber ich kannte sie nicht gut genug, um zu wissen, ob sie gewollt hätte, dass ...«

»Vertrau mir, ich bin mir sicher, dass sie es gewollt hätte. Schick es her.«

»Einverstanden.« Hauptsache, ich werde es los.

»Hast du schon mit ihrer Mutter gesprochen?«, fragt Julian noch einmal.

Irgendwie betonte er das *schon* so seltsam. Als sei es meine Pflicht.

Verdammt! Natürlich musste ich sie anrufen. Ich bin so ein Mistkerl. Jeder normale Mensch ruft an, um sein Beileid zu bekunden.

Ich zögere. »Nein. Ich habe versucht, ihre Nummer zu bekommen.«

»Hat die Polizei sie dir nicht gegeben?«

Ich hatte noch nicht einmal daran gedacht, sie danach zu fragen. »Ich ... Ich bin nicht dazu gekommen.«

»Ich schicke sie dir gleich per SMS. Ich selbst werde sie später anrufen. Aber du solltest das besser gleich erledigen. Als ihr Lieblingsprofessor und so.«

Ihr Lieblingsprofessor?

»Ja. Ich mach das jetzt.«

»Okay. Ich schicke einen Kurier vorbei, um die Probe abzuholen. Ich besitze ein Labor mit schnellen Bearbeitungszeiten, von dem ich dir später mehr erzählen werde.«

Verdammt gründlich, Julian.

Wir verabschieden uns, und ich starre auf die Nummer von Junipers Mutter.

Wie fasst man diese Gefühle in Worte? Wir kann man erklären, dass man die Schuld daran trägt?

Ich weiß, dass ich keine Antwort finde, während ich hier in der Dunkelheit herumsitze. Also wähle ich die Nummer und hoffe, dass ich wenigstens einmal im Leben im richtigen Moment das Richtige sage.

Kapitel 12

SCHMETTERLINGE

»Hallo?« Die Stimme von Junipers Mutter klingt etwas angespannt, aber dennoch fest. Für sie hat der Albtraum begonnen, als Juniper vor einigen Tagen verschwand. Vermutlich hatte sie etwas Zeit, sich darauf einzustellen.

»Hi, hier spricht Theo Cray. Ihre Tochter besuchte vor einigen Jahren meinen Kurs. Ich wollte Ihnen mein Beileid aussprechen.« *Mein Beileid aussprechen* – welch sinnleere Art, um zu sagen, dass ich keine Ahnung habe, was ich sagen soll.

»Professor Theo?« Ihre Stimme wird etwas schrill. »Vielen Dank für Ihren Anruf. Das bedeutet mir sehr viel.«

»Ich weiß nicht, ob man es Ihnen gesagt hat, aber ich bin zurzeit in der gleichen Gegend.« Den Teil, in dem man für einen Moment glaubte, ich hätte ihre Tochter brutal ermordet, lasse ich unerwähnt.

»Ja. Ich weiß. Juniper sprach davon.«

»Hat sie das?«

»Oh, ja. Sie hat Ihre Forschung immer nachverfolgt. Ich muss Ihnen nicht sagen, wie sehr Sie sie angespornt haben.«

Ich? »Sie war eine äußerst angenehme Studentin.«

»Hat sie Ihnen je erzählt, dass Sie es waren, der sie davon abgehalten hat, das College zu verlassen?«

»Ähm … nein.« Sie hat mir nie etwas erzählt, weil ich mich nie bemüht habe, in ihr etwas anderes zu sehen als einen Namen auf der Anwesenheitsliste.

»Sie machte damals eine schwere Phase durch. Probleme mit den Jungs, und dann ist ihr Vater vor einem Jahr gestorben. Das war eine aufreibende Zeit. Sie sagte, Sie hätten ihr Hoffnung gegeben. Sie wollte so sein wie Sie.«

So sein wie ich? Ein gesellschaftlich ungebildeter Beobachter der Welt?

»Vielen Dank. Das höre ich nicht sehr oft.« *Niemals* wäre treffender.

»Sie sind so bescheiden. Es bedeutet mir sehr viel, dass Sie angerufen haben.«

Sie sollte mich anschreien. »Ich wünschte nur … Es tut mir sehr leid.« Meine Stimme bricht. »Ich wünschte, ich wäre ein besserer Lehrer gewesen. Ich wünschte, ich hätte ihr gesagt, sie sollte vorsichtiger sein. Entschuldigen Sie, Mrs Parsons, ich sollte so etwas nicht sagen.«

»Ist schon okay. Ich versuche, damit klarzukommen.« Ich kann hören, wie sie die Tränen zurückhält. »Sie war mein kleines Mädchen. Jetzt ist sie nicht mehr da.«

»Es tut mir so leid.« Ich hole tief Luft und putze mir die Nase.

»Dr. Cray, warum war sie allein da draußen?« Plötzlich klingt ihre Stimme nicht mehr herzlich und kontrolliert, sondern distanziert.

»Ich weiß es nicht. Ich weiß noch nicht einmal, was sie da draußen gemacht hat. Ich wünschte, ich hätte mehr Zeit darauf verwandt, ihr zu sagen, dass sie vorsichtig sein muss.« Ich fühle mich schuldig, weil ich ihr die Schuld gebe, und versuche sofort zurückzurudern. »Ich meine … Es ist nur …«

»Sie war immer vorsichtig. Sie hat die Sommer in Yellowstone verbracht und dort beim Forstdienst gearbeitet. Sie ist vielen Bären begegnet und hat sich immer von ihnen ferngehalten. Aber … das eine Mal hat sie vermutlich nicht aufgepasst.«

Ich höre zum ersten Mal, dass sie für das Forstamt gearbeitet hat. Sie war also besser ausgebildet, als ich dachte.

Nun fühle ich mich noch schuldiger, weil ich ihren Tod ihrer Sorglosigkeit zugeschrieben habe. Es ist viel angenehmer, das Unglück anderer ihrem eigenen Handeln zuzuschreiben. Aber es ist auch falsch.

Vermutlich kam sie draußen besser zurecht als ich. Was die Art, wie sie starb, umso sinnloser macht.

Obwohl es der falsche Zeitpunkt ist, muss ich das jetzt fragen. »Was hat Juniper da oben gemacht?«

»Es hatte irgendetwas mit Fischgenen zu tun, glaube ich.«

In dem Landstrich, in dem man ihre Leiche gefunden hatte, gab es weit und breit weder einen Weiher noch einen Fluss. Aber vielleicht war sie ja nur aus Spaß gewandert.

Trotzdem, als ihr Kollege und, ganz zu schweigen, als ihr ehemaliger Lehrer sollte ich wenigstens etwas mehr über ihre Forschungen herausfinden. Es ist beschämend, dass sie sterben musste, damit mir bewusst wird, dass einer meiner Studenten losgezogen ist, um selbst interessante Dinge zu entdecken.

»Haben Sie ihn gesehen?«, fragt sie.

Es dauert einen Moment, bis ich ihre Frage verstehe. Der Bär. Das Monster, das ihr Kind getötet hat.

»Ja, ich habe ihn letzte Nacht gesehen. Wir haben ihn gestern gefangen.«

Was für eine aalglatte Lüge, *wir* zu sagen.

»Vielen Dank, dass Sie geholfen haben, ihn zu fangen. Jetzt, wo ich weiß, dass er niemandem mehr wehtun kann, geht es mir besser. Natürlich hätte Juniper nicht gewollt, dass das Tier leidet. So war sie.«

Natürlich war sie so. »Es war ein schneller Tod. Der Jäger brauchte nur einen Schuss.«

»Gut. Juniper wäre jetzt wütend auf mich, aber ich bin froh, dass Sie dieses Mistvieh haben.« Sie schweigt einen Moment. »Es tut mir leid.«

»Es gibt nichts, das Ihnen leidtun müsste.«

»Sind Sie sicher, dass Sie ihn gefangen haben?«

Für einen Moment glaube ich, sie meint damit meine Version der Geschichte, dass *wir* den Bären gefangen haben. Ich will schon alles gestehen, als mir klar wird, dass sie wissen will, ob wir den richtigen Bären haben.

»Sie glauben es anscheinend. Aber sie werden noch einige Untersuchungen durchführen.«

Das Fläschchen mit Junipers Blut und dem Haar des Bären steht auf meinem Nachttisch. Es geht mir besser, seit Julian angeboten hat, es analysieren zu lassen. »Ich werde es aber noch einmal gegenprüfen«, behaupte ich und täusche damit irgendwelche Befugnisse vor. »Ich habe Freunde, die eigene Untersuchungen durchführen können.«

»Vielen Dank. Ich danke Ihnen, Dr. Cray. Das bedeutet mir sehr viel. Ich bin froh, dass Sie dort sind.«

Ich fühle mich etwas erleichtert, weil ihre Mutter meinen Verstoß rechtfertigt.

»Natürlich«, antworte ich großzügig und rede nur Müll. »Bitte, nennen Sie mich Theo. Und wenn es etwas gibt, das ich tun kann, dann lassen Sie es mich wissen.«

»Ihr Auto war in einer Werkstatt. Ich hasse es, solche Umstände zu machen. Die Polizei kann mir ihre Sachen schicken, aber …«

»Ich kümmere mich darum. Geben Sie mir einfach den Namen der Werkstatt und ihres Motels. Ich erledige den Rest.«

Wir verabschieden uns. Ich versuche, daran zu denken, sie in einigen Tagen noch einmal anzurufen. Das hier ist etwas anderes als eine obligatorische Muttertagskarte.

Diese Frau hat alles verloren, was ihr wichtig war. Und ihrer Meinung nach war ich wichtig für ihre Tochter gewesen. Das Mindeste, was ich tun kann, ist, dies zu respektieren und von Zeit zu Zeit nach ihr zu sehen. Ich bin mir sicher, dass Juniper das gewollt hätte.

Juniper, je mehr ich über dich höre, desto interessanter wirst du.

Was hast du nur hier draußen gemacht?

Kapitel 13

DER FUSSWEG

»Brysons Autowerkstatt« steht auf einem Schottergrundstück neben dem Highway, gesäumt von weitläufigen Weiden, an die die hohen Bäume des angrenzenden Waldes anschließen. Ihr mutmaßlicher Namensgeber, Mr Bryson, ein Mann in den Fünfzigern in einem ölverschmierten Overall, schaut unter der Motorhaube eines Subaru Outback auf, als ich vorfahre.

Mein Blick fällt auf einen Jeep, der vermutlich Juniper gehörte. Er steht in der prallen Mittagssonne am Rande des Parkplatzes neben einem Pick-up und einem Toyota Camry, dem eine Stoßstange und eine Kühlerhaube fehlen.

Bryson kommt zu meinem Auto herüber, um mich zu begrüßen. »Sie sind also der andere?«, fragt er, während ich aussteige.

»Der andere?«

»Der andere Kerl, den sie mitgenommen haben.«

Jetzt verstehe ich. Natürlich. Glenn hatte erwähnt, dass sie einen weiteren potenziellen Verdächtigen befragt hatten, bevor sie feststellten, dass sie von einem Bären getötet worden war.

Er ist ein bisschen kleiner als ich, aber wesentlich muskulöser. Ich sehe nur eine Hebebühne und eine kleine Winde.

Vermutlich schleppt er den ganzen Tag schwere Teile durch die Gegend.

»Yepp«, bestätige ich. »Aber anscheinend waren sie hinter jemandem her, der auf vier Beinen läuft.«

»Anscheinend«, antwortet er.

Ich zeige auf Junipers Auto. »Ihre Mutter hat mich gebeten, die Sache zu regeln. Sie lebt in North Carolina. Irgendeine Idee, wie der Wagen dorthin kommen kann?«

»Der Abschleppdienst, der ihn hergebracht hat, arbeitet nur innerhalb der Bundesgrenzen. Aber ich kenne einen Autoservice, der Sie um die achthundert Dollar kosten wird. Wenn Sie es nicht eilig haben, können Sie aber auch im Internet eine Anzeige schalten. Vielleicht arbeitet ja jemand während der Saison hier oben und fährt den Wagen für Sie zurück.«

»Sie glauben, das funktioniert?«

Bryson zuckt mit den Schultern. »Keine Ahnung. Aber wenn Sie die Zeit haben.«

»Ich muss in knapp einer Woche wieder in Austin sein. Die Herbstkurse gehen los. Vielleicht versuche ich es für ein paar Tage mit der Anzeige.«

Nur ungern möchte ich Junipers Mutter bitten, die Kosten dafür zu übernehmen. Schlimmstenfalls werde ich mit meiner Kreditkarte bezahlen und mir später überlegen, was ich mit den Ausgaben mache.

Bryson schaut über meine Schulter zu meinem Auto. »Wollen Sie bald neue Reifen aufziehen?«

Ich will ihn schon als Verkaufsfritzen abtun, doch nach einem Blick auf die Räder muss ich zugeben, dass die Vorderreifen kaum noch Profil haben.

Er bemerkt mein Zögern. »Ich will Sie nicht abzocken. Ich kann die Vorderreifen gegen ein reduziertes Paar austauschen. Die hinteren halten noch ein bisschen. Das kostet Sie nur hundertfünfzig.«

»Pro Reifen?«

Er lacht kurz auf. »Kumpel, wenn ich Sie hätte ausrauben wollen, hätten Sie mich nicht kommen sehen. Hundertfünfzig für beide und ich gebe noch einen Ölwechsel gratis dazu.«

»Das wäre wirklich eine gute Idee.«

»Ich habe einen Aufenthaltsraum mit WLAN, falls Sie warten wollen. Viel mehr gibt es hier ja auch nicht zu tun.« Er nickt in Richtung Wald. »Auch wenn sie dieses Ding gefasst haben, glaube ich nicht, dass ich durch die Gegend laufen möchte.«

»Da haben Sie vielleicht recht.«

Er zeigt auf die Wiese neben dem Container. »Das war wie in einem Hollywoodfilm. Der Suchhubschrauber ist gleich hier gelandet.«

»Hier?« Ich drehe mich wieder zu dem Wald um. »Warten Sie, hat man Juniper etwa hier gefunden?«

»Knapp fünf Kilometer die Straße hinauf. Zwischen hier und dem Mountain Cloud Inn.«

Das Mountain Cloud Inn war Junipers Motel.

Ich gebe Bryson meine Schlüssel. »Vielleicht mache ich doch einen Spaziergang.«

Ich nehme meinen Tagesrucksack vom Rücksitz und schnalle ihn um den Bauch. Ich habe nicht vor, in den Wald zu gehen. Ich will nur der Straße ein Stück weit folgen.

Zumindest glaube ich das. Ehrlich gesagt habe ich keinen wirklichen Plan.

***

Der Highway schlängelt sich wie ein schmaler Canyon durch den Wald. Für den Fall, dass ein unaufmerksamer Fahrer die Straße hinunterrast, bleibe ich im Kiesbett.

Der Übergang vom Weideland zum Wald ist eigenartig. Immer wieder finden sich Stellen mit hohem Wildgras – sogenannte

Ökotone, Randbiotope, die einen Übergang bilden zwischen zwei verschiedenen Ökosystemen oder Landschaftsarten. Die Bäume und die Prärie kämpfen um den Torf. In der Mitte, wo das felsige Flachland dem weicheren Waldboden nachgibt, wächst Wildgras.

Am Rand des Highways, wo der Asphalt Risse bekommen hat, sprießen Gänseblümchen und Unkraut wie winzige Inseln hervor. Miniaturökotone. Wäre ich auf der Suche nach einem Bakterium, das Öl fressen kann, würde ich einige Schmutzproben aus der Mitte viel befahrener Freeways sammeln. Ich weiß zwar nicht, was ich dort finden würde, aber ich würde bestimmt einige interessante Dinge entdecken.

Ich schaue von der Straße in Richtung Wald und halte nach etwas Ausschau, nach dem Juniper hier draußen gesucht haben könnte.

Ich sollte ihre letzten Forschungsanträge heranziehen oder wenigstens ihren Blog lesen. Doch ich bin noch so bestürzt von den Ereignissen, dass ich mich nicht einmal dazu durchringen kann, viel Zeit auf ihrer Facebook-Seite zu verbringen. Ihr Gesicht erscheint überall. Es verfolgt mich.

Der erste Kilometer, den ich gehe, steigt nur langsam an, als sich die Straße auf ihre eigenwillige Reise in die Berge begibt. Der zweite Kilometer wird schon etwas steiler.

Ich suche die Bäume nach Hinweisen auf den Ort ab, an dem man Juniper gefunden hat. Die Polizei hat bestimmt irgendwelche Markierungen verwendet.

Ich sehe einige wenige orangefarbene Forstzeichen, die bereits etwas verblasst sind, mehr aber nicht. Soweit ich weiß, wurde nur eine allgemeine Beschreibung der Fundstelle veröffentlicht.

Die Verbindung zwischen diesem Wald und der Karte, auf die ich in Glenns Büro einen kurzen Blick geworfen habe, ist mir nicht offensichtlich – und ich starre den ganzen Tag auf Karten realer und künstlicher Landschaften.

Ein Sattelschlepper rauscht an mir vorbei und wirbelt eine Menge Luft um mich herum auf.

Ich hätte fragen sollen, wann Juniper ihr Auto in die Werkstatt gebracht hat. Hatte sie viel laufen müssen?

Ich werde noch zehn Minuten weitergehen und dann umkehren. Ich habe keine Ahnung, wonach ich suche oder was Juniper hier draußen gemacht haben könnte, außer von ihrem Motel zur Werkstatt oder zurückzulaufen.

Die Berge auf der einen Seite des Highways sind zu steil, um einen Weiher oder eine andere Art von Wasserstelle zu bilden, die größer ist als ein Baumstamm. Hier findet man nur einen Fisch, wenn er einem Vogel aus dem Schnabel fällt.

Ich will gerade umkehren, als ich ein blaues Band entdecke, das um einen Baum gebunden ist. Es scheint neu zu sein. Knapp hundert Meter in den Wald hinein, noch bevor er so dicht wird, dass man nicht weit sehen kann, befindet sich ein etwas dickeres gelbes Band, wie man es am Tatort in einem Spielfilm sieht.

Das ist die Stelle. Oder besser gesagt, die Stelle an der Straße, von der aus man zu dem Weg gelangt, der zu dem Ort führt, an dem es passiert ist.

Ich sollte jetzt wirklich zur Werkstatt zurückgehen. Ich habe hier nichts verloren.

Aber … ich laufe in den Wald, um den Ort zu finden, an dem sie getötet wurde.

Kapitel 14

DIE GELBE LINIE

Die alten Griechen glaubten, die Welt sei aus dem Chaos entstanden, aus einer Leere ohne Form. Aus diesem formlosen Haufen entstanden die Titanen und Götter, die wiederum den Menschen hervorbrachten. In seiner fortschrittlichsten Form – für die die Philosophen sich selbst hielten – versuchte dieser, Ordnung in das Chaos zu bringen, indem er nach Symmetrien und Regeln im Universum suchte.

Diese Suche nach Regeln erschuf die Idee von Philosophie und sehr viel später von Wissenschaft.

Ein Wissenschaftler ist jemand, der versucht, Ordnung im Chaos zu sehen. Manchmal ist das einfach nicht möglich, wie uns die Wissenschaft mittels Quantenmechanik und Chaostheorie erklärt. Eine Sache kann so oder so sein, ohne dass man vorhersagen kann, warum es so ist.

Ich laufe den Berg hinauf, weil ich das Chaos verstehen will. Wir haben ein Ereignis: Junipers Tod. Wir haben eine Ursache: den Bären. Ich habe kein Warum, und die Polizei hat nicht erwähnt, was zu diesem Zusammentreffen geführt hat.

Das erste gelbe Band war nur ein Hinweis, wie ich vermutet habe. Neunhundert Meter weiter findet sich ein weiterer.

Ich finde fünf gelbe Bänder, die zu einer kleinen Stelle mit ebenem Untergrund führen.

Hier entdecke ich das erste rote Band.

Es ist um einen Baumstamm gebunden und darunter befindet sich an der Rinde ein dunkler Fleck.

Blut.

Um präzise zu sein, der blutige Teilabdruck einer Hand.

Juniper berührte diesen Baum, während sie starb.

Ich entdecke vier weitere rote Bänder auf dieser kleinen Lichtung und drei rote Fähnchen auf dem Boden.

Einige der Bänder markieren die Stellen, an denen Teile eines Baums vorsichtig entfernt wurden, um sie später in der Rechtsmedizin zu untersuchen. Einige Stellen auf dem Boden waren einfache Löcher, aus denen man Blut und Schmutz freigelegt hatte.

Die Löcher sind klein. Nicht unbedingt das, was man an einem Ort zu finden erwartet, an dem ein erwachsener Mensch verblutet ist.

Ich knie nieder, um einen der Flecken genauer zu untersuchen. Der Boden fühlt sich wächsern an, wie Ton. Dunstperlen sammeln sich an der Oberfläche, da die Mineralien wasserabweisend sind.

Mancher Schmutz stößt Feuchtigkeit ab. Anderer, wie zum Beispiel ausgedörrter Wüstenboden, saugt sie gierig auf.

Man muss graben, um herauszufinden, wie viel Blut vergossen wurde. Anhand einer ersten Untersuchung sieht es nicht nach einer großen Menge aus. Zu dem Zeitpunkt, als sie hier gelegen hat, war sie vielleicht schon fast verblutet.

Ich wische mir die Hände an den Shorts ab und entdecke eine zweite Reihe gelber Bänder, die den Berg hinaufführt.

Langsam wird das Muster klarer. Ich bin zwar noch immer von Chaos umgeben, doch es weist in eine Richtung.

Ich klettere den Hügel hinauf, wobei mein Halt etwas unsicher wird, als kleine Steinbrocken unter mir wegrutschen. Ich kann nur erahnen, wie Juniper sich gefühlt hat, als sie hier durch das Gestrüpp taumelte.

Zwei rote Fähnchen markieren die Stellen, an denen ihr Blut auf die Pflanzen spritzte.

Die gelbe Spur endet an einem anderen Baum, den Juniper mit der Hand berührt hat. Seltsamerweise ist es an der Seite, an der der Baum zur Straße zeigt und nicht in Richtung Wald, wo ich ihr erstes Zusammentreffen mit dem Bären vermute.

Die nächste Reihe gelber Bänder führt noch höher. Ich klettere den Pfad hinauf und passe auf, dass ich nicht auf die roten Fähnchen trete, die hinter Baumstämmen oder Büschen versteckt sind.

Als ich meinen rechten Fuß auf den Boden setzen will, erstarre ich. Es ist kein Ton, der mich innehalten lässt – zumindest bin ich mir keines Geräusches bewusst.

Es ist der ältere Teil des Gehirns, der mit den verkümmerten oder ausgestorbenen Sinnesorganen verbunden ist.

Ich habe das schon früher erlebt.

Beim ersten Mal war ich vierzehn und mein Stiefvater hatte mich zu einer Wanderung nach West-Texas mitgenommen. Ich blieb von Zeit zu Zeit stehen, weil mich irgendetwas beunruhigte. Davis blieb ruhig.

Als wir wieder im Camp waren, wollte er wissen, ob sich die Wanderung irgendwie seltsam angefühlt hätte. Ich bejahte die Frage, konnte ihm aber nicht erklären, warum.

Er nickte verständnisvoll und nahm sein Gewehr wieder aus dem Wagen. »Folge mir.«

Wir liefen ungefähr einen Kilometer zurück und erreichten eine Stelle, bei der ich zuvor das erste Mal dieses seltsame Gefühl gehabt hatte. Ich sah, wie er die Augen zusammenkniff und die Umgebung absuchte. Seine Aufmerksamkeit fiel auf einen großen Felsbrocken.

Ich folgte ihm auf die andere Seite. Davis hockte sich nieder und gab mir ein Zeichen, es ihm gleichzutun. Er zeigte auf einen kleinen Matschfleck.

Darin befand sich ein Tatzenabdruck, der größer war als meine Faust. Ich kannte ihn aus einem Jagdbuch. Er gehörte zu einem Berglöwen.

Das hatten wir beide gespürt.

»Woher wussten wir es?«, fragte ich ihn.

»Vielleicht haben wir das andere Raubtier gerochen. Vielleicht haben wir es gehört. Denk einfach daran, dass er vor uns von uns wusste als wir von ihm.«

Das war eine ernüchternde Mahnung, an die ich immer wieder erinnert wurde.

Auch jetzt habe ich das Gefühl, nicht allein zu sein. Wenn ich jetzt loslaufe, bestätige ich nur, dass ich eine verängstigte Beute bin. Agiere ich zu dreist, könnte ich wie ein Angreifer des Territoriums wirken.

Am besten verhält man sich in einer solchen Situation umsichtig. Ich greife langsam in meinen Rucksack und fische nach meiner Dose Pfefferspray.

Dort ist noch eine Reihe mit gelben Bändern, denen ich folgen könnte. Sie würden mich an den Ort bringen, an dem Juniper zuerst von dem Bären angegriffen wurde.

Obwohl ich einen toten Bären gesehen habe, bedeutet das nicht, dass es der Bär war, der sie getötet hat. Bären und Blitze machen, was sie wollen, und können, sooft sie wollen, an demselben Ort einschlagen, mögen die Experten uns sagen, was sie wollen.

Ich sollte langsam in Richtung Straße zurückgehen.

Doch da ist noch immer dieses Chaos.

Und ich will Ordnung.

Mit dem Pfefferspray in der Hand steige ich den Berg hinauf.

Jedes Geräusch, jede verlängerte Stille lässt mich innehalten und meine Umgebung einschätzen.

Ich sehe keine Raubtiere, die hinter den Bäumen lauern. Aber das bedeutet nicht, dass sie nicht hier sind.

Ich erreiche das letzte gelbe Band und entdecke ein rotes Fähnchen, das aus dem Boden ragt.

Obwohl der Waldboden mit Tannennadeln übersät ist, weiß ich, dass der Boden hier anders ist.

Er ist voller Blut.

Kapitel 15

DIE LETZTE RUHESTÄTTE

Während ich auf den dunklen Fleck auf dem Boden starre, fällt mir ein makabres Bild ein. Wie bei einem Tintenklecksbild, bei dem unser Gehirn plötzlich irgendwelche Zusammenhänge herstellt, muss ich an einen Schneeengel denken.

Hier an dieser Stelle wehrte Juniper sich, wirbelte mit den Armen durch die Luft und verteilte so überall ihr Blut.

Hatte sie mit dem Bären gekämpft? Hatte sie versucht, sich zu befreien?

Die Tatsache, dass sie die Kraft hatte, auf die Füße zu kommen und den Berg hinunterzulaufen, überrascht mich.

Wie hätte ich reagiert? Wäre ich in Panik geraten und in eine Schockstarre gefallen?

Juniper war eine Kämpferin. Sie war eine tapfere junge Frau, die erst aufgegeben hat, als ihr die körperliche Kraft für den nächsten Schritt gefehlt hat.

Als Rettungssanitäter hatte ich von Leuten gehört, die an den einfachsten Wunden gestorben sind, während manche Unfälle überlebt haben, die für andere tödlich geendet hätten. Lebenswichtige Organe und Arterien sind wichtig, doch der Lebenswille ist es auch.

Plötzlich bewegt sich etwas in den Bäumen. Ich richte mich auf und drehe mich langsam um, während ich in Richtung Wald starre.

Der Teil meines Sehens, der auf das Erkennen von Mustern geschärft ist, erkennt keine.

Doch es könnten sich Dutzende Tiere von der Größe eines Bären bis hin zu der einer Maus weniger als zwanzig Meter von mir entfernt aufhalten, und ich würde sie nicht sehen.

Aufmerksam und gleichzeitig durch den Blutfleck am Boden wie versteinert, gehe ich wieder auf die Knie und versuche, die Dinge zu verstehen.

Was hatte Juniper und den Bären hierhergebracht?

Hatte das Tier sie verfolgt?

Hatte sie es überrascht?

War sie so töricht gewesen, den Bären zu verfolgen? So dämlich das auch klingt, mehr als ein Dummkopf wurde getötet, während er genau das tat.

Ich stehe wieder auf und schaue den Berg hinunter. Ich sehe eine Menge gelber und roter Fähnchen, aber keine anderen Farben.

Was ist mit ihrem Rucksack oder Schuhen? Verwendet die Polizei spezielle Bänder für die Stellen, an denen sie die persönlichen Dinge einer Person findet?

Ich kann mir nicht vorstellen, dass Juniper so tief in den Wald hineingelaufen ist, ohne wenigstens eine Flasche Wasser mitzunehmen – selbst wenn sie nur zwischen Werkstatt und Motel hin und her gelaufen war.

Und ich kann auch nicht verstehen, wieso sie den ganzen Weg hier hinaufgelaufen sein könnte. Hier gibt es keine Weiher oder Seen. Die größte Flüssigkeitsansammlung, die es hier gibt, ist ihr Blutfleck.

Hier gibt es noch nicht einmal verrottende Baumstämme, in denen ein Bär etwas Essbares finden könnte.

Dass Juniper und der Bär hier an diesem Ort waren, erscheint so willkürlich.

Natürlich können Bären große Reviere haben und vielleicht war er selbst auf einer langen Wanderung.

Ehrlich gesagt weiß ich nicht viel über Bären. Ich stehe also hier im Wald und spekuliere über das Verhalten von zwei Lebewesen, die mir ziemlich fremd sind.

Mein Ohr zuckt bei dem knackenden Geräusch eines dünnen Zweiges. Ich drehe mich zu dem leeren Wald um.

Ich halte den Atem an und erstarre, während ich darauf warte, dass er sich noch einmal bewegt.

Ich weiß, dass ich in die richtige Richtung starre. Ich kann nur nicht sehen, wer oder was das Geräusch verursacht hat.

Meine ganze Aufmerksamkeit gilt einem kleinen Bereich, an dem zwei Bäume einige Meter voneinander entfernt stehen.

Irgendetwas ist dort.

Ein vorsichtiger Rückzug erscheint mir als die beste Maßnahme. Das Pfefferspray einsatzbereit an der Hüfte haltend, trete ich einen Schritt zurück, ohne meinen Blick abzuwenden. Dann mache ich noch einen Schritt.

Plötzlich spüre ich einen Stich in meinem Knöchel. Reflexartig zucke ich zusammen und stürze.

Ich falle rücklings zu Boden und mir stockt der Atem. Mein Kopf schlägt gegen einen Stein und die Ränder meines Sichtfelds beginnen wie bei einem alten Fernseher zu verschwimmen.

Ich kämpfe gegen die Ohnmacht an.

Äste brechen, als etwas durch den Wald stürmt.

Es stürmt auf mich zu …

Ich will das Pfefferspray hochheben, aber meine Hand ist leer.

Die Anstrengung verbraucht zu viel Blut und die dunklen Finger der Bewusstlosigkeit greifen nach mir.

Eine meiner letzten Erinnerungen ist der Geruch von Blut.

Ich spüre das warme Rinnsal an meinem Hinterkopf, doch das Blut, das ich spüre, ist nicht mein eigenes.

Ich bin in Junipers Schneeengel gefallen.

Ein Schatten fällt über mich, als ich das Bewusstsein verliere.

Kapitel 16

DER SCHARFSCHÜTZE

Als ich wieder zu mir komme, lehne ich gegen einen Baumstumpf. Die Rückseiten meiner Shorts und meines Kapuzenpullovers sind von Blut durchtränkt. Erst halte ich es für mein eigenes Blut, doch dann fällt mir ein, dass ich in Junipers Lache gestürzt bin.

Und ich erinnere mich wieder an den Schatten, der über mich kam. Erschreckt fahre ich hoch und will aufstehen, doch die Beine sind zu schwach.

Irgendetwas springt durch die Büsche, und ich hebe wie ein verängstigtes Kind die Hände.

»Immer mit der Ruhe!«, sagt links von mir eine männliche Stimme.

Detective Glenn kommt auf mich zu und beugt sich über mich. In der einen Hand hält er sein Handy, in der anderen ein blutiges Tuch, das er auf meinen Hinterkopf legt. Ich versuche nicht zusammenzuzucken.

»Die gute Nachricht ist, dass das meiste nicht Ihr eigenes Blut ist, die schlechte, dass Sie einen Tatort unerlaubt betreten haben.«

»Es tut mir leid.« Ich starre auf die Flecken an meinen Fingern. Junipers Blut ist überall an mir.

»Durch den Regen in der vergangenen Nacht ist die Lache größer geworden.« Er hält einen Finger vor meine Augen. »Sehen Sie verschwommen?«

»Nein.«

»Gut, dann gibt es noch eine gute Nachricht. Wir müssen Sie nicht mit dem Hubschrauber hier herausholen.«

»Ich bin okay. Geben Sie mir nur eine Sekunde.«

Der stechende Schmerz in meinen Hinterkopf wird schon noch vergehen. Da ich nichts Seltsames rieche und mir nicht schwindelig ist, habe ich vermutlich keine Gehirnerschütterung. Vermutlich.

»Sie haben den Stein dort perfekt getroffen. Direkt am Optimalpunkt.«

»Ich habe … mich erschrocken.«

»Im Ernst«, Glenn sieht sich nach einer trockenen Stelle um und setzt sich, »was zum Teufel machen Sie hier oben?«

»Ich dachte, das wäre ein toller Ort, um auf den Hintern zu fallen.« Ich starre auf Junipers Blutlache und schüttle den Kopf. »Mein Gott.«

»Ja. Kein angenehmer Anblick. Aber Sie haben meine Frage noch nicht beantwortet. Warum sind Sie hier?«

»Mrs Parsons, Junipers Mutter, bat mich, mich um ihren Wagen zu kümmern.«

Glenn legt den Kopf schief. »Hier oben gibt es bestimmt keine Parkmöglichkeit. Sind Sie sicher, dass Sie okay sind?«

»Unten in der Werkstatt natürlich. Wie heißt der Typ noch? Bryson. Er wechselt gerade meine Reifen, und ich wollte in der Zeit einen kleinen Spaziergang machen.«

»Und sind hier oben gelandet?«, fragt Glenn skeptisch.

»Ich sah die Bänder und wurde neugierig. Warum sind Sie eigentlich hier?«

»Ich brauche zwar keinen Grund, aber wenn Sie es unbedingt wissen wollen – ich will noch offene Fragen klären.«

Ich erinnere mich an das Gefühl, nicht allein zu sein, das ich verspürt habe. »Sie haben mich beobachtet.«

»Yepp. Schon seit Sie hier sind.«

»Und haben nichts gesagt?«

Glenn schaut zur Seite, als versuche er, sich an etwas zu erinnern. »Wie nennt man das noch? Das Paradoxon des Beobachters?« Er zuckt mit den Schultern. »Ich dachte mir, es wäre weitaus interessanter, wenn ich sehe, was Sie tun, wenn Sie glauben, allein zu sein.«

»Aber ich wusste, dass ich nicht allein bin.«

»Vielleicht. Aber ich wette, Sie dachten, Sie würden von einem Bären oder einem Puma verfolgt.«

Er hat recht. »Hätte es auch sein können. Sie waren sehr leise. Militärausbildung, richtig? Als was haben Sie gedient?«

»Als Aufklärer.«

Ein Aufklärer ist ein Soldat, der einen Scharfschützen begleitet und ihn bei der Identifizierung der Zielpersonen unterstützt. »Klar. Vermutlich wäre ich bereits tot, wären Sie Scharfschütze gewesen.«

»Ich glaube, Sie haben sich selbst ganz gut aus der Schusslinie gezogen.«

Ich greife nach hinten und taste nach dem Baumstumpf. Ich stütze mich an ihm ab und versuche langsam aufzustehen.

»Sind Sie okay?«

»Ja, ich denke schon.« Ich wische die Blätter fort, die an meiner Kleidung hängen. »Wie ist Juniper bloß den Berg hinuntergekommen, nachdem sie hier oben so viel Blut verloren hat?«

Glenn steht auf und zieht die Augenbraue hoch. »Wieso glauben Sie, wir hätten sie dort unten gefunden?«

»Weil es näher an der Straße ist. Vermutlich traf sie tief im Wald auf den Bären und versuchte in Richtung Freeway zu laufen.«

Er schüttelt den Kopf. »Nein. Sie ist hier gestorben. Genau an der Stelle, an der Sie gestürzt sind.«

»Sie ist hier hochgelaufen?«

»Wurden Sie jemals von einem Bären angegriffen?«

»Vor fünf Minuten dachte ich, die Antwort auf diese Frage wäre Ja.«

»Nun, ich nicht. Aber ich glaube, mein einziger Instinkt wäre, einfach nur loszulaufen.«

»Ja. Sie haben recht. Es ist vermutlich leicht, die Dinge über jedes vernünftige Maß hinaus zu analysieren, wenn man nicht in Lebensgefahr schwebt. Trotzdem … das scheint gegen die eigene Intuition zu sein.«

Glenn verschränkt die Arme und schaut sich um. »Okay. Können Sie mir als Wissenschaftler sagen, wonach sie hier oben gesucht hat?«

»Ich weiß es nicht. Ihre Mutter erzählte etwas von Fischen. Offensichtlich gibt es hier aber keine.«

»Den nächsten See erreicht man über den Brookman-Pass. Er wurde aber vor einem Monat von einem Erdrutsch zugeschüttet, und jetzt gibt es nur noch einen Fußweg, für den man zwei Tage braucht. Und die halbe Strecke führt über Weideland.« Er zeigt in Richtung Straße. »Auf der anderen Seite des Highways gibt es einige Weiher. Aber von hier aus führt kein Weg dorthin.«

»Interessant. Ich werde versuchen, mehr über ihre Forschungen herauszufinden.«

»Geben Sie mir Bescheid. Vielleicht hat sie ja nach einer Abkürzung gesucht.«

»Dafür war sie bestimmt zu clever.«

Glenn scheint sich eine Antwort zu verkneifen und schüttelt den Kopf. »Wenn ihr Lehrer ein Vorbild ist …«

»Beurteilen Sie sie nicht danach«, erwidere ich frostig. »Ich mag ein Trottel sein. Aber so wie es aussieht, ging sie nach einem weitaus tapfereren Kampf zu Boden als ich.«

»Nein. Sie haben recht. Das war daneben«, gibt er aufrichtig zu. »Tapferes Mädchen.«

»Ich wünschte, ich hätte sie besser gekannt.«

Plötzlich meint Glenn leise: »Kommen Sie schon, Sie sitzen nicht mehr auf dem heißen Stuhl und können ehrlich sein. Sie kannten sie ziemlich gut, oder? Hatten Sie vielleicht ein kleines Rendezvous in der Stadt?«

Ich würde ihm eine verpassen, hätte er keine Waffe und wäre ich kein Feigling.

Alles, womit ich zurückschlagen kann, ist ein gekränkter Blick. Gekränkt, dass er so von mir denkt. Gekränkt, dass er so von Juniper denkt.

»Reden Sie keinen Mist.«

Er hebt kapitulierend die Hände. »Entschuldigung. Das ist der Polizist in mir. Ich stochere immer herum und wollte nur sehen, wie Sie reagieren.«

»Welchen Unterschied macht das jetzt noch? Sie ist tot, und Sie haben den Bären erlegt.«

»Stimmt. Das ist wie in der Forschung. Sollte ich noch einmal auf einen Menschen wie Sie treffen, möchte ich wissen, was in seinem Kopf vorgeht.«

Ich bin mir nicht sicher, ob mir der Gedanke gefällt, dass er immer noch meine Beweggründe untersucht. »Haben Sie schon einmal einen Menschen wie mich getroffen?«

»Das dachte ich zumindest, als ich Sie das erste Mal traf.«

»War er so ein unbeholfener Trottel wie ich?«

Glenn betrachtet mich einen Moment aufmerksam. »Nein. Er war ein Mörder. Und so kalt, wie ein Mensch nur sein kann.«

»Ein Mörder?« Mir dreht sich der Magen um.

»Vierzehn nachgewiesene Morde, um genau zu sein.«

Bei dem Vergleich wird mir plötzlich eiskalt. »Ein Serienmörder?«

»So würde ich ihn nicht nennen.«

Glenns Bemerkung ist nicht witzig. »Wie denn? Massenmörder?«

»Nein. Scharfschütze. Ich war sein Aufklärer.«

Weil ich nicht weiß, was ich von diesem Vergleich halten soll, brummele ich nur: »Ich bin nur eine Gefahr für mich selbst.«

»Vielleicht. Aber ich werde das Gefühl nicht los, dass ich Sie nicht erleben möchte, wenn Sie wütend sind.«

Kapitel 17

GENBANK

Als ich in mein Motelzimmer zurückkehre, bemerke ich eine Nachricht auf der Mailbox. Sie ist von Julian. »Ruf mich zurück ...«

»Was ist los?«, frage ich ihn einen Moment später.

»Ich schicke dir gleich eine große Datei. Wir haben die DNA zurückbekommen.«

»So schnell?« Ich schaue auf meine Uhr. Sein Kurier hat die Probe vor weniger als zwölf Stunden abgeholt.

»Ich habe ein Start-up-Unternehmen für DNA-Schnelltests. *Xellular* – mit einem *X*.«

»Natürlich. Ich wette, den Namen hast du ihm gegeben. Ich glaube nicht, dass ich schon von ihm gehört habe.« Das Labor, auf das er anspielte, gehört natürlich ihm selbst.

»Yepp. Und du hast vermutlich noch nichts von ihm gehört, weil es nicht an einer Hochschule ist. Unser Hauptkunde ist die CIA. Mit unserer Hilfe identifizieren sie Terroristen und finden nach einem Drohnenangriff heraus, wen sie überhaupt getroffen haben. Weil Geld keine Rolle spielt, waren sie bereit, für das Schnelltestverfahren zu zahlen. Und nun können wir es bald auch kommerziell zur Verfügung stellen.«

»Klingt gut. Obwohl ich nicht weiß, was von Junipers DNA zu erwarten ist. Sollte das Ganze etwas mit den Hormonen oder Botenstoffen zu tun haben, fände sich das im Blutplasma.«

»Nein«, widerspricht er mir. »Theo, es geht um die DNA des Bären.«

»Des Bären? Ich habe gar nicht bemerkt, dass ein Haarfollikel in der Probe war. Für mich sah es wie ein kurzer Haarschaft aus.«

»War es auch nicht. Wir haben es aus dem Schaft gewonnen.«

»Ich wusste nicht, dass das möglich ist.« Es ist allgemein anerkannt, dass Haare nur mitochondriale DNA enthalten, kurz als »mtDNA« bezeichnet. Diese mtDNA wird mit kleineren Veränderungen nur von der Mutter an die Kinder weitergegeben, nicht vom Vater. Diese Veränderungen sind so gering und beruhen in erster Linie auf zufälligen Mutationen, dass man die Haare als eine Art genetische Uhr verwenden kann, an der man ablesen kann, wann sich Bevölkerungsgruppen aufteilen. Aber man kann durch sie keine Einzelpersonen identifizieren, da die mtDNA einer Person mit der ihrer Cousinen mütterlicherseits tatsächlich gleich ist.

Nukleare DNA, auch »nuDNA« genannt, ist dagegen die DNA, die eine Kombination aus der DNA der Mutter und der DNA des Vaters enthält und so die eigene Person beschreibt. Mit ihr kann man die Menschen voneinander unterscheiden, jemanden klonen oder die Verwicklung einer Person in ein Verbrechen ermitteln.

Während Blut und Hautzellen nuDNA und mtDNA enthalten, besteht das Haar, also der Teil, der über dem Haarschaft wächst, aus toten Zellen, die keine nukleare DNA enthalten.

»Hey, etwas, das Theo Cray nicht weiß«, meint Julian höhnisch. »Sie dachten, du hättest aufgrund des Verhornungsprozesses keine nuDNA gefunden. Da die Haarzellen absterben und verhärten, nahm man an, sie sei zerstört. Nachdem man aber genetisches Material in Fossilien gefunden hat, obwohl die Halbwertzeit der DNA sie längst zerstört haben müsste, kann man aber davon ausgehen, etwas zuverlässige DNA auch im Haar zu finden.

Die wirkliche Herausforderung lag darin, das übrige Zeug wegzukriegen. Chinesische Forscher fanden vor einigen Jahren heraus, wie das mithilfe von Waschpulver gelingt. Und während wir für einen Kunden spezielle Enzyme zur Reinigung von Mikrochipscheiben entwickelten, entdeckten wir eine weitaus effektivere Formel zum Aufspüren der DNA.«

»Das ist fantastisch. Wie geht es mit deinem Dinosaurierpark voran?«

»Die Versicherung stellt sich tierisch an. Egal, ich habe mir gedacht, es könnte interessant sein, den Bären, der Juniper erwischt hat, mit anderen Bären zu vergleichen, die ebenfalls in Angriffe verwickelt waren. Wer weiß, vielleicht reagieren sie empfindlich auf irgendeine verrückte Bärenkrankheit.«

Julian sucht wie ich nach einer rationalen Erklärung. »Ich weiß nicht, ob wir das kriminelle Verhalten von Bären besser vorhersagen können als das von Menschen.«

Plötzlich hüstelt er seltsam. »Irgendwann, wenn ich weiß, dass ich nicht aufgezeichnet werde, werden wir ein inoffizielles, politisch nicht korrektes Gespräch darüber führen. Francis Galton war an etwas dran.«

»Galton war ein Rassist«, gebe ich zurück.

»Das meine ich nicht. Egal, ich schicke dir die DNA-Datei. Ich hatte noch keine Gelegenheit, sie auf GenBank hochzuladen und herauszufinden, um welche Unterart es sich handelt. Ich bin mir sicher, ›Fish and Wildlife‹ weiß nicht nur das bereits, sondern auch, was er zum Frühstück gefressen hat. Alles, was ich über Bären weiß, habe ich in der *Muppet Show* gelernt.«

Julian weiß, dass dies die perfekte Beschäftigungstherapie für mich ist. Es ist eine Möglichkeit für mich, mit der Situation nach meinen eigenen Bedingungen umzugehen. Ich danke ihm und lege auf.

Die E-Mail mit der komprimierten Datei im Anhang folgt kurze Zeit später. DNA in Softwareform ist eine reine Textdatei mit einer Reihe von Positionsnummern, gefolgt von Abschnitten wie acaagatgcc attgtccccc ggcctcctgc tgctgctgct ctc-cggggcc acggccaccg.

Erstaunlicherweise kann man diese Informationen, die die Abfolge der Verbindungen von Guanin, Adenin, Thymin und Cytosin zu Zucker- und Phosphatgruppen beschreibt, nehmen und in eine Maschine stecken, die die entsprechende DNA wiederherstellt, indem Nukleinbasen nacheinander in eine Lösung getropft werden.

Forscher versenden Textdateien per E-Mail über das Internet, laden sie in DNA-Replikatoren hoch, tropfen anschließend die DNA-Kopie in »leere« Zellen, die dann zum Leben erwachen und zu identischen Versionen des ursprünglichen Organismus werden.

Ich bin immer wieder beeindruckt, dass man per E-Mail Leben auf gleiche Weise verschicken kann wie Katzenfotos. Schon bald werden wir von Forschern lesen, die tatsächlich die Katze per E-Mail über das Internet verschicken.

Die Textdatei an sich ist ziemlich nutzlos, sofern man nicht mit den speziellen Abschnitten und ihren Positionsnummern vertraut ist. Um ihren Sinn zu verstehen, muss man sie in einem Programm namens »Viewer« hochladen, das einem bei der Suche hilft.

Die Suche nach den genetischen Ursachen von Krankheiten umfasst die Überprüfung spezieller Bereiche und den Versuch, Unterschiede zu ermitteln. Früher dachten wir, wir würden den Krebs und andere Erkrankungen besiegen, sobald wir das gesamte Erbgut entschlüsseln können. Doch selbst wenn man davon ausging, dass der kranke Zustand im Zusammenhang mit nur einigen wenigen Genen stand, sagte ein Blick auf einen einzelnen Genabschnitt nichts darüber aus, ob dieser im Körper ein- oder ausgeschaltet war. Aber wir machen Fortschritte.

GenBank ist die größte öffentliche Quelle genetischer Informationen. Hier finden sich die DNA-Proben fast aller Tiere dieses Planeten, die ihren Weg in die Nähe eines DNA-Probeentnahmesets gefunden haben.

Der ursprüngliche Datenbestand passte in einige wenige Bücher. Er enthielt keine ganzen Gene, sondern nur bekannte Basenpaare. Die aktuellste Version verzeichnet einhundertfünfundsechzig Milliarden Basenpaare, die sieben Millionen Bücher füllen würden.

Glücklicherweise steht sie als Online-Datenbank zur Verfügung.

Ich lade die Datei hoch, die Julian mir geschickt hat, und erhalte bereits einen Moment später das Ergebnis: *Ursus arctos*.

Ein Braunbär, in Nordamerika auch Grizzlybär genannt. So wie das Tier, das ich auf der Schneepflugplane gesehen habe.

Außer dem Hinweis, dass er zu einer Population in der Region um Wyoming und Yellowstone gehört, verfügt GenBank über keine weiteren Informationen.

Vermutlich sollte mich das nicht zu sehr überraschen. Also suche ich nach Gruppen, die speziellere DNA-Informationen über lokale Bärenpopulationen haben. Schließlich finde ich eine Forschungsgruppe, die vom US-Staat Montana aus arbeitet und sich *Ursa Major* nennt.

Aus Spaß wähle ich die Telefonnummer, die auf ihrer Internetseite steht.

Eine Frau meldet sich. »Hallo, hier spricht Dr. Kendall.«

Okay, jetzt muss ich was sagen … »Hallo. Ähm, ich bin Dr. Theo Cray.«

»Was kann ich für Sie tun, Dr. Cray?« Sie ist höflich, aber direkt.

Ihre Gruppe weiß bestimmt von Junipers Bärenangriff. Trotzdem geniere ich mich, ihr genau zu erklären, warum ich anrufe. Ehrlich gesagt, ich bin mir nicht sicher, ob ich selbst den Grund kenne.

»Dr. Kendall, ich erforsche die Tierwelt in dieser Region und wollte fragen, ob Sie über eine Datenbank über Bären verfügen, die Sie markiert oder aufgespürt haben.« Ich weiß nicht, wie ich sie sonst um Zugriff auf ihre Daten bitten soll.

»Ja. Haben wir. Schicken Sie mir Ihre E-Mail-Adresse und ich gebe Ihnen ein Passwort. An welcher Universität sind Sie?«

»Texas. Aber im Moment arbeite ich an einem Projekt, das von Brillant gefördert wird.«

»Oh, ein brillanter Mann«, meint sie belustigt.

»Ich habe sie schon angefleht, den Namen zu ändern.«

»Schreiben Sie mir eine E-Mail über die Internetseite, durch die Sie mich wahrscheinlich gefunden haben, und ich schicke Ihnen das Passwort zu. Und wenn ich mich für eine Brillant-Förderung bewerbe, legen Sie vielleicht ein gutes Wort für mich ein?«

»Auf jeden Fall.«

Manchmal ist das in der Wissenschaft so. Man muss nur die richtigen Signale aussenden, schon wird man akzeptiert.

Fünf Minuten durchsuche ich in ihrer Datenbank Hunderte von Einträgen, die verschiedene Braun- und Schwarzbären beschreiben, die sie gezählt haben.

Jeder Bär hat einen Code, zum Beispiel UA20.22.06. Einigen Bären haben die Feldforscher sogar Spitznamen gegeben, nachdem sie ihr Verhalten beobachtet haben: Honigtopf, Paddington, Paddington 2, Winnie, Boo Boo, Tricky Dick.

Die entsprechenden Einträge erklären, wie die Tiere zu ihren Namen kamen. Einige sind zufällig – Tricky Dick war ein Schwarzbär, der es geschafft hat, drei Bärinnen zur gleichen Zeit zu schwängern.

Es dauert eine Weile, bis ich die DNA-Datenbank finde. Ich lade die Datei hoch, die Julian mir geschickt hat, und bekomme schnell eine Übereinstimmung für das Bärenhaar aus Junipers Wunde angezeigt.

Ich öffne die Datei des Tieres und sein Name jagt mir einen Schauder über den Rücken.

Ripper.

Kapitel 18

DER HÖHEPUNKT

Rippers Datei enthält Informationen, die man aus verschiedenen Quellen gewonnen hat: aus Haarfallen – das sind kurze Stacheldrahtstränge, mit denen man Follikel, also die Teile mit nuDNA, fängt –, aus Exkrementen, Tatzenspuren und Nachverfolgungsprotokollen aus dem Jahr, in dem er mit einem GPS-Sender am Hals überwacht wurde.

Das Ganze wirkt wie eine NSA-Datenbank für Tiere. Sie verrät mir tatsächlich, was er bei einigen Gelegenheiten gefrühstückt hat. Elche. Viele Elche.

Ripper bekam seinen Namen, weil er seiner Beute den Bauch aufgeschlitzt hat. Er grub gerne tief.

Vielleicht genoss er die Säfte der Elche? Warum, kann ich mir nur vorstellen.

Außerdem gibt es noch eine Abstammungstafel, die seine Verwandten und Nachkommen aufführt. Eines seiner Jungen hat überlebt. Es heißt nur UA.354.222. Vermutlich bedeutet das, dass nie jemand eine Verbindung zwischen der DNA eines beobachteten Bären und seines Nachwuchses hergestellt hat.

Die GPS-Punkte, die auf einer Karte eingetragen sind, zeigen sein Jagdrevier. Es befindet sich knapp neun Kilometer von hier entfernt. Doch es ist nicht ungewöhnlich für einen Bären, sein Territorium zu verlassen.

Leider enden die GPS-Informationen im letzten Jahr, sodass ich nicht weiß, wie weit er gelaufen ist, bevor er hier in dieser Gegend landete.

Eine Liste von Haarfallen zeigt einen etwas größeren Bereich an. Anscheinend wurden viele dieser Datenpunkte gesammelt, bevor man ihm einen GPS-Sender angelegt hat.

Mir kommt es seltsam vor – vermutlich, weil ich es nicht besser weiß –, dass er sich vorher nie über den Bergzug gewagt hatte.

Vielleicht tötete er Juniper, weil er sich in fremdem Territorium aufhielt? Detective Glenn erwähnte etwas von einem Pass, der durch eine Schlammlawine unpassierbar wurde. Ripper war vielleicht einfach so umhergewandert und plötzlich hier eingesperrt.

Doch das sind Spekulationen von mir.

Menschen glauben gerne, Wissenschaftler seien auf allen Gebieten Experte. In Wirklichkeit haben wir uns oft so spezialisiert, dass wir von vielen wissenschaftlichen Bereichen weniger als ein Laie wissen – zum Beispiel über das Verhalten von Bären.

In der Datei finde ich auch ein Foto von Ripper. Es wurde aufgenommen, nachdem er für das Anlegen des GPS-Senders betäubt worden war. Darauf sieht er fast so aus wie vorhin, als ich ihn tot auf der blauen Plane liegen sah. Fürchterlich und friedlich zugleich. Auf diesem Foto fehlt eine Kralle seiner linken Vordertatze.

Krallen sind nichts anderes als scharfe Zehennägel, die mit der Zeit nachwachsen. Ich glaube, er hatte alle Krallen, als ich ihn gesehen habe. Wachsen sie innerhalb eines Jahres nach?

Ich würde das gerne überprüfen. Auch wenn man bisher noch keine Pressekonferenz abgehalten hat, muss es doch im Internet ein Foto geben.

Tatsächlich finde ich nach einigem Suchen in der Tageszeitung von Bozeman einen Artikel mit einem bedrohlichen Foto von Ripper, der die Schnauze in Richtung Kamera hält und die Zähne fletscht.

Mutmaßlicher Killergrizzly von »Fish and Wildlife« gefasst

BOZEMAN, Montana. Wie inoffizielle Quellen bestätigten, hat ein Fährtensucher von »Fish and Wildlife« den Grizzlybären identifiziert und getötet, der für den Tod einer Wissenschaftlerin, die nahe Filmount County forschte, verantwortlich sein soll. Wie ein Ansprechpartner bei Wildlife Genetics International bestätigte, stimmt die DNA des Grizzlys mit der DNA eines Bären überein, der als UA.223.334 bekannt war.

Die Presse wird durchdrehen, wenn sie den Spitznamen des Bären herausfindet.

Ich überprüfe noch einmal Rippers Datei, um herauszufinden, ob jemand bei Ursa Major sie seit seinem Einfangen aktualisiert hat.

Der aktuellste Eintrag stammt aus dem letzten Jahr. Vermutlich ist der verantwortliche Doktorand ein wenig überlastet.

Während ich das Browserfenster und den Fall Ripper schließe, fällt mir plötzlich etwas auf.

Ich lade die Seite noch einmal hoch, um zu sehen, was es war.

Das ist seltsam.

UA.221.999 / »Ripper«

Diese Kennziffer entspricht nicht der Nummer in dem Zeitungsartikel.

Haben Bären mehrere Einträge?

Ich gebe »UA.223.334« in die Datenbank ein, um herauszufinden, ob die Ziffern aufeinander verweisen.

Eine neue Datei erscheint auf dem Bildschirm.

UA.223.334 / »Bart«

Das ist die Beschreibung eines anderen Bären.

Von diesem Tier wurden Haarfallenproben an Stellen hier in der Nähe gefunden. Ich öffne ein Foto. Es ist eine Fernaufnahme und zeigt den Bären, wie er über eine Wiese läuft.

Bart sieht Ripper zwar sehr ähnlich, doch selbst mein ungeschultes Auge erkennt, dass es sich um zwei verschiedene Bären handelt.

Aber ich weiß auch, dass ein Bär vor dem Winter mehrere Zentner Gewicht zulegen kann, und ehrlich gesagt bin ich mir nicht sicher, wie man sie voneinander unterscheidet.

Ich lade Barts DNA-Datei herunter und rufe sie in meinem Viewer-Programm auf.

Das ist seltsam. Ripper und er sind zwar miteinander verwandt, aber es gibt viele verschiedene Genabschnitte. So etwas erwartet man bei entfernten Cousins, aber nicht bei demselben Tier.

Ich vergleiche noch einmal den Artikel mit der Datenbank, um wirklich sicher zu sein.

Ja, das sind zwei verschiedene DNA-Proben.

Irgendjemand hat irgendwo einen Fehler gemacht.

So schnell ich tippen kann, bin ich auf der Internetseite von Wildlife Genetics International. Da steht die Telefonnummer. Ich wähle sie, obwohl ich noch weniger weiß, was ich sagen soll als bei meinem Anruf bei Ursa Major.

»WGI, mit wem darf ich Sie verbinden?«, meldet sich eine Frauenstimme.

»Hallo, können Sie mich bitte mit der Laborleitung für Sequenzierung verbinden?«

»Das ist Dr. Whitcomb. Einen Moment, bitte.«

»Hallo, hier spricht Travis«, sagt ein Mann mit einer jungen Stimme.

»Dr. Whitcomb, bitte entschuldigen Sie die Störung. Ich bin im Einsatz und erreiche niemanden im Labor des Rechtsmediziners. Ähm, könnten Sie mir die Datei zu dem Bären, der gestern getötet wurde, noch einmal zusenden?«

»Noch einmal zusenden?« Er klingt verärgert. »Ich habe sie doch noch gar nicht verschickt.«

Verdammt, ich muss improvisieren. »Entschuldigung. Anscheinend wurde ich falsch informiert.«

»Kein Problem. Ich habe sie hier. Wohin soll ich sie schicken?«

In der Eile gebe ich ihm meine E-Mail der Universität. Ich werde mir später einen Grund ausdenken, um das Ganze glaubwürdig abzustreiten, sollte jemand danach fragen.

Ich danke ihm. »Noch eine Frage: Woher wusste man ohne DNA, dass es UA.223.334 war?«

»Woher die Leute wussten, dass es dieser Bär war? Keine Ahnung. Für mich sehen sie alle gleich aus. Fragen Sie doch Ihren Fährtensucher.«

Ich lege auf und hole tief Luft. Ich bin ein schrecklicher Lügner und kann mit diesem Stress nicht umgehen.

Doch noch schlimmer ist, dass ich hier eine moralische Grenze überschritten habe. Ich weiß nicht, ob ich ein Gesetz gebrochen habe, aber das hier könnte mir irgendwann um die Ohren fliegen.

Travis' Datei kommt in meinem E-Mail-Postfach an und ich lade sie in meinem DNA-Viewer-Programm hoch.

Die Probe, die angeblich von dem Bären stammt, den ich auf der Plane gesehen habe, ist Barts DNA.

Die wahrscheinlichste Erklärung ist, dass Julians Labor ein Fehler unterlaufen ist. Hektisch wähle ich seine Nummer.

»Was ist los?«, will er wissen.

»Dein Labor. Kann es sein, dass dort aus Versehen die Haarprobe verwechselt wurde?«

»Das bezweifle ich.«

»Bist du dir sicher?«

»Ich kann dir zwei Dinge versprechen: Erstens hat dieses Labor vermutlich noch nie zuvor mit der DNA eines Bären zu tun gehabt, und zweitens würden Kriege ausbrechen, sollten uns solche Fehler unterlaufen. Was ist los?«

»Nichts. Nichts. Du hast bestimmt recht.« Aber irgendjemand hat gewaltigen Mist gebaut. »Ich muss los.« Hastig lege ich auf.

In dem Zeitungsartikel wurde eine Pressekonferenz erwähnt, die in wenigen Stunden stattfinden soll.

Dort wird man bekannt geben, dass man Junipers Mörder gefangen hat.

Doch das hatten sie nicht.

Die DNA in dem Haar aus Junipers Wunde stammte von einem anderen Bären als dem, den sie getötet haben.

Das bedeutet, ihr Mörder läuft immer noch da draußen herum.

Kapitel 19

ENTWARNUNG

Ich stelle mich selbst an der Anmeldung im Büro des Sheriffs als Dr. Theo Cray vor und werde zu einem Besprechungszimmer geschickt. Ich tue so, als sollte ich hier sein. Ein Hilfssheriff begleitet mich pflichtbewusst in den Raum, in dem sich Detective Glenn, Sheriff Tyson – die breitschultrige Frau, die ich das erste Mal auf dem Parkplatz des Motels gesehen habe – und mehrere andere Personen versammelt haben.

Richards, der Fährtensucher von »Fish and Wildlife«, und Glenn unterbrechen ihr Gespräch und schauen auf, als ich eintrete.

»Dr. Cray?«, fragt Glenn. »Entschuldigung, aber hat man Sie hergebeten?«

In einer solchen Situation geht man am besten gleich in die Vollen, anstatt sich selbst zu rechtfertigen. Also frage ich Richards geradeheraus: »Woher wussten Sie, dass Bart der Bär war, der Juniper getötet hat?«

Auf der Suche nach einer Erklärung für mein Eindringen schaut er Glenn und Tyson fragend an. Da sie nur die Achseln zucken, antwortet er mir. »Wir haben das Blut des Opfers an seinem Fell gefunden. Und die DNA passte zu dem Bären, nach dem wir suchten.«

»Ja. Aber woher wussten Sie, dass Sie Bart erschießen mussten? Woher wussten Sie, dass er der richtige Bär ist, bevor Sie ihn erschossen?«

Glenn unterbricht mich. »Entschuldigen Sie, Dr. Cray, aber warum sind Sie hier?«

»Ich bin hier, weil das Haar aus Junipers Wunde nicht zu Barts DNA passt.«

Plötzlich ist es in dem Raum absolut still. Nach einem angespannten Moment ergreift Sheriff Tyson das Wort. Mit tiefer, bedächtiger Stimme fragt sie: »Wie sind Sie an Juniper Parsons Blut gekommen?«

Ich gebe ihr die sachliche Antwort. »Einer Ihrer Hilfssheriffs gab sie mir versehentlich und ich habe sie analysieren lassen.«

»Sie haben sie analysieren lassen?«, fragt sie nach. »Das nennt man Diebstahl von Beweismaterial.«

Die Drohung in ihrem Ton gefällt mir nicht. »Darum können wir uns später kümmern. Was jetzt wichtig ist, ist die Tatsache, dass der Bär, der Juniper getötet hat, nicht der Bär ist, den Sie getötet haben.« Ich drehe mich zu Richards um. »Nichts für ungut.«

Diese Anschuldigung treibt ihm die Zornesröte ins Gesicht und er schlägt mit der Hand auf den Tisch. »Wir haben ihr Blut an dem Bären gefunden!«

Ich will diesen Mann nicht beleidigen, aber Fakten sind nun einmal Fakten. »Trotzdem gehört die DNA, die in Junipers Blutprobe gefunden wurde, zu einem anderen Bären. Vielleicht ist Bart zufällig auf ihre Leiche gestoßen?« Ich schaue zu Glenn hinüber. »Verdammt, ich bin auch in ihr Blut gefallen. Ich hatte es überall an mir. Sie haben es selbst gesehen.«

Das bringt ihm einen Seitenblick von Sheriff Tyson ein.

Glenn seufzt und erklärt es den Anwesenden. »Der neugierige Dr. Cray hat beschlossen, den Tatort zu besuchen.«

»Und wer hat ihm gesagt, wo er ihn findet?«, will Tyson wissen, wobei ihre Stimme ziemlich laut wird.

»Ich habe ihn von allein gefunden«, werfe ich ein. »Die kleinen Fähnchen am Highway sind alles andere als unauffällig, wenn man danach Ausschau hält.«

»Und warum haben Sie nach ihnen Ausschau gehalten?«

Ich zähle ihr alle meine Gründe auf einmal auf. »Weil eine meiner Studentinnen getötet wurde. Wahrscheinlich weil ich ein schrecklicher Lehrer bin und ich mich deswegen total mies fühle. Weil ich ihrer Mutter Antworten geben wollte. Ich weiß es nicht. Ich bin einfach dorthin gegangen.«

Eine rothaarige Frau am anderen Ende des Tischs ergreift nun das Wort. »Wie haben Sie Bären-DNA aus Junipers Blut gewonnen?« Die Frau ist Anfang dreißig und hat auch ohne viel Make-up ein hübsches Gesicht.

»Die Probe, die man mir gegeben hat, stammte aus einer Wunde Junipers. Und darin befand sich eine Haarprobe.«

»Mit einem Follikel?« Sie wendet sich einem Mann links von ihr zu. Ich erkenne in ihm den Rechtsmediziner wieder.

Er schüttelt den Kopf. »Es gab keine Follikel in den Proben. Wir haben das überprüft. Nur Haarschäfte.«

Die Frau dreht sich wieder zu mir um und schaut mich herablassend an. »Anscheinend hat Ihr Labor mitochondriale DNA untersucht. Vielleicht sollten Sie noch einmal die Schulbank drücken.«

Obwohl mein Gesicht bei dieser Beleidigung rot anläuft, antworte ich gelassen: »Ich weiß, dass nicht alle Neuigkeiten hier draußen ankommen, aber man kann nukleare DNA aus dem Haarschaft entziehen, wenn man weiß, was man tut.« Ganz schön großspurig für einen Typen, der das heute Morgen selbst noch nicht gewusst hat.

»Stimmt das?«, fragt der Rechtsmediziner sie.

Sie schüttelt den Kopf. »Ich weiß es nicht. Da muss ich nachfragen.«

Ich versuche, mich zu beruhigen. »Ich habe Zugriff auf Betriebsmittel«, sage ich und bedaure sogleich den aufgeblasenen Ton.

»Ich hoffe, ein guter Anwalt gehört ebenfalls dazu«, schnappt Sheriff Tyson zurück.

»Warten Sie einen Moment«, geht Glenn dazwischen. »Bevor wir ihm Handschellen anlegen, sollten wir ihn vielleicht ausreden lassen. Dr. Cray kannte das Opfer und die Ereignisse haben ihn verständlicherweise sehr mitgenommen.«

Tyson schaut demonstrativ auf ihre Uhr. »Beeilen Sie sich.«

Da mir niemand einen Platz anbietet, gehe ich zum Whiteboard und greife nach einem Stift. In schnellen Strichen male ich die Umgebung auf und markiere die Stelle, an der Juniper gefunden wurde, mit einem *X*.

»Von dieser Stelle hier stammt die Probe, die ich erhalten habe.« Die Stelle, an der Bart getötet wurde, markiere ich mit einem weiteren *X*. »Hier hat Richards Bart aufgespürt. Nahe genug, damit es einen Sinn ergibt.« Ich male einen großen Kreis. »Tatsächlich ist das laut der Datenbank von Ursa Major Barts Revier. Wie Ihnen vermutlich bekannt ist, war er ein gekennzeichneter Grizzly. Der wahrscheinliche Verdächtige. Doch die Probe von Junipers Fundort enthielt ein Haar, das zu einem Bären gehört, der aus einem Gebiet stammt, das viel weiter weg liegt. Vielleicht ist er in Barts Territorium eingedrungen. Vielleicht ist sie zwischen die beiden geraten. Haben Sie irgendwelche DNA von Bart am Tatort gefunden?«

»Wir haben gleichartiges Haar gefunden«, antwortet der Rechtsmediziner.

»Also Haare von einem Grizzly, aber keine DNA?«

Er schüttelt den Kopf.

Ich ziehe einen großen Kreis um Junipers *X.* »Es gibt also keinen Beweis dafür, dass Bart überhaupt dort war. Wir haben aber Beweise für die Anwesenheit des anderen Bären.«

»Das behaupten Sie«, wirft die Frau ein. »Aber Sie sind der Einzige, der diese magische Fähigkeit besitzt, DNA aus dem Haarschaft zu ziehen. Ich hätte auch gern diese Macht.«

Plötzlich weiß ich, wer sie ist. »Sie sind Dr. Kendall?«

»Ja.«

»Ich werde Ihnen helfen, das unabhängig zu überprüfen.« Ich bin mir sicher, dass Julian ihnen Zutritt zu seinem Labor gewähren wird. »Wichtig ist jetzt, dass es unverantwortlich und nicht korrekt wäre, diese Pressekonferenz stattfinden zu lassen und zu behaupten, Sie hätten den Bären erlegt. Da draußen läuft noch immer ein Killerbär herum. Und was noch schlimmer ist, wir wissen nicht einmal, warum er Juniper getötet hat.«

Sheriff Tyson konzentriert sich nun ausschließlich auf Richards. »Ist das möglich?«

Er holt tief Luft. »Wir haben ihr Blut an dem Bären gefunden.«

»Ja«, sagt sie, »aber Bären sind dafür bekannt, dass sie an der Beute der anderen herumschnüffeln.«

»Stimmt. Das tun sie.« Richards legt resigniert den Kopf schief. »Es ist möglich. Sehr gut möglich. Verdammt! Ich hatte gehofft, wir hätten das Mistvieh erwischt. Das ist schlecht. Und was noch schlimmer ist, ich habe vielleicht einen unschuldigen Bären getötet.«

»Sollen wir die Pressekonferenz absagen?«, fragt Glenn.

Tyson schüttelt den Kopf. »Nein. Wir werden bekannt geben, wie sie getötet wurde, und diesen Teil der Untersuchung als abgeschlossen erklären. Außerdem mahnen wir die Leute zu Vorsicht.« Sie schaut zu mir. »Sie sollten besser recht behalten.«

Bei ihrer Heftigkeit weiche ich einen Schritt zurück und stoße gegen das Whiteboard. »Ich war sehr genau.«

»Sieht so aus, als sei er überall in meiner Datenbank gewesen«, erwidert Kendall, während sie auf ihr Handy schaut, vielleicht um Datenprotokolle zu studieren. »Haben Sie eine Übereinstimmung gefunden?«

»Ja … es ist UA.221.999.« Ich warte einen Moment, bevor ich seinen Spitznamen ausspreche. »Auch bekannt als Ripper.«

»Mein Gott«, murmelt Glenn. »Was brauchen wir mehr? Ein Grizzly namens Ripper auf freiem Fuß.«

»Sind Sie sich mit dieser Übereinstimmung wirklich sicher?«, hakt Dr. Kendall nach.

»Absolut«, antworte ich überzeugt. »Ich habe es mehrmals überprüft.«

Sie schüttelt den Kopf. »Dann müssen Sie einen Fehler gemacht haben.«

»Einen Fehler?«

Dr. Kendall seufzt erleichtert. »Dr. Cray, UA.221.999, auch bekannt als Ripper, ist letztes Jahr gestorben.«

»Gestorben?« Ich versuche dieses Wort zu begreifen.

»Ja. Ich selbst habe seinen Kadaver untersucht, als wir ihm das GPS abgenommen haben. Ripper ist mausetot.« Sie zeigt auf das Whiteboard. »Was wir dort haben, ist vermutlich eine Kontamination. Vielleicht hat Juniper sich an etwas altem Fell gerieben, das noch an einem Baumstamm hing. Vielleicht hatte Bart noch etwas von Rippers Haaren in seinem Fell. Ich weiß es nicht. Was ich weiß, ist, dass sie nicht von einem Geisterbären getötet wurde.«

Ich spüre die Blicke aller Anwesenden im Raum auf mir, als ihnen klar wird, dass sie von einem Narren unterhalten wurden.

Kendall schüttelt leicht den Kopf.

»Gott sei Dank«, murmelt Richards.

Mir wird kalt. Der Stift fällt mir aus der Hand und rollt über den Boden.

»Dr. Cray, würden Sie bitte hinausgehen?«, ordnet Sheriff Tyson an. »Ich werde mich nach der Konferenz mit Detective Glenn besprechen und entscheiden, ob wir Sie verhaften oder zu einem Psychiater schicken werden.«

Ihre Worte beunruhigen mich nicht, als ich die neue Realität erfasse.

Dr. Kendalls Enthüllung ist nicht das, was sie glaubt.

»Sehen Sie das denn nicht?«, frage ich leise.

Doch sie ignorieren mich und setzen ihr Gespräch über die Pressekonferenz fort.

Mir dreht sich der Magen um.

Sie verstehen es nicht.

Dabei ist es offensichtlich.

Deshalb haben sie mich zuerst verhaftet.

Deshalb ist Juniper in die falsche Richtung gelaufen.

Das Muster ist klar.

»Sehen Sie das denn nicht?«, brülle ich.

Jetzt sind wieder alle Blicke auf mich gerichtet.

»Hilfssheriff!«, ruft Tyson in Richtung der offen stehenden Tür. »Würden Sie diesen Mann bitte hinausbegleiten?«

Ich ignoriere sie und schlage mit der Hand auf den Punkt auf der Karte, an dem man Juniper gefunden hat. »Sind Sie wirklich so schwer von Begriff? Sie wurde nicht von einem Bären getötet! Sie wurde von jemandem getötet, der es so aussehen lassen wollte!«

Plötzlich herrscht wieder Stille im Raum.

Ich weiß, wie das klingt. Aber eines weiß ich: Wenn ich mit einer Probe in mein Labor zurückkehre und herausfinde, dass sie kontaminiert ist und ich mir sicher bin, dass es dazu nicht im Labor gekommen ist, dann bedeutet das, dass es draußen vor Ort passiert sein muss. Haare von einem toten Bären können nur auf eine Art auf Junipers Körper gelandet sein – jemand hat sie dorthin gelegt.

Das Wie und Warum kann ich nicht ergründen, aber hierher hat der Verstand mich geführt. Leider sieht das sonst niemand so klar wie ich.

Als Reaktion auf meinen Ausbruch stürmen zwei bullige Hilfssheriffs herein. Sie stoßen mich gegen die Wand, legen mir Handschellen an und zerren mich fort, bevor ich es erklären kann.

Kapitel 20

REINGELEGT

Man schiebt mich in einen kleinen Raum mit einer Metalltür und einem kleinen Fenster mit Sicherheitsglas, an dessen Rückwand eine Sitzbank steht. Es ist eine Art Arrestzelle, nur ohne Toilette. Daher ist sie hoffentlich nur für einen kurzen Aufenthalt gedacht.

Die Decke ist massiv, die Wände aus Beton.

Ach du Schande! Plötzlich wird mir bewusst, dass man mich eingesperrt hat.

Mein Gott.

Ich sinke auf der Bank in mich zusammen. Ein Teil von mir will gegen die Tür hämmern und darauf beharren, dass alles ein Irrtum ist. Doch das würden sie ebenfalls nur als das Verhalten eines verrückten Mannes abtun.

Ihre Mienen, als Sheriff Tysons Idioten mich fortzerrten …

Sie hielten mich für wahnsinnig.

Das war ich auch und bin es noch … wahnsinnig wütend auf sie, weil sie nicht sehen, was direkt vor ihren Augen ist.

Sie hatten mich mit einer Willkommensparty der Spezialeinheit der Polizei in Empfang genommen, weil irgendetwas an Junipers Ermordung so aussah, als käme ein Mann als Täter infrage.

Ich habe keine Fotos der Autopsie gesehen, doch meiner Meinung nach sollte sich der Angriff von einem Bären deutlich von dem eines Menschen unterscheiden.

Aus irgendeinem Grund sah dieser Überfall anfangs nicht so aus.

Sie suchten nach einem Mann und fanden mich. Erst als sie die Bärenhaare in Junipers Wunde entdeckten und sie genauer untersuchen konnten, ließen sie mich wieder gehen.

Ihr Blut an Bart war der entscheidende Hinweis.

Ein klarer Fall, den man schnell abschließen kann.

Sie beschlossen, den Rest zu übersehen. Vielleicht weil er zu fantastisch war. Aber er passt zu den Beweisen.

Juniper wurde zwar nahe der Straße angegriffen, rannte aber trotzdem in die andere Richtung. Warum?

Die einfachste Erklärung war, dass sie mit verbundenen Augen zur Lichtung gebracht wurde und keine Ahnung hatte, wo sie war. Sie rannte einfach los.

In ihren Wunden fanden sich Rippers Haare. Das Haar war so gut erhalten, dass wir nuDNA daraus entnehmen konnten. Das ist selbst unter idealen Bedingungen nahezu unmöglich, aber undenkbar für Haare, die seit einem Jahr draußen herumliegen.

Die Chancen, dass Rippers Haare in der Wunde auftauchen, sind astronomisch, geht man von einer rein natürlichen Erklärung aus. Haare von Charles Manson zu finden, wäre wahrscheinlicher.

Von Bart wurden keine Spuren am Tatort gefunden. Wäre er wie ich in ihr Blut getreten, hätte es Spuren geben müssen.

Trotzdem tauchte Junipers Blut wie durch ein Wunder kilometerweit entfernt an einem anderen Bären auf.

Wären die Bären Menschen, würde man das eine Falle nennen.

Eine Falle impliziert einen Fallensteller.

Irgendjemand hatte Zugang zu Junipers Leiche und Rippers Fell. Später wurde Bart dann zu ihrem Blut gelockt.

Das führt mich zu einer paranoiden Enthüllung: Jeder in der Pressekonferenz könnte ein Verdächtiger sein.

Richards ist am verdächtigsten, doch er hatte sich meiner Meinung nach nicht wie ein Mann verhalten, der schuldig ist. Sein Verhalten war absolut natürlich: Er wollte den Bären fassen, der Juniper getötet hat. Er war enttäuscht, vielleicht das falsche Tier erschossen zu haben.

Wäre er Junipers Mörder, wäre es am schlauesten gewesen, sich den anderen in dem Saal anzupassen und mit dem Finger auf mich zu zeigen. Doch das tat er nicht.

Was die anderen betrifft: Sheriff Tyson ist eiskalt und Detective Glenn ist mir ein Rätsel, aber ich denke, beide fänden bessere Möglichkeiten, einen Mord zu vertuschen.

Es ergibt keinen Sinn. Und ich bin kein Menschenkenner.

Es war wohl keiner von ihnen. Das wäre auch zu viel Agatha Christie.

Verdammt, vielleicht täusche ich mich auch und es ist genau so, wie sie sagen.

Und doch sagt mein Bauch Nein. Es gibt hier ein Muster.

Hoffentlich wägen sie gerade jetzt in dem Besprechungszimmer ab, was ich gesagt habe.

Kendall scheint ziemlich clever zu sein. Sie muss sich doch an der Tatsache stören, dass die DNA ihres toten Bären ein Jahr später kilometerweit entfernt wieder auftaucht. Das ist einfach unlogisch.

Logisch oder nicht, ich bin derjenige, den man eingesperrt hat.

Ich reibe die Fingerknöchel an der Metallbank und wünschte, das hier wäre nur ein Traum. Doch leider ist es sehr real.

Ich bin so ein Idiot.

Ich bin hier, während der Mörder irgendwo da draußen längst verschwunden ist.

Er hat alle getäuscht. Den Gang hinunter gibt es einen Raum voller Polizisten und Wildtierexperten, die nicht glauben, dass er existiert.

Mein Gott. Was für ein beängstigender Gedanke.

Es ist eine Sache, jemanden zu töten und keinen Beweis zurückzulassen oder die Leiche so zu verstecken, dass man sie niemals findet. Aber jemanden töten und alle glauben lassen, es wäre ein Unglücksfall der Natur gewesen?

Das hat schon etwas von einem Genie.

Ein Schauder läuft mir über den Rücken, als ich über diese Schlussfolgerung nachdenke. Dieser Mord war entweder lange Zeit geplant oder von jemandem durchgeführt worden, der sehr gut töten kann. Oder vielleicht beides.

Dass Rippers Haare vorhanden waren, legt die Vermutung nahe, dass es wie ein Bärenangriff aussehen sollte. Der Täter hatte nur nicht erwartet, dass jemand zuverlässige DNA daraus entziehen könnte und so herausfindet, dass sein gewöhnlicher Grizzly gar nicht so gewöhnlich war.

Ich erinnere mich, dass Glenn einige Wanderer erwähnte, die Schreie gehört und die Gegend abgesucht hatten. Wurde der Mörder überrascht? Hatte er sie eigentlich woanders hinbringen wollen, musste dann aber fliehen?

Es wäre so leicht gewesen, die Leiche irgendwo zu vergraben, wo niemand sie gefunden hätte. Das hätte ich getan …

Vielleicht war das der Plan gewesen, doch dann wurde er gestört.

Er ließ Rippers Haar zurück und nahm etwas von ihrem Blut für Bart mit.

Es in Barts Fell zu bekommen, wäre nicht sehr schwierig gewesen. Bären sind von Natur aus neugierig. Um ihn anzulocken, brauchte man nicht mehr als einen Eimer mit frischem Fleisch.

Vielleicht. Ich weiß es nicht.

Ich schüttle den Kopf. Von diesen Mutmaßungen bekomme ich Migräne.

Ich schaue auf, als ich einen Schlüssel im Schloss höre. Detective Glenn kommt herein.

»Bitte, lassen Sie mich ausreden«, beharre ich.

Er tippt mit der Ecke eines Hefters in meine Richtung. »Nein, Dr. Cray, Sie werden sich hinsetzen und den Mund halten.« Er nickt Sheriff Tyson zu, die im Flur steht und uns beobachtet. »Wenn Sie das nicht können, werde ich ihren Rat befolgen und Sie zur psychiatrischen Begutachtung schicken. Haben Sie das verstanden?«

Ich nicke und gebe nach.

Er lehnt sich gegen den Türrahmen und blättert durch den Hefter. »Ich habe recherchiert.« Ich dachte, er wollte über den Fall reden, doch meine Hoffnungen schwinden, als er aufsieht. »Ich habe Ihren Hintergrund beleuchtet. Anscheinend sind Sie dafür bekannt, Probleme zu verursachen.«

Verdammt! Jetzt kommt's.

Zeit, den Überbringer schlechter Nachrichten zu töten.

Kapitel 21

DER QUERULANT

Während Detective Glenn Auszüge aus dem Hefter vorliest, beobachtet Sheriff Tyson mich genau. Ihre Miene ist unergründlich. Sie ist verdammt Furcht einflößend.

»Sie haben eine versiegelte Jugendakte in Texas«, beginnt Glenn. »Doch ich habe irgendwo gelesen, dass Sie als Teenager verhaftet wurden, weil Sie Bomben gebaut und damit ein Kind verletzt haben. Wollen Sie dazu etwas sagen?«

Ich starre auf den Boden. »Nein. Nicht wirklich.«

Mit dreizehn, als ich noch immer unter dem Tod meines Vaters litt, beschäftigte ich mich mit Chemie. Ich lernte, wie man Bomben aus Haushaltschemikalien baut, und jagte damit Sachen im Wald in die Luft.

Das wäre auch in Ordnung gewesen, wenn ein Freund – oder besser gesagt, ein Bekannter – die Teile, mit denen ich diese Bomben baute, nicht geklaut und versucht hätte, ein Auto auf dem Parkplatz eines Supermarktes in die Luft zu jagen.

Das Auto wurde kaum beschädigt, doch sein jüngerer Bruder erlitt Verätzungen am Arm. Seine Eltern sind völlig ausgerastet.

Das Erste, was er tat, war, der Polizei zu erzählen, ich hätte ihn dazu angestiftet.

Meine Unschuld zu beteuern, fiel schwer, nachdem sie das Labor unter meinem Bett gefunden hatten.

Der verständnisvolle Richter verurteilte mich zum Glück nur zu Sozialstunden.

Meine Mutter war natürlich hocherfreut.

Das Ganze passierte kurz vor ihrer Heirat mit Davis.

Mit ihm wäre mir so etwas nie passiert. Er hätte zum Beispiel darauf bestanden, dass ich meine Freunde niemals in die Nähe meiner Laborausrüstung gelassen und diese sicher verschlossen aufbewahrt hätte.

Detective Glenn bemerkt laut, dass mir meine erste Fakultätsstelle gekündigt wurde.

Was erneut an meiner Dickköpfigkeit lag.

Aus seiner Sicht, und ohne die Details zu kennen, wirke ich vermutlich wie ein besserwisserischer Mistkerl.

Natürlich könnte ich versuchen, es ihm zu erklären, doch er ist gerade nicht in der Stimmung, mir zuzuhören. Stattdessen macht er mir vor Sheriff Tyson die Hölle heiß.

Vielleicht ist das aber auch nur Show.

Ich weiß es nicht.

Am besten schweigt man in einer solchen Situation. Tyson ist darauf geeicht, mich zu bestrafen. Vielleicht komme ich ja damit davon, dass ich die Blutprobe mitgehen ließ. Doch selbst wenn, bedeutet das: eine Gerichtsverhandlung und ein Anwalt. Außerdem werde ich mehrere Nächte in einer Zelle verbringen, bevor es zu einer Kautionsverhandlung mit einem Richter kommt. Davon kann ich ausgehen.

»Wir haben die Pressekonferenz abgehalten«, berichtet Glenn, »und erklärt, dass es möglicherweise einen weiteren Bären gibt.«

Ich verkneife mir die Erklärung, dass alles keinen Sinn ergibt, wenn Ripper sich die Radieschen von unten besieht.

Glenn fährt fort. »Wir werden im Labor zwar erneut nach einer möglichen Kontamination suchen, aber davon abgesehen, betrachten wir die Angelegenheit als erledigt.« Er klappt den Hefter zu und wirft ihn neben mich auf die Bank. »Sie verstehen Ihre Situation?«

Ich nicke trotzig. Glenn macht einen Schritt zur Seite, doch nun stellt sich mir Sheriff Tyson in den Weg. »Sie haben zwei Stunden, um sich aus meinem Bezirk zu scheren. Sollten Sie losquatschen, werden Sie wegen Manipulation von Beweismaterial wieder eingesperrt. Sollten Sie außerdem weiterhin darauf bestehen, dass es sich hierbei um eine Mordermittlung handelt, können Sie ja raten, wen wir als Erstes verhaften.«

Glenn begleitet mich zu meinem Wagen. Wir sagen beide kein Wort.

Es gibt nichts zu sagen.

Es ist offensichtlich, dass er mir nicht glaubt. Es gibt nur einen Grund, warum ich nicht mehr in der Zelle sitze. Er hat Mitleid mit mir, und er hat Tyson erklärt, ich mache eine Art Trauerprozess durch.

Verdammt, vielleicht sehe ich die Dinge tatsächlich falsch.

Schließlich packe ich im Motel meine Sachen zusammen, fahre auf die Interstate und beschließe, mich später um Junipers Auto zu kümmern.

Dreizehn Kilometer später passiere ich ein Schild, das mir zeigt, dass ich den Bezirk verlasse.

Vierhundert Meter vor mir taucht ein Motel auf.

Der Dickkopf in mir, der Teil, der für meine Kündigung sorgte, lässt mich den Blinker setzen und auf den Parkplatz fahren.

Kapitel 22

DAS DIAGRAMM

Das ist irrsinnig. Ich werfe den Schlüssel meines Motelzimmers auf die Kommode und lasse mich auf das Bett fallen. Ich sollte an meiner Forschung arbeiten. Ich habe genügend Feldproben. Am klügsten wäre es, wieder nach Austin zu fahren und so viel zu arbeiten, wie ich kann, bevor das neue Semester beginnt.

Das wäre rational, das wäre logisch. Oder etwa nicht?

Nachdem man Junipers Leiche gefunden hatte, machten sich die Jäger auf die Suche nach ihrem Mörder – die tapferen Männer des Stammes wagten sich hinaus, um sich selbst zu verteidigen. Sie hatten sie vielleicht niemals kennengelernt, aber sie gehörte zur menschlichen Rasse.

Kein Tier zieht die Grenzen so, wie wir es tun, wenn es um den Schutz anderer Mitglieder unserer Gruppe geht.

Mein Instinkt sagt mir, dass Juniper von einem Mann getötet wurde – oder auch von einer Frau, um nicht vorschnell zu mutmaßen.

Das passt zu den Tatsachen.

Warum sehen das bloß die Menschen nicht, die Experten auf diesem Gebiet sind?

Was weiß ich, das sie nicht wissen?

Man sollte doch meinen, ihr Rechtsmediziner sei kompetent genug. Richards und Kendall wissen mehr über Bären, als ich es jemals tun werde. Und Detective Glenn ist kein Narr. Er arbeitete auch noch an diesem Fall, nachdem man das Tier längst aufgespürt hatte.

Wäre dies der erste Akt in einem Film, würde ich mit dem Finger auf ihn zeigen. Ich bin zwar kein Menschenkenner, aber bei all unseren Begegnungen hatten sich seine Verdächtigungen ausschließlich gegen mich gerichtet.

Ich kann nichts ausschließen, sieht man von einer Sache ab. Ich kann mich nicht eine Stunde mit einem Menschen unterhalten und dann beurteilen, ob dieser schuldig ist oder nicht.

Alle anderen wissen zusammen mehr als ich. Und trotzdem liege ich jetzt hier, starre an die Decke und bin davon überzeugt, dass Junipers Mörder nur auf zwei Beinen läuft.

Warum?

Was weiß ich, das sie nicht wissen?

Es ist nicht ein einzelner Punkt. Dafür reicht mein Fachwissen auf keinem dieser Gebiete aus. In meinen Unterlagen, meiner Forschung, meinem Leben dreht sich alles um das Herstellen von Verbindungen aus den verschiedensten Bereichen. Meine Domäne ist der Zusammenhang zwischen den Dingen.

Ich spüre Lebenszyklen auf. Ich schaue auf Genflüsse. Ich erstelle Computermodelle und suche nach Entsprechungen in der realen Welt.

Ich suche nach Systemen und Kreisläufen. Dabei kann es sich um Stickstoff in unserem Körper handeln, der aus Düngemittelanlagen stammt, oder um unsere Gene, die für bestimmte Proteine codiert sind, die wiederum vor Milliarden von Jahren entstanden sind.

Systeme können sich quer durch den Raum oder linear durch die Zeit bewegen.

Ich stehe auf, nehme einige Landkarten aus meinem Rucksack und pinne sie an die Wand.

Ich bin weder Polizist noch Forensiker.

Ich bin Biologe und Computerprogrammierer. Das sind meine Fachgebiete.

Ich ziehe einen roten Kreis um die Stelle, an der man Juniper gefunden hat. Daneben zeichne ich einen grünen Punkt ein, um zu markieren, dass sie körperlich dort gewesen war. Mit zwei weiteren Punkten markiere ich die Autowerkstatt und ihr Motel.

Das sind die Orte, von denen wir wissen, dass Juniper sie lebend aufgesucht hat. Sie sind Teil ihres Diagramms. Dann markiere ich die Orte, an denen sie während ihres Aufbaustudiums an der Florida State University gearbeitet und in North Carolina gelebt hat. Zum Schluss trage ich die Stelle in Austin ein, wo sie an meinem Kurs teilgenommen hat.

Dies sind die Punkte ihres Lebensdiagramms. Mein Computer könnte eine Version erstellen, die dieses Diagramm im Laufe der Zeit anzeigt. Doch es ist auch so einfach zu erkennen.

Das ist Junipers Geschichte.

Ihr Leben begann in einem Kreißsaal in Raleigh und endete in einem Wald in Montana.

Was brachte sie dorthin?

Das Leben wird durch Tausende äußerer und innerer Kräfte bestimmt.

Ihr Tod könnte ein zufälliges Ereignis gewesen sein, ausgelöst durch jemanden, der einen flüchtigen Blick auf sie geworfen hat, als sie neben dem Highway herlief und er an ihr vorbeifuhr.

Es könnte jemand gewesen sein, den sie seit Jahren kannte, vielleicht schon aus ihrer Zeit in North Carolina.

Ein Fallanalytiker des FBI könnte anhand eines Blicks auf ihre Wunden vielleicht sagen, ob es eine persönliche Sache war oder nicht. Ich kann das nicht. Und da die Experten glauben, es sei ein Bär gewesen, weiß ich nicht, für wie glaubwürdig ich sie im Moment halte.

Ich male einen schwarzen Kreis neben die beiden Punkte, die Junipers Fundstelle markieren. Das ist ihr Mörder. Ich weiß, dass er sich mindestens einmal am selben Ort aufgehalten hat wie sie.

Einen zweiten schwarzen Kreis ziehe ich um die Stelle, an der Bart erschossen wurde. Auch hier hat sich der Mörder irgendwann einmal aufgehalten.

Genau genommen kann ich nicht mit Sicherheit sagen, ob der Mörder dort gewesen war oder ob es ein Komplize gewesen ist. Diagramme erfassen nicht immer den tatsächlichen Standort der Organismen. Manchmal stellen sie auch nur ihren Einfluss dar. Vorerst verwende ich die schwarzen Kreise für das Einflussdiagramm des Mörders.

Das Diagramm des Mörders …

Ich setze mich hin und lasse es auf mich wirken. Obwohl ich nur zwei Datenpunkte habe, ist es ein Anfang.

In meinem Fachgebiet kann ein Diagramm ebenso aufschlussreich sein wie ein reales Tier oder seine DNA. Manchmal liefert es sogar noch mehr Hinweise, weil es verrät, wie das Tier lebte, und nicht nur, welche Farbe sein Fell hat oder wie seine Gene angeordnet sind. Manchmal sagt es aber auch weniger aus, weil es irreführen kann. Zu viele Datenpunkte ohne Zusammenhang verursachen Chaos.

Um dieses Chaos sortieren zu können, habe ich MAAT entwickelt. Mit dieser Software sortiere ich Tausende Informationspunkte und finde Muster.

MAAT basiert auf meiner Denkweise, ist dabei aber wesentlich fortschrittlicher.

Ich habe es mithilfe des Quellcodes eines Forschungsprojekts zum Auffinden von Genen erstellt, die zur Verlängerung der

Lebensdauer beitragen. Es ist die künstliche Intelligenz, die mit jedem Durchlauf bessere Algorithmen erstellt und immer komplexer wird.

Ich kann nicht sagen, wie die aktuelle Version von MAAT funktioniert, aber sie tut es. Manchmal zumindest.

Irgendwann fragten die Forscher, die das Kernstück künstlicher Intelligenz hinter MAAT entwickelt hatten, die Software, worauf die hohe Lebensdauer eines bestimmten Fruchtfliegenstamms basierte. Sie zeigte daraufhin die Gene an, die Resveratrol regulieren – den Stoff also, den man auch im Rotwein findet und mit der hohen Lebensdauer beim Menschen in Verbindung bringt. Als man herausfinden wollte, warum sie diesen Stoff ausgewählt hatte, spuckte sie als Antwort einen Datenstrang aus, den niemand verstand.

Was MAAT im Moment aus den Datenpunkten auf meiner Karte herauslesen kann, ist bereits offensichtlich.

Doch wenn man ihr Tausende oder Millionen von Punkten eingibt, erweist sie sich als äußerst nützlich.

Punkte, die ich nicht habe. Der Mörder besteht lediglich aus zwei schwarzen Punkten in Zeit und Raum. Aber wenn es keine gesicherten Daten gibt, kann man ihr auch Vermutungen eingeben.

Würde man Paarungszyklen betrachten und wären Juniper und ihr Mörder zwei Berglöwen, könnte ich MAAT den Sexualzyklus des Weibchens und eine Einschätzung des Reviers des Männchens eingeben. Anhand dieser Informationen erhielte ich eine Schätzung, wann die beiden sich wieder begegnen. Paart sich ein Berglöwe mit mehreren Löwinnen, die in verschiedenen Territorien leben, könnte ich außerdem vorhersagen, an welchen Orten er auch noch auftaucht.

Und sollte es allgemeine Regeln bezüglich der Art von Orten geben, an denen sie sich paaren, könnte ich die möglichen Stellen auf Grundlage der verfügbaren geografischen Informationen zusätzlich eingrenzen.

Aus all diesen Angaben würde MAAT ein Dutzend Plätze berechnen. An denen würde ich dann Wildkameras aufstellen und vermutlich die beiden Raubkatzen bei der Paarung erwischen, selbst wenn sich das Gebiet über mehrere Kilometer erstreckt. Auch das wäre mit drei Datenpunkten und allgemeinen Informationen, die nicht speziell für ein Tier gelten, möglich.

Das Problem ist, dass ich keine weiteren Datenpunkte habe, mit denen ich MAAT füttern könnte.

Ich weiß nichts über den Mörder.

Er wurde irgendwo geboren. Er hat Juniper getroffen. Zu einem späteren Zeitpunkt – das können nur Minuten oder sogar Jahre gewesen sein – hat er sie dann getötet. Zum letzten Mal ist er in Erscheinung getreten, als er Bart mit ihrem Blut in Kontakt gebracht hat. Dann ist er aus seinem Diagramm verschwunden.

Ich brauche mehr Daten als jene, die ich in meiner Karte eingetragen habe.

Doch woher nehmen?

Wenn ich keine Daten habe, muss ich mich mit dem Nächstbesten zufriedengeben … was gleichzeitig das Schlechteste ist.

Vermutungen.

Ich muss Mutmaßungen anstellen.

In einem echten Diagramm wären dies keine schwarzen Kreise, sondern sie wären halb schwarz und halb weiß. Sie wären Vielleichts.

Manchmal führen sie zu etwas Interessantem, manchmal machen sie einem nach Monaten … oder nach Jahren einen Strich durch die Rechnung.

Unser Kampf gegen Krebs ist voller unzähliger Vielleichts. Milliarden an Euros und Millionen an Arbeitsstunden werden auf der Suche nach einem Muster aufgewendet, das wir noch nicht einmal im Ansatz erahnen.

Trotzdem machen wir Fortschritte. Viele dieser Vielleichts passen. Menschen leben heute länger, weil nicht alle Mühen umsonst waren. Und für jedes Vielleicht, das sich als ein Nein entpuppte, streben wir weiter.

Ich brauche einige Vielleichts und Vermutungen über den Mörder.

Ich kann mir keine Sorgen darüber machen, ob sie falsch sind. Ich brauche einfach einen Anfangspunkt.

Also stelle ich einige an …

Junipers Mörder war clever, denn er ist damit durchgekommen. Das ist alles andere als einfach. Er hatte entweder großes Glück oder sehr viel Erfahrung.

Okay … gehen wir von Erfahrung aus.

Verdammt! Manchmal trifft durch eine Vermutung zwangsläufig etwas anderes zu.

Ein erfahrener Mörder impliziert, dass er das schon früher getan hat …

Ich öffne mein Notebook und suche nach Bärenangriffen in den USA und Kanada.

Ich bin mir nicht sicher, was ich erwartet habe, aber in den letzten Jahren gab es eine Handvoll Angriffe.

Der »Fish and Wildlife Service« verfügt über detaillierte Berichte. Zu den meisten Attacken kam es in tiefen Wäldern, doch ich suche nach einem im Umkreis von wenigen Kilometern zu einem Highway.

Davon gibt es zwei. Bei dem ersten, vor drei Jahren, wurde ein selbst ernannter Grizzlyexperte getötet. Ich persönlich stufe das als Selbstmord ein.

Der andere fand vor sechs Jahren statt. Eine Frau wurde blutüberströmt am Straßenrand gefunden. Sie starb auf dem Weg ins Krankenhaus.

Die Experten gingen damals davon aus, dass sie ebenfalls von einem Grizzly getötet worden war. Der Bericht zeigt Abbildungen der Wunden und das Foto einer Gewebeprobe. Es gab sogar ein Haar. Doch man führte keine DNA-Analyse durch.

Der Bär, den sie gefangen haben, wurde durch das Blut des Opfers in seinem Fell identifiziert.

Das klingt vertraut – genau wie bei Juniper.

Mir läuft ein Schauder über den Rücken. Mein Instinkt sagt mir, dass ich gerade etwas Gefährliches sehe.

Ich markiere die Stellen, an denen dieses Opfer gefunden wurde, mit einem roten und einem schwarzen Kreis, und den Ort, an dem man den mutmaßlichen Killerbären gefangen hat, mit einem weiteren schwarzen Punkt.

Er liegt achtzig Kilometer entfernt in einem anderen Bezirk. In meinen Augen erscheinen dadurch Detective Glenn und die anderen weniger verdächtig.

Das Ganze ist also schon einmal passiert, aber an einem anderen Ort.

Trotzdem ergeben die beiden roten Punkte kein Muster. Noch nicht.

Ich brauche mehr Daten.

Kapitel 23

DER MENSCHLICHE RUNDKURS

Eine erweiterte Suche nach Bärenangriffen führt mich in eine Sackgasse. Die Attacken werden lediglich durch das Auffinden sterblicher Überreste im Kot der Tiere belegt. Natürlich ist es möglich, dass der Mörder sein Opfer einfach zurückgelassen hat, damit es von einem Bären auf Nahrungssuche gefunden wird. Anscheinend sind Bären bei ihrer Futterwahl nicht sehr wählerisch. Somit bedeutet es nur, dass diese Vorfälle wie Bärenangriffe aussehen, an denen nichts verdächtig wirkt – im Gegensatz zu Juniper Parsons oder Rhea Simmons, der anderen Frau.

Ich rufe einen Artikel über Rhea auf. Sie war zweiundzwanzig Jahre alt und reiste offensichtlich als Anhalterin quer durchs Land. Sie war in Alabama geboren, und ihre Familie wusste nicht, dass sie in Montana war.

Ich überfliege einige andere Artikel, aus denen hervorgeht, dass sie in den letzten Jahren mit ihrer Familie zerstritten war. Von ihrem Aufenthaltsort erfuhren die Angehörigen erst durch den Anruf der Polizei.

Was für ein schrecklicher Anruf.

Rhea war Einzelgängerin. Auf einem Foto erinnert sie mich an ein Hippiemädchen. Solche jungen Frauen, die nach ihrem Platz in der Welt suchen, sehe ich oft auf dem Campus. Rhea fand ihn, als sie durch das Land zog.

Obwohl ihr Fall vielversprechend klingt, gibt es noch kein Muster, abgesehen von der Tatsache, dass Juniper und sie unabhängige junge Frauen waren. Vielleicht sucht der Mörder nach einem bestimmten Typ. Doch anscheinend gibt es nicht genügend angebliche Bärenangriffe, die ein Muster unterstützen.

Angebliche Angriffe ... *angeblich* impliziert, dass irgendjemand eine Angabe macht ...

Wenn ein Bär einen Menschen im Wald tötet und niemand die Leiche findet, bezeichnet man das dann als Bärenangriff?

Nein.

Das nennt man ein Verschwinden.

Wanderer gaben an, sie hätten Junipers Schreie gehört. Rhea hatte es bis zur Straße geschafft.

Was, wenn niemand Juniper gehört hätte? Hätte der Mörder sie irgendwo unter freiem Himmel liegen lassen?

Oder hätte er sie vergraben?

Die gleiche Frage stellt sich bei Rhea. Wenn sie es nicht bis zur Straße geschafft hätte, würde sie dann als Vermisstenfall gelten?

Ich bekomme eine Gänsehaut. Wenn es Rheas Mörder gelungen wäre, ihre Leiche zu verstecken, wäre sie niemals zu einem Vermisstenfall geworden. Zumindest nicht in den nächsten Monaten oder Jahren. Vermutlich auch nicht in Montana.

Ihre Eltern wussten nicht einmal, wo sie war – und schienen auch nicht beunruhigt.

Wir sind an die Fälle mit großem öffentlichem Interesse in den Nachrichtensendungen gewöhnt, in denen ein Ehepartner unter mysteriösen Umständen verschwindet. Oder in denen eine Tochter beim Verlassen eines Ortes zuletzt gesehen wurde, aber nie woanders ankam.

All diese Fälle haben eins gemeinsam – enge Familienstrukturen.

Aber was ist mit den Einzelgängern? Was ist mit den Menschen, die am Rande der Gesellschaft leben?

Wenn die zahnlose Frau, die vor dem Supermarkt bettelt, eines Tages verschwindet, wer würde das melden?

Immer wieder steigen Menschen aus. Drogen, psychische Probleme … es gibt viele Gründe.

Mehr als einmal haben mich besorgte Eltern angerufen, die seit Wochen nichts von ihrem Kind gehört hatten.

Manchmal ist es nur eine Phase, manchmal auch nicht. Menschen – besonders junge Menschen – können sich Schritt für Schritt abkapseln, bis sie irgendwann komplett verschwinden, wenn auch nur für eine gewisse Zeit.

Ich erinnere mich an die Geschichte einer dreiundzwanzigjährigen Kalifornierin, die man tot in ihrem Auto auf dem Parkplatz eines Einkaufszentrums gefunden hat. Niemand hatte sie als vermisst gemeldet, obwohl sie bereits seit drei Monaten tot war. Sie hatte sich das Leben genommen und war dann in ihrem Wagen mit dunkel getönten Scheiben verwest, während die Menschen nur wenige Meter weiter vorbeiliefen.

Ich suche im Internet nach Informationen zu Vermisstenfällen und stoße auf die Seite des Nationalen Kriminalitätsinformationszentrums des FBI. Sie führen eine Liste von vermissten Personen, eine Liste von Personen, die unter mysteriösen Umständen verschwunden sind. Demnach werden zurzeit vierundachtzigtausend Menschen in den Vereinigten Staaten vermisst.

Verdammt, das sind viele.

Natürlich haben viele von ihnen Drogenprobleme oder andere Probleme, die es ihnen leicht machten zu verschwinden.

Aber vierundachtzigtausend? Das wäre, als würde eine Stadt wie Boulder in Colorado verschwinden.

Und das sind nur die Leute, bei denen sich irgendjemand Sorgen machte, zum Hörer griff und die Polizei informierte. Wer weiß, wie viele mehr es ohne Familienbande gibt?

Wie viele verschwinden und niemand erfährt davon?

Es könnte zahlreiche Serienmörder da draußen geben und niemand würde es bemerken. Plötzlich wird mir eiskalt. Vielleicht gibt es sie.

Was ist mit Junipers Mörder? Ist er vielleicht nicht nur für ihren und Rheas Tod verantwortlich?

Wie soll ich das herausfinden?

Ich suche nach weiteren Datenpunkten und mache dabei eine gruselige Entdeckung.

In Montana und Wyoming gibt es mehr vermisste Personen pro hunderttausend Einwohner als in allen anderen Bundesstaaten außer Alaska, Oregon und Arizona. Was zum Teufel …?

Es könnte an der Art liegen, wie die Daten gesammelt werden. Ein Zusatzkästchen auf einem Formular kann Dinge manchmal verzerrt darstellen.

Aber trotzdem …

Ich klicke auf einen Link zur Vermisstenstelle von Montana.

Oben auf der Seite erscheinen die Fotos von zwei lachenden jungen Mädchen und darunter das eines Ehepaares indianischer Abstammung mit ihrem Kind.

Auf der Liste stehen viele junge Mädchen. Das Gleiche gilt für Wyoming.

Ich zähle mindestens ein Dutzend Frauen im gleichen Alter wie Juniper und Rhea. Die meisten von ihnen, wenn nicht sogar alle, sind wahrscheinlich von zu Hause fortgelaufen, viele vermutlich, um furchtbaren Situationen zu entkommen.

Im schlimmsten Fall haben sie Männer mit üblen Absichten verlassen.

Doch es gibt keinen Grund anzunehmen, der Mörder beschränke sich ausschließlich auf Frauen.

Normalerweise verspüre ich eine seltsame Anspannung, wenn ich einen neuen Datensatz erstelle, ohne das Gefühl richtig beschreiben zu können. Doch dieses Mal fühle ich mich schuldig, während ich auf die Gesichter der Vermissten starre.

Ich nehme ein Kästchen bunter Heftzwecken aus meinem Koffer. Für jede Frau, die in den umliegenden Bundesstaaten vermisst wird und älter als achtzehn Jahre ist, stecke ich eine orangefarbene Nadel in meine Karte.

Dann führe ich eine zweite Suche durch, um das Ganze nach Städten einzugrenzen. Es ist deprimierend, wie wenig Aufmerksamkeit man diesen Vermisstenfällen schenkt. Entsprechend dürftig sind die Daten.

Noch deprimierender ist der Gedanke, dass sich der aktuelle Stand der Ermittlungen vermutlich darauf beschränkt, dass ihre Namen auf einer Liste stehen und die Berichte im Aktenschrank verstauben.

Solange der Polizei keine eindeutigen Beweise für ein Verbrechen vorliegen und ihr kein Verdächtiger bekannt ist, werden diese Frauen vielleicht nie gefunden.

Nachdem ich einige Datenpunkte eingefügt habe, füllt sich meine Karte mit orangefarbenen Heftzwecken. Ich bohre sie nur widerwillig hinein. Sie fühlen sich wie Sargnägel an.

Obwohl mir etwas Seltsames auffällt, will ich keine voreiligen Schlüsse ziehen.

Inzwischen werden es zu viele Punkte für die Karte, doch zum Glück habe ich einen tragbaren Beamer dabei. Ich schließe ihn an mein Notebook an, und mithilfe meiner Bio-Geo-Kartografiesoftware erstelle ich eine virtuelle Karte, die ich auf die Wand projiziere.

Ich stehe seit jeher lieber vor den Dingen, wenn ich sie betrachte.

Alle meine orangefarbenen Punkte tauchen wieder auf. Mithilfe des Schattierungswerkzeugs färbe ich die Bezirke gemäß ihrer Bevölkerungsdichte ein. Dadurch kann ich erkennen, ob die orangefarbenen Punkte mit dieser Dichte in einem Zusammenhang stehen.

Ich habe keine Möglichkeit herauszufinden, welche Daten gut und welche schlecht sind, ganz zu schweigen von den fehlenden Angaben. Aber frei nach dem Urteil des Obersten Gerichtshofs zum Thema Obszönität – wenn es um Muster geht, erkenne ich sie, wenn ich sie sehe.

Ich gebe alle Variablen in MAAT ein und vergleiche die Vermisstenfälle mit den Bevölkerungsdaten. Außerdem finde ich einige Statistiken über den Prozentsatz der Fälle, bei denen es sich erwiesenermaßen um Ausreißer handelt, die sicher zurückgekehrt sind. Dadurch werden die Dinge etwas gefiltert.

MAAT zieht ein feines dunkelviolettes Band um meine Karte. Sie wandert über den Kartenrand hinaus, kehrt dann zurück und umläuft sie.

Dieses Diagramm zeigt eine Verbindung zwischen vermissten Personen an, die über das hinausgeht, was man von einer gegebenen Bevölkerungsdichte erwarten würde. Es berücksichtigt außerdem bestimmte Autobahnen, aber keine anderen Straßen.

In der Biologie gewöhnt man sich an die verschiedenen Arten, wie sich Daten zeigen können. Der Lachs kehrt flussaufwärts zurück, Herdentiere folgen äußerst geraden Mustern, Vögel dagegen Schleifen.

Ich suche nach einem anderen Muster, das mir sehr bekannt ist.

Ich suche nach dem Rundkurs eines Raubtiers.

Ich tippe wie wild und suche nach dem Muster, das in meinem Gedächtnis gespeichert ist.

Endlich finde ich es. Es hat nicht die gleiche Form, aber die gleiche Symmetrie. Ich könnte eine Formel für ein Fraktal, also ein komplexes geometrisches Muster, aufschreiben, das die gleichen Muster erzeugen würde.

Doch hier geht es nicht nur um ein Muster, sondern um eine Verhaltensweise.

Das Verhalten, welches das Muster auf meiner Wand erzeugt – das Muster, in dem Junipers Mörder sich versteckt –, passt exakt zu diesem anderen Verhalten.

Der Schöpfer dieses anderen Musters ist ein effizienter Mörder, der sich seit Millionen von Jahren nicht verändert hat. Er hat ein ausgefeiltes Jagdsystem entwickelt, das darauf gründet, immer in Bewegung zu bleiben. Dadurch kann er immer wieder an die gleichen Punkte zurückkehren, ohne dass seine Beute ein bisschen schlauer geworden wäre.

Ich springe zwischen den Mustern hin und her. Dann muss ich mich setzen.

Es ist das gleiche Muster wie das eines Weißen Hais.

Kapitel 24

DAS PECHEXPERIMENT

Analogien und Karten können gefährlich werden, wenn man sie zu wörtlich nimmt. Eine Karte ist bloß die Darstellung von etwas. Selbst eine fotografische Karte sagt nichts darüber aus, ob in dem Gebiet jetzt Schnee liegt oder ob es heute Morgen so stark geregnet hat, dass ein Weg zu matschig ist, um ihn zu benutzen.

Der Rundkurs von Junipers Mörder entspricht dem Jagdmuster eines Weißen Hais nur deshalb, weil die beiden sich ein ähnliches Verhalten zugelegt haben.

Weiße Haie versuchen nicht, ihre Beute zu verstecken, hauptsächlich deshalb nicht, weil Thunfische keine Polizeikräfte bilden und nach Rache streben. Aber sie vermeiden eine übermäßige Ausbeutung in bestimmten Gebieten, damit die Fische diese Stellen nicht als gefährliche Orte in Erinnerung behalten. Werden zu viele Fische getötet, wird ein Signal an das System gesendet, damit der Hai seine Muster ändert. Es ist so ähnlich, als würde das Herumliegenlassen von Leichen der Polizei verraten, dass irgendetwas im Busch ist.

Der Hai vermeidet aber nicht nur ein übermäßiges Töten und damit einen Zusammenbruch seines Systems, er tarnt sich auch – wie der Mörder. Der Weiße Hai hat eine Konterschattierung, durch die er mit dem Meeresboden verschwimmt, wenn man ihn von oben sieht, während er gleichzeitig auch von unten unsichtbar erscheint.

Der Mörder – ich weiß nicht, wie ich ihn sonst nennen soll – besitzt zweifelsohne seine eigene Tarnung. Vermutlich zieht er nicht zu viel Aufmerksamkeit auf sich. Indem er die Leichen versteckt oder diejenigen, die er nicht verstecken kann, wie Opfer von Tierangriffen aussehen lässt, tarnt er seine Gegenwart gegenüber der Beute, die wie eine Herde Seerobben erst erkennt, dass sich ein Mörder unter ihnen befindet, wenn es zu spät ist.

Haie haben außerdem ein spezielles Sinnesorgan, die Lorenzinischen Ampullen. Damit können sie die elektrischen Felder der Beute, die sich vor ihnen versteckt, erspüren und durch das Blut im Wasser während eines Fressrauschs hindurchsehen.

Auch der Mörder verfügt vermutlich über ganz eigene Talente, um seine Opfer auszuwählen. Er sucht nicht nur optisch nach einem bestimmten Typ, sondern auch nach einer ganz besonderen Art von Verletzlichkeit.

Die Vermisstenfälle aus Montana und Wyoming geben mir nur Auskunft über die verschwundenen Einheimischen und Personen, von denen man wusste, dass sie sich in dieser Gegend aufhielten. Jedes Jahr kommen Hunderttausende von Menschen im Sommerurlaub oder als Saisonarbeiter hierher.

Einige meiner Studenten verdienen in den Semesterferien Geld, indem sie in Hotels wie hier kellnern oder die Zimmer putzen.

Wie viele junge Menschen sind auf eigene Faust in dieser Region unterwegs, ohne dass ihre Eltern es wissen oder sich darum kümmern, wo sie sind?

So gesehen kann der Mörder noch wesentlich mehr Menschen getötet haben.

Doch im Moment ist das eine reine Vermutung.

Die einzige Möglichkeit herauszufinden, ob ein Modell von Nutzen ist, besteht darin, eine Prognose zu erstellen, die man dann überprüft.

Im Moment kann ich mithilfe von MAAT nur die ungefähre Anzahl der Menschen ermitteln, die in Zukunft vermisst werden, sowie die Wahrscheinlichkeit, dass es innerhalb von sechs Jahren zu einem weiteren Bärenangriff kommen wird, der denen auf Juniper und Rhea ähnelt.

Sechs Jahre sind eine lange Zeit. Einige Wissenschaftler warten ihr ganzes Leben auf den Ausbruch eines Vulkans, die Rückkehr eines Kometen oder irgendein anderes seltenes Ereignis.

Das Verrückteste, von dem ich je gehört habe, ist das Pechtropfenexperiment, das seit 1927 an der Universität von Queensland durchgeführt wird. Dabei wird mithilfe eines Trichters voller Pech die Zähflüssigkeit des Materials gemessen. Seitdem der Versuch läuft, sind erst neun Tropfen aus dem Trichter gefallen. Das beweist, dass die Viskosität von Pech zweihundertdreißig Milliarden Mal so hoch ist wie die von Wasser. Die beiden Male, bei denen ein Tropfen fiel, während eine Webkamera auf das Experiment gerichtet war, konnten Forscher aufgrund technischer Probleme das seltene Ereignis nicht beobachten.

Das am längsten andauernde Experiment der Welt ist eine Metallkugel, die zwischen zwei Metallglocken an einem Gewinde hängt. Jedes Mal, wenn sie eine der Glocken berührt, wird sie von einer Batterie mit Strom versorgt und schlägt gegen die andere Glocke, wobei sich der Strom entlädt.

Ich habe es während einer Tagung in Oxford selbst gesehen. Die Kugel vibriert zwar kaum wahrnehmbar zwischen den Glocken, aber man kann es trotzdem mit bloßem Auge erkennen.

Und das macht sie schon seit 1840. Selbst die Batterie, eine Trockenzelle, ist noch immer diejenige, die man vor fast zweihundert Jahren eingebaut hat.

Die Wissenschaft kann Geduld erfordern. Aber ich kann nicht sechs Jahre warten, bis Junipers Mörder wieder einen Bärenangriff vortäuscht.

Ich kann noch nicht einmal sechs Tage warten. Das Semester beginnt, und ich werde schon jetzt zu spät zu den Fakultätsversammlungen kommen.

Ich könnte nach Parvel fahren. Dort hat man Rhea gefunden. Doch die Spur ist vermutlich schon kalt. Ich weiß noch nicht einmal, wie eine heiße Spur aussieht.

Und alles, was ich dort vermutlich herausfinden werde, ist, dass ihr Tod sehr an Junipers erinnert.

Was ich brauche, ist eine Möglichkeit, um meine Vermutungen wenigstens zum Teil zu bestätigen.

Ich vermute – oder besser gesagt, ich mutmaße –, dass Junipers Mörder das schon sehr oft getan hat und seine Angriffe immer an die eines Tieres erinnern. Ich notiere mir, dass ich herausfinden muss, was genau das bedeutet. Alles, was ich weiß, ist, dass Detective Glenn anfangs dachte, ein Mann könnte der Verdächtige sein.

Messer?

Ich glaube außerdem, dass die Leichen in den meisten Fällen nicht gefunden wurden.

Also … brauche ich nur einen nicht gemeldeten Tierangriff und eine Leiche, die nie gefunden wurde.

Klar, wie einfach …

Ich drehe mich wieder zu den Punkten der Vermissten an der Wand um. Einige von ihnen befinden sich auf dem großen violetten Band, das den Rundkurs des Mörders markiert.

Natürlich heißt das nicht, dass er für einen von ihnen verantwortlich ist. Aber wenn man zwei verschiedene Paarungsgebiete von Seehunden kennt und dazwischen ein Punkt liegt, an dem bekannterweise Seehunde verschwunden sind, wäre es nicht unsinnig zu vermuten, dass zwischen diesen beiden Punkten ein Hai hin und her schwimmt.

Der jüngste Fall ist siebzehn Monate her und stammt aus Hudson Creek. Eine Frau namens Chelsea Buchorn wurde als vermisst gemeldet. Amber Harrison, eine Freundin, erzählte der Polizei, man habe ihre Freundin vielleicht entführt.

Amber berichtete, sie seien gemeinsam durch den Wald gegangen, als sie Chelsea plötzlich aus den Augen verloren habe.

Der ganze Bericht klingt ziemlich seltsam, und in der Presse finde ich nur zwei Artikel. Der erste beschreibt Amber als verstörte Frau, die widersprüchliche Geschichten erzählt. Da der Polizei jedoch keine Beweise für ein Verbrechen vorlagen, ließ man sie gehen.

Zwischen den Zeilen kann man aber herauslesen, dass die beiden in den Wald gegangen sind, um sich zu betrinken. Sollten sie tatsächlich getrunken haben, war Amber alles andere als eine zuverlässige Zeugin.

Trotzdem wären Chelsea und sie ideale Opfer.

Hudson Creek liegt vier Stunden mit dem Auto entfernt. Ich packe meine Sachen in den Wagen und gebe meinen Zimmerschlüssel der Mitarbeiterin an der Rezeption ab.

Gott weiß, was sie jetzt glaubt, warum ich nur für vier Stunden ein Zimmer brauchte.

Kapitel 25

HUDSON CREEK

Hudson Creek ist nicht mehr als jeweils eine Reihe verfallender Gebäude auf beiden Seiten des Highways, die an der Straße kleben wie Seepocken an einem verrottenden Pier. Wäre es ein Ökosystem, würde ich sagen, es steht kurz vor dem Kollaps.

Reste von »Zu verkaufen«-Schildern übersäen die Grundstücke mit maroden Gebäuden, die aussehen, als hätten sie seit Jahren keine zweibeinigen Bewohner mehr.

Endlich entdecke ich doch noch Hinweise auf Leben. Wohnwagen mit Aluminiumseiten in verblassten Farben, in deren Nähe Kleider auf Wäscheleinen baumeln. Irgendjemand lebt dort, sofern man das als Leben bezeichnen kann.

Ich habe auf meinen Reisen schon oft Armut erlebt, aber nicht immer strahlt sie so viel Verzweiflung aus. Ich war schon in Slums unterwegs, wo nachts zwar die Elektrizität ins Wanken gerät, aber die Musik immer weiter läuft. Ich habe Elendsviertel besucht, in denen ein neues Paar Schuhe so selten ist wie ein Tesla-Auto, und trotzdem trugen die Menschen dort die buntesten selbst genähten Kleider, die ich je gesehen habe.

In Hudson Creek gibt es nichts davon. Hier gibt es keine Neubauten oder sonst einen Hinweis, dass die Stadt um ihr Leben kämpft.

Das Einzige, das nicht auseinanderfällt, sind die glänzenden neuen Autos, die ich hin und wieder in den von Unkraut überwucherten Auffahrten entdecke.

Diese Leute setzen falsche Prioritäten.

Oder doch nicht?

Würde ich in meinen Garten investieren, wenn ich wüsste, dass der Wert der Eigenheime stetig fällt? Vielleicht ist es sinnvoller, das Geld in eine Rettungskapsel mit Ledersitzen und Bluetooth-System zu stecken.

Wie die Leute an das Geld für diese verrückten Allradautos und Corvettes kommen, ist mir unbegreiflich.

Vermutlich gibt es immer irgendetwas, mit dem man handeln kann. Früher war Hudson Creek vielleicht einmal eine Minenstadt oder hat irgendeine wichtige Rolle im Straßenbau gespielt.

Aber heute? Heute ist es ein Ort irgendwo zwischen hier und dort.

Doch laut der violetten Spur, die MAAT anzeigte, ist die Wahrscheinlichkeit sehr groß, dass der Mörder hier gewesen ist. Mehrmals. Er ist denselben Highway hinuntergefahren und hat durch das Fenster auf die gleichen heruntergekommenen Häuser gestarrt wie ich jetzt.

Hat er die Stadt als verfallendes Gerippe gesehen, das man jagen konnte?

Der Ort, in dem Juniper abgestiegen war, war eine kleinere Ausgabe von Hudson Creek. Ihr Motel zierten ein durchgebranntes Neonschild und nacktes Sperrholz an einer Seite. Brysons Autowerkstatt war ein Schrottplatz, der nur deshalb ein Geschäft war, weil ein Mensch wusste, wie man Reifen und Öl wechselt.

Ein Sattelzug rast, entnervt von meiner Gafferei, an mir vorbei. Ich trete auf das Gaspedal und fahre in die Richtung, die mir das GPS als Stadtmitte von Hudson Creek anzeigt.

Auf diesem Weg fahre ich an dem einzigen Neubau vorbei, den ich auf den letzten Kilometern gesehen habe. Es ist eine riesige Tankstelle, die die Lkw-Fahrer versorgt. Daneben befindet sich ein Lokal mit einem Parkplatz voller Autos.

Das Rathaus mag einige Hundert Meter die Straße hinunter liegen, aber hier befindet sich offensichtlich die Mitte dessen, was in der Stadt noch am Leben ist.

Wenn ich als Biologe nach Antworten suche, weiß ich genau, wo ich anfangen muss. Ich rufe entweder das Büro von »Fish and Wildlife« vor Ort oder die Farmervereinigung an.

In einem anderen Staat beginne ich mit der Biologieabteilung an der größten Universität. Dann arbeite ich mich durch ein Netzwerk von Verbindungen, bis ich jemanden finde, der mir etwas über eine auf Bäumen lebende Rattenart oder eine spezielle Gattung von Blütenpflanzen sagen kann.

Wäre ich Polizist, würde ich vermutlich zum nächsten Polizeirevier fahren und nach dem diensthabenden Ermittler fragen.

Doch nachdem man mich aus dem letzten Revier, das ich besucht habe, gerade erst hinausgeworfen hat, bin ich darauf nicht besonders scharf.

Aber es gibt noch eine Quelle, die ich in einem fremden Staat oft nutze, wenn die Einheimischen einem Fremden nicht trauen.

Sie hat mich noch nie enttäuscht. Ich brauche auch kein GPS, um sie zu finden, sondern muss nur nach ihr Ausschau halten. Selbst an einem derart traurigen Ort wie Hudson Creek werde ich sie sicherlich finden.

Tatsächlich entdecke ich bald ein Kreuz und eine kleine Kirche. Auf dem Parkplatz steht ein alter Ford Focus.

Egal, in welchem Staat oder welcher Stadt ich bisher gewesen war, egal, wie weit sie von der Zivilisation entfernt waren, ich fand immer einen Priester, eine Nonne oder einen Imam, die mir gerne halfen.

Also werde ich hier mit meinen Fragen beginnen und fahre auf den Parkplatz.

Die Kirche besteht aus drei Gebäuden, die durch einen überdachten Weg miteinander verbunden sind. Als ich an dem Haus klopfe, das wie ein Büro aussieht, bekomme ich keine Antwort. Die anderen Türen sind verschlossen.

Ich höre das Geräusch eines Rasenmähers, das von der Rückseite der Gebäude kommt. Als ich um die Ecke komme, sehe ich einen Mann im T-Shirt auf einem Rasenmähertraktor, der eine Wiese mäht, die von der Rückseite der Kirche bis zur Waldgrenze reicht.

Ich winke ihm zu, und er schaltet den Motor aus. Er hat dünnes graues Haar und scheint um die sechzig zu sein. Wir gehen aufeinander zu.

»Was kann ich für Sie tun?«, fragt er, als wir nah genug sind, um nicht schreien zu müssen.

»Ich suche nach dem …«, ich werfe einen kurzen Blick auf das Straßenschild zurück, um herauszufinden, welche Konfession die Kirche vertritt – es ist eine Baptistenkirche –, »dem Pfarrer.«

»Sie haben ihn gefunden.« Er wischt sich die schmutzige Hand an der Jeans ab und reicht sie mir. »Nennen Sie mich Frank.«

»Ich bin Theo Cray. Ich bin ein Professor aus Texas.«

»Professor? Theologie?«

»Nein. Bioinformatik.« Ich betreibe schlechten Small Talk, weil ich nicht weiß, wie ich zum Punkt kommen soll.

»Ist das so etwas wie Robotertechnik?«

»Nein, Sir. Ich bin ein Biologe, der auf einen Computerbildschirm starrt und manchmal auch in die reale Welt hinausgeht.«

»Was hat Sie hierher verschlagen?«

»Das ist ein bisschen kompliziert.«

Er schaut auf seine Uhr. »Die gute Nachricht ist, dass ich mir gerade eine Pause und ein Glas Eistee verdient habe. Ich kann mich um ›ein bisschen kompliziert‹ kümmern und ein Glas entbehren. Folgen Sie mir.« Er geht an mir vorbei und führt mich in sein Büro. Über die Schulter fragt er: »Worum geht es denn grundsätzlich?«

»Ich habe Fragen über eine junge Frau, die hier gelebt hat.«

»Wer?«

»Chelsea Buchorn.«

Er bleibt stehen und starrt mich an. Das Lächeln ist aus seinem Gesicht verschwunden. »Was genau wollen Sie über Chelsea wissen?«

Ich bleibe wie angewurzelt stehen. Biologisch ausgedrückt, würde ich seine Haltung als plötzlich defensiv, wenn nicht sogar feindlich beschreiben.

Kapitel 26

DER RASENMÄHERMANN

Ich weiß nicht, was ich sagen soll. Alles, was ich habe, ist die Wahrheit. »Ich habe jemanden unter ähnlichen Umständen verloren.«

»Sie haben jemanden verloren?« Seine Stimme hat etwas von ihrer Schärfe verloren.

»Ja. Eine Studentin. Und jetzt bin ich auf der Suche nach einer Verbindung.«

»Nach einer Verbindung zu Chelsea? Haben die beiden sich gekannt?«

Über diese Frage habe ich nie nachgedacht. Es scheint zwar unwahrscheinlich, aber es könnte sich lohnen, dem nachzugehen. »Ich weiß es nicht.«

»Warum fragen Sie mich dann?«

»Ich kenne hier niemanden. Ich habe Ihre Kirche gesehen und gedacht, Sie kennen die Leute hier in der Gegend vielleicht.«

Sein Körper entspannt sich. »Aha! Ich verstehe. Gehen wir hinein und trinken einen Eistee. Dann erzähle ich Ihnen, was ich weiß. Aber das ist nicht viel. Chelsea war kein Mitglied unserer Kirche.«

Er führt mich in sein Büro. Ich nehme auf dem Stuhl gegenüber von seinem Schreibtisch Platz, während er einen Krug aus dem kleinen Kühlschrank holt und zwei Gläser Eistee einschenkt.

Der kleine Raum ist mit Bücherregalen gesäumt, und durch das Fenster sieht man auf den Highway hinaus. Neben zahlreichen Auszeichnungen hängen Bilder an der Wand, die vermutlich von seinen Kindern aus verschiedenen Jahren stammen. Sein Schreibtisch ist mit Notizblöcken und einem Notebook übersät.

Frank schiebt ein Buch beiseite und stellt mir ein Glas hin, bevor er hinter dem Tisch Platz nimmt.

Er trinkt einen großen Schluck und kühlt sich anschließend mit dem Glas die Stirn. »Früher hatten wir jemanden dafür. Für den Rasen, meine ich. Damals haben die Leute hier viele Arbeiten für uns erledigt.«

»Der ein oder andere bietet doch bestimmt noch seine Hilfe an.«

Er lacht kurz auf. »Heutzutage sind das nicht mehr viele.« Er zuckt mit den Schultern. »Wen haben Sie verloren?«

»Ihr Name war Juniper Parsons.«

»Die Frau, die von dem Bären getötet wurde?«

»Ja, genau die.« Obwohl ich am liebsten mit meinem Verdacht herausplatzen würde, formuliere ich es vorsichtiger. »Das glaubt man. Aber ich habe von einigen mysteriösen Umständen gehört.«

»Mysteriös? Inwiefern?«

»Man hat zwei Personen als potenzielle Verdächtige verhört, bevor man sich für einen Bären als Täter entschieden hat.« Dass sich einer dieser Verdächtigen in diesem Raum befindet, behalte ich für mich. »Ich habe außerdem erfahren, dass nicht alle mit dem DNA-Beweis einverstanden sind.« Das stimmt, sofern man mich bei *alle* mit einbezieht.

»Interessant. Und wo ist die Verbindung zu Chelsea?«

»Das weiß ich nicht. Aber sie ist unter ähnlichen Umständen verschwunden.«

Frank schüttelt den Kopf. »Chelsea ist nicht verschwunden. Sie hat die Stadt verlassen. Ihre Freundin – wie war noch ihr Name … Amber – würde ich nicht als zuverlässig beschreiben. Die beiden sind früher schon mehrmals zusammen weggelaufen. Sie sind an den falschen Jungs hängen geblieben. Oder besser gesagt, sie wurden von ihnen angezogen. Wie dem auch sei, niemand hier nimmt das ernst. Chelsea ist einfach fortgegangen. So etwas passiert.«

»Man hat es zumindest so ernst genommen, dass man sie auf die Liste der Vermisstenfälle gesetzt hat.«

»Sie steht nur darauf, weil Amber diese verdrehten Geschichten erzählt. Selbst Chelseas Mutter glaubt das nicht.«

»Sie denken also nicht, dass ihr etwas zugestoßen ist?«

»Nein. Zumindest nicht hier. Sie hat sich selbst immer in Schwierigkeiten gebracht, erfand gern Geschichten. Wahrscheinlich findet sie es toll, dass einige Leute sie für ein Opfer halten.«

»Aber Sie tun das nicht?«

»Ich weiß es nicht genau. Aber sie hat ihre Sachen aus dem Apartment geholt, bevor sie angeblich verschwunden ist. Das klingt doch seltsam, oder?«

»Das wusste ich nicht.« Natürlich konnte der Mörder, sofern Chelsea getötet worden war, in ihre Wohnung eingebrochen sein und ihre Habseligkeiten gestohlen haben. Jemandem, der so vorausschauend denkt und die Haare eines Grizzlys zu einem Tatort mitnimmt, würde ich so etwas zutrauen.

Auch wenn Frank offensichtlich irgendetwas verschweigt, geht er davon aus, dass Chelsea die Stadt verlassen hat.

Obwohl er ein Mann Gottes ist, scheint er weder sie noch Amber besonders zu schätzen. Vielleicht sind sie in seinen Augen nur zwei weitere hoffnungslose Fälle in einer Stadt, in der ein Pfarrer die Wiese hinter seiner Kirche selbst mähen muss.

»Kennen Sie jemanden in ihrem Alter, der noch hier wohnt?«

»Einige wenige. Aber das ist normal. Hier draußen gibt es nicht viel für junge Leute. Meine Kinder leben in Colorado und Vermont, aber deswegen würde ich sie nicht als vermisst bezeichnen. Selbst wenn sie nicht oft anrufen.«

»Wie kommt Ihre Frau damit klar? Leeres-Nest-Syndrom?«

Franks Miene erstarrt. »Sie hilft meiner ältesten Tochter in Colorado mit den Kindern.«

Ich habe genügend zerbrochene Familien erlebt, um die Schlüsselwörter für ein getrennt lebendes Paar zu erkennen. Selbst in unserer heutigen Zeit scheint so etwas für einen Baptistenpfarrer noch beschämend zu sein. Da ein Großteil seiner Arbeit in der Paarberatung besteht, könnte die eigene Trennung ihn in den Augen seiner Gemeinde in ein schlechtes Licht rücken. Selbst wenn nicht jeder für eine dauerhafte Partnerschaft geschaffen ist.

»Sind Sie verheiratet? Oder standen Sie Juniper nahe?«, fragt er.

Die Frage kommt völlig unerwartet. »Juniper und ich? Nein. Sie war meine Studentin. Und ich war auch nie verheiratet.«

»Entschuldigung. Ich höre immer wieder Geschichten über Professoren. Nehmen Sie es mir nicht übel.«

Geht mir genauso. »Ehrlich gesagt, habe ich sie seit Jahren nicht mehr gesehen. Außerdem hat sie inzwischen ihre Promotion abgeschlossen und unterrichtet – oder unterrichtete – selbst Studenten. Also wäre es vermutlich nicht unschicklich gewesen. Nicht jetzt …«

Was für ein seltsamer Gedanke. In meiner Erinnerung sehe ich sie noch immer als das zwanzigjährige Mädchen, das unbeholfen neben mir in der Pizzeria saß. Auch wenn sie auf ihren

Fotos etwas älter aussah, war sie alles andere als alt. Sie war fünfundzwanzig und ein bisschen zu jung für mich. Trotzdem hätte sich auf dem Campus niemand darüber aufgeregt, wenn sie ihr Studium abgeschlossen und nicht mehr meine Studentin gewesen wäre.

Schnell verjage ich diesen Gedanken aus meinem Kopf. Ich bin hier, weil ich väterliche Gefühle für sie hegte, keine heimlich-romantischen.

»Wissen Sie, wie ich Amber erreichen kann?«

»Amber? Wozu?«

»Ich möchte die Geschichte auch aus ihrer Sicht hören.«

Frank stöhnt leise. »Sie ist nicht gerade einfach. Hat oft Probleme und wurde schon mehrmals verhaftet. Ich würde sie nicht als zuverlässig beschreiben. Verlogen trifft es eher.«

Für einen Mann, der Menschen auf der Suche nach Vergebung unterstützen soll, urteilt er recht hart. »Ich bilde mir trotzdem gerne meine eigene Meinung.«

»Wie Sie wollen.« Er tippt etwas in seinen Computer ein und notiert eine Nummer auf einem Stück Papier. »Ich habe früher die Fußballmannschaft der Mädchen trainiert. Hier.«

»Vielen Dank.« Als ich aufstehe, fällt mir eine Möglichkeit ein, mich zu revanchieren. »Ich habe einige Säcke Düngemittel in Ihrem Schuppen gesehen.«

»Ja, dadurch bleibt der Rasen schön grün.«

»Was erstaunlich ist, wo die meisten Wiesen hier in der Gegend braun sind. Aber Sie sollten wissen, dass es ein Industriedünger ist. Ich würde die Menge um ein Drittel reduzieren. Dann müssen Sie nicht so oft mähen, aber das Gras sieht immer noch so gut aus.«

Frank lächelt, während er mir die Tür öffnet. »Das erklärt einiges. Man hat ihn mir ohne eine Gebrauchsanweisung geschenkt.«

Er kehrt wieder zu seinem Rasenmäher zurück, ich zu meinem Wagen.

Dort angekommen, wähle ich Ambers Nummer. Ihre Mailbox springt an.

»Hallo, hier ist Theo Cray. Ich würde mich gern mit Ihnen über etwas Bestimmtes unterhalten.« Ich hinterlasse meine Nummer und lege auf, weil ich nicht weiß, was ich sagen soll. Schon eine unverfängliche Sprachnachricht zu hinterlassen, ist mir unangenehm. Wie soll ich da über einen vermeintlichen Mord sprechen?

Zwei Minuten später erhalte ich eine SMS von einer anderen Telefonnummer.

Hier ist Ambyr. Treffen im King's Diner in 2 Std. 1004BJ3004ATW

Die Nummern und Buchstaben sind keine Adresse und ergeben auch sonst keinen Sinn. Doch das King's Diner ist das Lokal neben der riesigen Tankstelle, an der ich vorhin vorbeigefahren bin.

Hoffentlich erzählt sie mir nicht nur, was dieser Code bedeutet, sondern auch, was wirklich mit Chelsea passiert ist.

Kapitel 27

JUGEND IN NOT

Amber – oder »Ambyr«, wie sie sich selbst in ihrer SMS nannte – ist bereits eine halbe Stunde zu spät. Die Kellnerin gießt mir noch eine Tasse Kaffee ein, während ich in meinem Kirschkuchen herumstochere.

»Möchten Sie lieber etwas anderes?«, fragt sie, als sie bemerkt, dass ich ihn nicht angerührt habe.

»Nein, danke.«

Sie lächelt mir höflich zu, bevor sie zum nächsten Tisch geht. Sie ist vermutlich Ende zwanzig, hat straßenköterblondes schulterlanges Haar und eine sportliche Figur – eine Kleinstadtschönheit.

Mir gefällt die Art, wie sie mit den anderen Gästen und deren Kindern redet, obwohl sie zwischen den voll besetzten Tischen hin und her eilt. Hier könnten mindestens zwei weitere Bedienungen arbeiten, doch sie hat alles im Griff. Sie verteilt die Teller, kassiert und hat ein Auge auf die Küche.

Das Lokal ist tadellos. Die Wand hinter der Kasse säumen gerahmte Fotos von Männern in Uniform. Außerdem hat man Dienstabzeichen aufgehängt.

Vermutlich bietet der Gang zum Militär in einer Stadt wie Hudson Creek für einige die besten Aussichten.

Abgesehen von der neuen Tankstelle und dem King's Diner, ist Hudson Creek ölverschmutzt und heruntergekommen. Das Motel auf der anderen Straßenseite sieht aus, als könnten sich dort Zombies zu Hause fühlen. Gleich daneben liegt ein Lebensmittelgeschäft, das mit Werbung für hochprozentiges Bier gepflastert ist. Vor seinem Eingang lehnen zwei Männer Mitte zwanzig gegen die Motorhaube eines Lkw und essen aufgewärmte Hotdogs und Burritos. Während ihr Truck hinterwäldlerisch wirkt, trägt der eine Kerl eine peppige Strickmütze und der andere ein T-Shirt mit »Halo«-Schriftzug.

Ich überlege gerade, ob ich Amber eine SMS schicken soll, als mein Telefon klingelt.

»Wo sind Sie?«, fragt eine junge Frau.

»Im King's Diner.«

»Sie sind doch nicht etwa in dem Lokal, Sie Trottel? Oder?«

»Ja. Sie sagten …«

»Das habe ich nicht gemeint. Die beobachten das Lokal. Ich bin draußen an der alten Autowaschanlage.«

»Oh, ich werde …« Sie hat bereits aufgelegt.

Schnell lege ich etwas Geld auf den Tisch und gehe hinaus.

Wen hat sie mit »die« gemeint?

Ihre Paranoia ist ansteckend, und als ich auf den Gehweg trete, schaue ich mich um. Zwischen mir und der Tankstelle parkt ein halbes Dutzend Lkw. Hinter dem Lokal befindet sich ein kleiner offener Parkplatz mit rostenden Containern.

Die Autowaschanlage, bei der es sich um eine große Lkw-Wäsche handelt, ist ein maroder, zugewucherter Betonklotz. Sie erinnert mich an einen antiken Tempel.

Zwischen dem rissigen Asphalt wächst das Unkraut. In einigen Jahrzehnten wird niemand mehr wissen, dass hier je etwas von Menschenhand Errichtetes gestanden hat.

Ich gehe zur Rückseite der Waschanlage und entdecke eine junge Frau, die eine Zigarette raucht und gleichzeitig in ihr Handy tippt.

Sie trägt Kapuzenpullover und Jogginghose. Das Haar hat sie zu einem Pferdeschwanz gebunden. Unter dem dicken Eyeliner versteckt sich eine attraktive junge Frau, die aussieht, als kuriere sie gerade eine Erkältung aus.

»Ich beiße nicht«, sagt sie, als sie mich bemerkt.

Ich schaue mich suchend nach den »die« um, vor denen sie mich gewarnt hat.

Sie bemerkt meine Verunsicherung. »Die kommen nie hierher. Hier sind wir sicher.«

»Sind Sie Amber?«, will ich wissen, während ich näher komme. Jetzt kann ich erkennen, wie dick sie das Make-up aufgetragen hat. Vielleicht will sie eine Akne abdecken.

»Das hoffe ich doch«, antwortet sie grinsend. »Wie viel haben Sie dabei?«

»Was meinen Sie?«

»Geld.«

Ist sie untergetaucht und braucht Hilfe? Ich ziehe meine Brieftasche heraus und zähle die Scheine. »Wie viel brauchen Sie?«

Sie schaut auf das Geld und macht einen Schritt auf mich zu. »Jetzt verstehen wir uns.« Ihr Atem riecht sehr stark nach Minze, als hätte sie eine Mundspülung benutzt.

Völlig unerwartet greift sie mir in den Schritt.

Ich starre verwirrt auf ihre Hand. »Ähm … Ich wollte nur reden.«

Sie flüstert mir ins Ohr: »Das sagen sie alle.«

Nach einem Moment der Verwirrung überwinde ich meinen Schock und schiebe ihre Hand weg.

Sie schaut über meine Schulter.

Reifen quietschen, als der Truck vor dem Lebensmittelgeschäft um das Gebäude herumschleudert. Die beiden Männer im Führerhaus starren mich ziemlich wütend an.

»Verdammt!«, flucht Amber und rennt fort.

Der Fahrer hält den Laster an und stürmt aus der Kabine, sein Freund hinter ihm. »Was zur Hölle machen Sie hier mit meiner Schwester?«

»Ich wollte sie nur etwas fragen!«, verteidige ich mich und hebe die Hände hoch.

Er schwingt einen Baseballschläger aus Metall, holt aus und schlägt mir damit in den Magen. Ich gehe in die Knie.

Sein Kumpel tritt mir in die Rippen und ich falle zur Seite.

»Das ist …« Ich breche ab, während ich versuche, eine Flut von Schlägen mit den Händen abzuwehren.

Der Bruder, der Mann mit der Strickmütze, schlägt mir mit der Faust gegen das Kinn und ich lande mit dem Gesicht in einem Wolfsmilchbeet. Während ich das Bewusstsein verliere, frage ich mich noch, ob das Unkraut den Asphalt aufgebrochen hat oder ob es dank der Temperaturschwankungen wachsen konnte.

Kapitel 28

KIRSCHKUCHEN

Irgendwann komme ich wieder zu mir. Ich rapple mich auf und lehne mich gegen das Gebäude. Die Seite schmerzt höllisch. Ich spucke Blut aus, und der rote Speichel landet auf meinem Schuh.

Meine ramponierten Rippen schreien auf, als ich mich nach vorn beuge, um nach meiner leeren Brieftasche zu greifen. Ich stecke sie ein und taste meinen Körper mit der unverletzten Hand auf mögliche Knochenbrüche ab. Viele Muskeln tun zwar weh, aber ich empfinde weder den stechenden Schmerz irgendwelcher Brüche, noch höre ich verdächtige Knackgeräusche. Gewissheit bringt nur eine Röntgenuntersuchung, aber anscheinend bin ich noch mal davongekommen.

Doch ich habe fürchterliche Magenschmerzen. Ich hebe mein Hemd hoch und entdecke einen Bluterguss von der Größe eines Footballs. Ich erinnere mich, wie der Bruder mit seinem Schläger auf mich eingeschlagen hat.

Ich humpele in Richtung meines Wagens, der auf dem Parkplatz des King's Diner steht, breche aber fünf Meter vor der Stoßstange zusammen. Hinter mir sind Schritte zu hören. Ich liege flach auf dem Boden und starre in den blauen Himmel.

Die Bedienung von vorhin beugt sich über mich und meint atemlos »Trottel«. So hat Amber mich auch genannt. Scheint hier ein Lieblingswort zu sein. Die Kellnerin sieht immer gut aus, auch wenn sie mich zusammenstaucht.

»Haben Sie mich gerade einen Trottel genannt?«, frage ich trotz der Schmerzen.

»Soll ich die Polizei rufen?«

»Nein«, antworte ich, während ich versuche, die Übelkeit zu ignorieren.

»Dann ja. Sie sind ein Trottel. Brauchen Sie einen Krankenwagen?«

»Nein, ich glaube nicht.« Ich schaue zu dem Lokal. »Kann ich mich drinnen hinsetzen?«

Sie schaut mich verärgert an. »Ich sollte Sie von meinem Grundstück jagen.«

»Lady, geben Sie mir ein paar Minuten. Dann verschwinde ich gerne aus dieser verdammten Stadt.« Schon zum zweiten Mal heute will man mich verjagen.

Sie sieht mir zu, während ich auf die Füße komme. Sie bietet mir zwar keine Hand an, achtet aber darauf, dass ich nicht wieder stürze und mir den Kopf auf ihrem Parkplatz aufschlage.

»Keine Angst«, murmele ich mit zusammengebissenen Zähnen. »Ich werde Sie schon nicht verklagen, sollte ich fallen.«

»Keine Angst, ich habe kein Geld«, schnappt sie zurück.

Mithilfe der Handläufe und der Rückenlehnen, auf denen ich mich abstütze, schleppe ich mich zu meinem Platz von vorhin zurück. Was dumm und sinnlos ist, denn er liegt am weitesten entfernt von der Tür.

Sie ignoriert mich, während ich mir mit den Servietten das Blut vom Mund wische und aus einem Glas Wasser und dem Salzstreuer auf dem Tisch ein improvisiertes Reinigungspeeling mixe.

In meinem Wagen habe ich einen Erste-Hilfe-Kasten, aber er könnte genauso gut im nächsten Land stehen.

Ich begutachte meine Wunden. Ich habe überall Blutergüsse und blaue Flecken, aber es hätte schlimmer enden können. Mit Paracetamol, etwas Schlaf und dem ein oder anderen heilkräftigen Bier bin ich in ein paar Tagen wieder fit. Ich werde vielleicht ziemlich übel aussehen, aber ich werde es überleben.

Was auch immer *es* ist.

Die Kellnerin kommt an meinen Tisch. »Können Sie jetzt gehen?«

»Ja. Entschuldigung.« Ich sammele die blutigen Tücher ein. »Nur eine Frage noch«, zum ersten Mal fällt mir ihr Namensschild auf, »Jillian. Was ist da draußen passiert?«

»Sind Sie wirklich so ein Trottel?«

»Offensichtlich.«

Sie verdreht die Augen. »Sie wurden ausgetrickst. Die haben Sie reingelegt. Lassen Sie mich raten, Ihre Brieftasche ist leer?«

»Ja. Aber Sie tun so, als würde das ständig passieren. Warum tut die Polizei dann nichts dagegen?«

»Sie haben doch auch nicht gewollt, dass ich sie rufe. Das wollen sie nie.«

»›Sie‹?« Ich verstehe nicht. Wer sind »sie«?

»Die anderen Freier.«

»Freier?« Mir fallen Ambers Worte, kurz bevor ich verprügelt wurde, wieder ein. »Warten Sie … Hat sie gedacht, ich wollte sie als Hure buchen?«

»Den Naiven spielen Sie wirklich gut.« Jillian schüttelt den Kopf und geht weiter.

»Bitte«, flehe ich. »Nur einen Moment.«

Sie dreht sich wieder um. »Was?«, fragt sie genervt.

»Das wusste ich nicht. Ich wollte mit ihr über Chelsea Buchorn reden.«

Jillian kommt wieder an den Tisch zurück. »Worüber genau?«

»Wie sie verschwunden ist. Deshalb bin ich hier. Ich wollte sie nur fragen, was sie gesehen hat.«

»Warum interessiert Sie das?«

»Ich habe auch eine Freundin verloren. Ihr Name war Juniper. Angeblich hat ein Bär sie erwischt. Ich weiß auch nicht.« Ich starre auf den Tisch und vergrabe den Kopf in den Händen. Ich spüre, dass ich schlapp mache. »Ich will nur wissen, was passiert ist.« Rote Blutstropfen landen auf dem weißen Kunststoff. Ich wische sie mit dem Ärmel fort.

Jillian nimmt mir gegenüber Platz. »Sie wollten sie da draußen wirklich nicht abschleppen?«

»Guter Gott, nein! Ich dachte, sie wüsste etwas. Die Art, wie sie meinte, ›die‹ würden sie beobachten …«

»Sie meinte die Polizei.«

»Oh! Großartig.« Ich ziehe mein Handy aus der Tasche. Der Bildschirm ist zwar gesprungen, doch es funktioniert noch. Mit zitternden Fingern suche ich nach ihrer SMS. »Was bedeutet ›1004BJ3004ATW‹?«

Sie schaut kurz auf die Nachricht und braucht nur wenige Sekunden, um sie zu entschlüsseln. »Soll ich Ihnen das wirklich sagen?«

»Ja. Ich verstehe das nicht.«

»Die ersten drei Zahlen sind ein Preis. ›4‹ bedeutet ›für‹.«

Ich starre auf mein Handy. »BJ … Blow Job … Oh, Mist!« Man sollte meinen, mir hätte der Code schon vorher klar sein müssen, wo ich doch ständig mit Zahlen arbeite. »Und ATW bedeutet ›all the way‹, also das volle Programm?« Mit hochrotem Kopf schaue ich über den Tisch zu ihr hinüber. »Ich bin so ein Idiot.«

»Nicht jeder kann Raketenwissenschaftler sein.«

»Dabei wollten die mich an der Technischen Hochschule Kaliforniens tatsächlich dazu ausbilden. Aber ich habe abgelehnt, um Biologie am Institut für Technologie in Massachusetts zu studieren.«

Ihr Mund verzieht sich zu einem überraschten Grinsen. »Sie sind Wissenschaftler?«

»Wenn ich nicht von den Brüdern einer Prostituierten verprügelt werde.«

Jillian tätschelt meine unverletzte Hand. »Sie sind echt ein ahnungsloses Schaf. Das war ihr Freund Schrägstrich Zuhälter. Das Ganze war doch inszeniert. Wären Sie von hier, hätte sie sich mit Ihnen in einem Motel oder in Ihrem Auto verabredet. Kam Ihnen das Ganze denn nicht seltsam vor?«

Verdammt noch mal, ich bin ein noch größerer Idiot, als ich gedacht habe. Sie hatte mich von dem Moment an im Visier, in dem ich meine verwirrende Nachricht hinterlassen hatte.

»Wenn es alle wissen, warum tut die Polizei dann nichts?«

»Weil Sie nicht von hier sind. Hudson Creek hat größere Probleme. Haben Sie ihr Gesicht gesehen?«

»Ja. Natürlich.«

»Ich meine, haben Sie das Make-up bemerkt?«

»Ähm. Ja. Ich dachte, sie hätte Akne.«

»Wir nennen das Meth-Gesicht.«

Dann hatte sie die Mundspülung wegen ihres Atems benutzt. Als Hure musste sie vorzeigbar sein.

Verdammt, jetzt verstehe ich. Ich habe darüber gelesen und es im Fernsehen gesehen. Die heruntergekommenen Häuser und die neuen Autos – wie damals im Südwesten von Los Angeles, als sich in den Achtzigern Crack wie eine Epidemie ausgebreitet hatte. Hier draußen ist es Crystal Meth.

»Wie schlimm ist es?«

»Letzten Monat hat die Bundespolizei zwei Polizisten wegen Drogenhandels eingesperrt. Aber es ist noch viel schlimmer.«

Ich schaue zu den Fotos der Soldaten an der Wand. »Sie brauchen wohl die Polizei hier draußen.«

Für einen Moment schaut Jillian auf die Gesichter der Männer. »Das sind diejenigen, die nicht mehr nach Hause gekommen sind. Hudson unterscheidet sich nur durch das Meth. Uns stehen pro Kopf mehr Spezialeinheiten zur Verfügung als jeder anderen Stadt. Wir haben auch mehr Männer verloren als alle anderen.«

Diese Stadt ist ein Beispiel dafür, was passiert, wenn man die Besten und Tapfersten ausrottet. Man bleibt mit einer krebsartigen Epidemie zurück, die aus Jugendlichen gewalttätige Soziopathen macht.

Und man schafft die perfekte Umgebung für einen Mörder, der kommt und geht, wie es ihm gefällt.

»Wissen Sie etwas über Chelsea?«

»Nein«, antwortet Jillian. »Ich war in Fort Bragg, als sie verschwunden ist.«

»Beim Militär?«

»Reserve. Wie mein Ehemann auch.«

»Und jetzt?«

»Ich bin draußen.« Sie seufzt. »Aber er hat es nicht mehr nach Hause geschafft. Der Laden hier gehörte seinen Eltern.«

Ich weiß nicht, was ich sagen soll. Mein Schmerz scheint in diesem Moment bedeutungslos zu sein.

Jillian rutscht von der Sitzbank. »Ich muss jetzt zu den anderen Tischen. Und keine Sorge, ich werfe Sie nicht mehr raus.«

»Vielen Dank. Kennen Sie jemanden, der mir etwas über Chelsea sagen kann?«

Sie schüttelt den Kopf. »Die einzige Person, die das meines Wissens könnte, hat Sie gerade verprügeln lassen, damit sie sich Meth kaufen kann.«

»Na, toll.«

Kapitel 29

OFFENE WUNDEN

Zwischen ihren Runden versorgt Jillian mich mit weiterem Stadtklatsch, bevor sie mir den Namen eines Motels nennt, in dem es die wenigsten Polizeirazzien gibt.

Das Creekside Inn stammt aus einer vergangenen Zeit, in der das Farbfernsehen eine Attraktion war wie heute WLAN. Der Manager, ein älterer Herr mit Spitzbart, blättert in einem Anglermagazin, als ich hereinkomme.

Er schaut mir kurz ins Gesicht und beschließt dann, die Geschichte hinter den blauen Flecken nicht wissen zu wollen.

Er gibt mir den Schlüssel, und ich humpele in mein Zimmer. Ich muss dreimal hin und her laufen, bis ich mein Gepäck hineingetragen habe. Eigentlich ist es unnötig, da ich nur ein oder zwei Tage bleiben möchte, bis ich mich in der Lage fühle, nach Austin zurückzufahren.

Ich baue mir ein Nest in dem Bett, wobei ich mir das Aufsitzen mit den Kissen etwas erleichtere. Doch als ich in einem Moment der Gedankenlosigkeit das Notebook auf meinem Bauch absetzen will, durchfährt mich ein stechender Schmerz.

Das Hämatom wird von einem hübschen Gelb umrahmt. Es ist eine wahre Schönheit, und ich bin mir sicher, dass ich mit seiner Hilfe die Marke der Stiefel herausfinden kann, die Ambers Freund trug.

Hudson Creek entpuppt sich für mich als eine schmerzhafte Sackgasse. Wegen der Person, mit der ich reden wollte, wäre ich fast im Krankenhaus gelandet.

Entschlossen, kein kompletter Versager zu sein, suche ich im Internet nach weniger gewalttätigen Freunden von Chelsea, mit denen ich mich treffen könnte.

Auf einem alten Instagram-Foto feiert sie mit ihren drei »besten Freundinnen«. Die eine ist Amber, die ihre Haare damals kürzer und heller trug. Die beiden anderen Mädchen sind als »Gennifer« und »Lisa« markiert.

Das Foto war in einer Küche entstanden. Die vier tragen Schlafanzüge, halten Bierkrüge in der Hand und schneiden Grimassen. Nur vier Mädchen, die einen lustigen Abend haben.

Und jetzt fehlt eine von ihnen und ist vielleicht tot. Die andere ist eine Hure, die regelmäßig in Raubüberfälle verwickelt ist.

Ich finde Gennifers Nachnamen heraus: Norris. Sie erscheint in einer Datenbank für Verbrecherfotos aus Montana und sieht älter aus, als sie ist. Man hat sie wegen versuchten Drogenhandels eingesperrt.

Lisa Cotlin hat die Stadt hinter sich gelassen. Ich entdecke einige Hochzeitsfotos aus Tampa, die Chelsea geliked hat. Ihr Bräutigam trägt eine Marineuniform.

Wenigstens eine von ihnen lebt »glücklich und zufrieden bis an ihr Lebensende«.

Außer diesen drei jungen Frauen finde ich niemanden, der regelmäßigen Kontakt mit Chelsea hatte. Gennifer verschwindet kurz nach dem Partyfoto aus den sozialen Netzwerken im Internet.

Chelsea hatte hauptsächlich Landschaftsaufnahmen und verschiedene Katzen- und Hundebilder hochgeladen, die um Hudson Creek entstanden waren.

Ich könnte sie mit einem Wort beschreiben: *einsam.*

Es sind die Art Fotos, die man macht, wenn man zwischen zwei nichtssagenden Orten hin und her wandert, Nachrichten auf dem Handy schreibt, nach einer Fluchtmöglichkeit sucht und plötzlich ein Hund an einem Zaun auftaucht und für ein grundloses Lächeln sorgt.

Ich weiß nichts über Chelsea. Doch diese Fotos zeigen, wie sie die Welt gesehen hat, oder zumindest den Teil von ihr, den Chelsea für wertvoll genug hielt, um sich an sie zu erinnern oder zu teilen.

Ihr letztes Foto vor ihrem Verschwinden zeigt ein antikes Kopfende aus Metall:

So eins wollte ich schon immer.

Darunter findet sich ein Kommentar von Amber:

> *Schlampe, du weißt, dass ich dich daran festketten werde!*

Solche scherzhaften Andeutungen überhöre ich im Klassenraum immer und auch hier lese ich nichts weiter hinein.

Doch es kommt mir seltsam vor, dass sie sich erst ein neues Möbelstück gekauft und dann beschlossen hat, die Stadt zu verlassen. Es ist zwar nicht so ungewöhnlich wie das Unterzeichnen eines neuen Mietvertrags, aber trotzdem ein Hinweis darauf, dass sie die Entscheidung sehr spontan gefällt haben muss, sollte sie tatsächlich fortgezogen sein.

Ein Klopfen an der Tür schreckt mich auf. Obwohl ich zusammenzucke, als ich aufstehe, muss ich zum Glück nur einmal laut stöhnen.

Vorsichtig starre ich durch das Guckloch und sehe den Motelmanager mit einer Tasche in der Hand vor der Tür stehen.

Ich öffne ihm. »Habe ich etwas vergessen?«

Er hebt die Tasche hoch. »Jillian hat uns etwas zu essen gebracht.« Er geht in Richtung eines Campingtischs vor dem Gebäude. »Wenn Sie es bis hierhin schaffen, können wir einen der letzten schönen Abende genießen, bevor es kalt wird.«

Ich ziehe meine Schuhe an und folge ihm. Als ich mich setze, wartet bereits ein Bier auf mich.

»Gus Wheeler«, meint er und hält mir die Hand hin.

Ich schlage ein. »Theo Cray, immer noch.«

Er holt zwei Warmhaltebehälter und einige Servietten und Gewürze aus der Tasche. »Ich hoffe, Sie sind kein Vegetarier.«

Ich öffne meine Box und rieche einen Cheeseburger. »Ich habe es ein paarmal versucht, aber wieder aufgegeben. Spätestens jetzt würde ich es wieder tun.«

Zunächst redet Gus nicht viel. Ich konzentriere mich zu sehr darauf, beim Kauen die Wunde in meinem Mund nicht wieder aufzureißen.

Es ist ein schöner Abend. Gus unterbricht das Essen, um die Farben des Himmels zu bewundern, als die Sonne hinter den Bergen untergeht.

»Es ist jeden Abend wie ein ganz neues Gemälde. Es ist immer anders, obwohl sich nichts verändert.« Er nickt in Richtung Stadt. »Manche Dinge ändern sich.«

»Wie lange leben Sie schon hier?«, frage ich zwischen zwei Pommes frites.

»Ich bin in Helena geboren und kam hierher, um an der Mittelschule in Quiet Lake zu unterrichten. Später wechselte ich zur Hudson Creek Highschool und wurde dort Direktor.«

»Sie sind Pädagoge?«

»Zumindest habe ich als solcher angefangen. Doch als es immer schlimmer wurde, habe ich mich mehr und mehr wie ein Aufseher gefühlt.«

Einen Teil der Geschichte kenne ich schon von Jillian, doch ich will seine Version hören. »Schlimmer? Inwiefern?«

»Wo soll ich anfangen?«

»Wie lange reicht es zurück?«

»Wie viel Zeit haben Sie?«

»Die ganze Nacht.«

Kapitel 30

GEFALLENE MÄDCHEN

Gus öffnet ein zweites Bier und beginnt zu erzählen.

»Die Leute wollen den Grund für die Dinge herausfinden und suchen nach einfachen Erklärungen. Hudson war schon lange angeschlagen, bevor es endgültig zerfiel. War einmal eine Handelsstation und hieß damals Swanson's Creek. Trapper und Indianer kamen hier durch und betrogen sich höchstwahrscheinlich gegenseitig. Dann fackelte irgendjemand die Handelsstation ab und einige Zeit später fand man Silber in den Bergen.« Er zeigt in die Ferne. »Vor hundert Jahren gab es hier eine Mine. Nach Hudson fuhr man, um sich zu betrinken und um ins Freudenhaus zu gehen. Die Holzfäller aus den Camps kamen hierher. Die beiden größten Geschäfte waren das Silber und das Laster. Als die Stadt größer wurde, gründeten die Männer Familien. Das Laster ist nie wirklich verschwunden, doch der Rest der Stadt wurde groß genug, um es zu verbergen. Als es irgendwann nicht mehr so gut lief, kamen die Probleme an die Oberfläche. Und jetzt«, er schüttelt den Kopf, »haben wir nur noch Probleme.«

»Jillian erwähnte die Polizisten, die verhaftet wurden.«

Gus beugt sich zu mir herüber. »Haben Sie gesehen, wie viele glänzende Autos vor den schäbigen Häusern stehen? Hudson hat zwei Wirtschaftszweige: Benzin in Lkw pumpen und Methamphetamin. Die beiden gehen Hand in Hand. Ich kann es den jungen Leuten nicht verübeln, wenn sie die Stadt verlassen wollen.«

»Warum sind Sie nicht auch gegangen, als Sie in den Ruhestand traten?«

»Ich bin weder in den Ruhestand getreten noch habe ich als Direktor die Schule geschlossen. Wir fielen unter die erforderlichen Schülerzahlen und der Staat hat sie dichtgemacht. Weshalb ich hiergeblieben bin? Viele Leute unterrichten ihre Kinder jetzt zu Hause, obwohl viele von ihnen dafür nicht qualifiziert sind. Also gebe ich Nachhilfe und helfe, wo ich kann.« Er schaut mich aufmerksam an. »Sie wissen, wie es ist, Lehrer zu sein. Man kann sie nicht einfach aufgeben.«

Ich wünschte, ich hätte seine Entschlossenheit, und fühle mich schuldig, weil ich ein Kompliment annehme, das mir nicht zusteht.

»Erinnern Sie sich an Chelsea Buchorn?«

»Oh, ja.« Er schaut mich schief an. »Ich habe gehört, Sie hatten einen Zusammenstoß mit einigen ihrer alten Freunde.«

»Ja. Das war … ein Missverständnis.«

»Ich sage Ihnen etwas, und es ist Ihr gutes Recht, mir nicht zu glauben. Das sind keine schlechten Kinder. Sie tun zwar schlechte Dinge, doch wären die Umstände anders, würden sie so etwas meiner Meinung nach nicht tun. Dumme Sachen vielleicht, aber nichts derart Schlimmes.«

Die Tritte in den Bauch hatten sich schon ziemlich übel angefühlt. »Warum hält sie niemand auf?«

»War noch ein anderer junger Mann dabei? Einer, der wie ein Nerd aussah?«

Ich denke daran, wie der Kumpel von Ambers Freund aus dem Lkw sprang. »Ja.«

»Das war Devons Freund Charlie York. Sein Vater ist der Polizeipräsident.«

»Ich verstehe.«

»In Wirklichkeit ist es ein bisschen komplizierter. Chief York ist in Colorado, wo er wegen Krebs behandelt wird. Oder auch nicht. Es gibt Gerüchte, er wolle so einer Anklage entgehen. Die beiden Polizisten, die man verhaftet hat, waren nur die Spitze des Eisbergs. Der halbe Stadtrat hat Autos in den Auffahrten stehen, die sie sich nicht leisten können.«

Das Ganze scheint ein Albtraum zu sein. »Wie funktioniert das?«

»Es ist nicht so, dass sie Taschen mit Geld annehmen. Obwohl … manche schon. Die Ehrlicheren unter ihnen – oder besser gesagt, diejenigen, die versuchen, sich selbst so zu sehen – bekommen eine Miete für die Häuser, die sie für ein Butterbrot gekauft haben, oder Gewinne aus Geschäften, die sie angeblich machen.«

»Von wem?«

»Wer auch immer hier Geschäfte machen und nicht belästigt werden will. Als das hier noch eine Minenstadt war, waren es die Besitzer der Freudenhäuser und Saloons. Später waren es die Schnapsbrenner. Als das Meth in die Stadt kam, wurde es schlimmer. Wir haben eine Aufbereitungsanlage verloren. Ehrliche Menschen nahmen unehrliches Geld.«

»Alle?«

Er lehnt sich zurück und blinzelt in Richtung Highway. »Sehen Sie dieses Verkaufshaus für Fischerboote dort drüben?«

»Ja.«

»Es gehört Connor. Er und seine Frau sind gute Freunde von mir. Nette Leute. Er verkauft zwei oder drei Boote die Woche. Für diese Gegend ein riesiges Geschäft. Glauben Sie wirklich, er fragt jeden, der einen Fuß in seinen Laden setzt, woher das Geld kommt? Er hat sich mit dem, was er mit dem Verkauf der Boote verdient, gerade erst ein neues Haus gekauft. So machen die meisten Leute hier ihr Geld. Sie verdienen es auf ehrliche Art, indem sie unehrlichen Menschen etwas verkaufen. Das Problem ist, wenn man weiß, woher sein Geld kommt, ob man es nun legal erworben hat oder nicht, will man die Dinge nicht ändern. Man fragt sich nicht mehr, wie man Meth in Hudson Creek wieder loswird, sondern redet plötzlich lieber darüber, was man gegen die Gewalt tun kann. Wie in Las Vegas. Man findet sich mit der Tatsache ab, dass es immer korrupte Politiker und Polizisten geben wird, aber eben nur, solange man sicher ist.«

Ich wurde überfallen, weil ich von außerhalb kam und sie dachten, ich könnte hier etwas Illegales tun. Wäre ich zur Polizei gegangen, hätte ich mich vermutlich im Gefängnis wiedergefunden.

Gus fährt fort: »Die Realität, der sich die Menschen stellen müssen, ist, dass man nicht mehr tun kann, als das Problem unter den Tisch zu kehren. Man ignoriert es, bis man herausfindet, dass die eigene Tochter als Prostituierte arbeitet oder der Sohn Leute zusammenschlägt, die auf der anderen Straßenseite Meth zusammenbrauen. Der Preis für all die glänzenden neuen Autos sind die Kinder von Hudson Creek.« Er holt tief Luft. »Es ist wie in den alten Geschichten, in denen eine Stadt ein Kind in einem See ertränkt, um eine Flut zu verhindern. Man macht es immer wieder, bis er ausgetrocknet ist. Die Kinder sind fort, und alles, was einem bleibt, ist ein leerer See voller Skelette.«

Ich weiß nicht, was ich sagen soll. Also frage ich danach, weshalb ich eigentlich hier bin. »Was, glauben Sie, ist mit Chelsea Buchorn geschehen?«

»Ich würde gerne glauben, dass sie einfach beschlossen hat, von hier fortzugehen. Was, glaube ich, ist wirklich geschehen?« Er steht auf und schaut auf den Berg, in dem sich einst die Mine befand. »Ich zeige es Ihnen.«

Unter einiger Anstrengung stehe ich auf und stelle mich neben ihn.

»Sehen Sie die Scharte direkt unter dem Bergrücken?«

Direkt darunter sind orangefarbene und violette Wolken zu erkennen. »Ja, und?«

»Vor ungefähr zwanzig Jahren fanden Landvermesser dort ein Skelett. Und noch eins und noch eins. Sie waren damals seit mehr als fünfzig Jahren tot. Die Scharte liegt ungefähr anderthalb Kilometer von dem Weg entfernt, der von dem Bergarbeiterlager nach Hudson Creek führt. Das nächste Gebäude war ein Freudenhaus. Sie fanden mindestens zwölf Leichen, bevor sie aufgaben. Alles junge Frauen. Vermutlich Prostituierte, die entweder in dem Bordell oder in dem Bergarbeiterlager gearbeitet haben. Es gibt noch die Stadtzeitungen aus dieser Zeit. Nicht eine, nicht eine einzige, hat jemals ein vermisstes Mädchen erwähnt. Die älteren Leute glaubten einfach, sie seien fortgegangen. Mindestens zwölf junge Frauen sind es nicht. Aber das sind nur diejenigen, die man gefunden hat. Wer weiß, wie viele nie wiedergesehen wurden. Diese Berge könnten voller verlorener Mädchen sein. Immer, wenn Menschen wegschauen, weil etwas Schlechtes um sie herum geschieht, werden die Bösen es finden. Das war damals so und ist es heute noch. Chelsea war nicht die Erste, und sie wird auch nicht die Letzte gewesen sein.«

Schweigend essen wir den Kuchen, den Jillian uns eingepackt hat.

Mein Blick wandert zu der Scharte zurück, in der die vergessenen Frauen vergraben waren. Wie viele Stellen gab es noch? Wie viele Kinder waren noch verschwunden?

Schließlich verabschieden wir uns. Ich gehe in mein Zimmer zurück, um ein paar Schmerztabletten mit einer medizinisch nicht zu empfehlenden Menge an Bier hinunterzuspülen.

Als ich am nächsten Tag erwartungsgemäß völlig verkatert aufwache, beschließe ich, noch nicht nach Austin zurückzufahren.

Ich möchte nach wie vor mit Amber reden.

Kapitel 31

DER STALKER

Als ich aufwache und mich in der Lage fühle, einen klaren Gedanken zu fassen, schicke ich Amber eine SMS.

Wir müssen reden.

Nach einer halben Stunde habe ich noch immer keine Antwort und beschließe, direkter zu werden.

Mir ist egal, was passiert ist. Ich will über Chelsea reden. Ich glaube, ich weiß, was mit ihr passiert ist.

Eine weitere halbe Stunde und keine Antwort. Also rufe ich sie an.

Eine Roboterstimme erklärt mir, ihr Telefon nehme keine Anrufe an.

Sie hat mich blockiert.

Natürlich. Ich bin mir sicher, ich bin nicht der Erste, der sich bei ihr meldet, nachdem er auf ihren Trick hereingefallen ist.

Ich fahre zur neuen Tankstelle, um dort einen Kaffee zu trinken. Während ich durch die hell erleuchteten Gänge laufe, fällt mein Blick auf ein Regal mit Prepaid-Handys und ich kaufe mir eins für fünfzig Dollar.

Zurück in meinem Auto, packe ich es aus und spiele ein wenig damit herum. Zu meiner Überraschung bietet es für seinen Preis mehr Funktionen als erwartet. Natürlich ist es nicht so gut wie mein iPhone, aber es verfügt über einen Webbrowser und spielt Android-Apps ab.

Plötzlich kommt mir eine interessante Erkenntnis: Wenn ich bar bezahle, kann man das Handy nicht zu mir zurückverfolgen.

Ich kehre in das Geschäft zurück und kaufe ein zweites Handy, das ich nach einem Besuch am Geldautomaten bar bezahle. Theoretisch könnte man es mit der Abbuchung von dem Automaten in Verbindung bringen, sofern man den Zeitpunkt des Kaufs und das Verlaufsprotokoll des Geräts kennt. Trotzdem erscheint es mir sicher genug. Ich weiß auch nicht, warum mir das überhaupt wichtig ist.

Nach den gestrigen Ereignissen ist vermutlich etwas Vorsicht geboten.

Ich lege das Handy, das ich mit meiner Kreditkarte gekauft habe, beiseite und schicke Amber eine SMS mit dem bar bezahlten Telefon.

Ich bin nicht wütend wegen gestern. Das war ein Missverständnis. Ich wollte mit Ihnen über Chelsea reden.

Ehrlich gesagt, bin ich stocksauer. Aber ich will herausfinden, was sie weiß, um dann diese Stadt so schnell wie möglich hinter mir zu lassen.

Ich sitze in meinem Auto auf dem Parkplatz und trinke meinen Kaffee, während ich auf ihre Antwort warte.

Eine Stunde vergeht. Frustriert wähle ich ihre Nummer, erreiche aber nur die Mailbox.

Ich versuche, so locker wie möglich zu klingen. »Hey, Amber. Hier ist Theo von gestern. Ich bin nicht wütend, und das Geld ist mir egal. Ich will nur über Chelsea reden und darüber, was mit ihr passiert ist. Ähm, ich bin auch kein Polizist oder ein Psychopath. Ich habe auch jemanden verloren und will nur Erfahrungen austauschen.«

Mit dem Gefühl, so aufrichtig wie möglich gewesen zu sein, lege ich auf.

Dennoch kommt nicht wie gestern umgehend eine Antwort von Amber.

So langsam bekomme ich den Eindruck, dass sie nichts mit mir zu tun haben will. Vielleicht hält sie das Ganze für einen Trick.

Ich versuche, die Sache aus ihrer Sicht zu sehen. Ich könnte paranoid sein. Sie glaubt vielleicht, ich wollte sie umbringen.

Chelsea zu erwähnen, hat sie vielleicht noch mehr verschreckt.

Ich muss mir einen anderen Weg überlegen, um sie zu erreichen.

Über Google suche ich auf meinem Wegwerfhandy nach einer Internetseite, die Menschen lokalisiert. Ambers letzte Adresse herauszufinden, kostet mich fünfzig Dollar.

Sie ist dreizehn Kilometer entfernt.

Auf Google Street View steht Devons Pick-up in der Auffahrt. Allein dieser Anblick ist schmerzhaft.

Mist! Das wird nicht leicht.

Ich will ihm nicht noch einmal begegnen.

Ich kehre in die Tankstelle zurück und kaufe zwei Dosen Pfefferspray. Der Angestellte ist der gleiche, der mir vorhin die Wegwerfhandys verkauft hat. Doch er zuckt noch nicht einmal mit der Wimper.

Mit meinem demolierten Gesicht muss das Ganze doch ziemlich dubios wirken. Ich an seiner Stelle würde die Polizei rufen.

Doch offensichtlich ist so etwas in Hudson Creek alles andere als ungewöhnlich.

***

Als ich zu der Adresse komme, steht Devons Pick-up wie auf dem Luftbild von Google immer noch in der Auffahrt. Ich kriege kaum Luft, als ich ihn in Großaufnahme sehe.

Also halte ich mein Fenster geschlossen und bleibe nicht stehen. Erst nach drei Kilometern habe ich mich wieder beruhigt.

Das Haus mit zwei Stockwerken und einem großen Garten ist nicht wirklich heruntergekommen, wirkt aber ungepflegt. In der Nähe stehen drei weitere Autos.

Sie sehen ziemlich zerbeult aus und entsprechen nicht unbedingt der Art Fahrzeug, das ich bei dem Sohn des Polizeichefs erwarten würde.

Laut Zeitungsartikel fährt Amber einen Honda Civic. Ich meine mich zu erinnern, ihn im Vorbeifahren im Garten gesehen zu haben, während ich versuchte, selbst nicht gesehen zu werden.

Mein Plan ist, so lange im Stundentakt an dem Haus vorbeizufahren, bis der Truck verschwunden und Amber allein ist. Solange Devon dort ist, werde ich auf keinen Fall hingehen.

In den folgenden vier Stunden steht der Pick-up dort. Einmal war Ambers Auto verschwunden, stand aber bei meiner nächsten Runde wieder vor dem Haus.

Als ich dieses Mal um die Ecke komme und der Truck endlich verschwunden ist, verspüre ich ein seltsames, widernatürliches Gefühl der Erregung.

Ich parke meinen Wagen auf der Straße. Ihn in die Auffahrt zu stellen und dort womöglich in der Falle zu sitzen, traue ich mich nicht.

Mein Gesicht sieht so übel aus, dass ich eine Baseballkappe und eine große Pilotenbrille aufsetze. Als ich aussteige, zittern meine Beine und die Knie scheinen mein Gewicht nicht tragen zu wollen.

Das nennt man wohl »Pudding in den Beinen haben«.

Ich sollte wieder einsteigen und nach Hause fahren.

Gestern war eine Warnung. Ich werde zu tief in die Sache hineingezogen.

Doch hier gibt es Antworten. Oder wenigstens die Chance auf Antworten.

Endlich bin ich wieder Herr meiner Beine und gehe zur Vordertür. Außerdem habe ich zwei Dosen Pfefferspray in den Taschen.

Auf der Veranda stehen drei Aluminiumstühle, schmutzige Aschenbecher und zerdrückte Dosen. In einem der Aschenbecher liegt eine Glaspfeife mit Meth.

Ich höre einen Fernseher, und durch das Fenster sehe ich jemanden auf dem Sofa liegen.

Als ich klopfe, bellt ein Hund los, und ich trete einen Schritt von der Tür zurück. Drinnen ruft ein junger Mann: »Moment!«

Ich höre schlurfende Schritte und wie der Hund in ein anderes Zimmer geschoben wird.

Ein junger Mann mit zerzaustem Haar, schlechten Zähnen und Glupschaugen öffnet die Tür. »Ja?«, fragt er verschlafen.

»Ich möchte mit Amber reden. Ist sie da?« Nur mit Mühe gelingt es mir, nicht zu stottern.

Ich schaue über seine Schulter ins Haus, weil ich befürchte, Devon oder Charlie könnten mir mit dem Baseballschläger entgegenstürmen. Doch das Einzige, das sich bewegt, ist eine Zimmertür, gegen die der bellende Hund sich wirft.

Das Haus ist der reinste Saustall. Verdreckte Teller und Fast-Food-Kartons übersäen den Boden. Überall türmen sich Klamottenberge. Überquellende Aschenbecher stehen auf den Armlehnen des Sofas und auf dem Boden. Glaspfeifen liegen achtlos herum.

Über all dem liegt ein merkwürdiger Geruch, den ich nicht einordnen kann.

Mein Türöffner ruft die Treppe hoch: »Amber, einer deiner Verehrer ist hier.«

»Wer ist es?«, ruft sie herunter.

»Frag ihn doch selbst. Ich bin nicht dein Butler.« Er sieht mich mit einem Blick an, der stumm signalisiert: Was würden Sie denn tun? Dann verdreht er die Augen und kehrt zu seinem Sofa zurück.

Vom oberen Treppenabsatz sind Schritte zu hören, und mein Herz setzt kurz aus.

Ich fürchte, sie könnte weglaufen oder Schlimmeres tun, sobald sie mich sieht. Also drehe ich mich von der Tür weg und schaue auf die Straße.

Jetzt ist sie am Ende der Treppe angekommen. »Ja?«

Ich drehe mich um und starre auf den Boden. »Ich wollte mit Ihnen nur über Chelsea reden.«

»Worüber genau?« Sie schaut mich prüfend an und versucht, sich an mich zu erinnern. Plötzlich fällt es ihr wieder ein. »Verdammt!«

Sie will die Tür zuschlagen, doch ich stelle den Fuß dazwischen.

»Ich rufe die Polizei, wenn Sie nicht endlich abhauen! Und ich werde denen sagen, Sie hätten versucht, mich zu vergewaltigen«, giftet sie, während sie versucht, die Tür zuzudrücken.

Der Typ auf dem Sofa beobachtet die Szene amüsiert.

»Rufen Sie ruhig die Polizei«, bluffe ich und beschließe dann, den Einsatz zu erhöhen. »Dann rufe ich die Bundespolizei. Mal sehen, was die sagen.«

Endlich hört sie auf, gegen die Tür zu drücken. »Hauen Sie ab!«

»Amber, gestern interessiert mich nicht. Das war eine Verwechslung. Ich habe mich mit Ihnen getroffen, weil ich dachte, Sie könnten mir sagen, was mit Chelsea passiert ist. Ich wollte Sie nicht als Nutte buchen.«

»Ich bin keine Nutte, Sie Idiot!«, brüllt sie durch den Türspalt.

Ich versuche, ruhig zu bleiben. »Das ist mir egal. Ich will nur wissen, was mit Ihrer Freundin passiert ist.« Ich nehme den Fuß weg, trete einen Schritt zurück und achte darauf, die Hände hochzuhalten. »Bitte.«

Sie starrt mich durch den schmalen Spalt an. Ich weiche langsam bis zu dem braunen Rasen zurück.

»Sie wollen es mir nicht heimzahlen?«, fragt sie etwas ruhiger.

»Nein. Juniper Parsons, die junge Frau, die angeblich von einem Bären angegriffen wurde, war eine meiner Studentinnen. Ich war ihr Professor.«

Sie öffnet die Tür etwas weiter. »Wirklich?«

»Wirklich.«

»Bleiben Sie zurück.« Sie tritt aus dem Haus und setzt sich auf die oberste Stufe der Verandatreppe. Dann zieht sie ein Päckchen Zigaretten und ein Feuerzeug aus ihrer Jogginghose.

Während sie sich eine Zigarette anzündet, lasse ich die Hände sinken. Sie schaut mich argwöhnisch an und sucht dann die Straße ab. Nach einigen beruhigenden Zügen an der Zigarette sagt sie endlich: »Niemand glaubt mir. Selbst Devon meint, ich mache einen Witz.«

Kapitel 32

BESTE FREUNDE

Da ich mich an einen Psychologiekurs über Körpersprache erinnere, setze ich mich etwas unterhalb von ihr auf den verdorrten Rasen. Ich lasse Amber in Ruhe rauchen, damit sie sich wieder abregen kann. Nach ihrem glasigen Blick zu urteilen, ist sie vermutlich high.

Nachdem wir beide uns wieder beruhigt haben, sage ich schließlich: »Erzählen Sie mir von Chelsea.«

Sie runzelt die Stirn, und eine kleine Rauchwolke entweicht aus ihrem Mundwinkel. »Ich weiß nicht. Wir waren schon immer beste Freunde. Haben immer zusammen Ärger bekommen.« Sie wirft mir einen kurzen Blick zu. »Nicht solchen Ärger, anfangs zumindest nicht. Nur der übliche Kinderkram. Lange ausgehen. Jungs. Bier klauen.« Sie zuckt mit den Schultern, zieht wieder an der Zigarette und bläst den Rauch in die Luft. »Aber als es hier immer langweiliger wurde, kamen andere Sachen dazu. Ihre Mutter hat sie aus dem Haus geworfen und bei mir war es ein ständiges Rein und Raus. Wir kannten ein paar Mädchen, die immer an Geld kamen. Und, na ja, wir machten gerne Party. Sonst kann man hier ja auch nichts tun. Wir waren keine Parkplatzladys oder so was.«

Ich merke mir im Hinterkopf, »Parkplatzlady« später nachzuschlagen.

»Was war in der Nacht, in der sie verschwunden ist? Was ist damals passiert?«

»Wir wollten high werden. Ich hatte etwas LSD dabei. Damit sind wir in den Wald. Die meisten Leute würden sich da vor Angst in die Hose machen, aber wir waren gerne dort. Man liegt da draußen auf dem Boden, hört der Natur zu und starrt in die Sterne. Es war so friedlich.«

»War das auch so in dieser Nacht?«

Sie drückt die Zigarette aus, nur um sich gleich die nächste anzuzünden. »Das war ja das Beschissene an der Sache. Wir haben das LSD nicht genommen. Wir liefen allein da draußen rum, und plötzlich hörten wir ein Geräusch. Da gibt es Wildschweine und so was. Wir haben gelacht und taten so, als wäre es ein Monster oder so etwas. Ich lief los und sie rannte hinter mir her, blieb dann aber zurück. Ich bin sie suchen gegangen. Ich dachte, sie würde Verstecken mit mir spielen oder so. Tat sie aber nicht. Stattdessen sah ich, wie sie dastand, als horchte sie auf etwas. Ich wollte ihr gerade zurufen, als ich es sah, hinter ihr. Ich schrie, bevor sie es tat. Ich dachte, es sei ein Bär. Da war dieser Schatten.« Amber hebt die Hände über den Kopf. »Ich dachte, es sei ein Bär auf seinen Hinterbeinen. Nur, dass er sich plötzlich wie ein Mann bewegte und auf Chelsea zulief. Sie hörte mich schreien und schrie dann selbst. Dann war da nichts mehr. Ich konnte sie im Dunkeln nicht mehr sehen, und plötzlich war es total still. Irgendetwas in mir sagte mir loszurennen, als wäre der Teufel hinter mir her. Und das tat ich auch. Es verfolgte mich. Ich konnte es hören. Plötzlich hörte ich Chelsea brüllen. Vermutlich ist es zurückgerannt, um sie fertigzumachen. Ich bin einfach weitergelaufen.« Sie schluckt und fährt sich über die Lippen. »Ich weiß, ich hätte sie nicht zurücklassen dürfen. Sie war meine beste Freundin. Ich hatte auf der Straße geparkt. Ich sprang in den Wagen und raste zum Polizeirevier. Aber ich bin nicht gleich hineingegangen. Ich bekam Panik. Dachte, ich sei vielleicht high und habe mir alles nur eingebildet. Ich weiß, das klingt verrückt. Das war dumm von mir, aber ich beschloss, es auszuschlafen. Als ich aufwachte, schien die Sonne, und ich saß noch immer in meinem Auto. Ich ging in das Revier und erzählte Charlies Dad alles, an das ich mich erinnern konnte.«

»Aber niemand glaubte Ihnen?«

Sie schüttelt den Kopf. »Nein. Sie meinten, ich würde mir das nur ausdenken. Sie sagten, Chelseas Zimmer sei ausgeräumt und ihr Auto weg. Doch das ergibt keinen Sinn.« Plötzlich klingt ihre Stimme trotzig. »Ich weiß, dass sie in dieser Nacht dort war. Ich habe sie abgeholt. Wir fuhren mit meinem Wagen und ließen ihren stehen.«

»Kann es sein, dass sie Ihnen einen Streich gespielt hat?«

»Ich wollte das glauben. Aber so lange? Haha, Chelsea. Wo zum Teufel steckst du? Niemand macht das so lange.«

»Gibt es irgendjemanden in der Stadt, der sie töten wollte?«

»Chelsea war der netteste Mensch, den es gab. Aber sie ist mit ziemlich vielen Typen ins Bett gegangen. Besonders mit älteren Männern. Der ein oder andere von ihnen war vermutlich froh, als sie weg war. Aber ob jemand sie getötet hat? Verdammt, das hier ist Hudson. Hier ist alles möglich. Haben Sie von der Indianerfamilie gehört, die verschwunden ist?«

Ich erinnere mich an das Foto in der Datenbank der verschwundenen Personen. »Ja.«

»Was aber nicht in der Zeitung stand, ist, dass sie ein eigenes kleines Meth-Labor hatten. Ohne Genehmigung. Deshalb sind sie verschwunden.« Sie grinst wissend und senkt die Stimme. »Wissen Sie, wer sie als Letztes gesehen hat? Bower und Jackson.«

»Bower und Jackson?«

»Die beiden Polizisten, die wegen Meth-Handels eingesperrt wurden. So läuft das hier.«

»Hat irgendjemand je etwas Ähnliches erwähnt wie das, was Sie in der Nacht von Chelseas Verschwinden gesehen haben?«

»Ich habe mit einem Chippewa-Indianer darüber gesprochen. Er ist in einem Reservat aufgewachsen. Er sagte, dort erzähle man sich viele solcher Geschichten. Ich glaube nicht eine einzige. Ich habe einen Mann gesehen, der mich glauben lassen wollte, er sei ein Tier. Aber ich habe genau gesehen, wie er gelaufen ist.« Sie kneift die Augen zusammen. »Ich dachte, sie hätten den Bären gefangen, der Ihre Bekannte getötet hat.«

»Sie haben einen Bären gefangen. Aber es gibt nichts, das ihn mit ihr in Verbindung bringt.«

Amber schaut zu einem Schwarm Vögel über ihrem Kopf hinauf. »Wenigstens wissen Sie, dass sie fort ist. Sie haben etwas, das Sie begraben können. Alle hier tun so, als wäre Chelsea irgendwo da draußen und hätte eine tolle Zeit. Dabei wissen sie ganz genau, dass Chelsea tot ist. Es ist ihnen bloß egal.«

Ich kann ihren Verlust spüren, diese stille Verzweiflung, als greife man im Nebel nach einem Seil.

»Erinnern Sie sich noch an die Stelle, an der sie verschwunden ist? Wo Sie den Mann gesehen haben?«

»Ungefähr. Ich habe die Polizei dorthin geführt.«

»Hat man etwas gefunden?«

»Machen Sie Witze? Sie waren zehn Minuten da und sind dann wieder abgehauen. Es war ihnen total egal.«

»Also hat man den Ort nie zu einem Tatort gemacht?«

»Sie haben nie eine *Tat* daraus gemacht.« Sie sticht mit den Fingern in die Luft. »Es war ihnen egal!«

Ohne nachzudenken, sage ich: »Können Sie mir sagen, wo es passiert ist?«

Bevor sie antworten kann, höre ich das vertraute Geräusch quietschender Lastwagenreifen.

»Verdammt«, murmelt Amber. »Mein Freund kommt.«

Jetzt geht das schon wieder los.

Kapitel 33

DER BÖSE PRINZ

Ich spüre, wie sich mein Rücken versteift, während Devons Stiefel durch das Gras stampfen. Als er vor mir stehen bleibt, fällt sein Schatten über mich.

Mit der rechten Hand greife ich nach dem Pfefferspray in meiner Tasche, doch meine Finger zittern. Ich weiß nicht, ob ich es schnell genug herausbekomme, geschweige denn, ob ich die Nerven habe, den Knopf zu drücken.

Wenn ich mich verteidige, könnte ihn das nur noch mehr verärgern. Das letzte Mal hat er mein Geld genommen, mich aber in einem halbwegs passablen Zustand zurückgelassen, sodass ich wieder aufstehen konnte. Sollte ich mich wehren, könnte ich im Krankenhaus oder an einem noch schlimmeren Ort landen.

Amber schaut über meinen Kopf zu Devon und nickt ihm unmerklich zu. »Was ist los?«

»Wer ist das?«, will Devon wissen.

Mein Körper entspannt sich etwas, als ich bemerke, dass er mich mit Mütze und Sonnenbrille nicht erkannt hat. Also halte ich den Kopf gesenkt und sehe ihn nicht an, denn wenn er mein lädiertes Gesicht sieht, könnte er sein Werk wiedererkennen.

»Niemand«, antwortet Amber. »Nur ein alter Freund von Chelsea.«

»Ein Freund oder Kunde?«, gibt Devon höhnisch zurück, bevor er an mir vorbeigeht, ohne noch einmal zurückzuschauen. »Sorg dafür, dass er weiß, dass deine Mieze keine Anzeige mehr im Internet hat.«

»Du kannst mich mal!«, zischt Amber, und während er hineingeht und die Tür hinter sich schließt, zeigt sie ihm den Stinkefinger.

Sie schließt die Augen und schüttelt den Kopf. »Sie halten mich bestimmt für einen schrecklichen Menschen.«

Aus Angst, er könnte mich drinnen hören, sage ich leise: »Sieht man von gestern ab, finde ich Sie ziemlich klasse.«

»Ja, klar. Wir haben damit erst angefangen, nachdem ein Lkw-Fahrer ein Mädchen aus Quiet Lake verprügelt hat. Sie haben ihn zusammengeschlagen, als sie ihn in die Finger bekommen haben. Devon wurde sauer, wenn er die Typen sah, die mich anriefen. Es war eine Sache, wenn es ein Einheimischer war, also jemand, von dem wir wussten, dass er okay ist.«

Ich versuche, ihr Verhältnis zueinander zu verstehen. »Ist Devon Ihr …«

»Zuhälter? Scheiße, nein. Ich bin keine verdammte Hure«, gibt sie scharf zurück.

»Ich wollte ›Freund‹ sagen.«

»Oh! Wir führen eine offene Beziehung. Obwohl Sie das überhaupt nichts angeht.«

Plötzlich macht mich dieses Gespräch verlegen. »Ich wollte auch nichts andeuten.«

»Sie schauen aber so wertend.«

»Ich bin Wissenschaftler. Ich sehe alles so an.«

Sie zeigt mit dem Kopf in Richtung Haus. »Devon wollte auch Wissenschaftler werden.«

»Wirklich?«, sage ich etwas zu laut.

»Er liebt diesen ganzen Mist. Er hat sogar ein T-Shirt von diesem Astrophysiker Neil deGrasse Tyson und all so was. Und wenn wir high sind, schauen wir *Willi wills wissen*.«

Plötzlich muss ich lachen. Doch mein Magen beginnt sofort vor Schmerzen zu rebellieren und ich versuche still zu sitzen.

»Ja, toll, ich weiß. Aber haben Sie jemals die *Sesamstraße* gesehen? Die ist wie für Zweijährige und Kiffer gemacht.«

»Nein. Ich war noch nie so high. Als Student war ich einmal am Amazonas, wo ein einheimischer Medizinmann uns etwas gegeben hat, von dem ich bis heute nicht weiß, was es war. Wir saßen im Kreis zusammen, tranken das Zeug und hielten das Ganze für einen feierlichen Bindungsakt. Dann stellte sich heraus, dass sie Fremde nur ärgern wollten. Ich saß stundenlang in einem Baum, weil ich felsenfest davon überzeugt war, ich sei ein Klammeraffe. Als ich wieder herunterkam und erzählte, was ich erlebt hatte, fragte mich der Medizinmann, wieso ich mir so sicher sei, kein Klammeraffe zu sein, der high ist und stattdessen glaubt, Wissenschaftler zu sein.«

Amber klopft sich auf den Nasenflügel. »Der Typ wusste, wovon er redete. Wieso sind Sie sich so sicher?«

»Das frage ich mich manchmal auch.«

Sie lehnt sich zurück und starrt in die vorüberziehenden Wolken. »Chelsea und ich führten ständig solche Gespräche. Wir fragten uns, ob diese Welt die reale ist. Als wir noch Kinder waren, haben wir sämtliche Kleiderschränke und Türen kontrolliert, weil wir hofften, die Tür zu einem anderen Ort zu finden. Wie Narnia oder so.«

Obwohl sie nicht »einen besseren Ort« sagt, weiß ich, was sie meint.

Sie zupft einen Grashalm aus. »Als wir älter wurden und feststellten, dass wir diese Tür niemals finden würden, stellten wir uns vor, diese Welt wäre um uns herum und wir könnten sie nur nicht sehen. Ich meine nicht wie in dem Doors-Song oder so. Wir gewöhnten uns einfach an, Namen für Dinge zu erfinden und uns etwas dazu auszudenken. Wir gaben ihnen unsere eigenen Namen. Das Telefon war die Fernsprechdose, der Fernseher ein magisches Fenster. Für die Leute dachten wir uns auch Namen aus. Polizeichef York war der Böse Baron; Charlie der Böse Prinz. Wir gaben allen einen Namen. Pfarrer Ziegenbock, die Rote Hexe, der Böse Zauberer – er hat Meth zusammengebraut.« Ihre Stimme verliert sich. »Egal. Dummes Zeug.«

Plötzlich spüre ich eine Verbindung zu diesem gefallenen Mädchen. »Das ist überhaupt nicht dumm. Ich bringe einer ganzen Klasse Nomenklatur bei. Ich erkläre, wie man durch die Verwendung verschiedener Begriffe, die trotzdem zusammenpassen, ein anderes Verständnis der Dinge vermitteln kann.«

»Zum Beispiel?«

Ich denke kurz nach. »Nehmen Sie Hudson Creek. Es ist nicht wirklich ein Creek, aber die ganze Stadt und die gesamte Umgebung liegen in einem Tal. Tatsächlich handelt es sich um eine Art Becken zwischen den Bergen. Auf der anderen Seite gibt es zwei Städte, von denen eine fast in den Bergen liegt und viele Sommergäste anzieht, richtig? Die andere scheint auch ein ganz netter Ort zu sein. Aber was macht diese Stadt anders? Welchen Namen würden Sie ihr geben?«

Ohne zu zögern, antwortet sie: »Höllenschlund. Ich meine, es ist nicht wirklich die Hölle, aber der Eingang kann nicht weit sein. Wir umkreisen alle den Rand und warten darauf hineinzufallen.«

»Das mag sein. Aber Sie erleben bestimmt mehr als genug Übles.« Ich denke an das dunkelviolette Band, das MAAT anzeigte. Ich frage mich, was ich sehen würde, wenn ich die Daten des letzten Jahrhunderts verwende. Lag Hudson Creek schon damals auf dem Highway des Teufels? Nach dem, was Gus mir erzählte, scheint es fast so.

»Amber, könnten Sie mir auf einer Karte zeigen, wo Sie Chelsea zuletzt gesehen haben?«

Sie denkt kurz nach, bevor sie den Kopf schüttelt. »Ich bin mir nicht sicher.«

»Könnten Sie mir wenigstens einige Markierungen nennen, nach denen ich suchen kann?«

»Die sind schwer zu finden.«

Dass sie sich plötzlich als Sackgasse entpuppt, frustriert mich zwar, doch vielleicht ist das Thema für sie noch zu schmerzhaft.

»Was ist, wenn ich es Ihnen zeige?«, fragt sie.

»Sie meinen, Sie wollen dorthin zurückgehen?«

»Ich habe keine Angst«, antwortet sie trotzig. »Hätte der Teufel mich haben wollen, wäre er zurückgekommen, nachdem er sich Chelsea geholt hat.«

Amber mag eine gequälte Seele sein, doch ich bewundere ihren Mut.

Obwohl sich die Idee, dorthin zu gehen, schrecklich anhört, stimme ich zu.

Kapitel 34

DIE EXKURSION

Als ich am Nachmittag wieder zu Ambers Haus zurückkomme, steht Devons Pick-up noch immer in der Auffahrt. Daher schicke ich ihr eine SMS, damit sie weiß, dass ich hier bin. Sie schreibt zurück:

Bin gleich da.

Ich bin mir nicht sicher, wonach ich da draußen suchen soll. Doch wenn die Polizei nie sorgfältig ermittelt hat, könnte dort noch etwas zu finden sein. Dank eines Stücks Stoff, eines Schuhs oder irgendetwas, das Ambers Geschichte belegt, wüsste ich, dass ich in der richtigen Richtung suche.

Aber wozu eigentlich?

In ein paar Tagen muss ich wieder nach Austin zurück, und so wie es aussieht, bleibt mir kaum Zeit, um mich auf den Unterricht vorzubereiten. Schon jetzt werde ich einige Fakultätsversammlungen absagen müssen. Die sind in der Regel zwar überflüssig, aber sie zu versäumen, hat politische

Konsequenzen. Und da mein Vertrag bald verlängert werden muss, sollte ich wohl mitspielen.

Als es plötzlich an meiner Scheibe klopft und ich von meinem Handy aufschaue, mache ich mir fast in die Hose. Devon steht da und gibt mir ein Zeichen, das Fenster herunterzukurbeln.

Ich greife nach dem Schalthebel und will schon einen Gang einlegen, als er von der Tür zurücktritt und die Hände hochhebt.

»Ich wollte nur mit Ihnen reden«, sagt er.

Ich fingere nach meinem Pfefferspray und halte es fest in der Hand, bevor ich das Fenster einen Spaltbreit öffne.

»Amber meint, Sie wollen dorthin fahren, wo Chelsea verschwunden ist.«

»Ja«, antworte ich zögernd. »Darüber wollte ich schon gestern mit ihr reden.«

»Ja, ja. Das war eine Verwechslung.« Er legt die Hände auf den Türrahmen. »Aber ich kann nicht zulassen, dass Sie mit ihr allein dorthin fahren. Sie könnten genauso gut ein Mörder sein.«

Ich nehme die Sonnenbrille ab und zeige auf mein demoliertes Kinn. »Sehe ich aus wie ein gewalttätiger Typ?«

»Sie könnten sauer sein und so. Aber das war ein Irrtum. Eigentlich war es Charlies Schuld. Er dachte, Sie seien jemand anderes.«

»Wer?«

»Ich weiß nicht. Irgendjemand, der gerne Mädchen schlägt. Sie zu verprügeln, war falsch, aber wir haben noch nie eine Frau geschlagen. Egal, ich komme mit.« Er greift nach dem hinteren Türgriff.

»Einen Teufel werden Sie!«, rufe ich ihm zu und schaue nach, ob alle Türen verriegelt sind.

Also kommt Devon wieder an mein Fenster. »Hören Sie, was da passiert ist, tut mir leid. Hier.« Er greift in seine Tasche und zieht einige Geldscheine heraus. »Nehmen Sie es zurück. Den Rest hat Charlie.« Er schiebt die Scheine wie bei einem Verkaufsautomaten durch den Spalt der Fensterscheibe.

Ich sehe zu, wie das Geld in meinen Schoß fällt. Als ich wieder aufschaue, kommt Amber mit einer Jacke aus dem Haus.

»Ist er einverstanden?«, fragt sie.

Devon schaut zu mir herüber. »Und?«

Das wird immer schlimmer. »Okay. Aber Sie sitzen vorne, damit ich Sie sehen kann.« Obwohl man das so machen soll, fühle ich mich deshalb auch nicht sicherer.

»Natürlich. Cool.« Er läuft um den Wagen herum und nimmt auf dem Beifahrersitz Platz. Amber steigt hinter ihm ein.

Die ersten Minuten unserer Fahrt sind sehr seltsam. Ich habe ein Auge auf Devon, und jedes Mal, wenn er sich bewegt, zucke ich zusammen.

Gleichzeitig schaue ich im Rückspiegel nach, ob Amber sich anschickt, mich mit einem Drahtseil zu erdrosseln.

Schließlich bricht Amber das Schweigen. »Ich musste Devon sagen, wohin ich gehe. Er meinte, Sie könnten der Typ sein, der sich Chelsea geholt hat. Mit Ihnen allein mitzugehen, wäre dumm.«

Diese Leute haben Angst vor mir?

»Amber ist ein bisschen zu vertrauensselig«, wirft Devon ein.

»Das würde erklären, wieso du in meinem Leben bist«, gibt sie zurück.

»Ich bin das Beste, das dir passieren konnte.«

»Mein Gott. Wenn das das Beste ist, will ich nicht mehr weitermachen.« Amber schüttelt den Kopf und starrt aus dem Fenster.

Devon greift nach dem Radio und ich in meine Tasche. Er bemerkt es. »Tragen Sie eine?«

Was soll ich tragen? Oh, er meint eine Waffe. Vielleicht wäre es besser, wenn sie glaubten, ich wäre bewaffnet. »Ich bin immer vorsichtig.« Und dann füge ich noch hinzu: »Ich habe einigen Freunden erzählt, wohin ich gehe.«

»Wir auch«, antwortet Devon. »Man weiß ja nie.«

»Nein, das weiß man nicht.« Ich schaue ihn besorgt an, doch er starrt auf die Häuser, an denen wir vorbeifahren.

Nach einiger Zeit fragt er: »Amber meinte, Sie seien Wissenschaftler? Was für einer?«

»Ich habe Biologie studiert. Aber ich arbeite auch im Bereich Computerwissenschaft.«

»Cool. Cool. Ich wollte Astrophysiker werden.«

Welch ein Verlust für die Welt der Wissenschaft.

»Ich hatte bis ins letzte Jahr nur Einser«, erklärt Devon. »Aber dann wurde meine Mutter krank und ich habe die Schule mit Ach und Krach abgeschlossen. Ich sollte vielleicht irgendetwas online machen. Ich schaue ständig Dokumentarsendungen im Fernsehen.«

»Wenn er high ist«, tönt Amber vom Rücksitz.

»Carl Sagan war auch oft high.«

»Er war auch Carl Sagan«, antworte ich und bereue es sofort, doch Devon lacht.

»Stimmt. Stimmt. Also, Dawkins oder Stephen Jay Gould?«

»Sie haben sie gelesen?«

»Ja. *Der blinde Uhrmacher* ist eins meiner Lieblingsbücher überhaupt.«

In der Debatte zwischen Richard Dawkins und Stephen Jay Gould ging es darum, ob die Gene oder das ganze Tier die wichtigste Antriebskraft der Evolution waren. Diese Diskussion war tatsächlich einer der Gründe, warum ich in die Bioinformatik gegangen bin.

Wenn man einen Amateurwissenschaftler fragt, auf wessen Seite er steht, ist das wie die Frage nach der Lieblingsmannschaft.

Die Debatte ebbte ab, als die Leute die Vorstellung begrüßten, die Evolution sei ein sehr komplexer Vorgang, und zu sagen, das Tier oder die Gene seien der entscheidende Faktor, wäre zu einfach.

»Ich stehe auf Dawkins' Seite«, antworte ich, damit Devon mich im Wald nicht umbringt. »Aber es ist kompliziert. Eine Sache, die ich studiere, ist die Art, wie wir Gene definieren. Wie Sie wissen, wird das Gen biologisch als die kleinste Einheit der Vererbbarkeit definiert. Doch das Ganze ist viel komplexer. Ich tendiere dazu, die Dinge in Bezug auf Systeme oder Prozesse zu sehen. Einige Systeme kann man auf ein paar Fitzel DNA reduzieren, andere umfassen ganze Ökosysteme.«

»Wo ziehen Sie die Grenze zum Organismus?«

Devon ist offensichtlich intelligenter, als ich dachte. Zugegeben, unser erstes Treffen fand nicht unter den besten Umständen statt.

»Manche behaupten, wir seien bloß Raumanzüge für mitochondriale DNA«, antworte ich. »Oder wir seien nichts anderes als Wanderplätze von Darmbakterien. Schließlich tragen wir nicht nur unsere eigene bakterielle DNA in uns. Zwar nicht nach Längen, aber nach Einheiten. Ein Alien würde in uns vielleicht nicht das erkennen, was wir glauben zu sein.«

»Ich bin mir nicht sicher, ob ich uns als uns erkenne«, wirft Amber ein.

»Wir verändern uns ständig.« Ich zeige in den dunklen Himmel. »So wie sich die Jahreszeiten ändern, schalten sich auch einige unserer Gene an oder aus. Genetisch betrachtet, werden wir zu leicht veränderten Organismen. Andere Dinge können das auch.« Ich sollte jetzt besser nicht meine Möchtegern-Frosch-Forschung erwähnen. »Die Natur steuert uns stärker, als wir zugeben möchten.«

Ich fange Devons Blick auf, wie er auf sein Spiegelbild im Beifahrerspiegel starrt. Seine Augen sind eingefallen und die Haut von der Sucht zerklüftet. »Das ist sicher. Todsicher.«

Dieser Hauch von Selbstbeobachtung beruhigt mich nicht wirklich, während ich in Richtung Wald und damit fort von der Zivilisation und jeglicher Sicherheit fahre.

Kapitel 35

DUNKLE PFADE

Wir parken meinen Wagen in einer Nebenstraße vor einer tristen Pizzeria und einem winzigen Lebensmittelgeschäft. Drei Kilometer den Highway hinauf gibt es einen Parkplatz für Wohnmobile.

Vermutlich hatte damals Amber oder Chelsea an einem dieser Plätze etwas zu erledigen.

Wir laufen einen schmalen Pfad hinauf. Amber geht voraus, während Devon einige Meter hinter mir bleibt. Dadurch fühle ich mich angesichts meiner Entscheidung, mit den beiden hierhergefahren zu sein, auch nicht besser.

Es war schon dumm gewesen, mich gestern unter solch dubiosen Umständen mit Amber zu treffen. Aber nach den Ereignissen mit den beiden hierherzukommen? Das ist reine Unvernunft.

Mit der einen Hand umklammere ich das Pfefferspray in meiner Tasche, in der anderen halte ich die schwere Taschenlampe, die ich immer in meinem SUV habe. Ich besitze zwar noch einige moderne Leuchten, doch sie eignen sich nicht so gut als Keulen.

»Was haben Chelsea und du hier oben gemacht? Gelesbelt?«, stichelt Devon.

»Wir sind vor solchen Idioten wie dir geflohen.« Amber bleibt auf der Spitze eines Hügels vor einem großen Baumstamm stehen. »Hier haben wir uns immer getroffen. Mit unserem Leergut könnte man vermutlich ein kleines Vermögen machen.« Sie tritt gegen etwas Altes, Metallenes.

»Ganz zu schweigen von den Dildos«, schnappt Devon zurück, der immer noch im Spottmodus ist.

»Wenigstens bleiben die immer hart.«

Devon murmelt, wen er alles mit seiner Größe beglücken könnte, bevor er zu einem der Bäume geht, um zu pinkeln.

»Ist es hier passiert?«, will ich wissen.

Sie zeigt den Hügel hinunter auf eine ebene Fläche. »Dort drüben. Wir kamen aus der anderen Richtung. Ich sah den Schatten ungefähr von hier aus, bevor er plötzlich losstürmte.«

»Auf wie vielen Beinen?«, fragt Devon, nachdem er seinen Reißverschluss wieder geschlossen hat.

»Zwei, du Idiot.«

Er schaut zu mir herüber. »Anfangs hat sie etwas anderes gesagt.«

»Ich habe immer gesagt, dass es ein Mann war«, erklärt sie mir. »Vielleicht ist er das erste Stück gekrochen. Ich weiß es nicht, es war dunkel.«

»Ihr wart high«, meint Devon.

»Nicht so high. Noch nicht.«

Ich laufe die Anhöhe hinunter zu der Stelle, an der sie Chelsea angeblich zuletzt gesehen hat, finde aber nur einige Felsen und verrottende Baumstämme. Ich schnappe mir einen Stock, um den Dreck umzudrehen.

Wäre das hier Sand oder irgendetwas Poröses, Trockenes, könnte man noch immer Blut finden. Doch das hier sieht mehr wie Ackerboden aus.

»Wonach suchen wir?«, fragt Amber.

Ich zucke mit den Schultern, während ich mich wieder aufrichte. »Ich weiß nicht. Eine Bluse. Ihre Tasche. Irgendetwas, das zeigt, dass sie hier war.«

Amber und ich schwärmen aus und schieben mit den Füßen Büsche und Steine beiseite. Devon setzt sich auf einen Baumstamm und sieht uns zu.

Da ich selbst nicht genau weiß, wonach wir suchen sollen, frage ich: »Wissen Sie noch, was sie in dieser Nacht getragen hat?«

Amber setzt sich auf einen leeren Bierkasten. »Sie hatte einen blauen Mantel an, der ihr bis zu den Knien reichte. Eine Strickmütze. Jeans.«

Abgesehen von den Bierkästen und silberfarbenen Bonbonpapierchen, gibt es keine Hinweise auf Chelsea.

Ich weiß nicht, was ich erwartet habe. Ein blutiger Schuh, der zu dem Fuß eines längst verschwundenen Aschenputtels passt? Ein Geständnis des Mörders?

Wir suchen eine halbe Stunde, während Devon mit seinem Handy spielt.

»Danke für deine Hilfe«, meint Amber sarkastisch, als sie an ihm vorbeigeht.

»Ich bin nur hier, um sicherzugehen, dass dich niemand vergewaltigt und ermordet.« Er nickt zu mir herüber und grinst.

Amber schaut zurück in meine Richtung. »Vielleicht hast du auch nur Angst, wir könnten miteinander schlafen, wenn wir allein sind.«

Devon vergeht das Grinsen. »Er sieht zwar nicht gerade reich aus, aber tu dir keinen Zwang an. Mir doch egal. Treib's doch, mit wem du willst.«

Mir wird ihr Gezanke unangenehm, und ich gehe ein Stück weiter weg.

Ich hoffe noch immer, dass einer von uns dieses magische Heureka-Erlebnis hat und wir den Hinweis finden, der alles erklärt. Doch es tritt nicht ein.

Obwohl Amber auf ihre eigene Art aufrichtig sein mag, halte ich sie nicht für allzu zuverlässig. Hätte ich vorher gewusst, dass Chelsea und sie hierhergekommen waren, um sich Drogen einzuwerfen, hätte ich mir vielleicht nicht die Mühe gemacht, nach Hudson Creek zu fahren. Erst recht nicht, wenn ich gewusst hätte, dass mich hier ein Tritt in den Hintern erwartet.

»Wie lange wollt ihr zwei noch weitersuchen?«, will Devon wissen.

»Bis du uns allein lässt, damit ich ihm einen blasen kann.«

»Mann, jetzt reicht es. Ich gehe zurück zum Auto.« Er dreht sich zu mir um. »Kann ich die Schlüssel haben, um im Wagen zu warten?«

Ich traue dem Braten nicht. Vielleicht sehe ich ihn oder mein Auto dann zum letzten Mal. Obwohl Devon bisher freundlich gewesen war, würde ich ihm alles zutrauen.

»Nein«, sage ich so energisch wie möglich. »Sie sind der Letzte, dem ich meine Schlüssel anvertrauen würde.«

Er hebt den Saum seines Sweatshirts hoch und zeigt mir den Griff einer Pistole. »Wenn ich sie Ihnen wegnehmen wollte, hätte ich die hier gezogen.« Er lässt sein Hemd wieder über die Waffe fallen.

Meine Beine beginnen zu zittern, doch ich versuche, es nicht zu zeigen.

Amber läuft zu ihm hinüber. »Mein Gott, Devon! Er denkt doch sowieso schon, wir wären Psychos. Warum musstest du das tun?«

Devon hebt die Hände hoch. »Ich wollte bloß ein Argument anbringen.« Über ihre Schulter sagt er zu mir: »Das war keine Drohung, Mann. Entschuldigung.«

Das Zittern meines Beines lässt etwas nach. »Warum helfen Sie uns nicht?«

»Nach etwas suchen, das nie passiert ist?«

Amber starrt ihn wütend an. »Du hast gesagt, du glaubst mir.«

»Für Sex sage ich alles.«

»Mistkerl.« Sie stampft davon. »Das ist genau das Problem hier. Jeder verarscht dich.«

Es wird immer dunkler, und ich sollte die Sache hier beenden, bevor die Lage noch brenzliger wird. Ein Teil von mir befürchtet immer noch, die beiden könnten eine Show abziehen, um mich hereinzulegen. Nachdem ich zusammengeschlagen worden bin, sehe ich die Welt mit anderen Augen.

»Können Sie nicht irgendeinen Wissenschaftsmist machen?«, fragt Amber.

»Das ist keine Zauberei«, meint Devon höhnisch. »Aber vielleicht hat er ja solche Methansonden in seinem Auto wie die bei *CSI*. Haben Sie?«

»Nicht wirklich. Ich bin kein Kriminaltechniker …« Meine Stimme verliert sich, als ich über seine Worte nachdenke.

Ich habe nach Hinweisen von Chelsea gesucht – nach ihrer Kleidung oder etwas anderem, das ihr gehörte. Nach Haaren an einem Ast oder etwas von dem Mörder.

Der Gedanke, nach Chelsea selbst zu suchen, war mir bisher nicht gekommen.

Ich stelle mir vor, es wäre wie an dem Tatort, an dem man Juniper auf dem Boden liegend gefunden hat. Was, wenn Chelseas Mörder mehr Zeit gehabt hätte, um alles vorzubereiten oder die Dinge herzurichten?

Wenn er sie weder mitgenommen noch halb tot liegen gelassen hat, dann muss er sie irgendwo vergraben haben.

Doch das Gebiet ist zu groß, um es abzusuchen.

Aber ich könnte meine Wissenschaftskräfte nutzen …

»Sind Sie okay?«, fragt Amber.

»Er denkt nach«, sagt Devon. »Oder er flippt gleich aus und bringt dich um.«

»Ruhe!«

Die Erkenntnis kommt mir schlagartig. »Ich weiß, wo wir suchen müssen.«

Kapitel 36

ARTENVIELFALT

»Sie sind noch nie hier gewesen, oder?«, fragt Devon. Seine Hand wandert in Richtung Waffe.

So langsam habe ich das Gefühl, er ist nur ein sehr verängstigter und schreckhafter Junge, was er hinter dieser aufgesetzten Tapferkeit verbergen möchte. »Entspannen Sie sich. Nein. Mir ist nur wissenschaftlicher Mist eingefallen. Sehen Sie das?« Ich zeige mit meiner Taschenlampe auf eine üppige Grünpflanze mit kleinen weißen Blüten. »Das ist Malvenartige Blasenspiere. Und was da herunterhängt, ist Amerikanische Wiesenraute.«

»Wachsen die auf Gräbern oder so?«, will Amber wissen.

»Sie wachsen auf vielen Dingen.«

Damit ist auch Devons Interesse geweckt, und er leuchtet mit seiner Taschenlampe umher. »Hier ist Blasenspiere.« Er zeigt auf einige Pflanzen. »Hier auch.«

»Hier ist auch welche!«, ruft Amber.

Ich gehe zu ihnen, um zu sehen, was sie gefunden haben. »Gut. Gut.«

»Was sollen wir jetzt tun?«, fragt Devon.

»Weitersuchen.«

Einige Minuten später stellt er fest: »Das Zeug ist überall.«

»Die Wiesenraute auch«, erklärt Amber.

»Ich weiß. Wir machen jetzt eine Bestandsaufnahme. Sie erkennen den Unterschied, oder?«

Die beiden nicken.

»Okay. Aber wir fügen noch ein drittes Gewächs hinzu.« Ich zeige auf ein weißes Gras mit kleinen weißen Blüten. »Das ist Bärengras. Jedes Mal, wenn Sie eine dieser Pflanzen sehen, rufen Sie den Namen laut aus. Haben Sie das verstanden?«

»Gibt es einen Preis zu gewinnen?«, witzelt Devon.

»Wir werden sehen. Bis jetzt ist es nur eine Vermutung.«

Die nächste halbe Stunde verbringen wir damit, die verschiedenen Namen der Pflanzen auszurufen, sobald wir sie sehen.

»Blasenspiere, Bärengras!«, ruft Amber.

Ich laufe zu ihr. Sie wachsen zwischen den dicken Wurzeln eines Baumes. »Machen Sie weiter.«

Ich dirigiere uns den Hügel hinunter in Richtung des kleinen Tals, das zwischen den Bergrücken und weit weg von der Straße liegt.

Wir halten Blickkontakt, während die Rufe immer seltener werden. Trotzdem führe ich das Ganze noch etwas länger fort.

»Blasenspiere, Bärengras und Wiesenraute. Ich habe die Dreierwette«, ruft Devon. »Toller Trick, damit wir auf den Boden starren, oder was?«

Ich laufe zu ihm. »Nein. Damit sollten wir herausfinden, ob wir alle drei Pflanzen zusammen an einer Stelle finden.«

Tatsächlich, hier wachsen alle Wildpflanzen nebeneinander. Devon steht auf einer kleinen Fläche am Fuße eines steilen Abhangs. Der Berg ist kahl, und aus der Erde ragen nackte Felsen heraus.

Der Ort ist ideal mit starker Erosion von oben. Wenn man hier etwas vergräbt, wandert es bei jedem Regenguss noch ein bisschen tiefer.

Amber kommt zu uns herüber. »Wächst eine von ihnen auf begrabenen Menschen?« Sie versucht gar nicht erst, das Entsetzen in ihrer Stimme zu verbergen.

»Ich weiß nicht, wessen Wachstum eine Leiche anregt. Außer vielleicht ein stärkeres Aufkommen, wenn sie nah der Oberfläche schnell verrottet und die Pflanzen düngt. Aber wenn sie tief unter der Erde liegt, bezweifle ich das. Doch das ist wirklich nicht mein Fachgebiet.«

Devon tritt mit dem Fuß gegen die Pflanzen. »Wonach suchen Sie also?«

»Nach einem Hinweis, dass jemand hier war und in der Erde gegraben hat.«

»Diese Pflanzen sind überall.« Devon zieht an einigen Bärengrashalmen.

»Ja. Aber an wie vielen weiteren Stellen wachsen alle drei nebeneinander?«

»An keiner.«

»Warum?« Ich suche den Boden nach etwas Ungewöhnlichem ab. »Oder anders gefragt: Warum wachsen sie woanders nicht nebeneinander?«

»Weil sie sich nicht mögen«, antwortet Amber.

»Genau. Die Pflanzen entwickeln ihr eigenes Unkrautvernichtungsmittel, das konkurrierende Arten abtötet. Aber es dauert eine Weile, bis ein Gewächs die Oberhand gewinnt. Gräbt man die Erde um, kultiviert man sie quasi und erzeugt eine Art Machtkampf unter den Pflanzen, die sich hier ausbreiten wollen.«

Devon versteht, worauf ich hinauswill. »Also was ist hier?«

»Wahrscheinlich nichts. Das war nur eine Theorie.«

»Wir sollten es überprüfen. Haben Sie eine Schaufel?«

Darauf war ich nicht vorbereitet. »Ich weiß nicht, ob wir hier graben sollten.« Der Gedanke, dass Chelsea unter meinen Füßen liegen könnte, macht mich nervös.

Jetzt mischt Amber sich ein: »Und jetzt? Sollen wir zum Polizeirevier fahren und dort erzählen, wir hätten ein paar schöne Blumen gefunden? Dann können wir genauso gut auch heimgehen.«

»Geben Sie mir Ihre Schlüssel«, sagt Devon. »Ich hole die Schaufel.«

Ich gebe sie ihm, ohne weiter darüber nachzudenken.

Als er oben auf dem Berg ankommt, ruft er uns zu: »Bis später, dummer Trottel!«

Ich wirbele herum. Er schüttelt den Kopf und lacht. »Was auch immer ihr beide tun wollt, ihr solltet euch beeilen.«

»Er ist so ein Idiot«, murmelt Amber, während sie auf den Boden starrt.

Ich glaube, ich weiß, was sie sich gerade fragt: Liegt meine Freundin wirklich da unten?

Devon verhält sich nur so idiotisch, weil er nervös ist. Es könnte für Amber die Ehrenrettung bedeuten.

Eine traurige Ehrenrettung. Solange die Menschen behaupten, sie spinne, konnte sie sich an die Hoffnung klammern, dass sie recht haben könnten.

Chelsea könnte irgendwo ein großartiges Leben führen.

Wenn Amber aber recht hat … wenn ich recht habe … dann verrottet sie unter unseren Füßen.

Ich spüre, wie ihre Schulter meine berührt. Unbeholfen lege ich eine Hand darauf. Ich weiß nicht, was ich sagen soll.

»Es tut mir leid, dass Sie Ihre Freundin verloren haben«, flüstert sie, während sie vermutlich an ihren eigenen Verlust denkt.

»Mir auch. Ich wünschte, ich hätte sie besser gekannt.«

»Ihr seid zu langsam. Oder zu schnell«, tadelt Devon uns, als er mit der Schaufel in der Hand den Berg herunterrutscht.

Als er die Tränen in Ambers Augen sieht, verstummt er.

»Hier?«, fragt er schließlich und zeigt auf den Boden.

Wir treten einen Schritt zurück. »Ja«, bestätige ich. »Die Stelle ist so gut wie jede andere. Vielleicht müssen wir einige Meter tief oder auch mehrere Löcher graben.«

Er gräbt etwas Erde um und entwurzelt dabei die Pflanzen. Ich untersuche den Boden und überlege, wie man feststellen kann, ob er bearbeitet wurde.

Devon türmt den nächsten Haufen auf. Ich nehme etwas Erde und lasse sie auf der Suche nach einigen Hinweisen durch meine Finger rieseln. Das könnte ewig dauern.

Plötzlich hört er auf zu graben. »Soll ich weitermachen?«, frage ich.

Als Devon nicht antwortet, schaue ich auf. Er starrt auf etwas. Amber tritt hinter ihn und schlingt ihm plötzlich die Arme um die Taille.

Wir brauchten nur drei Campingschaufeln Erde an der ersten Stelle, für die wir uns entschieden hatten.

Verschmutzt, aber unübersehbar liegt dort ein blauer Mantel.

Amber vergräbt ihren Kopf in Devons Schulter. Ich starre ihn ungläubig an. Er hält sich den Mund zu und schüttelt den Kopf.

»Ach du Schande. Ach du große Schande.«

Ich bin mir nicht sicher, wer von uns das gesagt hat. Aber ich weiß, dass wir es alle denken.

Kapitel 37

STERBLICHE ÜBERRESTE

Ich rede mir ein, dass es nur ein Stück blauer Stoff ist, auf den wir starren. Wir wissen nicht, ob es ein Mantel ist, geschweige denn, ob er Chelsea gehörte.

»Ist sie es?«, fragt Amber, als wüssten Devon und ich die Antwort.

Devon lässt die Schaufel sinken und schaut zu mir herüber.

Bis jetzt war alles Theorie gewesen. Als es Realität wird, ist es eine seltsame Mischung aus Entdeckerfreude und Horror.

Ich kam mehr aus einem Impuls heraus nach Hudson Creek, der auf einer auf Tatsachen beruhenden Vermutung gründete, die wiederum auf einigen wenigen Daten basierte. Mein Bauch und MAAT dachten, dass es hier etwas gibt, das zu dem Muster von Junipers Tod passt.

Nun starre ich auf etwas, das der Beweis sein könnte. Der analytische Teil meines Gehirns ist begeistert, und die Neuronen, die ihren Spaß haben, wenn ich ein Sudoku löse, sind voller Euphorie.

Aber ist es das, was ich denke?

Ist es Chelsea?

Devon stößt den Mantel mit der Schaufelspitze leicht an. »Sollen wir ihn ausgraben?«

Mein erster Impuls ist, direkt zur Polizei zu gehen. Aber mit was? Mit dem Foto eines Mantels auf dem Handy?

Vielleicht können wir sie tatsächlich davon überzeugen hierherzukommen, was sie damals nur sehr ungern tat. Aber was, wenn es nur ein Stück blauer Stoff ist?

Dann stände ich ziemlich dumm da.

Es gibt nur eine Lösung. »Wir müssen herausfinden, was darunter ist.«

Devon will nach dem Mantel greifen, doch ich packe ihn am Handgelenk, um ihn davon abzuhalten. »Warten Sie.« Das habe ich schon öfter im Einsatz oder im Labor getan, wenn die Aufregung mit einem sorglosen Studenten durchging.

Ich nehme ein Paar Latexhandschuhe aus meinem Rucksack und streife sie über. Ich habe sie immer dabei, falls ich auf einige Prüflinge stoße, die mir Schaden zufügen könnten oder die ich durch meine Berührung töten könnte.

Ich knie nieder und greife vorsichtig nach dem Mantel. Hätte ich das richtige Werkzeug, wäre es sinnvoller, zunächst noch mehr Erde abzutragen, bevor wir ihn herausziehen, sollte er auseinanderfallen.

Langsam hebe ich den Stoff an und er lässt sich etwas aus der Erde ziehen. Doch plötzlich bleibt er hängen und mir wird etwas mulmig bei dem Gedanken, dass Chelsea ihn noch immer tragen könnte.

Ich ziehe etwas kräftiger an ihm und ein beißender Geruch weht durch die Luft.

Würgend wendet Devon sich ab. Amber hält sich den Mund zu und weicht zurück, ohne den Blick von dem Loch zu wenden.

Ich habe viele tote Dinge im Einsatz gefunden. Doch das hier ist vermutlich der schlimmste Geruch, den ich je erlebt habe.

Ich streife mir das Hemd über Mund und Nase und ziehe den Mantel endgültig aus der Erde. Er ist völlig zerfetzt.

Zuerst halte ich es für eine simple Zersetzung. Aber dann entdecke ich fünf lange Risse in dem Stoff.

Als ich ihn beiseitenehme, kommt etwas Marmorweißes zum Vorschein.

Mit zwei Fingern wische ich wie mit einem Pinsel die Erde beiseite und lege einen Unterarm, Handgelenk und Finger frei.

»Verdammt!«, flüstert Devon.

Ich starre stumm auf den Arm und weiß nicht, was ich tun soll. Weitergraben? Bestätigen, dass es Chelsea ist? Mich vergewissern, dass es kein aufwendiger Dummejungenstreich ist?

Nein. Das hier ist Beweis genug. Das muss Chelsea sein.

Meine Zweifel erscheinen mir selbst albern. Wer soll es sonst sein? Andererseits sagt mir eine Stimme, dass dies hier nicht real sein kann. Sie weigert sich, es zu glauben.

Die Aufregung darüber, recht gehabt zu haben, wird durch die Tatsache weggewischt, dass die Dinge weitaus düsterer sind, als ich es mir vorgestellt habe.

»Geben Sie mir die Schaufel«, bitte ich Devon.

»Wollen Sie sie ausgraben?«, fragt er.

»Nein. Wir werden sie wieder zudecken.« Ich hole einen Müllbeutel aus meinem Rucksack und lege ihn über den Körper. Dann schaufele ich Erde darauf.

»Warum vergraben Sie sie?«, will Amber unter Tränen wissen.

»Weil das die Polizei machen muss. Das hier ist ein Tatort.«

»Ja, aber warum vergraben Sie sie?«

»Damit die Tiere sie nicht finden«, erklärt Devon.

»Wir legen ihren Mantel in einen Beutel und nehmen ihn mit. Aber vorerst müssen wir das hier schützen.«

Amber wischt sich mit dem Ärmel ihrer Jacke über die Nase. »Sollen wir den Notruf wählen?«

»Wir sollten Chelseas Mantel zur Polizei bringen«, meint Devon. »Sag Charlie Bescheid, dass wir uns auf dem Revier treffen. Das ist einfacher, als es am Telefon zu erklären.«

Ich schaufele das Grab wieder zu und lege einen Baumstamm über das Grab. »Damit markieren wir einerseits die Stelle und machen es andererseits den Aasfressern schwerer, die Leiche zu finden.«

Chelsea hat jetzt so lange da gelegen, ohne dass sie ausgegraben wurde. Doch jetzt, wo wir den Körper berührt haben und sich der Geruch verwesenden Fleisches wie Blut im Wasser verteilt, wissen alle Tiere in der Umgebung, dass hier etwas liegt.

Das Tageslicht wird immer schwächer und uns bleibt weniger als eine Stunde bis zur völligen Dunkelheit.

»Ich glaube, mir wird schlecht«, sagt Amber.

Mir geht es genauso. »Gehen Sie schon zurück zum Wagen. Ich komme nach, sobald ich den Mantel eingetütet habe.«

Devon nickt mir kurz zu, bevor er sie den Hügel hinaufführt.

Als sie außer Sichtweite sind, stecke ich den Mantel in eine Tüte und ziehe den Stamm, den sie mich über das Grab haben legen sehen, zehn Meter weiter den Hohlweg hinunter.

Angesichts der unheilvollen Umstände, unter denen wir uns kennengelernt haben, traue ich ihnen nicht. Ich habe keinen Grund zu glauben, dass sie irgendetwas mit der Leiche tun werden, erst recht nicht, da die Polizei innerhalb einer Stunde hier sein sollte. Doch der Wissenschaftler in mir rät mir, zusätzliche Vorsichtsmaßnahmen zu ergreifen.

Als ich zu meinem Wagen zurückkehre, liegt Amber in Devons Armen.

»Können wir sie zu Hause absetzen?«, fragt er. »Ich hole meinen Pick-up und wir beide treffen uns dann auf dem Revier.«

Obwohl die Bitte berechtigt ist, fühle ich mich dank des verschobenen Baumstamms besser.

»Natürlich.«

Die Rückfahrt zu ihrem Haus verläuft sehr still. Amber weint leise auf dem Rücksitz, als ihr nach und nach bewusst wird, dass ihre Freundin wirklich tot ist.

Devon schüttelt den Kopf und murmelt leise: »Ach du Schande. Ach du Schande.«

Kapitel 38

DER INFORMANT

Zu dieser späten Stunde ist der Parkplatz der Polizeistation von Hudson Creek bis auf ein halbes Dutzend Polizeiwagen und zwei Zivilfahrzeuge leer. Doch der Eingang hinter den Glastüren ist hell erleuchtet.

Ich greife nach dem Müllbeutel, der meiner Meinung nach Chelseas Mantel enthält, und gehe hinein.

So viele Dinge sind in den letzten Tagen geschehen. Von dem Verdacht, ich sei Junipers Mörder, über den Spott, den ich in dem Besprechungszimmer des Büros des Sheriffs von Filmount County ertragen musste, bis hierher war es eine seltsame Reise gewesen.

Doch dank der Beweise, die man hoffentlich in Chelseas letzter Ruhestätte entdecken wird, wird man eine Mordermittlung aufnehmen und Juniper zur Gerechtigkeit verhelfen.

Sheriff Tyson wird ihren Fehler und Detective Glenn seine Fehleinschätzung meiner Person einräumen müssen. Dieser Gedanke bereitet mir ein schuldbewusstes Vergnügen.

Ich muss mich selbst daran erinnern, dass das hier kein Disput unter Kollegen ist, der in einem Fachmagazin um die Ergebnisse einer Forschungsarbeit ausgetragen wird. Zwei junge

Frauen wurden ermordet und vielleicht gab es noch weitere Opfer.

Mein Ziel ist die Wahrheit. Mein Ego hat hier nichts zu suchen.

Die diensthabende Polizistin schaut auf, als ich das Revier betrete. Sie ist Mitte dreißig, hat die kräftige Figur einer Farmerstochter, und im Falle eines Kampfes wäre ich ihr sicherlich unterlegen. Hinter ihr sitzen zwei weitere Polizisten in Uniform und sind in eine Unterhaltung vertieft. Einer hat die Füße auf den Schreibtisch gelegt.

»Wie kann ich Ihnen helfen?«, fragt sie sachlich.

Ich kann mir die Verrückten, mit denen sie es nachts zu tun hat, nur vorstellen.

Ich lese ihr Namensschild. »Sergeant Palmer, ich möchte einen Hinweis zum Verschwinden von Chelsea Buchorn melden.«

Sie mustert mich einen Moment und bemerkt vermutlich die Schwellung in meinem Gesicht. »Buchorn? Ist die nicht weggezogen?« Während sie das sagt, greift sie nach einem Klemmbrett und geht eine Liste durch. »Ah, da ist sie ja. Ich wusste gar nicht, dass sie als vermisst gilt.« Sie legt das Brett wieder hin. »Und Sie haben Beweise für eine Entführung?«

Ich lege den Müllsack auf den Tresen. »Ich glaube, sie wurde ermordet.«

Palmer starrt auf die Tüte und legt die Hand auf die Waffe an ihrer Hüfte. »Ich muss Sie bitten, einen Schritt von dem Tresen zurückzutreten.«

Ich weiche zurück. »Entschuldigung. Ich weiß, dass das etwas seltsam erscheint.«

»Nehmen Sie einfach auf der Bank da drüben Platz.« Sie zeigt in Richtung der Wand gegenüber dem langen Schalter, bevor sie den beiden Polizisten, die sich gemächlich in der Ecke unterhalten, zuruft: »McKenna, Gunther, kommt ihr bitte mal?«

Sie sehen Palmers Haltung und springen auf, um zu sehen, was vor sich geht. Der eine, bei dem »McKenna« auf dem Namensschild steht, ist groß und hat einen dichten schwarzen Schnurrbart. Gunther ist kleiner, stämmiger und hat rote Haare.

»Was ist los?«, will McKenna wissen und schaut argwöhnisch zu mir herüber.

»Der Typ da sagt, er wüsste etwas über das Verschwinden von Chelsea Buchorn.«

»Ich dachte, sie wäre weggezogen«, antwortet Gunther.

»Das habe ich ihm auch gesagt.« Sie hält das Klemmbrett hoch, damit sie einen Blick darauf werfen können.

McKenna nimmt es und überfliegt es. »Vermutlich hat die Bundespolizei sie auf die Liste gesetzt.« Er schüttelt den Kopf. »Das müssen sie aktualisieren.«

»Was glauben Sie zu wissen?«, fragt Gunther mich.

»Ich habe ihre Leiche gefunden.«

McKenna lässt das Klemmbrett sinken. »Wie bitte?«

»Ihre Leiche. Ich glaube, ich habe sie gefunden.« Ich nicke in Richtung Mülltüte. »Und das da ist vermutlich ihr Mantel.«

Gunther geht zu der Tüte. »Was meinen Sie damit, dass Sie ihre Leiche gefunden haben? Dass Sie etwas gefunden haben, das ihr gehörte, weshalb Sie glauben, ihre Leiche liegt irgendwo in der Nähe?«

Während er das sagt, öffnet er die Tüte und setzt den fauligen Gestank verwesenden Fleisches frei.

»Oh, verdammt!«, stöhnt er.

McKenna zieht ein Paar blaue Handschuhe aus seiner Tasche. Er greift nach dem Mantel und zieht ihn aus der Tüte.

Erst in dem grellen weißen Licht des Polizeireviers erkenne ich, dass das, was ich für Schmutz hielt, rotbraune Blutflecken sind.

Gunther sieht die Risse in dem Mantel. »Ach du Schande.«

McKenna legt den Mantel wieder in die Tüte. »Wo haben Sie ihn gefunden?«

»Nahe dem Highway 90. Ich habe eine GPS-Position.«

McKenna knotet den Beutel zu. »Carole, ruf Steve Whitmyer an. Er soll herkommen.«

Sie greift nach dem Telefon.

»Gunny, hol eine Karte und lass Mister … Wie heißen Sie?«

»Theo Cray. Professor Theo Cray.« Ich nenne meinen Titel, damit ich nicht wie ein Spinner klinge, wirke dadurch aber wie ein Trottel.

»Nun, Professor, könnten Sie auf der Karte markieren, wo Sie die Leiche gefunden haben?«

Gunther winkt mich zu einem Tisch herüber. Er sucht in einer Schublade und zieht schließlich eine Karte heraus. »Wie haben Sie die Leiche gefunden?«, fragt er mich, während er nach einem Stift für mich sucht. Sein Gesicht scheint jede Farbe verloren zu haben.

»Ich habe nach ihr gesucht.«

»Nach ihr gesucht? Wie lange haben Sie gesucht?«

»Vielleicht eine Stunde?« Mein Blick wandert suchend über die Karte.

»Eine Stunde? Das war ziemliches Glück …«

»Kann man so sagen. Aber ich hatte eine Ahnung, wo ich suchen musste.« Ich zeige die Stelle auf der Karte. »Amber Harrison und ihr Freund Devon haben mir geholfen.«

Gunther schweigt einen Moment. »Aha! Okay, markieren Sie es auf der Karte.« Er schiebt mir einen Notizblock zu. »Hier können Sie Notizen machen.«

Ich kreise den Bereich ein und schreibe die Besonderheiten bezüglich des Stamms auf und wie man die Leiche findet.

Dann geht Gunther zu McKenna und Palmer hinüber. Mithilfe von Google Maps vergleiche ich den Standort mit der Karte, die sie mir gegeben haben.

Über die Schulter bemerke ich, wie die drei etwas miteinander besprechen. Doch sie reden so leise, dass ich sie nicht verstehen kann.

Amber und Devon sollten längst hier sein. Sie wollten außerdem dafür sorgen, dass ihr Freund Charlie, der Sohn des Polizeichefs, uns hier treffen würde.

Ich schreibe Amber eine SMS.

Wo seid ihr?

Dann wende ich mich wieder den Notizen zur Leiche zu. Als ich fertig bin, steht McKenna über mir. »Ist sie da?«

»Ja. Ich begleite Sie gerne und zeige sie Ihnen.«

»Wenn wir sie nicht finden können, bringen wir Sie dorthin. In der Zwischenzeit sollten Sie Officer Gunther alles erzählen, was Sie wissen. Dort drüben ist unser Besprechungszimmer.«

Gunther geht mit mir den Flur hinunter, und ich habe ein seltsames Déjà-vu, in dem man mich in einen Raum schob, um mit einem Polizeibeamten zu reden.

Damals hielt man mich für einen Mörder.

So, wie Gunther sorgfältig darauf achtet, einen gewissen Abstand zu mir einzuhalten, und mich aufmerksam beobachtet, habe ich nicht das Gefühl, wie ein besorgter Bürger behandelt zu werden.

Und ich habe noch immer keine Antwort von Amber und Devon.

Kapitel 39

STAFFAGE

Das sogenannte Besprechungszimmer erinnert mich sehr an einen Verhörraum.

In der einen Ecke steht eine Videokamera, wie in dem Raum, in dem ich zuletzt war. Gunther schließt einen Schrank auf und legt einige Schalter um. Das rote Licht leuchtet auf.

»Ich kann mir nicht gut Notizen machen«, erklärt er mit einem Nicken in Richtung Kamera. »Wir machen das nur, damit wir verstehen, wie Sie Ihren Worten zufolge die Leiche gefunden haben.«

Er bemüht sich, freundlich zu sein. Doch er wirkt eher herablassend und irgendwie distanziert. Er verfügt nicht über Detective Glenns Fähigkeit, sein Gegenüber unbemerkt durch eine Unterhaltung zu führen.

»Erstens, woher haben Sie das Veilchen?«, fragt er und zeigt mit einem Stift auf mein Gesicht.

»Das ist eine lange Geschichte.« Ich bin mir nicht sicher, ob wir die Zeit haben, eine Verwechslung zu erklären, bei dem zwei mit Meth zugedröhnte Köpfe glaubten, ich wollte eine Hure anheuern.

Zwei mit Meth zugedröhnte Köpfe, die immer noch nicht auf meine SMS geantwortet haben …

Mich beschleicht der Gedanke, Devon und Amber könnten sich in ihrem Haus gerade die Kante geben. Verdammt, auch das noch.

»Uns bleibt etwas Zeit. McKenna wartet noch auf Detective Whitmyer, bevor sie losfahren.«

»Ich bin gestürzt«, antworte ich. Das entspricht zwar nicht ganz der Wahrheit, doch ich erinnere mich genau daran, wie ich gestürzt bin, während man mich verprügelte.

»Sie sind gestürzt?« Er notiert sich etwas auf einem Stück Papier. »Das erzählen mir normalerweise Frauen, die von ihren betrunkenen Ehemännern misshandelt werden.«

Ich will gerade irgendwie das Thema wechseln, als Gunther es zum Glück fallen lässt und fortfährt.

»Wieso sind Sie sich so sicher, eine Leiche gefunden zu haben?«

»Oh … das habe ich ganz vergessen.« Ich ziehe mein Handy aus der Tasche und rufe das Foto auf, das ich gemacht habe. »Hier …«

Gunther nimmt das Telefon und starrt auf das Bild der blassweißen Hand. »Das haben Sie gemacht?«

»Vor weniger als einer Stunde. Genau dort, wo ich gesagt habe.«

»Warten Sie.« Er steht auf und verlässt mit meinem Handy den Raum.

Ich werde schon nervös, wenn es nicht in meinem Sichtfeld ist. Es in den Händen einiger verdächtiger Polizisten in einem korrupten Polizeirevier zu wissen, während ich selbst nicht in eine, sondern sogar in zwei Mordermittlungen verwickelt bin, macht mir Angst.

Was passiert, wenn Amber und Devon per SMS antworten, während sie mein Handy haben? Kann die Polizei es durchsuchen, weil ich es ihnen quasi ausgehändigt habe?

Selbst wenn es illegal wäre, bedeutet das nicht, dass sie es nicht tun könnten.

Obwohl Detective Glenn und seine Truppe mein Handy und mein Notebook beschlagnahmt hatten, hatten sie mich nie nach einem Passwort gefragt.

Zum Glück ist nichts Belastendes darauf. Höchstens ein paar persönliche – und peinliche – E-Mails und Webverläufe, wie man sie bei einem einsamen Mann erwarten kann. Nichts Schräges. Nichts, was man herumzeigen müsste.

Ich will gerade aufstehen und nach meinem Handy fragen, als ich etwas in meiner Tasche finde und mich entspanne. Mein persönliches Handy.

Ich habe das Foto mit dem Wegwerfhandy gemacht, das ich in der Tankstelle gekauft habe. Da ist nicht viel darauf …

Nein, das stimmt nicht. Das Einzige, was darauf ist, sind meine Unterhaltungen mit Amber. Aber ich habe ihnen bereits von Devon und ihr erzählt.

Das Wegwerfhandy mag suspekt sein, kann mich aber auch nicht mehr belasten als alles, was ich bereit bin auszusagen.

Gunther kommt wieder in den Raum und reicht mir mein Handy. Auf dem Display ist noch immer das Foto der Leiche zu sehen.

Nicht dass man nicht alles durchsehen und dann wieder zu dem Foto zurückkehren könnte.

Er schiebt mir eine Visitenkarte zu. »Schicken Sie das Foto und alles, was Sie haben, an diese Adresse.«

Er wartet, bis ich das Foto abgeschickt habe. »Das sieht tatsächlich wie eine Leiche aus.«

»Tauchen hier öfter Leute auf, die sich so etwas ausdenken?«

»Sie wären überrascht«, antwortet er nur. Irgendetwas ist faul an der Art, wie er mich fast defensiv beobachtet. »Also, wie haben Sie die Leiche gefunden?«

»Wie ich schon sagte, ich war auf der Suche nach Chelsea.«

Er macht sich eine Notiz. »Kannten Sie Chelsea?«

»Nein. Ich habe sie nie getroffen.«

»Haben Sie etwas im Internet gelesen? Arbeiten Sie für eine Vermisstenstelle?«

»Nein. Ich unterrichte Bioinformatik. Ich setze Computer in der Biologie ein.«

»Ich wusste gar nicht, dass das etwas Besonderes ist. Ich dachte, alle verwenden Computer.«

Ich kann nicht sagen, ob er tatsächlich so dumm ist oder nur so tut. »Nun, wir verwenden spezielle Simulationen und Vorgänge, um bestimmte Dinge zu verstehen. So habe ich Chelsea gefunden, oder besser gesagt, die Leiche, von der ich glaube, dass es sich um ihre handelt.«

»Ein Computer hat Ihnen das gesagt?«

Ich habe keine Lust, näher darauf einzugehen, wie MAAT funktioniert. »So in der Art.«

»Ein Computer hat Ihnen gesagt, wo sie vergraben ist?« Er kann seine Skepsis nicht verbergen.

»Nein, nein, nicht direkt.« So langsam werde ich nervös. »Der Computer, ich meine das Programm, hat mir gesagt, dass Hudson Creek ein sehr wahrscheinlicher Ort für den Mord an einer jungen Frau ist.«

Gunther sagt nichts, sondern wartet einfach ab, dass ich weiterrede.

»Ich habe alle Vermisstenmeldungen in meinen Computer eingegeben und nach denen gesucht, bei denen es sich um potenzielle Mordfälle handeln könnte. Dieser hier, Chelseas Fall, war der nächstliegende.«

»Am nächsten zu dem Ort, in dem Sie wohnen?«

»Nein, ich komme aus Austin. Ich war in Filmount.«

»In Filmount? Wo die junge Frau von einem Bären getötet wurde?«

»Ja. Sie war eine meiner Studentinnen. Und ich glaube nicht, dass es ein Bär war. Deshalb bin ich hierhergekommen.«

»Weil Sie glauben, dass ein Mann diese Frauen getötet hat? Von denen Sie eine persönlich kannten?«

»Ja. Genau.«

»Warten Sie einen Moment. Ich sehe nach, ob Whitmyer inzwischen hier ist.« Er verlässt den Raum ein weiteres Mal.

Ich gehe mein Handy auf Hinweise auf Amber und Devon durch. Immer noch keine Antwort. Also schreibe ich ihnen noch eine Nachricht.

Es macht keinen guten Eindruck, wenn meine beiden Zeugen zugedröhnt bis in die Haarspitzen hier auftauchen.

Ich werde immer nervöser. Was, wenn sie mir aus dem Weg gehen?

Momentan ist meine größte Sorge, dass Chelseas Leiche nicht mehr dort sein wird. Es ist nervenaufreibend, wenn man das wichtigste Beweisstück irgendwo unter freiem Himmel zurücklassen muss.

Ich wüsste nicht, warum Devon oder Amber ihre Leiche verstecken sollten. Auch wenn ich ihren Fundort verschleiert habe, weil ich den beiden nicht traue.

Gunther kommt mit zwei Bechern Kaffee zurück. »Whitmyer – der leitende Beamte – ist schon auf der Suche nach Ihrer Leiche.« Er bemerkt das Handy in meiner Hand. »Irgendeine Antwort von Devon und Amber?«

»Ich habe es gerade noch einmal versucht.«

»Die beiden sind nicht gerade zuverlässig. Wir schicken jemanden zu ihrem Haus.«

Ich bete, dass sie nicht sturzbetrunken sind.

»Also ein Computerprogramm hat Ihnen gesagt, wo Sie die Leiche finden? Mann, ist das eine App oder so etwas? Die hätte ich auch gern.«

Er hält mich für verrückt.

Ich mache ihm keinen Vorwurf. Wenn ich darüber nachdenke, was ich gesagt habe, überrascht es mich, dass sie mir nicht schon wieder Handschellen angelegt haben.

Bevor das passiert, sollte ich einige Dinge klarstellen. »Amber zeigte mir, wo sie Chelsea zuletzt gesehen hat. Wir haben dann die Umgebung nach Hinweisen auf ein Grab abgesucht.«

»Nach einer Art Markierung?«

»Nein, obwohl das hilfreich gewesen wäre. Wonach wir suchten, waren verschiedene Pflanzen, die nebeneinander an einer Stelle wachsen. Das ist ein Hinweis darauf, dass die Erde erst vor Kurzem bearbeitet wurde. Pflanzen erzeugen ihre eigenen Unkrautvernichter und kämpfen so um die Ressourcen. Letztendlich gewinnt nur ein Gewächs über ein kleines Stückchen Land.«

»Ich glaube nicht, dass sie mir das auf der Akademie beigebracht haben.«

»Nun, wäre einer Ihrer Ausbilder Botanikprofessor und Nobelpreisträger gewesen, der inzwischen Doktoranden am Institut für Technologie in Massachusetts unterrichtet, wäre das Thema vielleicht zur Sprache gekommen.« Und ich habe gerade vermutlich den Wettbewerb gewonnen, wer von uns beiden der selbstgefälligste Klugscheißer ist.

»Nein. Sie haben uns nur beigebracht, wie man Verdächtige mit Pfefferspray einsprüht und sie mit unseren Schlagstöcken verprügelt, ohne blaue Flecken zu hinterlassen.«

Seine Stimme klingt überhaupt nicht lustig, sondern eiskalt.

Ich rufe mir in Erinnerung, dass zwei seiner Kollegen im Gefängnis sitzen, sein Chef verdächtigt wird, Mitglied in einem

Drogenring zu sein, und die Menschen hier glauben, sie könnten »verschwindende« Personen sein.

Ich zwinge mich zu einem Lachen in der verzweifelten Hoffnung, damit die Spannung etwas aufzulockern. »Zum Glück stehe ich auf Ihrer Seite, auf der guten. Ich bin nur hier, weil ich das Richtige tun will.«

Gunther rührt sich nicht, sondern starrt mich nur an.

Verdammt!

Ein Klopfen an der Tür lässt mich hochfahren.

Palmer steckt ihren Kopf herein. »Lawson war gerade drüben bei Amber und Devon. War niemand zu Hause.«

»Was ist mit Charlie?«, will ich wissen. »Hat ihn irgendjemand angerufen?«

»Ja, McKenna. Charlie meinte, er habe den ganzen Tag nichts von ihnen gehört.« Sie mustert mich kurz, bevor sie geht.

Verdammt! Amber und Devon sind die Einzigen, die bestätigen können, wie wir die Leiche gefunden haben. Und jetzt sind sie verschwunden.

Vermutlich macht sie die Aufmerksamkeit nervös, die das Ganze auf sie lenkt.

»Sagen Sie mir, wie Sie zu Ihrem blauen Auge gekommen sind.« Das war keine Frage von Gunther, sondern eine Aufforderung.

Kapitel 40

WAHRSCHEINLICHKEIT

Wie sich herausstellt, ist Officer Gunther ein Fiesling. Ich habe solche Typen bereits früher getroffen. Meine Strategie war schon immer, Konflikte zu vermeiden und ihnen zu geben, was sie haben wollen.

Ihm zu erzählen, wie ich zu dem Veilchen gekommen bin, könnte die Sache für Devon und Amber schlimmer machen. Obwohl ich über das, was passiert ist, verärgert bin und noch immer Schmerzen habe, tun die beiden mir leid.

Außerdem müsste ich erklären, warum ich mich mit einer bekannten Prostituierten an einem der dunkelsten Orte getroffen habe. Würde ich die Geschichte aus zweiter Hand hören, glaubte ich sie mir selbst nicht. Klar, der einsame Professor wollte nur die junge Frau in einem verlassenen Gebäude treffen, um mit ihr zu reden …

Ich muss Gunther eine Grenze setzen. Mein Knie zittert wie verrückt, und es kostet mich alle Mühe, es unter Kontrolle zu halten.

»Wie sind Sie zu der Verletzung gekommen?«, fragt er erneut.

»Ich bin nicht hier, um darüber zu reden«, antworte ich zaghaft.

»Sie sind hier, um über alles zu reden, wonach ich Sie frage.«

Ich schaue zu der Kamera, die auf mich herunterschaut. »Ich glaube, ich möchte jetzt mit einem Anwalt sprechen.«

»Ihnen wurde nichts vorgeworfen.«

Ich denke über die Tatsache nach, dass irgendjemand dieses Video sehen wird. »Ich rede gern mit jemand anderem. Aber nicht mit Ihnen.«

Er starrt mich wütend an. Für denjenigen, der das hier sieht: Ich habe ihn fachgerecht verärgert. Er hatte gehofft, mich dazu zu bringen, etwas zu sagen, das mich in irgendeiner Weise verdächtig macht. Ich wollte reden. Jetzt nicht mehr, weil er ein Mistkerl ist.

Gunther stößt sich von dem Tisch ab, wobei er ihn so fest vorschiebt, dass er gegen mich stößt.

Wenn er einer der Polizisten ist, die man nicht verhaftet hat, will ich lieber nicht diejenigen treffen, die festgenommen wurden.

Er steht auf und beugt sich vor. »Sie halten sich für unglaublich clever?« Er greift in seine Tasche und zieht einen Schlüsselbund heraus.

Mit einem der Schlüssel hat er die Videoaufzeichnung gestartet.

Verdammt! Er geht zu dem Schrank mit dem Videogerät. »Alle haben gesehen, wie Sie völlig ramponiert hierhergekommen sind.«

Verdammt! Verdammt! Verdammt!

Plötzlich klopft es. Gunther schaut sichtlich verärgert über die Störung zur Tür. »Was?«

Palmer steht im Türrahmen. »Whitmyer will, dass du zum Tatort kommst.«

»Verdammt! Ich rede gerade mit einem Zeugen.«

Sie gibt ihm ein Zeichen, auf den Flur zu kommen. Widerwillig geht er hinaus, ohne mich aus den Augen zu lassen.

Die Tür steht einen Spaltbreit offen, und ich kann hören, wie sie ihm etwas zuflüstert.

»... er sagt, sie hätten eine Leiche gefunden.«

»Dann sollte ich ihn zum Reden bringen«, knurrt Gunther.

»Whitmyer sagte, gerade du sollst ihn in Ruhe lassen.«

»Verdammt!«, bellt er. Dann höre ich, wie eine Faust gegen die Wand schlägt.

Schließlich geht er stampfend fort.

Palmer kommt herein. »Sind Sie okay? Kann ich Ihnen etwas bringen?« Sie ist höflich und nett. Der Gegensatz ist verstörend.

Ich kenne die Verhaltensregeln hier nicht und habe Angst, überhaupt etwas zu sagen, kann es aber nicht lassen. »Muss ich noch einmal mit ihm reden?«

Sie schaut verstohlen den Gang hinunter und dreht sich dann wieder zu mir um. »Wir standen hier in letzter Zeit ziemlich unter Druck.«

»Ich habe davon gehört.«

Sie senkt die Stimme. »Chelsea war seine Cousine.«

Ach du Schande. Diese vier Worte verändern alles, was gerade passiert ist. Gunther ist zwar noch immer ein Mistkerl und ein Fiesling, aber jetzt verstehe ich ihn etwas besser. Glaube ich zumindest.

Palmer gibt mir ein Zeichen, ihr zu folgen. »Lassen Sie uns wieder nach vorne gehen. Ich muss das Revier im Auge haben, während alle draußen am Tatort sind.«

Ich setze mich auf einen Stuhl neben einem Schreibtisch, auf dem sich Fahndungsfotos stapeln.

»Whitmyer sagt, er schaltet morgen früh die Bundesforensiker ein. Im Moment versuchen sie, den Tatort abzusperren.«

»Ist sie es? Chelsea?«

»Ich weiß es nicht. Ich bezweifle, dass sie überhaupt versucht haben, das Grab mehr als nötig zu berühren. Die Spurensicherung soll für eine fachgerechte Ausgrabung kommen.«

Das ergibt Sinn. Ich bin an die Hollywood-Vorstellung gewöhnt, dass jedes Polizeirevier über eine kriminaltechnische Abteilung verfügt, die vierundzwanzig Stunden am Tag einsatzbereit ist.

»Sie sind also eine Art Bärenexperte?«, fragt sie.

»Nein. Ich bin zwar Biologe, aber Bären sind nicht mein Fachgebiet.« Nicht einmal annähernd.

»Oh! Ich bin mir sicher, dass Sie das Gunny bereits erklärt haben, aber woher wussten Sie, wo Sie suchen müssen?«

»Ambers Bericht und die Suche nach einer ungewöhnlichen Vegetation.«

»Oh!« Sie blinzelt mir zu, lässt dann aber das Thema fallen und geht wieder an ihre Arbeit. Mir fehlt der Mut zu fragen, was als Nächstes geschieht, also sitze ich einfach nur da.

Ungefähr eine Stunde später betritt ein sehr gepflegter Mann Anfang vierzig in einem dicken Mantel das Revier.

Er nickt Palmer zu, bevor er zu mir kommt: »Ich bin Whitmyer, der leitende Polizeichef. Sind Sie der Herr, der die Leiche gefunden hat?«

Ich stehe auf. »Ja, Sir.«

»Gute Arbeit. Gunny sagte mir, Sie seien Biologe und auf der Suche nach speziellen Pflanzen, die über Leichen wachsen.«

Mein Gott, das reicht. Ich sollte ein Buch über dieses Thema schreiben. »Im Prinzip, ja«, sage ich, weil ich keine Lust mehr habe, es noch einmal zu erklären.

Er gibt mir die Hand. »Nun, vielen Dank. Wir haben zwar bisher noch nicht bestätigt, dass es sich um Chelsea handelt.

Aber ich vermute es.« Er nickt in Richtung der Mülltüte auf dem Tresen, in der sich ihr Mantel befindet. »Ist das ihrer?«

»Ja.«

Er wirft Palmer einen Blick zu. »Hat irgendjemand daran gedacht, das als Beweis aufzunehmen?«

»Entschuldigung. McKenna hat es da liegen gelassen.«

Whitmyer zieht ein Paar Handschuhe aus seiner Tasche und schiebt sich eine Maske über das Gesicht. Vermutlich hat er sie schon am Tatort benutzt.

Vorsichtig löst er McKennas Knoten und schaut kurz hinein, bevor er die Tüte schnell wieder verschließt. »Carole, sorgen Sie bitte dafür, dass das hier eingeschlossen wird.«

Palmer nimmt die Tüte und geht den Flur hinunter.

»Sieht so aus, als wären Amber und Devon abgehauen«, sagt er.

»Warum sollten sie das tun?«

Whitmyer zeigt auf mein demoliertes Gesicht. »Devon?«

»Das war ein Missverständnis. Ich wollte mit Amber über das reden, was mit Chelsea passiert ist. Sie dachten, ich wollte etwas anderes.«

Er nickt wissend. »Wollen Sie Anzeige erstatten?«

»Nein. Ich bin nur hier, um herauszufinden, was mit Chelsea passiert ist und ob es eine Verbindung zu Juniper Parsons gibt.«

»Der jungen Frau, die in Filmount getötet wurde? Ein Bär, richtig?«

»Das glaube ich nicht. Deshalb bin ich hier.«

»Nun, wir lassen das Ganze kriminaltechnisch von der Bundespolizei untersuchen. Wo wohnen Sie?«

»Im Creekside Inn.«

»Bei Gus? Ein netter Kerl. Sind Sie morgen auch noch hier?«

»Ja. Ich muss zwar irgendwann wieder nach Austin zurück, kann aber noch ein paar Tage bleiben.«

»Okay. Dann nehmen wir Ihre Aussage morgen auf. Ruhen Sie sich in der Zwischenzeit etwas aus.«

Whitmyers ruhiges und professionelles Verhalten ist eine Erleichterung. Eine vernünftige Stimme in diesem ganzen Wahnsinn.

Er führt mich zur Vordertür. »Noch einmal vielen Dank. Ich werde mich mit Sheriff Tyson in Verbindung setzen, um herauszufinden, was sie weiß.« Er macht eine kurze Pause. »Haben Sie mit ihr in Filmount gesprochen?«

Bei dem Gedanken daran läuft es mir eiskalt den Rücken herunter. »Ja, schon … aber sie waren nicht sonderlich an dem interessiert, was ich zu sagen hatte.«

»Ich bin mir sicher, dass das hier ihr Interesse weckt.«

Mich beschleicht das Gefühl, dass das nicht gut für mich sein könnte.

Kapitel 41

STILLSTAND

Um elf Uhr morgens klopft es an der Tür meines Motelzimmers. Obwohl ich völlig erschöpft war, habe ich kaum geschlafen. Einen Teil der Nacht habe ich damit verbracht, meine Notizen zu sortieren und sie auf einem USB-Stick für die Ermittler zusammenzutragen.

Ich habe dabei so getan, als handele es sich um einen Bericht für ein Wissenschaftsmagazin. Sie sollen ein klares Bild von meinem Denkprozess und der Reihenfolge der Ereignisse bekommen, die zur Entdeckung von Chelseas Leiche geführt haben. Das könnte für meine Freiheit entscheidend sein.

Außerdem habe ich einige von MAAT generierte Daten sowie Anweisungen hinzugefügt, wie die Onlineversion auf meinem Webserver zu verwenden ist. Das FBI und andere Behörden verfügen sicherlich über bessere, speziellere Werkzeuge. Doch lokale Dienststellen wie Hudson Creek haben darauf vielleicht keinen Zugriff.

Neben den Informationen, wie ich Chelsea gefunden habe, gebe ich auch alle Hinweise über das Muster des Mörders weiter.

In den Händen von jemandem, der sich besser mit Ermittlungs- und Kriminaltechnik auskennt als ich, sollte dies ein guter Ausgangspunkt sein.

Ich bin nur eine einzelne Person und habe bereits nach einem Tag ein weiteres Opfer gefunden. Mithilfe der Strafverfolgungsbehörden könnten sie diesen Typen schon gefasst haben, bevor ich wieder in Austin bin.

Ich habe bereits zwei E-Mails bekommen, in denen man nachfragt, warum ich die Fakultätsversammlungen versäumt habe. Ich antworte ihnen kurz, dass ich momentan die Behörden bei einer Strafverfolgung unterstütze.

Diese Worte zu tippen, fühlt sich gut an. Frösche und seltsame Attraktoren zu jagen ist eine Sache, aber Verbrechen zu bekämpfen, etwas zu bewegen, etwas völlig anderes.

Außerdem habe ich eine Liste erstellt, worauf man bei Chelseas Leiche achten sollte. Entgegen der landläufigen Meinung kann Edelstahl durchaus ein Nährboden von Bakterien sein. Die Kriminaltechniker sollten versuchen, Bakterien zu züchten, die sie aus Chelseas und Junipers Wunden entnommen haben, und Ausgangsproben aus dem angrenzenden Boden nehmen.

Vielleicht entdecken sie eine Kultur, die zwar in den Wunden beider Opfer, nicht aber in der Erde oder in den unbeschädigten Körperteilen zu finden ist. Dies wäre ein Hinweis darauf, dass der Mörder dieselbe Waffe benutzt hat. Sobald man dann einen Verdächtigen gefasst hat, kann man durch die Überprüfung aller scharfen Gegenstände auf das gleiche Bakterium feststellen, ob er sich an beiden Orten aufgehalten hat.

Ich stelle einen Text zusammen, in dem ich detailliert auf die Laborverfahren eingehe, die ich verwendet habe, um ein statistisch signifikantes Ergebnis zu erhalten. Ich erkläre außerdem, wie sie mithilfe der DNA-Marker aus der Bakterienkultur mehr als nur den Bakterienstamm identifizieren können.

Vielleicht könnte ich mithilfe ihrer Daten MAAT nutzen, um für andere Auftraggeber konkretere Prognosen zu erstellen?

Das könnte ein interessantes Projekt sein. Wenn ich das nächste Mal mit Julian rede, werde ich ihm diesen Floh ins Ohr setzen. Vielleicht ist er ebenfalls daran interessiert.

Ich stehe auf und gehe zur Tür. Ein Polizeibeamter steht davor. Ein junger Mann, der laut seinem Abzeichen Wojtczak heißt.

»Professor Cray?«

Ich nicke und reibe mir den Schlaf aus den Augen.

»Ich soll Sie zum Polizeirevier begleiten. Man braucht Ihre offizielle Aussage.«

»Okay. Ich hole nur schnell einige Dinge.«

Er wartet geduldig, während ich mich anziehe und meine Notizen zusammensuche.

»Sie sind also der Mann, der die Leiche gefunden hat? Ich habe gehört, Sie hätten irgendeine Pflanze entdeckt, die nur auf toten Menschen wächst.«

Oh Mann, der Flurfunk. »So einfach ist das nicht.« Ich werfe mir den Rucksack über die Schulter. »Schon etwas gehört, ob man Devon und Amber gefunden hat?«

»Noch nicht.«

»Hat man die Leiche schon exhumiert?«

»Nicht dass ich wüsste. Die Kriminaltechniker der Bundespolizei waren den ganzen Morgen vor Ort. Sie kamen schon sehr früh. Vermutlich hat der leitende Rechtsmediziner bereits vor Ort eine Untersuchung durchgeführt.«

Ich bin froh, dass sie so umsichtig vorgehen. Chelseas Grabstätte könnte viele interessante Datenpunkte liefern.

***

Als wir im Polizeirevier ankommen, führt man mich in ein Besprechungszimmer, das wesentlich größer ist als das, in dem Gunther mich vergangene Nacht befragt hat.

Wie erstarrt bleibe ich im Türrahmen stehen, als ich Sheriff Tyson und Detective Glenn an einem Ende des Tisches sitzen sehe.

Die Szene ruft eine schmerzhafte Erinnerung in mir wach. Natürlich sollten sie hier sein, aber der Druck unseres letzten Zusammentreffens lastet noch immer auf mir.

Glenn schaut zu mir auf. »Was ist mit Ihrem Auge passiert, Professor?« Sein Ton ist freundlich.

»Lange Geschichte.«

Man weist mir einen Platz am anderen Ende des Tisches zu.

Whitmyer betritt den Raum. Er trägt ein Polohemd mit dem Logo der Polizei von Hudson Creek. Seine Stiefel sind mit Schlamm bespritzt. Er war vermutlich schon seit dem Morgen draußen vor Ort.

»Professor Cray.« Er gibt mir die Hand.

»Ist sie hier?«, will ich wissen.

Er schaut zu Tyson. Sie nickt. Vermutlich haben sie sich irgendwie geeinigt, wie sie den Fall handhaben. Ich bin froh, dass sie so gut zusammenarbeiten.

»Sie ist es, Professor. Es ist Chelsea Buchorn. Da nun alle hier sind, möchte ich Sie bitten, uns die Ereignisse der Reihe nach zu schildern, die Sie hergeführt haben.« Er zeigt auf mein Veilchen. »Sie sollten nichts auslassen. Es geht um Chelsea und Juniper.«

Also erzähle ich ihnen alles, was ich bereits Gunther gesagt habe. Ich erkläre ihnen MAAT und wie das Programm mich nach Hudson Creek geführt hat. Ich berichte präzise, wie wir die Leiche gefunden haben, und gebe ihnen einige Referenzen für den Fall, dass sie die Angaben überprüfen wollen.

Es ist anstrengend. Sie unterbrechen mich manchmal, um Details zu erfragen, aber es gibt keine Schuldzuweisungen. Keine Anklagen.

Zum Schluss lege ich den USB-Stick auf den Tisch. »Hier ist alles drauf. Wie Sie vermutlich das nächste Opfer finden.«

Sheriff Tyson beobachtet mich die ganze Zeit sehr genau und lässt Glenn die Fragen stellen. Manchmal zeigt sie auf einen Punkt auf einer Liste, ergreift aber nie selbst das Wort.

Als sie es endlich tut, überrascht sie mich.

»Professor Cray, ich möchte mich dafür entschuldigen, wie wir Sie behandelt haben. Durch den Tod einer nahestehenden Person standen Sie offensichtlich unter großem Druck. Trotzdem hätten wir Ihnen zuhören müssen.«

Ich bin völlig perplex und suche ungeschickt nach Worten. »Vielen Dank.«

Detective Glenn steht auf. »Ich habe großen Respekt für Ihre Beharrlichkeit.« Er beginnt zu applaudieren.

Nun klatschen auch alle anderen im Raum. Das Ganze ist so surreal, und ich bin den Tränen nahe. »Ich wünschte nur, Juniper hätte nicht sterben müssen. Oder Chelsea.«

Whitmyer greift nach dem USB-Stick und legt nachdrücklich die Hand auf meine Schulter. »Ich werde dafür sorgen, dass ›Fish and Wildlife‹ eine Kopie hiervon bekommt.«

»Großartig. Großartig«, antworte ich, bevor ich seine Worte richtig verstehe. »Warten Sie! ›Fish and Wildlife‹? Was ist mit den Strafermittlungsbehörden?« Ich schaue mich verwirrt um.

»Ich weiß, dass diese Situation für Sie sehr aufreibend ist«, erwidert Whitmyer. »Ich habe mit Sheriff Tyson und Detective Glenn über den Vorfall gesprochen. Mit Kummer kann man oft nur schwer umgehen. Aber wir besorgen Ihnen gerne Hilfe. Wir haben hier draußen einige Berater. Gute Berater.«

Ich suche in ihren Mienen nach einer Erklärung. »Was ist mit der Mordermittlung? Was ist mit der Suche nach dem Mörder?«

Whitmyer, Tyson und Glenn tauschen Blicke aus. »Theo, ich weiß, dass Sie das nicht akzeptieren wollen. Aber es war ein Bär. Wie bei Juniper. Dr. Wilson, der leitende Bundesrechtsmediziner, kommt in diesem Moment mit der Leiche zurück. Er sagt, alle Wunden stimmen mit einem Bärenangriff überein.«

»Aber sie wurde vergraben …« Meine Stimme wird schrill.

»Bären tun so etwas«, meint Glenn. »Und sie war sehr lange da draußen. Sie haben selbst erwähnt, wie die Erosion dazu beigetragen hat, die Leiche zu verbergen.«

Wieder erinnere ich mich daran, wie ich das letzte Mal in dieser Situation gewesen war. Jedes Mal, wenn ich mich aufrege, lande ich in einer Gefängniszelle.

So, wie Tyson mich beobachtet, weiß ich, dass sie die Sekunden hinunterzählt, bis ich um mich schlage.

Am liebsten würde ich tatsächlich den verdammten Tisch umtreten und brüllen. Doch ich tue es nicht.

Ich bleibe ruhig.

»Was ist mit Amber Harrisons Aussage?«

»Ich habe ihre erste Aussage aufgenommen«, sagt Whitmyer. »Sie war damals total high. Und sie meinte, es könnte auch ein Bär gewesen sein.«

»Aber jetzt ist sie davon überzeugt, dass es ein Mann war«, entgegne ich und versuche meinen Worten die Schärfe zu nehmen.

»Vielleicht. Aber selbst wenn wir sie fänden und sie eine Aussage machte, hätte sie nicht viel Gewicht. Wie zuverlässig sind Erinnerungen, je älter sie sind?«

Nicht sehr. Ich nicke nur. »Aber man wird doch eine vollständige kriminaltechnische Untersuchung durchführen, oder?«

»Auf jeden Fall.« Er grinst mich an.

»Und die Daten, die ich gesammelt habe?«

»Ich werde sie persönlich durchsehen. Aber ›Fish and Wildlife‹ können sie gut gebrauchen. Also werfen Sie das nicht weg.«

»Okay«, sage ich leise. »Kann ich jetzt gehen?«

Whitmyer begleitet mich zum Ausgang. »Ich wollte Ihnen noch einmal danken.«

»Gern geschehen.«

»Lange Fahrt nach Hause. Reisen Sie heute ab?«

»Wenn Sie mich nicht mehr brauchen«, sage ich ruhig.

»Ich bin mir sicher, wir werden häufig telefonieren.«

Ich verabschiede mich und gehe hinaus. Ich spüre seinen Blick, während er dem traurigen Professor Don Quichotte nachsieht.

Ich kann nichts mehr tun.

Ich habe es versucht.

Ich habe es wirklich versucht.

Es ist Zeit, nach Hause zu gehen.

In diesem Moment fährt ein Van auf den Parkplatz. Er trägt den Schriftzug RECHTSMEDIZINER BUNDESSTAAT MONTANA.

Darin liegt Chelseas Leiche.

Das sollte mir egal sein. Ist es mir aber nicht. Ich sollte abreisen. Aber ich tue es nicht.

Kapitel 42

DER LEICHENSCHÄNDER

Ich rede mir selbst ein, dass ich versuche, Leben zu retten, und es nicht nur darum geht, zu beweisen, dass ich recht habe. Da draußen läuft ein Mörder frei herum, und dieser Raum, aus dem ich gerade komme, ist voller Menschen, die das Offensichtliche nicht sehen.

Ich muss mich selbst dazu motivieren. Wenn ich zu viel darüber nachdenke, wird nichts passieren.

Ich verstecke mich hinter einem SUV und beobachte zwei Männer in Overalls der Rechtsmedizin, wie sie den Van verlassen und durch den Hintereingang das Polizeirevier betreten.

Wäre es ein anderer Van, würde ich das Ganze überhaupt nicht in Betracht ziehen. Hätte man ihre Leiche in einem Leichenhaus weggesperrt, wäre mir der Gedanke so fern wie die Oberfläche des Mars.

Doch der Van, auf den ich starre, ist ein Dodge Sprinter. Das gleiche Modell, das als Rettungswagen genutzt wird. In meiner Zeit als Sanitäter war er mir so vertraut wie mein Büro.

Und diese Vertrautheit lässt mich glauben, dass es sich hierbei nicht um einen Verstoß handelt. Außerdem hätte ich auch

Proben von Chelseas Leiche nehmen können, als wir sie gefunden haben.

Ich habe es nicht getan, weil ich geglaubt habe, die Ermittler würden ihre Arbeit gewissenhaft erledigen, um ihren Mörder zu fassen. Doch ich hatte mich geirrt.

Ich wüsste nicht, wie man ein Schloss knackt, wenn man mir eine Waffe an den Kopf hält. Zum Glück sind aber alle Sprinter-Rettungswagen, in denen ich gearbeitet habe, mit einem geheimen Schalter ausgestattet, damit man sie entriegeln kann, falls während eines Notrufs der Schlüssel verloren geht.

Verriegelte Türen können Leben kosten.

Mit diesem Schalter kann man den Wagen nicht starten, sondern nur die Türen öffnen. Alle Türen.

Bei meinem Rettungswagen befand sich dieser Schalter am Vorderrad auf der Fahrerseite.

Noch einmal schaue ich mich um, ob jemand in der Nähe ist. Dann gehe ich zu dem Fahrzeug hinüber, greife nach unten und suche nach dem Knopf.

Nichts.

Ich versuche es an der gleichen Stelle auf der Beifahrerseite. Meine Finger berühren etwas Gummiartiges und ich drücke darauf.

Klick.

Meine Haut kribbelt und das Adrenalin schießt durch meinen Körper. Es ist dieses Gefühl, das man hat, wenn man ein kompliziertes Rätsel gelöst hat.

Ich gehe zur Rückseite des Vans und probiere mein Glück. Der Griff lässt sich anheben und die Tür springt auf.

Plötzlich bekomme ich es mit der Angst zu tun. Doch ich rede mir selbst ein, dass ich nicht zögern darf, sondern tun muss, was getan werden muss.

Also schlüpfe ich hinein und schließe vorsichtig die Tür hinter mir.

Ich klemme mir meine Stiftlampe zwischen die Zähne und streife ein Paar Gummihandschuhe über.

Der Leichensack nimmt die Hälfte des Vans ein. Die Form der schwarzen Plane lässt vermuten, dass ihr Mund aufklafft und ihre Gliedmaßen seltsam verdreht sind.

Doch ich habe keine Zeit, den Todeskampf, den sie durchlebt hat, zu analysieren.

An der Universität habe ich Dutzende von Sektionen durchgeführt. Diese hier sollte nicht anders sein – abgesehen vom Grad der Verwesung.

In meinem Rucksack finden sich zwar einige Probenfläschchen, doch ich habe vergessen, eine Maske einzupacken. Puh! Das wird ziemlich unangenehm werden.

Doch ich habe keine Zeit, mich mit diesem Versäumnis aufzuhalten. Ich öffne den Reißverschluss.

Der Geruch ist übermächtig und ich versuche nicht zu atmen.

Wo Chelseas Körper nicht mit Blut und Schmutz bedeckt ist, ist er kalkweiß.

Eine Wunde zu finden ist nicht schwer. Es gibt so unglaublich viele.

Ihr Körper ist mit Schnitten übersät, als wären es die Streifen eines Tigers.

Jetzt verstehe ich, warum man es für einen Tierangriff hält. Er war so bösartig, dass ihr Kopf fast abgerissen wurde.

Bei diesem Anblick kommen mir selbst Zweifel.

Doch dafür habe ich jetzt keine Zeit. Ich muss mich selbst daran erinnern, dass die Wissenschaft mich hierhergeführt hat. Was auch immer ich glaube zu sehen, es gibt genauere Mittel, um zu verstehen, was geschehen ist.

Ich gebe vertrocknetes Blut und Gewebe aus drei verschiedenen Wunden in die Fläschchen – jeweils eine aus einer

Verletzung am Hals und am Arm und eine aus einer Stichwunde direkt unter ihrer linken Brust, die ihre Bluse zerrissen hat.

Anhand der Spuren in einigen Wunden kann ich sehen, wo der Rechtsmediziner seine Proben entnommen hat.

Wenn ich ein Bakterienexperiment durchführen möchte, brauche ich auch eine Probe von Chelseas Haut aus einem unverletzten Areal.

Unter ihrer Jeans, wo das Gummiband ihrer Unterwäsche noch intakt ist, kann ich einen schmutzfreien Abstrich nehmen.

Das sollte genügen. Irgendwann muss ich auch noch Proben von der Stelle nehmen, an der sie begraben wurde. Doch im Moment wimmelt es dort vermutlich nur so von Polizisten.

Das kann einige Tage warten.

Einige Tage … dann muss ich zurück nach Austin.

Vielleicht könnte ich nach dem Unterricht herkommen und Sonntagnacht wieder zurückfahren.

Halt, jetzt ist weder Zeit noch Ort, meinen Universitätskalender durchzugehen.

Ich schiebe die Behälter in meine Tasche und verschließe den Leichensack vorsichtig.

Schon ist sie wieder in ihrem Beutel verschwunden. Selbst wenn der Rechtsmediziner wüsste, dass eine andere Person Proben entnommen hat, könnte er wohl kaum sagen, an welchen Stellen.

Meine Handschuhe sind voller Schmutz und getrocknetem Blut. Ich ziehe sie aus und stecke sie in die Tasche.

Als ich nach draußen lausche, ist alles still.

Ich werde kurz panisch, als ich den Riegel zum Öffnen der Tür nicht finden kann. Was, wenn sich dieser Van nicht von innen öffnen lässt?

Meine Finger ertasten einen Griff und ich spüre die Erleichterung. Der Gedanke, die ganze Fahrt bis nach Helena bei diesem Gestank eingesperrt zu sein, ist erschreckend.

Langsam ziehe ich an dem Griff und schiebe die Tür nur so weit auf, dass ich hindurchschlüpfen kann.

Als ich einen Fuß auf den Boden setze, spüre ich, dass irgendetwas nicht stimmt.

Neben dem Geruch von Chelseas verwesendem Fleisch rieche ich Rauch.

Als ich mich umdrehe, sehe ich, wie Officer Gunther eine Zigarette austritt und mich anstarrt. »Was zum Teufel.« Seine Hand geht zu seiner Waffe. »Auf den Boden, jetzt!«, brüllt er.

Verdammt! Verdammt! Verdammt!

Kapitel 43

DER PRÜGELKNABE

Die menschliche Psychologie ist ein Konzept, das ich rein theoretisch erfassen kann. Meistens, nachdem ein gegebener Zeitpunkt vergangen ist. Doch irgendetwas an der Wut in Gunthers Augen und der primitiven Art, wie seine Nasenflügel beben, sagt mir, dass er wütend auf mich ist – und das nicht nur, weil er mich bei einem Vergehen erwischt hat. Abgesehen davon, dass sie Cousin und Cousine waren, muss es irgendeine Verbindung zwischen Chelsea und ihm gegeben haben. Und die hatte ich verletzt.

Mir ist außerdem klar, dass ich gleich in Handschellen auf dem Boden liegen werde und mir eine Anklage wegen Manipulation von Beweisen droht und wegen dessen, was die Gesetze dieses Bundesstaates für das Stehlen von Proben von einer Leiche vorsieht.

Meine Forschung, die Suche nach dem, was mit Juniper passiert ist, mein Leben – all das wird einen großen Umweg machen, sollte ich keinen Ausweg aus dieser Situation finden.

Ich bleibe stehen und versuche es mit der ersten Möglichkeit. »Ich wollte nur einen Blick auf die Wunden werfen.«

»Auf den verdammten Boden!« Er schießt die Worte regelrecht ab.

Dann zieht er tatsächlich die Pistole und zielt auf mein Gesicht. Ich stehe einen Zentimeter von einem Abzug entfernt, den er drücken wird. Dann wird eine Kugel durch meine Stirn jagen, meinen Schädel durchschlagen, in meinem Hinterkopf eine fünf Zentimeter große Austrittswunde hinterlassen und mein Gehirn hinter mir verteilen.

»Ich kann herausfinden, wer das getan hat …«

Ich bemerke, dass ich die Hände erhoben habe. Psychologisch gesehen bedeutet dies, dass ich mich bereits seiner Autorität übergeben habe. Er hat mich bei etwas Verbotenem erwischt, und ich gestehe dies körperlich ein, indem ich eine unterwürfige Körperhaltung einnehme.

Könnte ich die letzten Sekunden zurückdrehen, würde ich lächeln und nicht überrascht reagieren, wenn ich ihn sehe. Stattdessen starre ich ihn an – ein aufgeschreckter, verängstigter Mann, der mit seiner Körpersprache nichts als Schuld ausdrückt.

Wenn ich mich nicht völlig unterwerfe, wird er gleich einen Schritt nach vorn machen und seine Waffe gegen meinen Kopf drücken, während er mir die Handschellen anlegt. Er wurde ausgebildet, niemanden zu erschießen, der still stehen bleibt. Doch derjenige, der sich in irgendeiner Form seiner Verhaftung widersetzt, wird zum Freiwild.

Normalerweise töten Polizisten unbewaffnete Zivilisten, wenn sie irgendeine Form von Bedrohung bei dem körperlichen Kontakt wahrnehmen. Oder sie bekommen es mit der Angst zu tun und drücken den Abzug durch, ohne zu bemerken, wie viel Druck sie bereits auf ihn ausüben.

Manche Polizisten tragen Waffen mit höheren Abzuggewichten von zwei bis zweieinhalb Kilo, damit sie nicht so leicht aus Versehen abdrücken. Gunther scheint einen

Ein-Kilo-Abzug zu haben. Er scheint mehr als sicher zu sein, wie er sich in einer kritischen Situation zu verhalten hat. Die nächsten Sekunden könnten das bestimmen.

Ich bleibe zwar still stehen, während er um mich herumgeht, rede aber weiter. »Da ist etwas Ungewöhnliches an den Wunden. Ich denke, hier ist mehr …«

Er greift nach meiner rechten Hand und zieht sie hinter meinen Rücken. Ich leiste keinen Widerstand, weil ich weiß, dass er mir dann die Mündung seiner Waffe in die Niere pressen würde.

Also versuche ich es mit einer anderen Taktik, in dem ich seinen Namen und ein gemeinsames Ziel benutze.

»Gunther, wir können die Sache lösen.«

Die Handschelle zieht sich um mein Handgelenk.

Verdammt! Ich werde ihn nicht dazu überreden können, mich gehen zu lassen. Gunther ist voll engagiert. Er richtet seine Wut ganz auf das, was man ihm beigebracht hat.

Er greift nach meiner linken Hand und zieht sie ebenfalls nach hinten. Gleichzeitig steckt er seine Waffe wieder ins Holster, weil er sich sicher ist, dass er sie rechtzeitig ziehen kann, bevor ich theoretisch körperlich die Oberhand gewinnen könnte.

Jetzt ist der Augenblick gekommen, aktiv zu werden. Was in den nächsten Sekunden geschieht, wird mein Schicksal besiegeln.

Die Handschellen sitzen wieder so fest, dass sie mir ins Fleisch schneiden. Er legt eine Hand auf meine Schulter und die andere auf die Kette, während er mich flach gegen die Hauswand presst.

Ich werde ein Risiko eingehen müssen. Während ich Chelsea untersucht habe, war mir etwas an ihr aufgefallen – und an Gunther. Beide haben die gleiche breite Stirn und die gleiche Haarfarbe. Undeutlich, aber vorhanden. Die Art von

Gemeinsamkeiten, die man oft auf Familientreffen beobachten kann.

Gunthers Reaktion ist mehr als eine genetische Schutzreaktion.

Das war eine Überreaktion. Das war Scham.

Ich komme hier nur heraus, wenn ich untergehe.

»Ich weiß, was Sie getan haben.«

Er hält beim Abtasten kurz inne.

»Ich werde es niemandem sagen.«

Er richtet sich auf und bleibt dicht hinter mir stehen. Ich kann seinen Atem im Nacken spüren.

»Was glauben Sie zu wissen?«

Ich habe keinen Grund zur Annahme, er hätte irgendetwas mit dem Mord an Chelsea zu tun. Trotzdem weiß er vermutlich, dass er seinen Teil dazu beigetragen hat, warum sie so verwundbar wurde.

Dort muss ich ansetzen.

»Ich weiß, dass sie Ihre Cousine ist.«

Er schlägt mir mit der Faust in den Rücken und schleudert mich gegen die Wand. »Halten Sie den Mund.«

Das ist kein Leugnen. Seine Reaktion bestätigt, dass er sich für seine Beziehung schämt. Wenn schon diese Feststellung eine solche Wirkung hat, wird das, was ich gleich sagen werde, eine echte Antwort heraufbeschwören.

Ich nehme alle Kraft zusammen und sage es …

»Ich weiß, dass Sie sie flachgelegt haben.«

BUMM! Er tritt mir mit der Stiefelspitze in die Kniekehle und ich gerate ins Wanken. Den Bruchteil einer Sekunde später packt er mich im Nacken und lässt mich über sein Bein fallen.

Ich schlage mit der Seite auf dem Beton auf und es tut höllisch weh. Doch das ist nicht genug. Das ist noch lange nicht genug.

»Sie haben Ihre Cousine flachgelegt und sie zu einer Hure gemacht.«

»Halt dein Maul!« BUMM! Er tritt mir in den Rücken.

Ich krümme mich vor Schmerz und sehe sein knallrotes Gesicht. Auf seiner Stirn tritt eine Ader hervor – er hat die gleiche Stirn wie Chelsea.

Ich rechne schnell nach.

»Wie alt war Ihre Cousine, als Sie sie flachgelegt haben? Vierzehn? Fünfzehn?«

»Du glaubst, du wärst lustig?« Er beugt sich vor und schlägt mir so fest ins Gesicht, dass ich die Wucht bis in den Kiefer spüre.

Doch das ist noch immer nicht genug.

Ich zwinge mich zu einem Grinsen und biete ihm ein Ziel für seine Wut.

»Ich meine, ging es in erster Linie darum, ein Familienmitglied flachzulegen, oder stehen Sie einfach auf kleine Mädchen?«

Bei dem ersten Schlag gegen meinen Kopf sehe ich violette und rote Lichter.

Bei dem zweiten gibt mein Hals nach und mein Schädel schlägt auf dem Boden auf.

Die letzten Schläge haben mir Amateure verpasst. Die hier kommen von einem ausgebildeten Sadisten.

Der nächste Hieb ist so hart, dass ich nicht einmal spüre, wie ich das Bewusstsein verliere.

Kapitel 44

DER KRANKENHAUSPATIENT

Ich weiß, dass ich in einem Krankenhaus bin. Wann, wo und warum, ist mir ein Rätsel. Eine Ärztin mit hellbraunem Haar, rosafarbener Brille und feinen Linien in ihrem gebräunten Gesicht leuchtet mir mit einer Lampe in die Augen.

Sie hat ein hübsches Gesicht, aber sie ruft in mir ein Gefühl der Verletzbarkeit hervor, das stärker ist als jede Anziehungskraft. Ich will, dass sie mich bemuttert, was sie vermutlich die ganze Zeit schon tut.

»Theo? Sind Sie wach?«

Sie sagt noch etwas, aber mein Gesicht entlädt sich in einer Explosion von Schmerzen, als ich etwas sagen möchte.

»Nicht reden. Wir mussten Ihren Kiefer verdrahten.«

Ich schaue zu meinen Handgelenken hinunter, um zu sehen, ob sie an das Bett gekettet sind.

Sie sind es nicht.

Das bedeutet zwar nicht, dass ich nicht unter Arrest stehe, aber ihr Vorhandensein wäre die definitive Bestätigung gewesen, dass ich es bin.

Ich schaue mich in dem Zimmer um und versuche zu erkennen, wo ich bin.

»Sie sind im Blue Lake Hospital«, erklärt die Ärztin. »Schon seit zwei Tagen. Sie hatten Glück, dass Officer Gunther Sie gefunden hat. Er wird später vorbeikommen, um Ihre Aussage über die Männer, die Sie angegriffen haben, aufzunehmen.«

Diese Geschichte hat Gunther sich also ausgedacht. Und später wird er vorbeikommen, um sicherzugehen, dass ich mich daran halte.

Ich kann mich nicht erinnern, was nach dem letzten Schlag passiert ist, aber ich kann es mir vorstellen.

Gunther hat mir vermutlich die Handschellen abgenommen, mich in seinen Streifenwagen gepackt und in dieses Krankenhaus gefahren. Ich wette, es ist nicht das nächstgelegene zum Polizeirevier.

Genau diese Situation hatte ich versucht heraufzubeschwören. Hätte er mich verhaftet, wäre ich tatsächlich geliefert gewesen und im Gefängnis gelandet. Aber so brutal zusammengeschlagen zu werden, hatte ich nicht erwartet.

Die Prügel, die ich von Devon und seinem Kumpel bezogen hatte, sollten einem Fremden bloß Angst einjagen. Officer Gunthers Schläge entsprangen purer Wut. Das war etwas Primitives.

Einen kurzen Moment hatte ich einen Eindruck davon bekommen, was Juniper und Chelsea in ihren letzten Atemzügen gesehen hatten – wobei es bei ihnen vermutlich weitaus schrecklicher war. Bei mir war es nur brutal.

»Nicken Sie einfach, wenn Sie sich wach genug fühlen, damit ich Ihnen erzählen kann, was nun passiert.«

Ich nicke. Sie zieht sich einen Stuhl ans Bett heran und nimmt Platz. Auf ihrem Namensschild steht »Dr. Talbot«.

»Ihr Kiefer wurde ausgerenkt. Aber er ließ sich recht einfach wieder einrenken. Es ist nichts gebrochen. Aber ich möchte ihn noch für einen weiteren Tag stabilisieren. Außerdem wird er noch einige Zeit geschwollen sein, und ich würde Ihnen nicht empfehlen, im nächsten Monat riesige Sandwichs zu essen. Verstanden?«

Ich nicke wieder.

»Außerdem haben Sie eine Rippenknorpelfraktur. Die wird eine Weile wehtun, sollte aber von allein heilen. Ihr Gesicht ist ziemlich verbeult, aber Sie sollten bald wieder normal aussehen. Falls Sie es nicht schon einmal in Erwägung gezogen haben, wäre jetzt ein guter Zeitpunkt, über eine Nasenkorrektur nachzudenken.« Sie grinst mich an. »Also, Sie werden keine bleibenden Schäden zurückbehalten. Aber Sie werden einige Zeit Schmerzen haben. Fürs Erste bekommen Sie Schmerzmittel. In ein paar Tagen sehen wir dann weiter. Anschließend empfehle ich Ihnen Ibuprofen oder Bier.«

Ich hebe die Hand vor das Gesicht und wedele mit den Fingern.

»Sie wollen einen Spiegel? Sind Sie sicher?«

Ich nicke. Sie zieht einen kleinen Handspiegel aus der Schublade meines Beistelltischs und hält ihn mir vor das Gesicht.

Meine Wangen sind nichts als violette und gelbe Fleischklumpen. Entlang meines Kiefers verläuft eine lange blaue Linie, die von aufgeplatzten Blutgefäßen gesäumt wird.

Als Rettungssanitäter habe ich die Folgen vieler Schlägereien gesehen. Meistens konnte man den Vorfall anhand der Wunden erkennen. Kneipenschlägereien zogen oft Verletzungen nahe den Augenhöhlen und gebrochene Rippen nach sich, wenn der Angreifer sein Opfer schon auf dem Boden hatte und nach ihm getreten hat – also im Prinzip das, was mir passierte, als Ambers Freunde auf mich losgegangen sind.

Bei Einsätzen wegen häuslicher Gewalt bekam ich oft zahlreiche geplatzte Blutgefäße im Gesicht zu sehen, nachdem der Angreifer dem Opfer immer wieder ins Gesicht geschlagen hatte. Solche Schläge waren eine Art strafende Antwort. Das hatte nichts mit Verteidigung zu tun.

Damit will man Schmerzen verursachen, mit einem Fausthieb den anderen außer Gefecht setzen.

Nachdem Gunther mich niedergeschlagen hatte, schlug er mir ins Gesicht. Ich hatte etwas sehr Persönliches in ihm angesprochen. Es ging nicht nur darum, dass ich ihn wegen seiner sexuellen Beziehung mit Chelsea gedemütigt hatte. Ich hatte etwas anderes berührt – ohnmächtige Wut. Er hatte sie nicht schützen können, das Mädchen, das er verletzbar gemacht hatte. Stattdessen hatte er diese ganze Energie auf mich gelenkt. Als ich bewusstlos auf dem Boden lag und Gunther seine Faust öffnete, um mich zu schlagen, hat er sicherlich nicht mein Gesicht gesehen. Vielleicht war es sein eigenes oder, noch widernatürlicher, Chelseas.

Talbot tätschelt mein Knie. »Ich lasse Sie jetzt in Ruhe, damit Sie sich etwas ausruhen können. Wenn die Schwellung zurückgeht, können wir den Verband vielleicht schon im Laufe des Tages von Ihrem Kopf nehmen. Ihre Wunden heilen sehr schnell. Hoffentlich bleibt das so.«

Nachdem sie gegangen ist, starre ich auf die Vorhänge. Das Tageslicht fällt durch die im Wind schwankenden Äste und wirft ein hypnotisches Muster. Durch einen schmalen Spalt kann ich in der Ferne die schneebedeckte Spitze eines Berges sehen.

Dank der vielen Schmerzmittel bin ich mental sehr gelassen. Wenn ich meinen Mund nicht bewege, könnte ich die Schmerzen, die mein Körper durchlebt hat, fast vergessen. Ich sollte es genießen, solange ich kann. Die kommenden Tage werden äußerst schmerzhaft werden.

Und dann?

Kapitel 45

ABREISEN

Ich mache Notizen auf einem gelben Block, den Dr. Talbot mir freundlicherweise gegeben hat, nachdem sie bemerkt hatte, dass ich die Fernbedienung für den Fernseher nicht angerührt habe.

Ich denke über eine Art Gleichung nach, eine stark vereinfachte Version von MAAT. Ich habe Chelseas Leiche ziemlich schnell gefunden, nachdem ich erst einmal verstanden hatte, wie ich den Suchbereich einschränken musste, um den Boden zu finden, der vor Kurzem erst bearbeitet wurde. Ich weiß nicht, inwiefern die lokale Pflanzenwelt in anderen Landschaften mitspielt, aber für diese Region von Montana hat es ganz gut funktioniert.

Die Gleichung ist eher ein Programm, eine Art Entscheidungsbaum. Sie beginnt mit der Berechnung der Wahrscheinlichkeit, dass es eine vermisste Person gibt, die in das Gefährdungsprofil passt, und dem Abgleich mit den geografischen Angaben und der Bevölkerungsdichte. Theoretisch könnte ich einige Variablen austauschen und an anderer Stelle einsetzen. Statt nach Pflanzenvariationen zu suchen, könnte ich mithilfe topologischer Daten berechnen, wo nach Meinung eines Mörders der abgelegenste und dennoch zugängliche Ort sein könnte, um eine Leiche zu verstecken. Forensiker suchen mithilfe von Methansonden nach zersetzenden Körpern. Eine andere Möglichkeit wäre, mit Ultraschall die Bodendichte abzusuchen und zu bestimmten Tageszeiten Wärmebilder anzufertigen. Ein vergrabener Körper setzt je nach Umgebung unterschiedliche Temperaturen frei.

Eine andere Überlegung ist der Einsatz des LIDAR-Systems – das sind Laser, die 3D-Landschaften kartografieren. Wenn ich könnte, würde ich überprüfen, ob es irgendwelche Vertiefungen oder Aushebungen gibt, die annähernd der Größe eines Körpers entsprechen. Dies könnte statistisch signifikant sein und eine weitere Möglichkeit bieten, große Landstriche in kurzer Zeit abzusuchen.

Plötzlich klopft es an der Tür und Dr. Talbot steckt den Kopf herein. »Gut, Sie sind wach. Dann wollen wir mal Ihr Gesicht kontrollieren.«

Sie setzt sich auf die Bettkante und tastet vorsichtig die Konturen meines Gesichts ab. Ihre Augen faszinieren mich. Sie führt eindeutig eine klinische Bewertung durch, aber ein gewisses Mitgefühl ist offensichtlich – nicht unbedingt für mich als Person, aber für meinen Körper, für mich als Patient.

»Lassen Sie uns mal sehen. Blinzeln Sie, wenn es wehtut.«

Sie fährt mit ihren Fingern an meinem Kinn entlang. Das tut zwar etwas weh, ist aber nichts im Vergleich zu gestern. Ich blinzle nicht.

»Gut. Ich werde Ihnen den hier jetzt abnehmen.«

Sie wickelt den Verband ab, der meinen Kiefer zusammengehalten hat, und legt ihn beiseite.

»Okay, öffnen Sie jetzt langsam den Mund. Hören Sie auf, wenn Sie einen Schmerz verspüren.«

Ich bekomme die Zähne etwas auseinander, bevor ich einen scharfen Schmerz hinten im Mund spüre. Ich höre auf.

Sie misst mit einem kleinen Lineal den Abstand zwischen meinen Zähnen. »Nicht das wissenschaftlichste Werkzeug, aber mein Dad war Tierarzt und bei ihm hat es gut funktioniert. Die gute Nachricht ist, dass Sie jetzt von Flüssignahrung auf alles wechseln können, das auf einen Löffel passt. Ich lasse Ihnen etwas Suppe bringen. Hört sich doch gut an, oder?«

»Ja, Ma'am«, antworte ich mit kratziger Stimme.

»Sie brauchen etwas Flüssigkeit. Draußen wartet übrigens ein besonderer Besucher.«

Ich schaue zur Tür und hoffe, Jillian zu sehen. Stattdessen steht Officer Gunther dort.

Für einen Moment zittert mein ganzer Körper. Ich weiß nicht, ob das eine Antwort von der höheren Ebene oder eine Erinnerung der Muskeln ist. So oder so, mir dreht sich der Magen um und mir wird eiskalt.

»Sehen Sie, wer da ist, Theo. Der Mann, der Sie gerettet hat.« Dr. Talbot lächelt mich freundlich an und drückt meine Schulter. »Ich wette, Sie freuen sich, ihn zu sehen.«

Ich starre Gunther an und nicke. »Sie haben ja keine Ahnung.«

»Ich lasse Sie beide jetzt allein, damit Sie alles klären können.« Sie steht auf und geht zu Gunther. »Schön, dass Sie nach ihm sehen.«

»Ja, Ma'am«, antwortet er unbehaglich.

Ehrlich gesagt, bin ich erleichtert zu sehen, dass ihm die Lüge nicht aalglatt über die Lippen geht. Dann würde ich vermuten, er wäre ein Soziopath. Stattdessen nimmt er dieses Lob unbeholfen an, während er versucht, nicht auf mein zerbeultes Gesicht zu starren.

Er schließt die Tür hinter ihr und setzt sich auf einen Stuhl in der Ecke. Den Blick auf den Boden gerichtet, schlaffe Körperhaltung. Er will mich nicht anschauen und so den Schaden sehen, den er in meinem Gesicht angerichtet hat.

»Sie hätten nicht in diesem Van sein dürfen«, sagt er nach einer unangenehmen Stille.

Im Moment kämpft er mit dem, was er getan hat, und versucht zu entscheiden, ob er mich nicht doch hätte verhaften müssen.

»Sie werden Chelseas Mörder nicht finden«, antworte ich.

»Woher wissen Sie das?«

»Ich habe gesehen, was mit meiner Freundin Juniper passiert ist. Sie sagen immer wieder das Gleiche.«

Erleichtert, dass es in dem Gespräch nicht darum geht, was er mir angetan hat, sucht er schließlich meinen Blick. »Sie wissen nichts über Chelsea und mich.«

»Sie haben sich vermutlich oft um sie gekümmert.« Ich lasse unerwähnt, dass er sich gleichzeitig für das schämt, was aus ihr geworden ist.

»Ich war wie ein Bruder für sie. Ihre Eltern waren nur selten da, und ich musste nach ihr sehen.« Er macht eine kurze Pause. »Als sie älter wurde …«

Das hier ist eine Kleinstadt. Da ist die Anzahl verfügbarer Frauen begrenzt. Daher sind Verwandtenehen in vielen Teilen der Welt die Regel – deshalb und weil es dadurch leichter ist, das Eigentum in Nullsummen-Gesellschaften zu erhalten.

»Als ich Sie aus dem Van habe steigen sehen … Verdammt noch mal … Und dann haben Sie einfach nicht aufgehört zu reden. Was zum Teufel haben Sie da drin gemacht?«

»Nach Bakterien und Haarproben gesucht.«

»Den ganzen Wissenschaftskram machen sie doch im Landeslabor.«

»Nicht so, wie ich es kann. Da stecken zwanzig Jahre hinter den Hilfsmitteln, auf die ich Zugriff habe.«

»Oh, echt? Und wie gut sind diese Hilfsmittel vor Gericht?«

»Das Gericht ist mir im Moment egal. Ich will einen Mörder finden.«

»Meinen Sie das ernst?«

»Ernst genug, um wie ein Wasserfall zu reden, damit Sie mich ins Krankenhaus prügeln anstatt mich ins Gefängnis zu werfen. Dort hätte ich das, was ich angefangen habe, nicht mehr zu Ende bringen können.«

Er schüttelt den Kopf. »Ich wusste, dass Sie mich wütend machen wollten.«

»Und jetzt bin ich hier und nicht im Gefängnis.«

»Da könnten Sie immer noch landen.«

Ich zeige auf mein demoliertes Gesicht. »Sie hätten behaupten können, ich hätte mich meiner Verhaftung widersetzt, und wären vielleicht damit durchgekommen. Aber jetzt nicht mehr. Sie waren mein Freischein aus dem Gefängnis.«

»Vielleicht. Vielleicht auch nicht.« Er steht auf. »Ich habe ein paar Ihrer Sachen mitgebracht. Ihr Rucksack steht im Schrank.«

»Sagen Sie mir jetzt, dass ich mich aus der Stadt scheren soll?«

»Mir ist es völlig egal, was Sie tun. Halten Sie sich nur von mir fern. Irgendetwas stimmt mit Ihnen nicht.«

Ehrlich.

Nachdem er gegangen ist, kämpfe ich mich aus dem Bett. Obwohl die Kraft da ist, fehlt mir wegen der Schmerzmittel ein wenig das Gleichgewicht. Ich denke, ich werde die nächste Runde Tabletten aussetzen und sehen, wie es mir dann geht.

Ich hole meinen Rucksack aus dem Schrank, um an mein Notebook zu kommen. Als ich ihn öffne, liegt eine Asservatentüte auf meinen Sachen.

Darin befinden sich die Proben, die ich von Chelseas Leiche genommen habe.

Er hat sie mir gelassen.

Kapitel 46

DER WISSENSCHAFTLER

Ich schließe die Augen und öffne den Mund gerade so weit, dass eine Gabel Kirschkuchen hineinpasst. Der hintere Teil meines Kiefers fühlt sich wie ein Metallmahlwerk an, das meine Nervenenden attackiert. Doch ich halte die Schmerzen lange genug aus, um die Gabel in den Mund hineinzuschieben, bevor ich sie schnell wieder herausziehe.

Zuerst trifft der knusprige Boden auf meine Zunge, dann die sauren Kirschen, und schließlich stürmt eine Lawine Schlagsahne darüber hinweg, als ich alles durcheinanderwirbele. Der Schmerz reduziert sich auf ein dumpfes Hintergrundgetöse, während ich mich auf den Geschmack konzentriere.

Als ich die Augen öffne, bemerke ich, dass Jillian inzwischen neben Gus Platz genommen hat. Die beiden schauen mich ziemlich seltsam an.

»Soll ich es Ihnen pürieren?«, fragt sie.

»Wollen Sie mit dem Kuchen lieber allein sein?«, will Gus wissen.

»Entschuldigung. Ist mein erstes festes Essen seit Tagen.« Ich spieße ein weiteres Stück auf. »Er ist sehr lecker, Jillian.«

»Aber schwer zu essen.«

»Nur, wenn ich den Mund aufmache. Aber er ist es wert.«

Sie tätschelt meinen Handrücken. »Dann schaufeln Sie ihn hinein.«

Ich bemerke, wie ihre Fingerspitzen für einen Moment auf meinen Knöcheln ruhen und dann zur Seite gleiten, wo sie die Bereiche zwischen meinen Fingern streicheln. Ich weiß nicht, ob das ihre Absicht war, aber es hat etwas durchaus Sinnliches.

Sie schaut mich lange an. »Ich kann nicht glauben, dass man die Mistkerle, die Ihnen das angetan haben, nicht gefasst hat.«

Gus und sie anzulügen, ist mir äußerst unangenehm, aber ich will in nichts rühren, was schon wieder vorbei ist. »Ich bin mir sicher, dass es eine Verwechslung war.«

»Zu schade, dass Sie sie nicht richtig gesehen haben.«

»Ja. Zu schade.«

Gus schaut kurz zu Jillian hinüber, bevor er mich fragt: »Also, Dr. Cray, werden wir Sie in Zukunft öfters an diesem Tisch sehen?«

»Ich muss am Montag wieder an der Universität sein. Die Kurse fangen an.«

»Ich wette, Sie können es gar nicht mehr erwarten zurückzufahren«, meint Jillian.

»Ja …« Ich fahre mit der Gabel die Kirschfüllung auf meinem Teller nach. Sie erinnert mich an die klaffenden Wunden, die ich an Chelseas Körper gesehen habe, und plötzlich ist mir der Appetit vergangen. »Aber vielleicht sollte ich nicht sofort wieder loslegen.« Ich zeige auf mein geschwollenes Gesicht. »Ich bin mir nicht sicher, ob ich das hier meinen Studenten gleich an ihrem ersten Tag zeigen will.«

»Können Sie sich denn einfach freinehmen?«

»Natürlich. Ist ja nur ein Anfängerkurs. Es gibt genügend Hilfskräfte, die ihn leiten können.«

Das entspricht zwar nicht ganz der Wahrheit, doch vielleicht kann ich die Dekanin dazu bringen, meine Abwesenheit für ein oder zwei Tage abzusegnen, sofern ich jemanden finde, der mich vertritt. Doch sollte ich länger als eine Woche zu Beginn des Semesters fehlen, kann ich gleich um meine Entlassung bitten.

Ich habe die ganze Zeit überlegt, was ich tun werde, und mein Mund hat mir gerade mehr oder weniger die Antwort geliefert. Vielleicht war es die Art, wie Jillian gefragt hat. Vielleicht sind es das Bild von Chelseas Leiche und der Gedanke, dass Junipers Mörder noch immer dort draußen herumläuft.

Ich muss die Universität darüber informieren, dass ich zum Semesterbeginn nicht dort sein werde. Als mein Blick auf mein Spiegelbild im Serviettenhalter fällt, wird mir plötzlich bewusst, dass Officer Gunther mir eventuell einen zweiten Gefallen getan hat.

Dr. Bacall, meine Vorgesetzte, ist ein Großstadtsnob und glaubt, der Rest der Welt bestehe nur aus hinterwäldlerischen, primitiven Höhlenbewohnern. Ich muss ihr nur eine E-Mail schicken, in der ich ihr erkläre, dass mich irgendein Hinterwäldler hier draußen angegriffen hat, und ihr eines der Fotos schicken, das ich im Krankenhaus von mir gemacht habe.

»Also, Gus, kann ich das Zimmer bei Ihnen für eine Woche oder so mieten?«

»Wir könnten etwas aushandeln. Ich könnte Ihnen im Preis entgegenkommen, wenn Sie mir bei dem ein oder anderen zur Hand gehen.«

Das leise Lächeln auf Jillians Gesicht entgeht mir nicht. »Okay. Ich muss mich jetzt um die anderen Tische kümmern. Schön, dass Sie vielleicht ein bisschen länger bleiben.«

Gus sieht ihr nach und dreht sich dann zu mir um. »Was werden Sie aus dieser Situation machen?«

»Situation?«

»Brauchen Sie denn für alles ein Mikroskop? Die Frau mag Sie.«

»Oh! Sie ist toll. Aber ich werde nicht lange genug bleiben.«

Er schaut zur Decke und schüttelt den Kopf. »Sie sind der dümmste Schlaukopf, den ich je getroffen habe. Das ist ein Grund, warum sie Sie mag. Sie sind eine Affäre, keine langjährige Romanze. Eine glückliche Fügung, die nicht allzu lange andauert.«

Nervös schaue ich über die Schulter, um sicherzugehen, dass sie uns nicht hören kann. »Deshalb bin ich nicht hier.«

»Wie Sie wollen. Warum sind Sie also hier?«

»Um herauszufinden, wer Juniper und Chelsea getötet hat.«

»Ist das alles? Es gibt tausend Polizisten in diesem Bundesstaat und ausgerechnet Sie finden den Mörder?«

»Es gibt tausend Polizisten in diesem Bundesstaat, und keiner von ihnen glaubt, dass es überhaupt einen Mörder gibt. So langsam glaube ich, der Mörder ist vielleicht gar nicht so schwer zu finden, wenn man erst einmal weiß, wo man suchen muss.«

»Und dann?«

»Was meinen Sie damit?«

»Angenommen, Sie finden diesen Mörder. Was passiert dann? Verhaften Sie ihn? Gehen Sie zur Presse? Töten Sie ihn?«

»Mein Gott. Ich bin nicht Batman. Ich … ich weiß es nicht. Ich gehe zur Polizei.«

»Zu der Polizei, die glaubt, Sie seien verrückt und es gäbe eine Epidemie von Killerbären?«

»Ich weiß es nicht.«

Gus starrt mich an, und ich fühle mich wie ein kleines Kind. »Das ist kein Forschungsbericht. Das endet nicht mit einer abschließenden Zusammenfassung und einem Diagramm. Sie reden davon, einen Mörder zu finden und der Welt zu sagen, wer er ist. Dabei werden Sie einige Steine umdrehen, die nicht bewegt werden wollen. Schauen Sie sich doch nur Ihr Gesicht an.«

»Ich weiß nicht genau, wovon Sie reden …«

»Was weiß ich. Einer von Chelseas Freunden holt Sie? Irgendjemand wird nervös, wenn Sie erzählen, Sie hätten die Leiche gefunden?«

»Was wollen Sie mir sagen?«

»Ich habe Ihnen gesagt, dass diese Stadt eine schwärende Wunde ist. Sie wurden zweimal verprügelt, nur weil Sie Fragen gestellt haben. Was passiert wohl, wenn Sie der Sache näher kommen?«

»Ich weiß es nicht.«

»Das ist das Problem, Theo. Sie sehen nur das, worauf Sie sich konzentrieren. Sie können vielleicht die Bärenspuren bis zu dem Bären zurückverfolgen. Und dann?«

»Ich werde vorsichtig sein müssen.«

»Darin waren Sie bisher miserabel. Wollen Sie meinen Rat? Flirten Sie mit Jillian, laden Sie sie zum Essen ein und gehen Sie ins Kino. Küssen Sie sie, sofern sie den Anblick Ihrer geschwollenen Visage ertragen kann. Erinnern Sie sie daran, dass sie eine attraktive Frau ist, kehren Sie am Montagmorgen an Ihre Universität zurück und seien Sie wieder ein Professor. Und vielleicht schreiben Sie irgendwann einmal ein Buch darüber, wie Sie Chelseas Leiche gefunden haben. Ende der Geschichte.«

»Ich kann das nicht auf sich beruhen lassen«, gebe ich zurück. »Erst Juniper. Jetzt Chelsea. Wer mag noch da draußen sein? Was für ein Mann wäre ich, wenn ich es einfach auf sich beruhen lassen würde?«

»Ein lebender Mann.«

»Ich war viel zu lange passiv.«

»Wenn Sie bleiben, muss der Professor gehen.«

»Was soll das jetzt wieder heißen?«

Gus zeigt mit den Fingern mitten in mein Gesicht. »Sie sind ein verdammtes Opfer. Ein Unfall im Zeitlupentempo, der irgendwann passieren muss. Ehrlich gesagt, ich bezweifle nicht, dass Sie diesen Mörder tatsächlich finden können. Und genau das macht mir Angst. Ich fürchte, Sie werden irgendwelchen Hinweisen hinterherjagen, und das wird dann das Letzte sein, das wir je von Ihnen hören. Wenn Sie damit recht haben, was passiert ist und wer es getan hat, wird es weder eine Leiche noch einen Tatort geben. Sie werden einfach nur eine Zahl in der Statistik sein.« Er nickt in Richtung Jillian. »Und sie und ich werden jeden Abend hier sitzen, aus diesem Fenster starren und uns fragen, was mit Ihnen passiert ist, während wir genau wissen, dass Sie tot in irgendeinem flachen Grab mitten im Nirgendwo liegen.«

»Sie sagen, wenn ich bleibe, muss der Professor gehen. Was meinen Sie damit?«

»Das hier ist kein Ort für einen Akademiker. Wenn Sie hierbleiben, müssen Sie wie ein Jäger denken. Sie werden dann kein Beobachter mehr sein.«

»Und wie mache ich das?«

»Ich werde Ihnen fürs Erste meine Schrotflinte geben. Außerdem müssen Sie eine Pistole bei sich tragen. Wir werden Schießübungen machen, sonst erschießen Sie sich aus Versehen noch selbst. Und morgen früh wecke ich Sie, damit wir ein bisschen trainieren. Ich bin zwar etwas eingerostet, aber so einem zusammengeschlagenen Haufen wie Ihnen kann ich immer noch zeigen, wie man einen Schlag besser abwehrt, als Sie es bisher getan haben.«

»Ich weiß Ihre Hilfe sehr zu schätzen.«

Gus schüttelt den Kopf. »Das wird aber nicht reichen. Man ist erst dann kein Opfer mehr, wenn man wie ein Mörder denkt. Und ich glaube nicht, dass das in Ihnen steckt.«

Kapitel 47

DIE BAYES'SCHE WAHRSCHEINLICHKEITSTHEORIE

Fünf Tage später geht in dem Tal die Sonne im Westen unter und das schwache orangefarbene Licht wirft lange Schatten, während ich meine Schaufel in den Boden ramme, mein fünftes Loch aushebe und mir selber sage, dass ich danach Feierabend machen werde.

Vor zwei Jahren wurde ein neunzehnjähriges Mädchen namens Summer Osbourne als vermisst gemeldet. Sie lebte in Silver Rock, einer kleinen Stadt nur fünf Kilometer von Hudson Creek entfernt. Mein Programm hat diesen Bereich mit einer hohen Wahrscheinlichkeit für einen Mord herausgegriffen.

Summer war die Gesellschaftsleiter nicht so tief hinuntergestürzt wie Chelsea. Trotzdem erscheint mir ihr Verschwinden allein aus diesem Grund schon mehr als verdächtig.

Ich hatte nachgeprüft, ob Chelsea nur ein Zufallstreffer war oder MAAT tatsächlich einer Sache auf der Spur ist. Obwohl ich insgeheim wusste, dass sie kein solcher Treffer war, bestand der Wissenschaftler in mir darauf, meine eigene Hypothese zu überprüfen.

Als MAAT in dieser Gegend eine große rote Fahne hochhielt, beschloss ich, es zu überprüfen, und kontrollierte, ob es irgendwelche Vermisstenfälle gab, die in das Profil passten. In den vergangenen zehn Jahren wurden sechs Fälle gemeldet, Summer war der letzte.

Doch ich war noch aus einem anderen Grund hier: Chelseas Fall führt nicht weiter. Es besteht absolut keine Dringlichkeit, weshalb man lediglich einen vorläufigen Bericht über einen möglichen Berglöwen- oder Bärenangriff herausgegeben und ihre Leiche für weitere Analysen nach Bozeman überführt hat.

Mich stellt man als verrückten Typen hin, der auf Polizeirevieren aufkreuzt und wirre Geschichten über einen Mörder erzählt, der seine Verbrechen wie Tierangriffe aussehen lässt.

Deshalb will ich nun so viele Beweise wie möglich sammeln – was im Moment bedeutet, eine weitere Leiche zu finden.

Kurz höre ich auf zu graben und schaue mich in dem Wald um mich herum um. Ich bin nur wenige Meter vom Highway entfernt, habe aber das Gefühl, es wären tausend Kilometer.

Gus' Schrotflinte steckt in Reichweite in meinem Seesack, und in meinem Hosenbund trage ich eine Pistole. Man musste mich nicht sonderlich überzeugen, die Waffen mitzunehmen.

Zu meiner eigenen Sicherheit habe ich eine ganze Kiste Munition verschossen, um sicherzugehen, dass ich noch weiß, wie man eine Waffe benutzt. Obwohl ich die Pistole sicherlich von mir fernhalten kann, bin ich mir nicht sicher, ob ich schnell reagiere oder psychologisch darauf vorbereitet bin, sie im Ernstfall auch zu benutzen. Aber etwas Schutz ist besser als gar keiner. Meine übliche Dose Bärenspray reicht vermutlich nicht aus, sollte ich hier draußen auf den Mörder treffen.

Natürlich gehen die Chancen, ihm zufällig in den Wäldern zu begegnen, gleich null. Zufällig …

Ich trage eine weitere Lage Erde ab, als ich plötzlich ein verschmutztes Stück violetten Stoff freilege.

Regungslos stehe ich da und spüre keine Begeisterung, weil ich recht behalten habe. Da ist nur diese überwältigende Furcht.

Schließlich lasse ich die Schaufel fallen und streife mir ein paar Gummihandschuhe über, damit ich mit den Händen weitergraben kann.

Während ich vorsichtig die Erde aus dem nächsten Umfeld entferne, sind nach und nach die Umrisse eines Kopfes zu erkennen. Bei dem Stoff handelt es sich um ein T-Shirt. Als ich es anhebe, starrt mich ein grauenhaft weißes Gesicht mit milchigen azurblauen Augen an, die perfekt zum Morgenhimmel passen. Blonde Haarsträhnen liegen auf dem Gesicht, als warteten sie nur darauf, nach hinten gebürstet zu werden.

Ich lege den Oberkörper frei und enthülle ihre nackten kleinen Brüste, die mit verschmutzten dunklen Schnittwunden überzogen sind.

Summers Bauch ist aufgeschlitzt, und ihr Magen, eine übel riechende Masse angeschwollener Eingeweide, hängt heraus.

Ich weiß, dass ich Proben nehmen muss, doch zunächst brauche ich eine kurze Pause. Die Augen sind zu viel für mich. Eigentlich müsste die Zersetzung weiter vorangeschritten sein. Doch das T-Shirt und die umliegende Bodenchemie haben sie irgendwie erhalten, und sie scheint immer noch das Letzte vor sich zu sehen, was sie in ihrem Leben gesehen hat.

Ich trete einen Schritt zurück und lehne mich gegen einen Baum, während ich versuche, durchzuatmen und mich wieder zu fangen.

Benimm dich wie ein Wissenschaftler, Theo. Sie braucht jetzt niemanden, der um sie trauert. Sie braucht jemanden, der herausfindet, wer ihr das angetan hat.

Also gehe ich wieder zu ihr hin und knie mich nieder, um sie weiter auszugraben.

Als ich die Erde von ihren Armen bürste, denke ich darüber nach, wie Summer als Kind wohl von ihrer Mutter gebadet wurde. Hätte ihre Mutter sie gehen lassen, wenn sie gewusst hätte, welches Schicksal ihr kleines Mädchen erwartete?

Wie vorherzusehen war, sind ihre Gliedmaßen steif. Ich hebe den rechten Arm etwas an, damit ich ein Foto von den Schnittwunden machen und eine Gewebeprobe entnehmen kann. Für einen Moment verdeckt er ihre machtvollen Augen. Doch als ich ihn wieder sinken lasse, starrt sie noch immer nach oben – fast, als suche sie bei Gott nach einer Antwort.

Dort ist niemand, mein Schatz. Und wenn doch, kümmert es ihn nicht.

Mein Ohr zuckt, und ich habe plötzlich das Gefühl, beobachtet zu werden. Ich versuche, diese Empfindung zu analysieren. Es ist eine Art Kitzeln an meinem Rücken.

Zuerst bewege ich nur die Augen und lasse den Blick langsam über die umliegenden Bäume wandern. Als ich dort nichts erkennen kann, drehe ich ganz leicht den Kopf.

Auf einem Hügel, ungefähr zwölf Meter von mir entfernt, entdecke ich drei leuchtende Augenpaare, in denen sich das untergehende Sonnenlicht spiegelt.

Wölfe.

Große Wölfe.

Sie haben vermutlich bereits ihre Leiche gerochen, lange bevor ich das T-Shirt entdeckt habe. Von dem Geruch angezogen, sitzen sie nun da und warten.

Ich kann Summer nicht hier zurücklassen. Chelsea habe ich vergraben, weil niemand in der Nähe war, der sie wieder ausgegraben hätte.

Doch sobald ich sie hier allein zurücklasse, egal wie tief ich sie vergrabe oder mit was ich sie bedecke, kämen die Wölfe. Sie wissen, dass sie hier ist.

Also muss ich sie mitnehmen.

Als ich sie endlich vollständig ausgegraben habe, ist die Sonne bereits untergegangen. Ich lege meine Taschenlampe an den Rand des Lochs und schaue mich nach den Wölfen um. Der Platz ist leer.

Als ich ihren Körper vorsichtig hochhebe und sie auf die Plastikfolie lege, die ich auf dem Boden ausgebreitet habe, entdecke ich die Silberaugen, die mich aus der Nähe beobachten.

Sie sind um meinen Lichtkegel herumgelaufen und nur noch wenige Meter von mir entfernt.

Wölfe gelten als menschenscheu und Angriffe sind äußerst selten. Ich bin mir aber nicht sicher, wie der Datensatz für Menschen aussieht, die allein im Wald mit einer verwesenden Leiche herumlaufen.

Ich lege Summer in die Mitte der blauen Folie. Ihre Knie sind leicht gebeugt und das weiße Fleisch schimmert durch die Risse ihrer schwarzen Leggings hindurch. Als ich versuche, sie hochzunehmen, tropft mein Schweiß auf ihr Gesicht und rinnt wie Tränen ihre schmutzige Wange hinunter.

Das Knurren meiner Beobachter bringt mich wieder in die Gegenwart.

Summers Muskeln haben die Leichenstarre längst hinter sich gelassen. So ist ihr Körper biegsam genug, damit ich sie mir über die Schultern legen kann.

Meinen Seesack hänge ich um die andere Schulter und mit der Taschenlampe leuchte ich mir den Weg zu meinem Wagen zurück.

Meine grauen Schatten folgen mir in die Dunkelheit. Ihr Knurren ist ebenso vergeblich wie ihre Hoffnung, ich könnte die Leiche fallen lassen. Und ich muss auch nicht nach meiner Pistole oder der Flinte greifen, auch nicht, um bloß einen Warnschuss abzugeben.

Diese Kreaturen sind opportunistische Feiglinge, die Angst haben, jemanden anzugreifen, der größer ist als sie. Und ähneln damit vielleicht dem Mann, der Summer getötet hat.

Hoffe ich.

Bete ich.

Kapitel 48

TRÄGHEIT

Polizeichef Shaw steht neben dem Kofferraum meines Wagens und leuchtet mit einer Taschenlampe in Summers Gesicht. Mit seinem T-Shirt, Parka und Trainingshose, die verzweifelt versucht, seinen ausladenden Bauch zu halten, ist die Lampe das Einzige, das ihn wie einen Polizisten aussehen lässt.

»Wer ist das Mädchen noch mal?«, fragt er.

»Summer Osbourne«, antwortet der hagere Hilfssheriff mit lichtem rotbraunem Haar. Er war allein auf dem Polizeirevier gewesen, als ich dort ankam. Aber nachdem ich ihm die Fotos der Leiche im Kofferraum meines Autos gezeigt hatte, brauchte er nur zwei Sekunden, um seinen Chef ins Revier zu rufen.

»Osbourne?«, wiederholt Shaw. »Ich kann mich an niemanden mit diesem Namen erinnern.«

»Ich glaube, Sie kennen ihren Vater. Er heißt MacDonald«, erklärt der Hilfssheriff.

»Sie wohnen draußen bei den Finley-Ställen, oder? In diesem großen Haus. Ihr Vater besitzt ein Unternehmen für Bewässerungsrohre, richtig?«

»Genau.«

»Wie viele Kinder hat er noch mal, sechs?«

»Mit Summer fünf. Sie war seine Stieftochter.«

»Summer MacDonald?« Shaw schüttelt den Kopf. »Sie ist mit diesem Typen aus Wyoming durchgebrannt.« Er dreht sich zu mir um. »Sie sagen, Ihr Name war Summer Osbourne?«

»Das ist der Name im Vermisstenbericht.«

»Nun, genau da liegt das Problem. Nie werden sie auf den neuesten Stand gebracht. Manche Teenager laufen für ein paar Tage weg, ihre Eltern kommen her und brummen uns die Arbeit mit dem Bericht auf, und wenn sie wieder nach Hause kommen, sagen sie uns nicht einmal Bescheid.«

Dieses Hinterwäldler-Abstammungsquiz frustriert mich. »Chief, diese junge Frau wird verdammt noch mal nie wieder nach Hause kommen.«

Er dreht die Taschenlampe herum und leuchtet mir ins Gesicht. »Passen Sie auf, was Sie sagen, mein Sohn. Sie tauchen hier mitten in der Nacht mit einem halb nackten Mädchen in Ihrem Kofferraum auf. Das ist ziemlich verdächtig.« Er wendet sich an seinen Hilfssheriff. »Ist nicht auch irgendein Typ mit einer Leiche in Hudson Creek aufgetaucht?«

»Der zweite Bärenangriff«, antwortet der Hilfssheriff.

»Mein Gott«, stöhne ich. »Erstens war das kein Bärenangriff, und zweitens war ich der Typ, der diese Leiche gefunden hat.«

Chief Shaw starrt mich einen Moment mit zusammengekniffenen Augen an, bevor endlich Leben in ihn kommt und er mit der Taschenlampe auf Summer zeigt. »Sie wollen mir also sagen, dass Sie noch ein Mädchen wie das hier gefunden haben?«

»Mehr oder weniger, ja.«

Er dreht sich zu seinem Hilfssheriff um. »Meint er das ernst?«

»Deshalb habe ich Sie ja angerufen, Chief.«

»Ein verdammter Zufall, dass Sie zwei Leichen finden. Meinen Sie nicht auch?«

Ich meine nur eins: Mordfälle, die komplizierter sind als eine häusliche Auseinandersetzung, kennt dieser Typ hier nur aus dem Fernsehen.

»Ich bin Wissenschaftler und arbeite an einem neuen Nachweisverfahren. Ich habe Summer Osbournes Fall recherchiert, weil er dem von Chelsea Buchorn und Juniper Parsons ähnelt.«

»Ein Nachweisverfahren?«

»Fragen Sie die Leute in Hudson Creek. Sie wissen alles darüber.« Oder auch nicht …

»Und Sie haben die Leiche einfach hergebracht? Wissen Sie denn nicht, dass Sie damit Beweismittel manipuliert haben?«

»Als ich sie ausgegraben habe, tauchten Wölfe auf.«

»Wölfe greifen niemanden an. Das sind Feiglinge.«

»Ich habe mir auch keine Sorgen um mich gemacht, sondern um sie. Das sind Aasfresser. Sie wussten, wo ich sie ausgegraben habe.«

»Wenn Sie Angst hatten, die Wölfe könnten sie auffressen, warum haben Sie sie dann überhaupt ausgegraben?«

Meint er diese Frage ernst? Ich hole tief Luft. »Ich war mir nicht sicher, ob sie dort vergraben war, bis ich zu graben begonnen habe.«

»Wenn Sie eine Ahnung hatten, wo ihre Leiche vergraben war, warum haben Sie uns dann nicht einfach gerufen?«

Ernsthaft? »Ich wollte nicht Ihre Zeit verschwenden, falls ich mich irrte.«

»Aber jetzt habe ich diesen Fall von Manipulation von Beweismitteln. Was soll ich damit machen?«

»Vor einer Stunde wussten Sie noch nicht einmal, dass diese junge Frau vermisst wurde. Sie haben jetzt verdammt noch mal andere Dinge, um die Sie sich kümmern müssen.«

»Carl, nehmen Sie seine Aussage zu Protokoll. Ich gebe dem Arzt Bescheid, damit er die Leiche abholt. Rufen Sie

Warren von ›Fish and Wildlife‹ an.« Er hält kurz inne. »Und Jefferson soll auch herkommen. Mit dem Fingerabdruck- und Spurensicherungskoffer. Ich will sichergehen, dass das Mädchen nicht im Kofferraum dieses Wagens gestorben ist.«

Carl starrt auf Summers Leiche und dreht sich dann zu seinem Chef um. »So wie sie aussieht, glaube ich nicht, dass der Wagen überhaupt schon vom Fließband gerollt war, als sie ermordet wurde.«

»Tun Sie einfach, was ich sage, Carl.«

»Ja, Sir.«

Die nächsten beiden Stunden verbringe ich damit, meine Aussage zu Protokoll zu geben und Fragen über meinen Aufenthaltsort zu beantworten. Anschließend lässt Chief Shaw meine Fingerabdrücke nehmen und Fotos von mir machen. Er will sie durch die Computer laufen lassen und sichergehen, dass ich nicht doch ein Massenmörder bin.

Schließlich fahre ich mit Chief Shaw, Warren, dem Typen von »Fish and Wildlife«, und einem anderen Hilfssheriff zu der Stelle, an der ich die Leiche gefunden habe.

Die Wölfe sind längst verschwunden, doch das flache Grab, in dem ich die Leiche gefunden habe, liegt noch genauso da, wie ich es zurückgelassen habe.

Es ist Mitternacht, als sie endlich mit mir fertig sind. Ich will gerade gehen, als ich zufällig höre, wie Warren erklärt, dass Bären ihre Opfer manchmal vergraben, um später noch einmal zurückzukommen.

Toll, Jungs. Glaubt doch, was ihr wollt.

Ich hoffe nur, dass sie nicht vergessen, Summers Mutter anzurufen, um ihr zu sagen, dass ihr Kind nicht mehr nach Hause kommt.

Ich bin zu erschöpft, um in Gus' Motel zurückzufahren. Also suche ich mir ein Zimmer in der nächsten Stadt.

Ich schlafe über das Markieren der *Xe* auf einer Karte ein, die MAAT für mich erstellt hat. Sie verteilen sich über das ganze Land und folgen dem violetten Band, welches das Jagdmuster des Mörders anzeigt.

Jedes *X* ist eine andere potenzielle Summer oder Chelsea.

Ich bereite mich selbst auf weitere seltsame Treffen mit der lokalen Polizei vor, während ich noch mehr Leichen ausgrabe.

Irgendwann kann ihre Standardantwort nicht mehr lauten: »Das war ein Bär.«

Das hoffe ich zumindest.

Kapitel 49

DIE ZAHL DER TODESOPFER

Lily Ames kam aus einer Stadt nahe Seattle. Ihre Eltern hatten sie zuletzt vor knapp zwei Jahren gesehen, als sie beschlossen hatte, quer durch das Land zu wandern. Angeblich war sie in Yellowstone und Montana gewesen.

Zwei Tage nach Summer finde ich sie mehr als einen Meter unter der Erde und mehr als dreihundert Kilometer vom nächsten Nationalparkeingang entfernt.

Ihr Hals war so tief durchschnitten, dass die Wirbelsäule zu sehen ist. Lilys Blick ist zu Tode erschrocken. Ein gelber Fleck auf der einen Gesichtshälfte legt die Vermutung nahe, dass sie längere Zeit vor ihrem letzten Herzschlag verletzt worden war.

Zunächst mit meiner Kelle, dann mit den Händen lege ich den Bereich um ihre Beine frei und untersuche ihre Fußsohlen. Sie sind blutig.

Sie ist gerannt, bevor er sie ermordet hat.

Er hat mit ihr gespielt.

Ich lege eine Plastikfolie über ihre Leiche und schütte das Loch wieder zu.

Dann stecke ich eine orangefarbene Fahne als vorübergehende Markierung in den Boden, damit die Polizei weiß, wo sie sie findet, nachdem ich ihr anonym einen Tipp gegeben habe.

***

Michelle Truyols kam aus Alberta und zog erst als Kellnerin, später als Prostituierte durch Montana, bevor sie irgendwann die Bundesgrenze erreichte. In einem Zeitungsbericht behauptete ihre Freundin, sie hätte einen Fernfahrer mit einem Drogenproblem kennengelernt. Vermutlich hatte Michelle bald das gleiche Problem.

Ihre Leiche finde ich keine zwanzig Meter von der Straße entfernt hinter einem kleinen Bergrücken in einer ähnlichen Mulde wie die anderen Frauen. Ihr rechter Arm ist voller Hämatome, als hätte er sie buchstäblich von der Straße gerissen und hierhergezerrt.

Lange Schnittwunden reichen von ihrem Rücken bis zum Bauch, als wäre sie von oben niedergestochen und dann auf den Boden gedrückt worden.

Ich nehme meine Proben und mache Fotos, bevor ich sie wieder unter der Erde verstecke und der Polizei eine weitere orangefarbene Fahne hinterlasse.

***

Stephanie Grants Ruhestätte liegt wie die anderen unter einem Bündel unterschiedlichster Pflanzen. Mittlerweile finde ich sie ganz leicht, indem ich das Wachstumsmuster zum Zeitpunkt des Verschwindens der Frauen untersuche. Dieses Muster ist inzwischen sehr präzise. Der Mörder bevorzugt ein bestimmtes Opfer und einen bestimmten Ort, an dem er es vergräbt.

Stephanie fand ich, indem ich mich auf einen Hügel stellte und mich umsah. Ihre Leiche rief nahezu nach mir.

***

Inzwischen bin ich taub geworden. Bis jetzt sind es fünf Leichen. Jede von ihnen verloren und fast vergessen.

Der Gedanke, dass ich der Erste bin, der sich für sie interessiert – der überhaupt weiß, dass es sie gibt –, ist erschütternd.

Jeder dieser roten Punkte auf dem violetten Band in der MAAT-Karte hat sich als Treffer erwiesen. Das sagt mir etwas Erschreckendes.

Statistisch gesehen läuft etwas falsch, wenn die Wahrscheinlichkeitsschätzungen alle Rekorde brechen. Das bedeutet nicht, dass MAAT extrem genau arbeitet. Das bedeutet, dass es noch wesentlich mehr Leichen dort draußen gibt als rote Punkte.

MAAT zeigt mir nur die Fälle mit einer Wahrscheinlichkeit von neunzig Prozent oder mehr an. Wenn ich den Bereich auf fünfzig Prozent oder mehr einstelle, passiert etwas Erschreckendes.

Aus meinen zwei Dutzend Punkten werden Hunderte.

Ich weiß inzwischen, wie ich eine Art von Grab finde. Doch wer weiß, ob der Mörder nicht noch andere Methoden verwendet, um die Leichen loszuwerden? Ich entdecke vielleicht nur die improvisierten Morde, bei denen ihm keine Zeit blieb, seine Opfer besser zu verstecken. Das heißt, er hat sie ja offensichtlich gut genug versteckt.

Montana hat eine Million Einwohner und jedes Jahr kommen noch mehr Touristen. Außerdem reisen viele Menschen auf dem Weg von und nach Kanada durch diesen Bundesstaat.

Ein aufmerksames Auge könnte leicht verletzliche Beute ausmachen – Beute, die einfach und ohne viel Aufhebens verschwindet.

So wie ich mein Auge geschult habe, die Mulden und Pflanzen zu erkennen, die anzeigen, dass an dieser Stelle eine Leiche vergraben ist, erkennt der Mörder vielleicht mit einem Blick die Verletzbarkeit eines Opfers.

Das können die äußerlichen Anzeichen einer Drogenabhängigkeit sein. Vielleicht beobachtet er sie auch und findet so heraus, ob sich in ihrer direkten Umgebung Freunde oder Familienmitglieder aufhalten.

Der Gedanke, dass der Mörder in dieser Fertigkeit immer besser werden könnte, bis er schließlich völlig angstfrei ist, erschreckt mich.

Als ich die Erde um Stephanies Grab festtrete und die Fahne aufstelle, wird mir plötzlich etwas klar.

Es ist zwar wichtig, dass ich weiterhin ihre Leichen ausfindig mache. Aber solange ich keine DNA und keine Übereinstimmungen entdecke, werde ich den Mörder nicht durch einige achtlose Hinweise finden, die er zurückgelassen hat.

Ich muss verstehen, wie der Mörder denkt. Ich muss wissen, warum er tut, was er tut.

Diese Antworten finde ich nicht hier draußen in der Erde vergraben. Ich muss an die Orte gehen, an denen er war, und sehen, was er gesehen hat.

Ich muss so tun, als wäre ich der Mörder.

Kapitel 50

ANTHROPOLOGIE

Seitdem ich vor zehn Tagen das Krankenhaus verlassen habe, ignoriere ich die E-Mails meiner Vorgesetzten, da ich mich vor ihrem Inhalt fürchte. Ich komme der Sache näher, brauche aber weitere Informationen.

Dr. Seaver, ein Anthropologe mittleren Alters, der zurzeit an der Montana State University unterrichtet, führt mich die Treppe hinunter in den Keller, wo er seine Proben aufbewahrt.

»Sie wollen also die richtig guten Sachen sehen?«, fragt er mich über die Schulter hinweg und hat etwas Teuflisches im Blick.

Ich bin während meiner Recherche über Ritualmorde in dieser Region auf seinen Namen gestoßen. Seaver, der eigentlich von der Cornell University kommt, nimmt momentan an einer interdisziplinären Studie teil, die Gewalt und menschliche Kultur erforscht. Er fiel mir auf, weil er in einem Artikel zeitgenössische Morde mit historischen Präzedenzfällen verglichen hat.

Wir erreichen das Treppenende und kommen zu einem schmalen Durchgang zwischen den Schrankreihen. Das

Licht der spärlichen Glühbirnen kann die Dunkelheit kaum bezwingen.

In der moderigen Luft liegt der Duft zerfallender Dinge. Was für ein Anachronismus im Vergleich zu den modernen klimatisierten Laboren und Vakuumspeichern.

»Das echte Labor befindet sich im Museum of the Rockies in Bozeman. Doch dieses Naturkundemuseum beschäftigt sich hauptsächlich mit Paläontologie. Speziell mit der Eiszeit. Unsere Studie reicht natürlich auch so weit zurück, doch die meisten Proben sind im Vergleich dazu eher zeitgenössisch.«

Er führt mich in einen kleinen Raum mit einem Arbeitstisch. Darauf stehen fünf transparente Kunststoffkisten, in denen sich jeweils ein Totenkopf befindet. Die Farbe der Knochen reicht von Dunkelbraun bis zu fast ausgebleichtem Weiß.

»Hier, ziehen Sie sich die Handschuhe über und schauen Sie sich das an.« Er nimmt den ersten Schädel und reicht ihn mir. »Was können Sie mir dazu sagen?«

Der Totenkopf ist bis auf den Kieferknochen vollständig erhalten. Die Stirn wirkt etwas dicker und die Wangenknochen etwas breiter als bei dem durchschnittlichen Europäer. Doch er scheint aus neuerer Zeit zu stammen. »Asiatisch?«

»Korrekt. Und was ist mit diesem hier?«

Er reicht mir den nächsten Schädel, der zwar ähnliche Züge aufweist, aber eine etwas höhere Stirn hat. »Indianer?«

»Wieder korrekt.«

Der Dritte bereitet mir einige Probleme, doch ich tippe auf Schwarzafrika. Der Vierte stammt aus Mitteleuropa und der Letzte aus Südostasien.

»Volle Punktzahl in der Ermittlung der allgemeinen Volkszugehörigkeit, Dr. Cray.«

»Ich habe viel Anthropologie studiert.«

»Und trotzdem haben Sie vor lauter Bäumen den Wald nicht gesehen«, entgegnet er.

Ich schaue noch einmal auf die Totenköpfe und versuche zu erkennen, was ich übersehen habe. Seaver greift den Mittleren heraus und legt ihn mir erneut in die Hände. Das Gesicht erzählt noch immer die gleiche Geschichte. Allem Anschein nach handelt es sich um einen Europäer. Ich suche nach weiteren Hinweisen und untersuche die Zähne auf Abweichungen, finde aber keine.

Schließlich drehe ich den Schädel herum und betrachte das Hinterhauptbein. An dieser Stelle zeigt sich innerhalb der Rassen eine Korrelation zwischen Dicke und Form. Bei Menschen mit heller Hautfarbe erkennt man an diesem Knochen oft Geschlechtsunterschiede, sodass man sagen kann, ob es sich um einen Mann oder eine Frau handelt.

Und direkt über diesem Knochen entdecke ich schließlich, was Seaver meint: eine massive Fraktur. Ich untersuche auch die anderen Schädel und finde ähnliche Verletzungen.

»Sie wurden alle ermordet.«

»Genau. Und alle auf die gleiche Art: durch stumpfe Gewalteinwirkung auf den Hinterkopf. So etwas tut man nicht in einem Kampf. Auf diese Weise tötet man jemanden, der kniet oder liegt. Im Laufe meiner Forschung habe ich festgestellt, dass ungefähr fünfundzwanzig Prozent der Toten in prähistorischen Grabanlagen Opfer von Gewalttaten wurden. Sieht man von Kinderkrankheiten ab, war statistisch gesehen Todesursache Nummer eins die Ermordung durch eine andere Person. Das war bis zur Entwicklung der Landwirtschaft die Regel, und erst im Zeitalter der Aufklärung ging die Gewalt rapide zurück. Und diese Gewalttaten wurden laut der Statistik nicht von einigen wenigen begangen, sondern von ganz normalen Leuten. Vor langer Zeit hätte ich diesen Menschen hier vielleicht festgehalten, während Sie ihm von hinten mit der Keule den Schädel eingeschlagen hätten.«

Die lockere Art, wie er das erzählt, ist mir unangenehm. Anscheinend hat er sich dieses Szenario schon oft vorgestellt.

Er stellt die Schädel wieder in einer Reihe auf. Ihre gespenstischen Augenhöhlen starren uns an.

Seaver erzählt mir ihre Geschichten. »Der hier wurde vor sechstausend Jahren im heutigen Ungarn ermordet. Der hier starb vor dreitausend Jahren in China, der hier vor eintausend Jahren in Wyoming. Dieser hier wurde mir vom Völkermordprojekt geschickt. Das Opfer wurde vor fünf Jahren in einem Massengrab in Darfur gefunden. Den letzten hat man vor zwanzig Jahren in einem Wald in Colorado entdeckt. Wer diese Menschen waren oder warum sie getötet wurden, wissen wir noch immer nicht.«

»Barbarisch«, antworte ich.

»Nein, Dr. Cray.« Seaver schüttelt den Kopf. »Das ist der Punkt. Das hier sind bei Weitem nicht die barbarischsten Tode, denen ich bisher begegnet bin. Das sind die menschlichen Morde. Diese Leute wurden ohne jede Leidenschaft getötet. Ich habe Schädel und Knochen mit Hieb- und Stichwunden gesehen, die den Opfern lange nach ihrem Tod zugefügt wurden. Ich habe Schlüsselbeine mit Zahnabdrücken gesehen, die nicht von Kannibalen stammen, sondern von jemandem, der sein Opfer totbeißen wollte, nachdem er es außer Gefecht gesetzt hatte. Ich kann Ihnen Tatorte zeigen, bei denen selbst der abgebrühteste Nazikommandeur eines Konzentrationslagers kotzen würde.« Er zeigt zu den Schädeln hinüber. »Das hier ist Töten. Sie interessieren sich für das Morden.«

»Worin besteht der Unterschied?«

»Töten ist die Lösung für ein Problem. Ermorden ist etwas, das man tut, weil man es tun will. Sie lassen sich von Ihrer Ehefrau scheiden, weil Sie sie nicht mehr lieben. Sie ermorden sie, weil Sie sie hassen.«

Der Mann, der Juniper getötet hat, hatte mit Sicherheit den Akt des Tötens genossen. Er hätte sie auch erdrosseln oder ihr die Kehle durchschneiden können. Doch das tat er nicht. Der Akt des Tötens war sein Ziel gewesen. Was mich wieder zu der Methode zurückführt.

»Haben Sie je davon gehört, dass ein Mörder seine Tat wie einen Tierangriff aussehen lassen wollte?«

»Um den Mord nach der Tat zu verschleiern?«

»Nein. Ich meine, jemanden auf die gleiche Art töten, wie ein Tier es tun würde.«

»Nahezu jede Art der vorsätzlichen Tötung im Krieg beinhaltet einen gewissen animalischen Symbolismus. Tierische Talismane für Militäreinheiten. Das Tragen von Tierpfoten und Zähnen. Der Urmensch trug die Häute anderer Raubtiere, um ihre Kräfte zu übernehmen.«

»Was ist mit dem Akt des Tötens an sich? Gibt es Fälle, in denen jemand bewusst die Tötungsmethoden eines Tieres einsetzte?«

»Aha, das ist schon eine größere Herausforderung. Bis wir hinausgingen in die Savanne, waren wir opportunistische Allesfresser, die nur aßen, was kleiner war als wir selbst. Wir mussten den Speer erfinden und Projektile schleudern, weil unsere Zähne und Fingernägel zur Jagd nicht geeignet waren. Eine Nachahmung wäre also eine äußerst unpraktische Art, um jemanden zu töten. Sieht man von wenigen Ausnahmen ab.«

»Ausnahmen? Welche zum Beispiel?«

»Bestimmte Waffen, die an die Verletzungen eines Tieres erinnern.«

»Welche denn?«

»Folgen Sie mir.«

Kapitel 51

HAIFISCHZÄHNE

Seaver führt mich in einen anderen Bereich des Kellers und holt einen staubigen Karton von einem hohen Regal herunter. Er hebt den Deckel ab und zeigt mir ein flaches Schwert mit dreieckigen weißen Zähnen an den Seiten, durch die es an das Blatt einer Kettensäge erinnert.

»Auf Hawaii nennt man es *Leiomano*. Für die Klingen verwendet man dort die Zähne des Tigerhais. Es ist so etwas Ähnliches wie die Obsidianschwerter, auch *Macuahuitl* genannt, die die Azteken in Mittelamerika verwendet haben. Dieses hier hat man in einem Erdwall in Illinois gefunden. Die Zähne stammen von einem Weißen Hai. Die Moundbuilder, eine prähistorische Kultur Nordamerikas, haben offensichtlich einen weiten Handel betrieben, um an so etwas zu kommen.«

Er reicht mir das Schwert. Die Spitzen der Zähne sind noch immer sehr scharf. Von ihnen aufgeschlitzt zu werden, wäre mir mehr als unangenehm.

»Das Amüsante daran ist, dass einige Anthropologen das hier für eine menschlichere Waffe halten als ein Schwert und es als Beweis ansehen, dass ihre Nutzer barmherziger waren, als wir es ihnen zugetraut hätten. In Wirklichkeit fertigt man solche Waffen an, wenn man weder Eisen noch Bronze zur Verfügung hat. Wenn man davon getroffen wird, stirbt man an einer Infektion durch die hundert verschiedenen Wunden, die man nicht so leicht zunähen kann wie einen einzigen tiefen Schnitt.«

Ich gebe ihm das Schwert zurück. »Aber niemand würde ein solches Opfer mit dem eines Haiangriffs verwechseln, oder?«

»Nein. Für die Hawaiianer hat es auch etwas Symbolisches. Sie suchen nach etwas Praktischem?« Er legt die Waffe zurück in den Karton, stellt diesen wieder auf das Regal. »Dann müssen wir ein paar Reihen weiter gehen.«

Einige Gänge weiter nimmt Seaver ein langes, geschwungenes Messer aus einer Schublade. »Das ist ein *Karambit*. Es erinnert in seiner Form an eine Klaue. Ziemlich praktisch. Moderne Versionen findet man heute in den meisten Messergeschäften.«

Er durchsucht die anderen Schubladen und zieht schließlich einen Metallgriff mit scharfen Nägeln heraus. »Das hier ist der Kopf eines *Zhua*, eine Art Klaue, mit der man Männer vom Pferd zerren und Schutzschilder fortreißen kann.«

Ich untersuche die Krallen an ihrem Ende. Sie kommen der Sache schon näher, können aber nicht derart tiefe Wunden hinterlassen, wie ich sie bei den Opfern gefunden habe.

Wir kommen zu einem anderen Schrank. Seaver wühlt in einigen Kartons, bis er schließlich findet, was er sucht. »Schon einmal von einem *Baghnakh* gehört? Der hier stammt aus Indien, doch man findet ihn in verschiedenen Variationen auch in anderen Kulturen. Im neunzehnten Jahrhundert ließ der Radscha die Männer damit gegeneinander kämpfen, bis sich die Häute lösten.« Er wickelt das Tuch auf und hält eine Art Schlagring aus Metall hoch, aus dem vier lange Klingen ragen.

Ich bin sprachlos. Obwohl ich bereits darüber nachgedacht habe, welche Art von Waffe der Mörder benutzen könnte, hätte ich nicht geglaubt, dass solche Kampfmittel tatsächlich häufig verwendet wurden.

»Hier«, sagt er und reicht sie mir. »Nehmen Sie sie. Während der Unruhen in Kalkutta hat man sie zum Eigenschutz an die Hindumädchen verteilt.«

Ich halte die Waffe in der Hand. Die Klauen stehen zwei bis drei Zentimeter hervor. Leicht vorstellbar, dass eine solche Waffe mit den Klingen eines Karambits an eine Tierklaue erinnert. Würde man die Krallen einer echten Bärentatze abformen, wäre die Ähnlichkeit noch frappierender.

Während ich den Baghnakh gegen das Licht halte, stelle ich mir die Stichwunden an Chelseas Körper vor. Ich lege die Waffe ab. Seaver erkläre ich, dass ich einige Fotos machen möchte, doch in Wirklichkeit will ich sie nicht mehr berühren.

»Haben Sie je davon gehört, dass jemand mit einer solchen Waffe getötet wurde? Hier? In den Vereinigten Staaten?«, frage ich.

»Es würde mich zwar nicht überraschen, wenn einige Kampfsportspinner ihren Mitbewohner damit verfolgten, aber nein. Um damit jemanden zu töten, müsste man schon sehr stark sein.«

Ich denke an die tiefen Schnittwunden an den Leichen der jungen Frauen. »Wie stark?«

»Ich weiß es nicht. Aber stark genug, um eine Arterie zu treffen.«

Ich hebe die Waffe noch einmal hoch und fotografiere sie mit meinem Handy aus jedem Winkel.

»Vielen Dank, Dr. Seaver. Nur noch eine Frage. Haben Sie je davon gehört, dass der Angriff eines Menschen mit dem eines Tieres verwechselt wurde?«

»Es gibt Berichte über Wolfsangriffe vor mehreren Jahrhunderten in Frankreich, die durchaus das Werk eines

Menschen gewesen sein könnten. Sie führten schließlich zu den Werwolflegenden in dieser Region.«

»Was ist mit dieser Gegend?«

»Wie dem Wendigo?«

»Den Namen habe ich schon einmal gehört. Aber ich weiß nicht viel darüber.«

»Der Wendigo ist eine Legende der Algonkin, der nordamerikanischen Ureinwohner. Er sieht zur Hälfte wie ein Mensch aus und verzehrt Menschenfleisch. Die Eingeborenen haben diese Geschichte sehr ernst genommen, obwohl das Ganze mehr mit Kannibalismus zu tun hat. Meinen Sie das?«

»Nicht wirklich. Aber den Gedanken zu verfolgen, könnte sich dennoch lohnen. Ich frage mich nur, ob Sie in letzter Zeit vielleicht etwas gehört haben, dass man eine Person mit einem Tier verwechselt hat.«

»Nein. Nicht in letzter Zeit.«

»Nun, trotzdem vielen Dank für Ihre Mühe.«

»Es sei denn, für Sie gelten die Achtziger auch noch als letzte Zeit.«

»Wie bitte?«

»Das Monster von Cougar Creek? Ist so eine Art Lokalgeschichte. Sie hat es aber in einige lächerliche Fernsehdokumentationen geschafft.«

»Warten Sie, worum geht es darin?«

»Ich bin erst später hierhergezogen. Aber eine Weile war das so etwas wie der Mottenmann oder Bigfoot für diese Region. Wanderer nahe Red Hook hatten behauptet, irgendetwas sei nachts um ihren Zeltplatz geschlichen. Ich glaube, es sind sogar Schüsse gefallen. An mehr erinnere ich mich nicht. Damals haben alle darüber gesprochen, doch dann ist das Ding einfach wieder verschwunden.«

»Was haben die Leute angeblich gesehen?«

»Einen Mann, der auf vier Beinen lief. Wie eine Raubkatze. Oder genau andersherum. Ich bin mir nicht sicher, aber Sie können das nachlesen.«

»Wurde jemand angegriffen?«

Seaver zuckt mit den Schultern. »Kann sein. Ich glaube, es gab Berichte, nach denen einer der Camper Kratzwunden an der Brust hatte.« Er macht eine Bewegung mit der Hand und hinterlässt eine Spur auf seinem Oberkörper, die ich in den letzten Tagen zu oft gesehen habe.

»Vielen Dank, Dr. Seaver.«

Ich lasse ihn mit seinen Totenköpfen und Mordwaffen im Keller zurück.

Kapitel 52

EIN UNGELÖSTER FALL

Im Juni 1983 machte sich eine Gruppe von siebzehn Campern, von denen die meisten gerade die Chilton Highschool abgeschlossen hatten, auf den Weg in den Beaverhead National Forest. In der ersten und einzigen Nacht des Campingausflugs geschah etwas Seltsames. Die Details variieren in den Berichten, die ich in der Stadtbücherei im nahe gelegenen Red Hook gefunden habe. Doch der Kern der Geschichte ist überall gleich.

Die jungen Leute wanderten mehrere Stunden durch den Wald zu einer entlegenen Quelle. Unterwegs hatten einige von ihnen das Gefühl, von einem großen Tier verfolgt zu werden, vielleicht von einem Bären oder einem Berglöwen.

Es hatte bereits Berichte aus der Region gegeben, in denen Menschen irgendetwas im Wald gesehen hatten, das sie verfolgte. Diese Kreatur stand auf zwei Beinen, um sie zu beobachten, und schlich durch das Gebüsch davon, sobald es entdeckt wurde.

Die jungen Leute der Chilton Highschool berichteten, irgendetwas Großes, Schlankes gesehen zu haben, das zu dünn war, um ein Bär gewesen zu sein. Obwohl sie es niemals deutlich gesehen hatten, beschrieben sie die Haut als hellbraun und nicht als schwarz oder braun wie bei einem Bären.

Nachdem sie ihre Zelte aufgeschlagen hatten, gingen drei von ihnen in den Wald, um Holz für ein Lagerfeuer zu sammeln. Sie kamen sehr schnell zurück, als einer von ihnen behauptete, er habe eine Raubkatze auf einem Baumstamm sitzen gesehen, die sie beobachtete.

Ein anderer erzählte, sie habe ihn verfolgt. Doch als er sich umgeschaut habe, habe er in glühende gelbe Augen gestarrt, die mit ihm auf gleicher Höhe gewesen seien.

Die anderen Jugendlichen taten das Ganze als Streich oder konfuse Beschreibung eines Berglöwen ab und gingen davon aus, in großer Zahl sicher zu sein.

Irgendwann nach zwei Uhr in der Nacht, als auch die Letzten das Lagerfeuer verlassen und in die Zelte gegangen waren, berichteten mehrere aus der Gruppe, von einem Geräusch aufgewacht zu sein. Irgendetwas sei um die Zelte geschlichen.

Ein Partygast, der ein Gewehr dabeihatte, ging hinaus, konnte aber nichts entdecken.

Irgendwann nach drei Uhr wurden sie plötzlich von einem lauten Schrei aufgeweckt.

An diesem Punkt weichen die verschiedenen Zeitungsberichte voneinander ab.

True Tales of Mountain Creatures behauptet, eine raubkatzenähnliche Kreatur auf zwei Beinen habe versucht, eines der Mädchen aus dem Zelt zu zerren. Mehrere Zeltbewohner hätten sie jedoch davon abhalten können, wobei einer von ihnen zu Tode gekratzt und fortgeschleppt worden sei.

Big Sky Mysteries berichtet, die Schüler hätten eine geistähnliche Erscheinung eines Indianers am äußersten Rand des Zeltplatzes gesehen. Dieser habe einem großen Puma befohlen, die Camper anzugreifen, bevor er genauso schnell wieder verschwunden sei, wie er aufgetaucht war.

Angel Encounters schreibt, die Jungs in der Gruppe hätten die Mädchen dabei erwischt, wie sie irgendeine Art einvernehmlichen Geschlechtsverkehrs mit raubkatzenähnlichen männlichen Geistern gehabt hätten, womit sie nicht einverstanden gewesen seien.

Den genauesten Bericht – es ist zumindest der Bericht, der die Erzählungen der Gruppe am besten in Einklang bringt – finde ich in einem Artikel, in dem der *Montana Tracker* die Ereignisse detailliert beschreibt. Nach ihm wurde einer der Studenten verletzt, als irgendetwas in sein Zelt geklettert sei. Neben dem Beitrag ist ein Schwarz-Weiß-Foto von vier Schülern abgebildet, die auf einem Sofa sitzen und angeregt ihre Erlebnisse schildern.

Ihren Gesichtsausdrücken haftet etwas Eigenartiges an. Entweder erinnern ihre Mienen an die eines Hochstaplers, der versucht, das Ganze nicht als Gag auffliegen zu lassen, oder sie zeigen die Verwirrung und Befangenheit im Umgang mit so viel Aufmerksamkeit. Der Ton des Artikels lässt allerdings keinen Zweifel daran, dass der Reporter sie nicht allzu ernst genommen hat.

Anscheinend tat es auch sonst niemand, sieht man von den sensationsgierigen Autoren der Bücher ab, die ich in der Bibliothek gefunden habe.

Die Geschichte kann man ja auch leicht abtun. Da gibt es eine Gruppe Schüler im Wald, die für ausgelassene Späße geradezu prädestiniert ist. Zieht man dann noch in Betracht, dass sie getrunken und geraucht haben, hat man die perfekte Gelegenheit für eine reale tierische Begegnung, die über alle Maßen aufgebauscht wird.

Doch während ich das Foto in dem Artikel betrachte, weckt der Gesichtsausdruck eines dunkelhaarigen Mädchens am Rande des Sofas eine Erinnerung in mir. Sie wirkt äußerlich so, wie ich mich bei meiner ersten Befragung durch Detective Glenn gefühlt habe – verwirrt und verängstigt.

In der Bildunterschrift wird sie nur als »Elizabeth L.« erwähnt. Ich weiß nicht, was die anderen Schüler in dieser Nacht gesehen haben oder ob sie sich bei dieser Geschichte nur in den Vordergrund drängen wollten. Doch an ihrem Blick kann man erkennen, dass sie etwas beobachtet hat, das sie lieber vergessen würde.

Leider sind der Vorname und der erste Buchstabe des Nachnamens nicht sehr viel. Außer …

Ich stehe auf und frage die Bibliothekarin nach den Jahrbüchern der Highschool.

Zehn Minuten später sitze ich wieder an meinem Tisch. Drei Ausgaben der Jahrbücher der Chilton Highschool liegen vor mir, und ich suche nach Elizabeth L.

Ich habe sie schnell gefunden. In jeder Abschlussklasse gibt es kaum mehr als fünfzig Schüler.

Ihr Gesicht fällt gleich auf. Sie lächelt und sieht in eine glückliche Zukunft – was für ein Unterschied zu dem erschrockenen Mädchen auf dem anderen Foto.

Laut dem Jahrbuch heißt sie mit Nachnamen Lee. Ihre beste Freundin ist Brandy Thompson und ihr Lieblingszitat ist »Denn Vagabunden wie wir, Baby, wurden zum Laufen geboren«.

Im Internet entdecke ich eine Elizabeth Lee Collins, die in Lodge Pine wohnt. Im Immobilienverzeichnis finde ich auch eine Adresse. Als ich diese in eine Suchmaschine eingebe, erhalte ich die Telefonnummer des Lodge Pine Aquaculture Supply – vermutlich ein Lieferant von Fischzuchtanlagen.

Nun habe ich also ihre Telefonnummer. Aber soll ich sie tatsächlich anrufen? Geschichten über das Monster von Cougar Creek nachzujagen, führt mich weit weg von der Suche nach dem Mörder. Wenn ich jeder verrückten Geschichte aus dem Süden Montanas hinterherlaufe, werde ich steinalt sterben, bevor ich irgendetwas Konkretes herausgefunden habe.

Das Ganze erscheint lächerlich, besonders wenn man bedenkt, wie absurd einige Berichte klingen – indianische Geister, Tierorgien –, und trotzdem … ist da etwas in dem gequälten Blick der jungen Elizabeth. Ich will wissen, was sie gesehen hat.

Spontan wähle ich die Nummer und verfluche mich selbst, weil ich mir nicht vorher überlegt habe, was ich sagen soll.

»Aquaculture Supply. Wie kann ich Ihnen helfen?«, fragt mich eine Frauenstimme.

»Elizabeth Lee?«

»Ich heiße jetzt Collins.«

»Entschuldigung. Ja, natürlich. Das ist jetzt vielleicht, ähm, ein bisschen seltsam. Aber ich habe etwas nachgeforscht und wollte Ihnen einige Fragen stellen.«

»Oh Gott. Es geht um diese Sache in Cougar Creek, oder?«

»Ähm, ja.«

»Hören Sie. Das war nur eine Falschmeldung, die einige meiner Freunde verbreitet haben. Ich habe das Gefühl, dass man mich, seitdem diese Opfer von Tierangriffen auftauchen, wieder in die ganze Sache hineinziehen will. Aber ich habe dem Ganzen nichts hinzuzufügen.«

»Eine Falschmeldung.«

»Ja«, sagt sie, ohne zu zögern. »Wenn Sie wissen wollen, worum es geht, sollten Sie diesen verrückten Professor fragen, der ständig Leichen findet.«

Ich wusste gar nicht, dass das Ganze inzwischen so bekannt war. »Woher wissen Sie davon?«

»Mein Mann ist Polizist. Alle wissen es. Egal, reden Sie mit dem Professor.«

»Ich bin das.«

»Wie bitte?«

»Theo Cray. Ich bin derjenige, der ständig Leichen findet.«

Es dauert einen Moment, bis sie antwortet. »Sie sind derjenige, der diese Mädchen gefunden hat?«

»Ja, Ma'am.«

»Und was, glauben Sie, hat sie getötet?«, fragt sie.

»Ein Mann.«

»Ein Mann?«

»Aus Fleisch und Blut.«

»Was hat das mit mir zu tun?«

»Sie haben in dieser Nacht etwas gesehen.«

»Ich sagte doch, es war eine Falschmeldung.«

»Ich habe das Foto gesehen, das man einige Tage später von Ihnen gemacht hat. Dieses Mädchen glaubt nicht, dass es eine Falschmeldung war.«

»Das ist schon lange her. Das Mädchen wusste nicht viel.«

»Ich würde mich trotzdem gerne mit Ihnen unterhalten.«

»Habe ich schon erwähnt, dass mein Mann Polizist ist?«

»Ja, Ma'am.«

»Einverstanden.« Sie seufzt. »Haben Sie unsere Adresse?«

Kapitel 53

SCHATTEN

Elizabeth und ihr Ehemann leben in einem gepflegten zweistöckigen Haus, umgeben von mehreren Äckern Land. Drei sabbernde Hunde fallen fast übereinander, um mich zu begrüßen, als ich das Gartentor öffne. Nachdem ich jedem pflichtbewusst die Ohren gekrault und damit mein Eintrittsgeld bezahlt habe, laufen sie davon, um einen unsichtbaren Feind zu verjagen.

Elizabeth sitzt auf der Veranda. Auf dem Tisch steht eine Kanne Eistee. Sie ist etwas kräftiger als auf dem Foto, das kurz nach der Highschool aufgenommen wurde, doch die Augen und das Haar sind unverändert.

»Sie sind also der Mann, der ständig Leichen ausgräbt?«, fragt sie.

»So könnte man das sagen.«

Sie gibt mir ein Zeichen, Platz zu nehmen. »Thomas sagt, Sie hätten eine Freundin verloren?«

Ich vermute, Thomas ist ihr Ehemann, der Polizist. »Eine ehemalige Studentin.«

»Wie ich gehört habe, wurden zunächst Sie verdächtigt?«

»Das war vielleicht ein Erlebnis.«

»Das glaube ich Ihnen gern. Aber Sie sind hier, um über Cougar Creek zu reden. Wirklich, Sie vergeuden Ihre Zeit. Wie ich schon erklärte, es war eine Falschmeldung. Mehr gibt es nicht zu sagen.«

So, wie sie es sagt, klingt es wie eine vorbereitete Rede. Doch ich kann sehen, wie schwer die Erinnerung auf ihr lastet.

»Zwei Personen glauben, dass es sie gibt«, antworte ich.

»Wie bitte?«

»Zwei Personen sehen eine mögliche Verbindung. Sie und ich. Als ich anrief, sagten Sie, Sie hätten erwartet, dass man sich früher oder später bei Ihnen meldet. Bisher wissen wir beide das meiste darüber und sind zu der gleichen Schlussfolgerung gekommen, dass das Ganze miteinander im Zusammenhang stehen könnte.«

»Sie sollten jetzt besser gehen. Ich würde nur ungern meine Hunde auf Sie hetzen«, sagt sie recht halbherzig.

»Oh, viel Glück damit. Ich habe Ihre Hunde bereits kennengelernt.«

Sie schüttelt den Kopf. »Nutzlose Viecher.« Sie gibt sich meiner Dickköpfigkeit geschlagen. »Okay. Also, ich hatte damals keine wirkliche Ahnung, was da vor sich ging. Und später haben einige meiner Freunde bei manchem, was passiert war, ziemlich übertrieben. Andere sind plötzlich völlig ausgeflippt. In einem Bericht stand sogar, wir hätten eine Art dämonische Tiergeistorgie gehabt. Ich bin als Jungfrau diesen Berg hinaufgelaufen und auch als Jungfrau wieder heruntergekommen, vielen Dank auch.«

»Also was ist passiert?«

Es dauert einen Moment, bis sie ihre Gedanken geordnet hat. »Nun, wie Sie vermutlich wissen, waren wir nicht die Ersten, die das Monster von Cougar Creek oder was auch immer getroffen haben. Tatsächlich waren die Geschichten, dass irgendetwas dort oben herumschleicht, erst der Grund, warum Reese Penny und Alex Danson den Ausflug überhaupt organisiert haben. Sie glaubten, es seien Aliens oder ein Bigfoot. Egal, das Ganze wurde irgendwie zu unserem Abschlusslager. Insgesamt waren wir siebzehn Schulabgänger.«

»Was haben Sie vorher gehört?«

»Wanderer erzählten, sie hätten ein Tier auf zwei Beinen gesehen, das sie beobachtet habe. Sie seien vom Fischen zurückgekommen und ihr Zeltlager sei völlig demoliert gewesen. Es gab sogar ein Foto.«

»Ein Foto?«

»Ja. Ich glaube, Alex' Cousin hatte es einige Wochen vorher geschossen. Ich habe nur eine verschwommene Kopie des Abzugs gesehen. Es hätte alles sein können.«

»Wie sah es aus?«

»Damals meinte Reese, glaube ich, es habe wie der schwarze Panther aus den Comics ausgesehen. Er hat tatsächlich einen Comic-Hefteinband neben das Bild geklebt. Konnte tatsächlich einer gewesen sein. Aber diese Mädchen, diese Opfer, wurden von einem Bären angegriffen, oder?«

»Es gibt fünfreihige Kratzspuren, die auf einen Bären hinweisen könnten. Bei einer Raubkatze wären es normalerweise vier.«

»Thomas sagt, die Leute von ›Fish and Wildlife‹ glauben, eine Raubkatze mit einer Missbildung könnte herumlaufen und für diese ganze Verwirrung sorgen. Sowohl Raubkatzen als auch Bären sind dafür bekannt, ihre Beute zu vergraben.«

»Mrs Collins, ich habe diese Gräber gesehen. Das hat kein Tier getan.«

»Elizabeth. Aber Sie glauben, der Pumamann könnte es getan haben?«

»Sie haben mir noch immer nicht erzählt, was Sie gesehen haben.«

»Ja, richtig. Also, als wir zu der warmen Quelle kamen, behaupteten einige von uns, wir würden beobachtet. Lucy Plavin, ein paar andere Mädchen und ich streiften umher, pflückten Blumen und unterhielten uns. Schon bald waren wir zwar von den anderen getrennt, konnten dem Weg aber leicht folgen. Wir gingen also weiter, machten viel Krach, kicherten und so, als Carey Sumter plötzlich stehen blieb und fragte: ›Was ist das?‹ Sie zeigte links in Richtung Bergrücken, die Bäume hinauf. Wir sahen nichts, doch sie behauptete, es sei etwas Großes. Ich meinte, selbst wenn, dann sei es bloß ein Bär. Sie war inzwischen kreidebleich, total verschreckt. Sie hatte etwas gesehen, aber wir redeten es ihr aus. Zehn Minuten später lachte sie wieder mit uns und hatte vergessen, was auch immer sie gesehen hatte. Erst als wir zur Quelle kamen und unsere Zelte aufschlugen, stellten wir fest, dass drei oder vier der anderen ebenfalls bemerkt hatten, dass uns etwas beobachtet hatte. Da wurde es uns dann ein wenig mulmig. Es hatte drei verschiedene Sichtungen zu verschiedenen Zeitpunkten gegeben. Als wir unsere Erlebnisse austauschten, erkannten wir einige Gemeinsamkeiten: Es saß auf dem linken Bergrücken, sah zuerst wie ein Mann aus, schlich dann aber wie eine Raubkatze davon.«

»Glaubten Sie, irgendjemand spielte Ihnen einen Streich?«

»Ja, natürlich. Ich dachte, Reese oder Alex hätte sich verkleidet oder einer ihrer Freunde versteckte sich in den Bäumen. Aber die beiden waren am misstrauischsten. Sie versuchten, Carey und die anderen davon zu überzeugen, dass es ein Bär gewesen war. Nur dass sie darauf bestanden, dass es für einen Bären zu dünn gewesen sei. Sie meinten, es habe so ausgesehen wie das Ding auf Alex' Foto.«

»Haben Sie es noch einmal gesehen?«

Sie schaut mich an, als stellte ich die dümmste Frage der Welt. »Ob ich es noch einmal gesehen habe? Verdammt, ja! Als es versucht hat, mich aus meinem Zelt zu zerren.«

Kapitel 54

DIE BEGEGNUNG

»Bei dem dritten Kasten Bier hatten sich unsere Nerven etwas beruhigt, und diejenigen, die zum Rummachen mitgekommen waren, verzogen sich in ihre Zelte. Die meisten von uns waren bereits eingeschlafen, als es draußen vor den Zelten plötzlich unruhig wurde. Carey, Janet, Vivian und ich hatten beschlossen, uns ein Zelt zu teilen, weil wir den Jungs weniger über den Weg trauten als dem, was uns da draußen vielleicht beobachtet hatte. Eine von ihnen wachte von dem Geräusch auf, als der Reißverschluss des Zeltes geöffnet wurde. Zuerst dachte sie, es sei eines der anderen Mädchen, oder einer der Jungs wollte uns einen Streich spielen. Bis sie nach ihrer Taschenlampe gegriffen hatte, war, wer oder was auch immer es gewesen war, schon wieder verschwunden. Kurze Zeit später hörte Stacey Kavanaugh etwas und begann zu schreien. Davon wurde jeder wach. Wir trafen uns alle am Feuer, und jeder berichtete, was er gesehen hatte. Die Hälfte der Zelte behauptete, sie hätten etwas herumschleichen gehört und ein Schatten sei vorbeigehuscht. Wir einigten uns schließlich darauf, dass es ein Bär oder eine Raubkatze gewesen war. Die Mädchen beschlossen, die Jungs zu ihrem Schutz aufzuteilen. Das hätte ein perfekter Plan von

Reese und Alex gewesen sein können. Nur schienen sie genauso beunruhigt über die Ereignisse zu sein wie alle anderen auch. Ich wusste, dass Scott Cook sich nicht so für Frauen interessierte, wie alle dachten. Also teilte ich mir mit ihm ein Zelt. Da er auch Kapitän des Wrestlingteams war, fühlte ich mich sicher. Armer Scott.«

»Was meinen Sie damit?«

»Ich dachte, Sie wüssten über diesen Teil Bescheid. Nun, ich lag also auf meinem Schlafsack, weil es so heiß war. Scott schien tief zu schlafen. Er lag eingerollt in der Ecke des Zeltes und hatte einen Walkman auf, mit dem er Depeche Mode hörte. Zuerst dachte ich, ich träumte. Da war ein Geräusch, das ich nicht richtig einordnen konnte. Erst später wurde mir klar, dass es der Reißverschluss des Zeltes war, der ganz langsam geöffnet wurde. Ich hatte die Augen noch geschlossen und war noch nicht ganz wach, als etwas mein Bein berührte. Ich dachte noch, es sei Scott, der doch anbandeln wollte. Also beschloss ich, das Ganze zu ignorieren und zu sehen, wie weit er gehen würde. Dann wurde ich plötzlich am Knöchel gepackt und aus dem Zelt gerissen.«

Elizabeth verzieht das Gesicht, während sie sich an die Ereignisse erinnert. Ihr Körper verdreht sich, als die Erinnerung in ihre Muskeln zurückkehrt.

»Ich schrie und hielt mich an Scotts Schlafsack fest. Während ich hinausgezerrt wurde, versuchte ich, mich an den Zeltstangen festzuklammern. Doch dieses Ding war stärker als ich und ich verlor den Halt. Ich rollte auf den Rücken und dann sah ich diesen Schatten … dieses Ding. Scott stürmte aus dem Zelt und sprang es an. Dann … dann kratzte dieses Ding ihn. Ich erinnere mich noch, wie es seinen Arm nach hinten nahm und nach Scott schlug. In dem Moment schoss Reese mit der Waffe, die er mitgebracht hatte. Bis zu diesem Moment wusste niemand, dass er sie dabeihatte. Dieses Ding ließ mich los und rannte in den Wald.«

»War es verletzt?«

»Ich weiß es nicht. Scott aber war es. Nicht nur, dass dieses Ding ihn angefallen hatte. Reese hatte ihn mit seinem Schuss auch noch an der Schulter verletzt. Deshalb hat jeder die Geschichte etwas anders erzählt. Es war gesetzlich verboten, im Beaverhead Forest eine Waffe bei sich zu tragen, und Reese hatte schon einige Klagen am Hals. Keine der Wunden war lebensbedrohlich. Die Kratzwunden waren übel, aber wir konnten ihn so weit verarzten, dass wir ihn in ein Krankenhaus nach Red Hook bringen konnten. Die Schussverletzung war auch nicht besonders tief und konnte als Schnittwunde durchgehen. Wir beschlossen, nicht zu erwähnen, dass Reese Scott angeschossen hatte. Aber es waren mehr als ein Dutzend Leute dabei, also wussten irgendwann alle Bescheid. Als der Sheriff Scott fragte, was passiert war, leugnete er trotzdem, dass auf ihn geschossen wurde, und damit war die Sache dann erledigt.«

»Was ist mit dem Monster von Cougar Creek?«

Elizabeth zuckt mit den Schultern. »Was soll damit sein? Alle, sogar einige von uns, die dort gewesen waren, glauben, dass wir uns das nur ausgedacht haben oder im betrunkenen Zustand einem Berglöwen begegnet sind. Es kam in die Presse. Irgendwelche Bigfoot-Jäger tauchten eine Zeit lang auf, aber das war das letzte Mal gewesen, dass irgendjemand das Monster von Cougar Creek gesehen hat. Als wenige Monate später diese kalifornischen Wanderer verschwanden, wurde der Pumamann nicht einmal erwähnt.«

»Wanderer? Davon habe ich noch nie gehört.«

»Bevor wir dort hinaufgegangen sind, wurden mindestens zwei Fremde, keine Einheimischen, gesehen, wie sie dort hinaufwanderten, aber nie zurückkamen. Später kamen dann drei Wanderer, Blumenkinder oder so etwas, per Anhalter nach Red

Hook. Sie gingen den Berg hinauf und wurden ebenfalls nie wieder gesehen. Es gab nie eine Vermisstenmeldung in dieser Region. Ich glaube, ein Ranger hat die Suche durchgeführt. Aber das war das Ende der Geschichte. Obwohl ich gehört habe, dass andere – Leute, die herkamen, um den Pumamann zu suchen, und ebenfalls keine Einheimischen waren – nie wieder gesehen wurden. Aber wer weiß. Man sollte annehmen, dass sich inzwischen ihre Autos auf dem Parkplatz am Ausgangspunkt des Parks stapeln, oder? Vermutlich ist das nur leeres Geschwätz.«

»Was, glauben Sie, hat nach Ihnen geschnappt?«

»Ich würde sagen, es war ein Mann. Aber es hat weder nach einem Mann gerochen noch sich so verhalten. Scott hatte ja auch diese Kratzspuren auf der Brust. Obwohl er schon bald erzählte, es sei ein Berglöwe gewesen. Er hatte keine Lust mehr, den Leuten zu sagen, was wirklich passiert war. Er starb einige Jahre später bei einem Autounfall. Betrunken. Armer Scott.«

Wir schweigen einen Moment und starren in unterschiedliche Richtungen der Veranda. Dann schaut Elizabeth zu mir herüber.

»Was es war? Der Teufel. Danach war keiner von uns mehr derselbe. Reese erschoss sich mit derselben Waffe, mit der er Scott angeschossen hatte. Alex wurde drogenabhängig, begann zu dealen und sitzt immer wieder im Gefängnis. Carey Sumter bekam Albträume und zog fort. Die anderen taten es ihr gleich.«

»Und Sie sind geblieben?«

»Der Teufel kann mich finden, wo immer er will. Weglaufen ist sinnlos. Außerdem habe ich einen Polizisten geheiratet.«

In Elizabeths Augen liegt ein ferner Blick, den ich wiedererkenne. Ich erkenne das verwirrte, verschreckte Mädchen auf dem Sofa von dem alten Foto wieder.

Die Ähnlichkeiten zwischen diesem Pumamann und meinem Mörder sind zu groß, um sie ignorieren zu können. Obwohl es Zufall sein könnte, vermute ich, dass diese frühen

Begegnungen dem Mörder in jüngeren Jahren dazu dienten, sich selbst zu testen und zu lernen, wie man jagt.

»Verschwanden die Menschen alle in der gleichen Region?«

»Soweit ich weiß, ja. In dem Tal um die Quelle. Warum?«

»Könnten Sie es mir auf einer Karte zeigen?«

»Natürlich. Aber dort ist seit Jahrzehnten niemand mehr verschwunden. Und der Pumamann wurde nie wieder gesehen. Ich weiß das, weil ich noch immer darauf achte.«

»Ich verstehe. Aber ich würde gerne dorthin gehen.«

»Warum? Er ist lange fort.«

»Aber dort hat er vielleicht angefangen. Ich muss es mit eigenen Augen sehen.«

Kapitel 55

RAUMWISSENSCHAFTEN

Zurück in Jillians Restaurant, hänge ich über einem Tisch voller Karten und Diagramme. Meinen halb leer gegessenen Teller mit Kirschkuchen habe ich zur Seite geschoben, während ich versuche, einen Sinn in den Daten zu erkennen, als würde mir etwas entgegenspringen und alles miteinander verbinden.

Oberflächlich betrachtet, haben die Sichtungen des Monsters von Cougar Creek nichts mit Junipers Mörder zu tun. Der Mann, der sie und die anderen ermordet hat, ist unsichtbar – so unsichtbar, dass die Behörden noch immer bezweifeln, dass es ihn überhaupt gibt. Der Pumamann wollte dagegen fast schon gesehen werden. Er ist so oft aufgetaucht, dass er zum Bigfoot des Südens von Montana wurde, bevor er plötzlich in der Nacht, in der er Elizabeth angriff, verschwand – vorausgesetzt natürlich, dass er es war.

Je mehr ich darüber nachdenke, desto einleuchtender ist der Gedanke, dass es sich dabei um den Mörder in seiner »Batman Begins«-Phase handelte. Nachdem er beinahe – oder vielleicht auch tatsächlich – angeschossen wurde, musste er seine Taktik ändern und lernen, sich zu verstecken. Was er inzwischen nur zu gut tut.

Dieser jüngere Mörder war gleichzeitig ungeschickt und dreist, als er seine Beute mitten auf einem Zeltplatz angriff. Der spätere Mörder wurde weitaus wählerischer und beobachtete seine Opfer vermutlich längere Zeit, bevor er zuschlug. Hierzu braucht man Geduld – oder ist es der Nervenkitzel der Jagd? Macht es ihm genauso viel Spaß, seine Opfer zu beobachten, wie, sie zu töten?

»Wollen Sie wandern gehen?«, fragt Jillian, während sie sich über meine Schulter beugt.

Sie hätte mich überrascht, hätte ich nicht ihr Parfüm gerochen, noch bevor sie etwas gesagt hat. Es erinnert mich an Wisteria.

»So etwas in der Art …«

Sie nimmt mir gegenüber Platz. Sie trägt keine Schürze, sondern eine Bluse mit weißem Kragen, die ihrer Figur schmeichelt.

»Sie sehen … gut aus«, sage ich.

»Sie sollten mich erst einmal in Wandershorts sehen.«

Ich schenke ihr ein schwaches Lächeln.

Sie tippt auf die Karte. »Das war ein Wink mit dem Zaunpfahl, Theo. So etwas macht eine Frau manchmal. Aber viele können Sie nicht mehr erwarten.«

»Oh!« Ich packe die Karte und die Diagramme zusammen. »Es ist nicht diese Art von Wanderung.«

»Sie suchen nach Leichen. Ich weiß.«

»In diesem Fall ausnahmsweise nicht. Ist mehr aus reiner Neugier.«

»Sie kommen und gehen jetzt seit zwei Wochen. Ihre Neugier hat Sie Gott weiß wo hingebracht. Vielleicht können Sie dieses Mal eine Begleitung gebrauchen?«

Ich habe öfter an sie gedacht, als mir bewusst ist. Während ich zu immer dunkleren Plätzen ging, freute ich mich immer mehr darauf, zu diesem Tisch zurückzukehren, Kuchen zu essen und einen Hauch von Normalität zu genießen.

Manchmal beobachte ich sie auf ihrem Weg durch das Restaurant, wie sie unbekümmert lächelt und wie sie mit den verschiedenen menschlichen Emotionen umgeht, ohne jemals ihr eigenes Wohlgefühl zu verlieren. Ein Teil von mir möchte diese Präsenz mit zu diesen dunklen Plätzen nehmen, während der andere Teil sie nicht mit dem Bösen vergiften will.

»Ich weiß nicht, ob ich eine angenehme Gesellschaft wäre.«

»Deshalb brauchen Sie ja Gesellschaft.«

»Es ist vielleicht nicht sicher.«

»Ich werde Sie beschützen«, kontert sie.

»Ha! Wir haben ja gesehen, wie effektiv meine Selbstverteidigung ist.«

»Gus sagt, sein Training würde Ihnen helfen.«

»Sie meinen diese Einheiten um sechs Uhr morgens, bei denen er einen Wäschesack gegen meinen Kopf schwingt?«

»Nennen Sie es, wie Sie wollen, aber ich kann den Unterschied sehen. Ihr Gesicht steht vor und Sie hängen nicht mehr so vornüber. Er macht einen richtigen Mann aus Ihnen.«

»Ich glaube nicht, dass die Zeit im Universum dafür ausreicht.«

»Noch ein Grund mehr, weshalb Sie nicht allein in den großen, bösen Wald gehen sollten.«

»Ich weiß nicht …«

»Jeder an diesem Tisch, der tatsächlich eine Kampfausbildung hat, hebt bitte seine Hand!« Jillian hebt den Arm. »Das dachte ich mir.«

Ich hatte vergessen, dass sie in der Armee gedient hat – sie ist so … weiblich. Ich habe protestiert, weil die Aktion nicht sicher ist. Dabei habe ich keinen Grund zu glauben, sie wäre hier sicherer. Und das Monster von Cougar Creek wurde seit Jahrzehnten nicht mehr gesehen. Ich bezweifle, dass er noch einmal einen Platz aufsucht, an dem man ihn fast getötet hätte. Trotzdem … hier ergibt nichts einen Sinn.

»Fein«, sagt sie. »Abgemacht. Sie holen mich morgen früh ab.«

»Ich habe doch gar nicht zugestimmt.«

»Zu spät.«

Ich weiß, mit ihr zu streiten ist sinnlos. Und um ehrlich zu sein, gefällt mir der Gedanke, ihre Aufmerksamkeit nicht mit einem Restaurant voller Gäste teilen zu müssen.

»Gestern kamen einige Männer vorbei und haben nach Ihnen gefragt«, erzählt sie.

»Ach, ja? Wer denn?«

»Haben sie nicht gesagt. Sahen wie Polizisten aus. Aber keine, die ich kannte. Einer von ihnen trug eine Uhr, die zwei Stunden vorging. Kamen vermutlich nicht von hier.«

»Polizisten? Ich bin leicht zu finden.«

»Vielleicht war es irgendetwas Alltägliches. Ich habe gehört, dass sie jetzt nach einem Berglöwen suchen.«

Ich stöhne. »Ja, klar, mit fünf Krallen. Polydaktylie, eine angeborene Fehlbildung, führt bei Katzen in der Regel zu sechs Krallen oder mehr, aber nicht zu fünf. Ich habe noch nie gehört, dass so etwas bei Großkatzen vorkommt. Obwohl es auch keinen Unterschied macht. Sie zimmern sich eine Theorie zurecht, die ihnen in den Kram passt.«

»Wonach suchen wir morgen? Nicht nach Leichen, oder? Ich meine, ich wäre dafür zu haben. Glaube ich zumindest.«

»Nein. Wir suchen nach dem Monster von Cougar Creek oder dem Pumamann, wie er manchmal auch genannt wird.«

Jillian zieht die Augenbrauen hoch und wartet kurz ab, ob ich vielleicht Witze mache. »Ich bringe mein Gewehr mit.«

»Ich bin mir sicher, dass er schon lange fort ist.«

»Das Gewehr ist nicht für ihn.«

»Ach, Sie vertrauen dem verrückten Professor und gehen mit ihm allein wandern, aber nur, wenn Sie eine Knarre dabeihaben?«

»Mehr oder weniger. Außerdem, wie ich schon sagte, warten Sie ab, bis Sie mich in Wandershorts sehen.«

Kapitel 56

DIE SCHLUCHT

Ich lasse Jillian einige Schritte Vorsprung, hauptsächlich, weil dieser Teil der Schlucht zu schmal ist, um nebeneinander zu gehen. Aber auch nur hauptsächlich. Denn sie hat nicht übertrieben, was ihre Wandershorts angeht.

Sosehr sie mich auch ablenkt, das beunruhigende Gefühl angesichts dieses Ausflugs bleibt. Zum Teil liegt es an dem lebhaften Bild, das Elizabeths Geschichte mir vermittelt hat, und an dem furchtbaren Gedanken, was hier draußen vielleicht noch geschehen ist. Zum Teil liegt es aber auch an den geografischen Gegebenheiten.

Der Weg folgt einem allmählichen Anstieg, der zwischen zwei schroffen Bergkämmen verläuft. Der Fluss, der einst hier durchgeflossen ist, ist schon vor Jahren versiegt. Jetzt gibt es hier nur noch einen trockenen Felsgrund, der sich seinen Weg durch die Berge bahnt.

Die Bäume an den Seiten sind so hoch, dass die Schlucht nur in der Mittagssonne nicht im Schatten liegt.

»Dieser Ort fühlt sich irgendwie komisch an«, sagt Jillian.

Ich bin erleichtert, dass sie es ausspricht, denn ich wollte sie nicht unnötig beunruhigen.

»Das liegt daran, dass wir hier so angreifbar sind. Niemand fühlt sich wohl, wenn er in einer engen Spalte festsitzt.«

»Ja, das habe ich schon mal gehört«, erwidert sie lachend.

Zu spät erkenne ich den doppeldeutigen Witz, was sie mit einem süffisanten Grinsen quittiert, als sie über die Schulter zurückschaut, um zu sehen, ob er angekommen ist.

»Richtig ... Einige Evolutionspsychologen glauben, dass wir uns von Natur aus in bestimmten Landschaften wohler fühlen als in anderen. Auf dieses Bedürfnis gehen auch die Parkanlagen ein. Mit ihnen will man nicht die Natur ein Stück weit wiederherstellen, sondern uns beruhigen. Ein kleines Gewässer inmitten endloser Weite mit ein paar Bäumen, in denen man sich verstecken kann, sollte ein großes Raubtier auftauchen. Das haben wir gesucht, als wir den Dschungel gegen die Savanne eingetauscht haben. Das wollten die Landschaftsmaler des Mittelalters malen, und so wurden Herrenhäuser und Landsitze über Jahrhunderte hinweg entworfen. Aber dieser Ort hier? Der ist das genaue Gegenteil.«

»Ja, aber ich glaube, ich weiß, warum es eine Horde Teenager trotzdem hierhergezogen hat. Hier erscheint jede Autorität so weit weg. Erst recht, wenn man gerade die Schule abgeschlossen hat.«

Ich schaue aufmerksam auf die Schatten und versuche mir vorzustellen, wie ich reagieren würde, wenn ich aufschaute und dort jemand ... oder etwas sähe ... das mich beobachtet.

Hier gibt es tausend Möglichkeiten, sich zu verstecken, und wir werden zweifelsohne beobachtet. Die Siedler, die vor mehr als hundert Jahren hier gelebt haben, gaben diesem Ort seinen Namen, Cougar Creek – das Tal der Pumas. Statistisch gesehen ist die Zahl der Berglöwen hier niedriger als in anderen Regionen, vermutlich eine Folge des übermäßigen Jagens aufgrund des Namens. Trotzdem bin ich davon überzeugt, dass ein Raubtier weiß, dass wir hier sind.

Jillian gibt den Versuch auf, sich eine Strähne ihres aschblonden Haares hinter das Ohr zu schieben, und trinkt einen Schluck aus ihrer Feldflasche. »Und, wie halten Sie sich, Großstadtjunge?«

»Dieser Großstadtjunge ist durch Belize gewandert, als Sie noch die Pompons geschwungen haben.«

»Pompons? Softball und Volleyball. Ich habe immer lieber gegen Sachen geschlagen. Was haben Sie in Belize gemacht?«

»Einen Mörder gejagt«, antworte ich.

»Wirklich?«

»Culicidae. Stechmücken. Wir suchten nach einer speziellen Art, die häufiger Malaria übertrug als andere. Ich war damals noch Student und lief einem Feldforscher hinterher, der Proben sammelte, während die Regierung versuchte, sie in den Gefahrenbereichen auszurotten.«

»Und wie ist es gelaufen?«

»Eine etwas weniger ansteckende Art hat die Nische besetzt. Statistisch gesehen retteten wir elf Leben. Letztendlich sorgten bessere Ausrottungsmethoden für einen signifikanteren Unterschied.«

»Interessant.« Sie läuft eine Weile schweigend weiter. »Ist das bei Ihnen genauso?«

»Wie bitte?«

»Die Art, wie Sie die anderen Opfer gefunden haben, und das, was Sie hier draußen tun, ist so ähnlich wie das Verfolgen einer Krankheit.«

»Ich bin nicht wirklich ein Epidemiologe, falls Sie das meinen. Das ist nicht mein Fachgebiet. Ich erstelle mathematische Modelle auf Grundlage biologischer Systeme.«

»Ein Universalgelehrter.«

»So könnte man das wohl nennen. Selbst die Biologie war mir irgendwie zu beschränkt. Also musste ich eine Möglichkeit finden, sie ein bisschen exotischer zu machen.«

»Zum Beispiel?«

»Für meine Doktorarbeit habe ich eine fünfdimensionale Umgebung erschaffen, sie mit synthetischem Leben bewohnt und dann Krankheitsüberträger eingeführt.«

»Ich tue erst gar nicht so, als wüsste ich, was das heißt.«

»Es war ein bisschen gewagt. Ich wollte gemeinsame Merkmale zwischen sehr verschiedenen Systemen herausfinden. Die Art, wie sich ein lustiges Katzenbild über das Internet verbreitet, ist der Art, wie sich ein Grippevirus ausbreitet, gar nicht so unähnlich. Ich wollte ein sehr kompliziertes, ein bizarres Modell erstellen und dann nach Ähnlichkeiten suchen.«

»Haben Sie welche gefunden?«

»Ja, sehr viele. Keine waren in das System eingebunden, aber gewisse Dinge waren unvermeidlich. Auf diese Weise habe ich herausgefunden, wo die anderen Opfer waren. Mein Modell hat Muster aufgegriffen, die nicht offensichtlich waren.«

»Clever.«

»Ein bisschen clever. Ich konnte zwar herausfinden, wo sich ihre Gräber befinden und was die potenziellen Abfangpunkte gemeinsam hatten, aber das verrät mir nichts über den Mörder.«

Jillian denkt einen Moment nach, bevor sie antwortet. »Deshalb sind wir also hier. Wenn Ihr Mörder in seinen Anfangsjahren hier gewesen war, können Sie mehr über ihn erfahren.«

»Kann schon sein. Vielleicht hat es gar nichts mit ihm zu tun. Aber ich könnte hier einige Datenpunkte finden, mit deren Hilfe ich sein Verhalten besser verstehen kann.«

Nun erreichen wir die Ebene und laufen unter einem dichten Baumkronendach weiter. Nach einer halben Stunde stoßen wir auf die kleine Quelle, an der Elizabeth und ihre Freunde die Zelte aufgeschlagen hatten.

Das Bassin ist dunkel und schlängelt sich um eine Einbuchtung. Auf der einen Seite befindet sich der schäumende

Abfluss. Gelegentlich steigen Blasen von unten herauf. Der Schwefelgeruch ist nicht überwältigend, aber eindeutig vorhanden.

Felsvorsprünge umgeben die Stelle und bilden eine Art steilen Krater. Diese dampfende Quelle suggeriert eine Art latente Vulkanaktivität, vorausgesetzt, hierbei handelt es sich wirklich um einen ehemaligen Vulkan.

Ich zeige nach oben. »Sehen Sie die zerklüfteten Felsränder, die wie schwarze Zähne in den blauen Himmel ragen? An anderen Orten, an denen ich gewesen bin, nannte man eine solche geologische Formation einen Höllenschlund.«

»Gruselig«, erwidert Jillian und beäugt sie argwöhnisch.

Ich hole die Satellitenausdrucke aus der Region, die ich mitgenommen habe, aus meinem Rucksack. Es dauert einen Moment, bis ich unseren Standort auf der Karte ausgemacht habe, finde aber schließlich, was ich suche.

»Da lang.«

Jillian folgt mir, während ich uns einen Weg durch die Büsche schlage, um zu einem Felssturz zu gelangen. Wir klettern hinauf, bis wir uns knapp zwanzig Meter über der Quelle befinden. Ich finde einen schmalen Vorsprung, auf dem wir beide sitzen können.

Von hier oben sieht die Lichtung wie ein grasbewachsener Kreis mit einem kleinen Teich in der Mitte aus. Vor meinem geistigen Auge kann ich die Zelte sehen, die überall auf der Waldwiese verteilt sind: klein, fast wie Spielzeuge, die Menschen bedeutungslos.

»Wie fühlen Sie sich hier oben?«, frage ich Jillian.

»Wie Gott.«

»Oder wie ein Teufel.«

Sie nickt. »Glauben Sie, dass er sie von hier oben beobachtet hat?«

»Ich denke, er hat sie den ganzen Weg bis hier oben hin beobachtet. Und die anderen auch. Diese Stelle unter uns … ist etwas Besonderes. Das könnte sein Ort gewesen sein.«

»Sein Ort zum Töten?«

»Vielleicht mehr als einmal.«

Ich nehme eine Wärmekarte aus meinem Rucksack und richte sie nach dem Punkt aus, auf den wir schauen.

»Was ist das?«

»Ranger haben die ganze Gegend abgesucht und nie etwas gefunden. Aber es gibt Dutzende Orte, die man von unten nicht sehen kann.«

Ich vergleiche den kühleren Bereich auf der Karte mit einem Steilhang, der ungefähr achtzehn Meter entfernt liegt. Dort gibt es einen nackten Felsen von fast drei Metern Höhe mit zahlreichen Spalten. Darüber befindet sich ein kleiner Vorsprung.

»Halten Sie mal meinen Rucksack?«

»Was haben Sie vor?«

»Ich habe nach einem Ort gesucht, an den zwar weder Großkatzen noch Bären gelangen können, aber ein Primat.«

»Was denn, einen Vorsprung?«

»Nein, eine Höhle.«

Kapitel 57

DIE HÖHLE

Ich muss meinen Fuß in einem kleinen Spalt in der Felswand verkeilen und den oberen Gesteinsrand so fest umklammern, dass die Knöchel meiner Finger weiß hervortreten, um mich auf den Vorsprung hochzuziehen.

Ein Berglöwe könnte vielleicht einen Satz oder ein Bär einen Klimmzug machen, wenn sie es wirklich wollten. Doch ich glaube nicht, dass sie dies ständig tun würden, wenn bessere Schlafplätze zu finden sind.

»Theo?«, ruft Jillian.

»Nur einen Moment.« Ich drehe mich auf den Rücken und hole tief Luft, während ich die Wunden ignoriere, die überall an meinem Körper noch heilen. »Alles okay«, sage ich, als ich endlich sitze.

Das Wärmebild erweckte den Eindruck, hier könnte es einen tiefen Durchgang geben. Tatsächlich gibt es nur einen Spalt zwischen dem Felsen in Form eines spitzen Dreiecks. Er ist gerade so breit, dass ein Mann sich hindurchzwängen kann.

Ich nehme meine Taschenlampe aus dem Rucksack und leuchte in die Spalte hinein. Nach etwa drei Metern führt der schmale Gang nach rechts. Vermutlich dehnt sich die Höhle zu dieser Seite hin aus.

»Wenn ich in zehn Minuten nicht zurück bin … ähm, holen Sie dann Hilfe?«

»Warum komme ich nicht mit Ihnen?«, ruft sie von unten herauf.

»Bleiben Sie unten. Ich sehe nach, was hier ist.«

»Okay. Aber ich komme in zehn Minuten nach, anstatt Hilfe zu holen.«

Mich beschleicht ein beunruhigendes Gefühl und ich schaue zur Lichtung hinunter. Ich bin mir nicht sicher, ob es an dem liegt, was mich drinnen erwarten könnte, oder an dem Gedanken, sie allein zurückzulassen.

Ich nehme meine Pistole aus dem Rucksack und halte sie nach unten. »Hier.«

»Und was wollen Sie benutzen?«

»Den gesunden Menschenverstand?«

»Und inwiefern hat er Ihnen bisher geholfen?« Sie lehnt die Waffe ab. »Wenn ich Ihnen nachkommen muss, wäre es besser, wenn Sie sie zuerst haben.«

Es ist sinnlos, mit ihr zu diskutieren. Also stecke ich sie wieder in meinen Hosenbund und trete in die Höhle.

Ein beißender, feuchter Duft empfängt mich, den ich nicht wirklich einordnen kann. Ich habe in den letzten Wochen so viele Leichen gerochen. Das hier ist etwas anderes.

Ich taste mich tiefer in die Höhle vor und gehe um die Kurve herum. Hier werden die Wände breiter. Obwohl die Decke niedriger wird, muss ich mich nur ein wenig bücken.

Der ebene Felsboden ist mit einer dünnen Erdschicht bedeckt. Ich suche nach Hinweisen, dass jemand hier gelebt hat, finde aber nur Felsen und einige trockene Äste, die vermutlich von einem Sturm hineingeweht wurden.

Die Höhle ist sicherlich tief genug, sodass jemand hier leben oder zumindest einige Tage während eines Mordurlaubs verbringen kann.

Ich gehe tiefer hinein und suche weiter, ohne zu wissen, wonach. Es ist dreißig Jahre her, dass Elizabeth ihm hier begegnet ist. Und selbst wenn sich der Pumamann hier aufgehalten hat, weiß ich nicht, wonach ich suchen soll.

Okay, das stimmt nicht. Ich habe vermutlich die Skelette der vermissten Wanderer erwartet. Doch alles, was ich finde, ist staubiger Boden.

Nach weiteren drei Metern erreiche ich das Ende der Höhle. Nur um sicherzugehen, mache ich kehrt und leuchte auf der Suche nach kleineren Durchgängen zu anderen Hohlräumen alle Übergänge zwischen Boden und Wand an.

Nichts.

Der seltsame Geruch ist noch da, doch es riecht nicht nach verwesenden Leichen.

Auf meiner Karte gibt es noch einige andere Punkte, die ich überprüfen möchte. Aber ich bezweifle, dass sie so vielversprechend wie dieser Ort sind. Ich drehe mich um und gehe in Richtung Sonnenlicht, das um die Kurve herum schimmert.

Als ich die Biegung erreiche, schalte ich meine Taschenlampe aus. Ich kann den vorderen Teil der Höhle gut genug erkennen. Doch in dem Bruchteil einer Sekunde, den ich brauche, um sie auszuschalten, sehe ich etwas, das mir sagt, ich sollte sie wieder einschalten.

Es ist ein äußerst dezenter Hinweis. Ein Fuß weiter nach links oder rechts und ich hätte ihn vielleicht übersehen. Als ich mit dem Licht der Taschenlampe herumfahre, sind die Details deutlich zu erkennen.

Vier lange Kratzer – als hätte man mit Metallklauen an der Wand entlanggekratzt.

Ich muss mich vor einer Bestätigungsverzerrung hüten, kann mir aber keine andere Erklärung vorstellen. Es sieht so aus, als hätte das Monster von Cougar Creek beschlossen, seine Klauen zu schärfen, bevor es auf die Jagd ging.

Ich mache einige Fotos, kontrolliere die übrigen Wände, kratze eine dünne Metallschicht aus der Furche und laufe dann zu Jillian hinaus. »Ich habe es gefunden!«, rufe ich ihr zu.

»Was gefunden?«

»Er war hier! Kratzspuren. Vier Stück.«

»Woher wissen Sie, dass es keine Großkatze war?«

»Katzen hinterlassen keine Metallreste, wenn sie an einem Felsen kratzen.«

Trotz meiner Begeisterung sehe ich die Besorgnis in Jillians Blick. Die Dinge sind plötzlich für sie sehr real geworden. Sie ist mit mir in die Berge gekommen, um eine jahrzehntealte Legende zu untersuchen. Nun habe ich sie mit der Gegenwart verknüpft.

»War da … noch mehr?«, fragt sie schließlich.

»Nein. Nur die Kratzspuren. Vielleicht findet die Polizei noch mehr Spuren auf dem Boden.«

»Glauben Sie wirklich, dass sie deswegen hierherkommt?«

»Ich weiß es nicht. Elizabeths Ehemann könnte sich dafür interessieren, jetzt, wo es einen Beweis gibt.«

»Kratzer an der Wand?«

So langsam verstehe ich, was sie denkt. Das Ganze ist zwar für mich von großer Bedeutung, aber nicht für andere – besonders nicht, wenn die Polizei noch immer davon überzeugt ist, einem Tier hinterherzujagen.

»Ja. Ich verstehe, was Sie meinen. Aber das hier kann mir weiterhelfen.«

»Vermutlich ist es besser so«, erwidert sie und ist wahrscheinlich froh, dass sich in der Höhle keine weiteren Opfer stapeln. »Vielleicht bedeutet das, dass die Geschichten über die anderen vermissten Wanderer einfach nur Geschichten sind?«

»Vielleicht.«

»Und es kann nicht sein, dass sie dort vergraben sind?«

»Nein. Da oben gibt es nur festen Felsboden.« Ich suche den übrigen Bereich des Kraters mit den Augen ab. »Ich glaube nicht, dass es hier einen anderen Ort gibt, an dem man eine Leiche verstecken könnte, ohne sie zu vergraben.«

»Könnten Sie eine vergrabene Leiche finden?«

»Nicht auf die Art, wie ich die anderen gefunden habe. Es ist zu lange her.«

»Vielleicht gibt es hier auch keine.«

Ich beobachte den Dampf, der aus der Quelle aufsteigt und vom Wind davongetragen wird. »Ja …«

»Theo? Theo?«

Ich konzentriere mich wieder auf die Gegenwart. »Ja?«

»Was ist?«

Ich starre noch immer auf die heiße Quelle. Das beunruhigende Gefühl ist wieder da.

»Er hat sie nicht vergraben …«

Kapitel 58

EXTREMOPHILE

Jillian beobachtet mich, während ich das Bassin umkreise. Der äußere Rand ist vom Schwefel gelb verfärbt, während die Mitte ein schwarzes Loch ist, aus dem gelegentlich Gasblasen an die Oberfläche durchbrechen. Die ersten drei Meter ist es sehr flach, bevor es plötzlich sehr steil abfällt.

Ich greife mit der Hand hinein und messe an verschiedenen Stellen die Temperatur. An dem dunklen Ende, dort, wo es tiefer ist, ist es viel wärmer. Nicht heiß, aber wie in einer warmen Badewanne.

»Was denken Sie?«, fragt sie.

»Wussten Sie, dass man in den heißen Quellen von Yellowstone Mikroben entdeckt hat, die bei wesentlich höheren Temperaturen überlebt haben, als wir es für möglich hielten? Man nennt sie Extremophile. Sie sind der Grund, warum wir Leben auf anderen Planeten für möglich halten.«

Sie schaut mich beunruhigt an. »Ähm, toll. Also, hm, glauben Sie, wir haben es jetzt mit Aliens zu tun?«

»Einen Moment noch.«

Ich gehe zu dem Gebüsch hinüber und suche nach einem langen Stock. Endlich finde ich etwas, das an eine unförmige mittelalterliche Harke erinnert, und kehre damit zu dem Bassin zurück.

»Sie glauben, da unten könnte eine Leiche liegen, oder?«

Ich stochere mit dem Stock in dem Wasser herum und stelle fest, dass es so steil in die Tiefe geht, wie ich vermutet habe.

»In diesem Bassin könnten Hunderte von Leuten liegen«, sage ich laut, während ich versuche, meinen Denkprozess logisch zu begründen.

»Wenn etwas da drin wäre, würden sie es finden«, versucht Jillian es wie eine Tatsache klingen zu lassen.

»Nicht, wenn …« Ich rede nicht weiter, weil meine Gedanken sich plötzlich auf etwas Bestimmtes konzentrieren.

Es gibt keine Möglichkeit, es zu umgehen. Ich muss den Grund des Bassins untersuchen.

Ich ziehe mein T-Shirt aus und lege es auf einen Baumstamm. Während ich den Blick starr auf das Bassin gerichtet halte, schnüre ich die Schuhe auf.

»Theo … Sie werden nicht da hineingehen.«

Ich schaue zu ihr hinüber. »Es tut mir leid, wenn Ihnen das unangenehm ist. Aber ich trage Boxershorts.«

»Sie sind ein Idiot.«

Ich ziehe die Hose aus und gehe einen Schritt in das Wasser. Mein Fuß ist bereits wärmer als der Rest meines Körpers. Ich gehe weiter, bis mir das Wasser bis zur Brust reicht.

Als ich mich dem dunkleren Bereich nähere, wird das Wasser immer heißer.

»Wie ist es?«, fragt sie.

»Hier schön. Da unten? Gute Frage.«

»Versprechen Sie mir, dass Sie nicht tauchen werden? Dort unten muss es kochend heiß sein.«

In dem Moment, in dem sie das sagt, steigt nahe meinem Gesicht eine Blase hoch. »Technisch gesehen, ja. Aber ich habe keine Angst vor dem Wasser.«

»Sondern vor den Extremophilen?«

»Wenn ich in zehn Minuten nicht zurück bin, holen Sie Hilfe.«

»Ich werde nach Hause gehen und vergessen, dass ich Sie je getroffen habe«, gibt sie zurück.

Ich hole tief Luft und tauche unter. Während ich abtauche, wird das Wasser unglaublich heiß. Ich spüre es auf der Kopfhaut und im Nacken. Als ich die Arme von mir strecke, fühlen sich meine Nerven wie brennende Nadelstiche an.

Ich strampele mit den Beinen, um tiefer zu kommen, und stoße auf eine Wand noch heißeren Wassers. Nun beginnen meine Hände zu brennen und ich trete den Weg nach oben an.

Als ich durch die Wasseroberfläche stoße, schlägt mir die kalte Luft ins Gesicht.

»Mein Gott«, sagt Jillian, die inzwischen auf dem Baumstamm sitzt. »Ihr Gesicht ist so rot wie eine Tomate.«

»Mir ist warm.«

»Und was haben Sie herausgefunden?«

Ich paddele wie ein Hund zum Ufer hinüber. »Ich habe herausgefunden, dass kein vernünftiger Mensch dort hinuntergehen würde.«

»Großartig. Kommen Sie jetzt raus?«

»Nein. Das bestätigt nur meinen Verdacht. Würden Sie mir meinen Stock geben?«

»Damit Sie nach Leichen stochern können?« Sie rührt sich nicht.

»Nun, wenn Sie mir den Stock nicht geben, muss ich meine Zähne nehmen. Ihre Entscheidung.«

»Ekelhaft.« Sie wirft ihn ins Wasser und er landet spritzend neben mir.

»Vielen Dank.«

Ich packe ihn am unteren Ende, halte ihn wie einen Speer vor mich und tauche wieder nach unten. Ich gehe so tief hinunter wie beim ersten Mal und stochere mit dem Stock in dem Boden herum.

Sein Ende stößt auf Steine und auf etwas, das sich wie Baumstämme anfühlt. Länger als eine Minute kann ich wegen der Hitze nicht suchen. Ich schwimme zur Oberfläche zurück, um Luft zu holen und mich abzukühlen. Jillian sieht alles andere als begeistert aus.

»Dafür haben Sie sich angemeldet!«, rufe ich ihr zu. »Ich habe Ihnen gesagt, dass es hier Leichen geben könnte.«

»Ich hatte nicht erwartet, dass Sie selbst eine werden könnten. Und ich wollte auch nicht dabei zusehen, wie Sie wie ein Krebs gekocht werden.«

»Mir geht es gut.«

»Sie kennen schon die Geschichte von dem Frosch und dem Topf mit dem kochenden Wasser?«

»Das ist ein Mythos. Sie hüpfen heraus. Sie hüpfen immer heraus.« Sofern sie keine unbeirrbaren Professoren sind, die es nicht besser wissen.

Ich tauche wieder ab und stochere nun in einem anderen Bereich herum. Dieses Mal trifft der Stock auf einen Stein, der bei meinem Stoß nachgibt, als säße er auf einem anderen Stein. Ich muss nach oben, bevor ich weitersuchen kann.

»Warum müssen gerade Sie derjenige sein, der das macht?«, fragt Jillian, als ich auftauche.

»Ich konnte die Polizisten noch nicht einmal dazu bringen, drei Kilometer von ihrem Revier entfernt nach der ersten Leiche zu suchen. Was, glauben Sie, würden sie sagen, wenn ich ihnen erklärte, dass es im Zusammenhang mit dem Monster von Cougar Creek steht?«

Ich tauche wieder unter und suche weiter. Mein Stock sticht in etwas hinein, das sich wie Holz anfühlt. Als ich ihn zurückziehe, weiß ich, dass er etwas aufgespießt hat.

Vorsichtig ziehe ich ihn zu mir heran, um danach zu greifen, was auch immer es sein mag. Meine Finger ertasten eine Reihe von etwas, das sich geschwungen und lamellenartig anfühlt.

Ich will nicht vorschnell urteilen. Schließlich könnte es sich auch um den Brustkorb eines Hirsches handeln. Ich fahre mit den Fingern über den Rücken und überprüfe die Wirbelsäule auf markante Dornfortsätze, wie man sie bei Hirschen oder Bären findet.

Doch sie sind kurz und stumpf. Wie bei einem Menschen.

Ich recke den Kopf aus dem Wasser. Jillians Gesichtsausdruck verändert sich in dem Moment, in dem sie mich sieht.

»Sie haben etwas gefunden.«

»Ja …«

Meinen Fund hinter mir herziehend, schwimme ich zum Ufer zurück.

In dem seichten Teil des Bassins, in dem das Wasser klar ist, bewege ich ihn vorsichtig hin und her.

Jillian kniet sich hin und starrt auf den Brustkorb. »Stammt er von einem Menschen?«

Ich lasse ihn im Wasser liegen und lege mich ins Gras. »Von einem Erwachsenen. Vermutlich von einer Frau.«

»Gibt's da noch mehr?«

»Vermutlich. Das Wasser oder die Bakterien haben sich durch das Bindegewebe gefressen. Wir müssen das hierlassen, bis jemand eine korrekte Entnahme durchführen kann. Sobald es mit der Luft in Kontakt kommt, wird es sich zersetzen.«

Ich betrachte die Oberflächenmerkmale des unvollständigen Skelettes und bemerke einige auffällige Kratzspuren an den Rippen.

Auch Jillian bemerkt sie. »Er war es.«

»Definitiv.«

»Was ist das?«

Ich schaue in die Richtung, in die sie zeigt. Unter den dunklen Knochen glitzert etwas Metallisches. Ich entdecke ein winziges Teilchen, das sich in der linken Seite der Rippen verkeilt hat. Ich reagiere vielleicht etwas zu impulsiv, als ich es mit meinen Fingern herausbreche.

Nachdem ich Schmutz und Algen fortgewischt habe, weiß ich, was es ist – eine scharfe Messerspitze aus Metall. Vielleicht sogar eine Krallenspitze.

Ich halte sie hoch, damit Jillian sie sehen kann. »Das hier stammt weder von einer Großkatze noch von einem Bären. Jetzt müssen sie uns glauben. Jetzt müssen sie es einfach.«

Kapitel 59

VERFOLGT

Den ersten Kilometer laufen wir schweigend nebeneinander her, um die Entdeckung zu verarbeiten. Nachdem ich einige Fotos gemacht habe, habe ich den Brustkorb wieder in die Mitte des Bassins gezogen, wo er nun auf die Polizeitaucher wartet.

Als ich aus dem Wasser kam, reichte Jillian mir eine Flasche Wasser zum Abspülen und erklärte mir, sie wolle niemanden in ihrer Nähe haben, der wie eine Stinkbombe rieche.

Ich bewunderte ihre Fähigkeit, sich so schnell von dem zu erholen, was sie gerade gesehen hatte. Doch dann erkannte ich, dass sie gar nicht so beunruhigt gewesen war, um sich erholen zu müssen. Vermutlich war sie schon mehr als einmal dem Tod begegnet.

Trotzdem bleibt sie wachsam. Als wir den schmalen Pass hinuntergehen, fällt mir auf, wie sie mehrmals über die Schultern schaut und die Kammlinie mit Blicken absucht.

Der Rückweg ist wesentlich unangenehmer als der Hinweg. Zunächst schiebe ich es auf die Tatsache, dass wir gerade mit dem Tod konfrontiert wurden, doch dann werde ich paranoid.

»Das war das Kind von irgendjemandem«, sagt Jillian in unser Schweigen.

»Ja. Das vermutlich seit über dreißig Jahren vermisst wird.«

»Glauben Sie, es gibt noch mehr dort?«

»Ja.«

»Warum glauben Sie das?«

»Ich habe diese Leiche ohne große Probleme gefunden. Er hatte einen Stein um die Brust gebunden und so den Körper beschwert. Die Chancen, dass es mir gelingt, diese eine Leiche aufzuspüren, sind einfach zu gering. Deshalb bin ich mir sicher, dass da noch mehr sind.«

»Da unten, in diesem Bassin, die ganze Zeit. All die Leute, die dort schwimmen und spielen – Gott bewahre, das Wasser trinken – mit einem Friedhof direkt unter ihren Füßen. Das ist so abwegig.«

»Das war riskant.«

Sie schaut über ihre Schulter. »Was meinen Sie damit?«

»Durch die Gase hätten die Leichen auch aufgebläht werden und an die Oberfläche steigen können. Sie auf diese Weise loszuwerden, war nicht wirklich schlau. Er hätte sie besser im Wald vergraben.«

»Warum hat er es dann getan?«, will sie wissen.

»Ich weiß es nicht. Die Menschen verwirren mich.«

»Er ist kein Mensch.«

»Doch, ist er. Nur eben ein schrecklicher. Wenn ich raten sollte, würde ich sagen, ihm gefiel der Gedanke, alle Leichen an einem Ort zu haben. Er hat sich vielleicht daran aufgegeilt, wenn er beobachtet hat, wie andere in diesem Bassin geschwommen sind.«

»Das ist ekelhaft.«

»Das ist ermutigend.«

»Wie bitte? Inwiefern?«

»Das war seine frühe Phase und er wurde intelligenter. Doch darin lag und liegt für ihn bestimmt noch immer ein gewisser Nervenkitzel. Genug, damit er unvorsichtig wird. Er kann Fehler machen.«

Jillian bleibt stehen. Ich sehe, wie sie kurz den Kopf zur Seite legt, dann aber weitergeht.

»Was ist?«, will ich wissen.

»Was ist was?«

»Sie sind stehen geblieben.«

»Bin ich das? Ich dachte, ich hätte etwas gehört.«

Diese Spannung zwischen dem instinktiven Tier und dem denkenden Menschen, der alles abtut, was nicht in die begrenzten Wahrnehmungskategorien passt, fasziniert mich. Ich habe gerade beobachtet, wie Jillian etwas erkannt hat und es dann schnell wieder vergisst, weil sie es nicht klassifizieren kann.

»Spüren Sie ein Kribbeln im Nacken und wie sich Ihr Magen zusammenzieht?«, frage ich.

»Ja. Sie auch?«

»Yepp.«

»Ich glaube, wir werden beobachtet«, flüstert sie, ohne sich umzudrehen.

Wortlos gehen wir weiter. Wir tun beide so, als wären wir nicht besonders neugierig, was uns folgen könnte, während wir die Köpfe geradeaus halten und gleichzeitig den Weg mit den Augen absuchen.

Nach einem weiteren Kilometer erreichen wir eine Stelle, an der die Bäume immer seltener werden. Jillian flüstert: »Hier ist kein Platz zum Verstecken. Aber hinter der nächsten Kurve wird der Wald wieder dichter. Wäre ich ein Heckenschütze …«

»Stünden Sie dort.«

»Ja, Sir.«

»Gehen Sie weiter.«

Ich lasse sie ein Stück weiter vorlaufen, bevor ich lautlos den Bergrücken hinaufklettere. Ich warte, bis sie um die Kurve gegangen ist, und steige dann ganz nach oben, damit derjenige, wer auch immer uns beobachtet, sich voll und ganz darauf konzentriert, wie sie aus der Schlucht kommt.

Der Wald bildet hier eine Halbinsel, da der Weg in einer Spitzkehre zu einem Altwasserarm führt.

Sollte, was oder wer auch immer uns beobachtet, in den Bäumen über mir sitzen, steht ihm nur ein schmales Band an Bäumen zur Verfügung, auf dem er durch die Blätter springen kann.

Ich wiege den Versuch, mich heranzuschleichen, gegen die direkte Methode ab und beschließe, so schnell ich kann in Richtung Bäume zu laufen und zu beten, dass ich dort nicht auf einen Berglöwen treffe.

Nach einem Viertel des Wegs in den Wald bricht irgendwo in der Ferne ein Ast. Vögel schrecken auf, und einige Amseln fliegen wild um sich schlagend in die Luft.

Knapp zehn Meter vor mir schwingt ein Ast nach oben. Ich bin mir nicht sicher, ob ich tatsächlich einen Schatten vorbeihuschen sah oder ob es das Schwanken eines Baumes war.

Plötzlich wird mir bewusst, dass ich Jillian allein gelassen habe. Ich renne zum Rand der Halbinsel zurück und sehe, wie sie gerade um die Kurve kommt.

Sie schaut zu mir herauf und hebt fragend eine Augenbraue. Ich zucke mit den Schultern.

Als ich mich wieder umdrehe, fällt mir ein Klumpen trockener Erde auf, der direkt unter einem Überhang von Ästen liegt.

Darin ist eindeutig ein Stiefelabdruck zu erkennen. Ich berühre ihn, um seine Feuchtigkeit zu überprüfen. Er ist frisch. Noch keine Stunde alt.

Ich ziehe mein Handy aus der Tasche, um ein Foto zu machen. Erst als ich für einen Größenvergleich einen Ein-Dollar-Schein daneben lege, fällt mir auf, wie groß der Schuhabdruck ist. Das ist mindestens Schuhgröße achtundvierzig oder neunundvierzig. Die Tiefe des Eindrucks belegt, dass, wer auch immer darin steckte, sehr schwer ist.

»Und?«, fragt Jillian, nachdem ich den Hang zu ihr hinuntergerutscht bin.

»Ich habe einen riesigen Stiefelabdruck gesehen. Vielleicht von einem Jäger.«

»Einem Jäger? Hier gibt's nichts zu jagen.«

»Richtig. Vielleicht war es auch ein Wanderer. Ich weiß, ich versuche manchmal, Leuten auszuweichen.«

»Ja … das habe ich bemerkt. Sicher, dass es nicht unser Verfolger war?«

»Diese Person war groß und schwer. Nicht gerade das, was man sich unter einem unsichtbaren Spion vorstellt.«

Sie scheint mit meiner Antwort zufrieden zu sein und geht weiter.

Während ich darüber nachdenke, wird mir etwas klar: Vor einigen Minuten habe ich erkannt, wie schnell sie ihre eigenen Instinkte ignoriert. Und jetzt erzähle ich ihr, dass es keinen Grund zur Sorge gibt, weil der Abdruck, den ich gefunden habe, nicht meinen Erwartungen entspricht.

Ich schaue auf den Bergrücken vor uns und spüre, wie sich mein Magen erneut zusammenzieht.

Kapitel 60

DIE KULISSEN

Als wir meinen Wagen erreichen, geht die Sonne bereits vor einem blutroten Himmel unter. Jillian und ich steigen ein und schauen uns kurz an. Wir sind beide erleichtert, dass wir vor der Dunkelheit zurück sind.

»Und was geschieht jetzt?«, fragt sie, als wir auf den Highway fahren.

»Sie meinen, mit der Leiche? Ich schicke eine anonyme E-Mail mit einem Foto und dem Fundort an die Polizei.«

»Glauben Sie, damit können Sie irgendjemanden hinters Licht führen?«

»Nein. Ich habe nur zu viele frustrierende Erfahrungen mit der Polizei hier in der Gegend gemacht.« Meine Rippen tun immer noch von Gunthers Schlägen weh.

»Und was werden Sie als Nächstes tun?«

»Mehr Leichen finden, vermute ich. Sonst kann ich nicht viel tun. Die Polizei verfügt über jede Menge kriminaltechnische Werkzeuge, die sie nutzen kann. Vielleicht, wenn sie das FBI hinzuziehen. Irgendwann müssen sie ihre dämliche Theorie vom wilden Tier aufgeben.«

»Mehr Leichen«, sagt sie, während sie aus dem Fenster in den dunkel werdenden Himmel schaut. Außer uns ist nur noch ein anderes Auto auf der Straße, und das fährt einen halben Kilometer hinter uns.

»Ich will tatsächlich versuchen, noch ältere Opfer zu finden.«

»Wie dieses hier?«

»Ja. Und vielleicht auch andere Orte. Das Problem ist, dass er jetzt zu clever ist. Er weiß, wie man die Polizei vermeiden kann. Soweit ich das beurteilen kann, findet sich bei seinen Morden keine DNA von ihm. Das Metallfragment in dem Brustkorb? Ich bezweifle, dass ihm so etwas heute noch einmal passiert. Er hat seine Methoden der modernen Kriminaltechnik angepasst.«

»Aber seine alten Morde ...«

»Damals war er vielleicht noch nicht so schlau. Die heiße Quelle hat vermutlich alle Spuren von ihm fortgewischt, sodass es in dieser Hinsicht von ihm clever war. Aber sie hat die Tatsache nicht versteckt, dass ein Mörder dort draußen war. Nun ist er unsichtbar. Vielleicht findet man mehr Hinweise, wenn man in seiner Vergangenheit sucht.«

»Also werden Sie nach alten Mordfällen suchen?«

»Nach Vermisstenfällen. Nach seltsamen Messerangriffen. Nach allem aus den letzten Jahrzehnten, das passen könnte.«

Plötzlich bemerke ich, dass ich die Ausfahrt verpasst habe, und wende.

»Ich frage mich, wie er wohl aussieht. Würden wir ihn erkennen, wenn wir ihm begegnen?«

»Darüber habe ich auch nachgedacht. Ich glaube nicht. Er ist intelligent und vermutlich gesellschaftlich unauffällig.«

Jillian beobachtet die Wolken im schwindenden Tageslicht. »Woher kommt ein solcher Mensch?«

»Zwei Prozent der Bevölkerung sind Soziopathen. Sie empfinden für andere nicht das Gleiche wie Sie und ich. Wenn Sie an einem Tag Kontakt zu fünfzig Personen haben, ist einer von ihnen ein Soziopath.«

»Aber kein Mörder.«

»Nein. Aber wenn er einen magischen Knopf besäße, den er drücken könnte, um damit jemanden zu töten, ohne ein Risiko einzugehen, und gleichzeitig davon profitierte, würde er nicht zögern.«

»Würden Sie es wissen, wären Sie ein Soziopath?«

»Als Teenager habe ich viel darüber gelesen.«

»Zur Selbstdiagnose?«

»Vielleicht ein bisschen. Soweit ich das sagen kann, könnte man es vermuten, sofern man intelligent ist. Ist man es nicht, würde man einfach glauben, alle anderen empfänden genauso.«

»Und zu welcher Schlussfolgerung kam der junge Dr. Cray bei sich selbst?«

»Gesellschaftlich unbeholfen. Zeitweise.«

In meinem Rückspiegel blitzt ein Licht auf. Zunächst denke ich mir nichts dabei. Doch dann wird mir bewusst, dass wir uns auf einer geraden Straße befinden, auf der es kilometerweit keine Abfahrten gibt.

Jillian bemerkt meinen Blick in den Spiegel. »Was ist?«

»Nichts.«

»Theo«, sagt sie tadelnd.

»Ich glaube, jemand hat genauso gewendet wie wir eben.«

»Werden wir verfolgt?«

»Gute Frage. Holen Sie Ihr Handy heraus.«

Ich halte auf dem Seitenstreifen und schalte die Innenbeleuchtung ein.

»Tun wir so, als hätten wir uns verfahren?«

Ich schaue nicht auf die Straße, sondern auf ihr Handy. »Yepp. Wenn das Auto vorbeifährt, sagen Sie mir, wie viele Personen darin sitzen.«

»Was, wenn es hinter uns anhält?«

»Das wird es nicht. Es sei denn, wir sollen wissen, dass wir verfolgt werden.«

Ich sehe, wie sich das Auto nähert und aus meinem Augenwinkel verschwindet.

»Die Fensterscheiben waren getönt. Es war ein dunkelgrüner Yukon.«

»Konnten Sie zufällig das Nummernschild erkennen?«

»Montana. Die Ziffern konnte ich nicht lesen.«

»Interessant. Bedeutet aber vielleicht nichts.«

»Nichts?«

»Ja.«

»Okay.« Sie wirkt eher amüsiert als beunruhigt.

Ich schalte das Deckenlicht wieder aus. Jillian schaut mich noch immer an. Die Beleuchtung des Armaturenbretts erhellt ihr Gesicht. Ein Lächeln umspielt ihre Lippen.

Dieser anhaltende Blick. Ich weiß, was das bedeutet.

Glaube ich zumindest.

Für sie ist das immer noch ein Abenteuer. Sie hat es wohl noch nicht begriffen.

Oder ich begreife es nicht.

Spontan – vielleicht liegt es an dem Adrenalin – beuge ich mich zu ihr hinüber und ihre Lippen öffnen sich leicht. Ich küsse sie. Intensiv, aber kurz.

Sie lächelt, als ich mich wieder zurückziehe. »Was?«, will ich wissen.

»Das ist vermutlich das makaberste erste Date, das jemals jemand gehabt hat.«

»Du hast danach gefragt.«

»Das habe ich. Ja, das habe ich.«

Sie legt die Hand um meinen Nacken und zeigt mir unmissverständlich, dass wir mit dem Küssen noch nicht fertig sind.

»Dir ist schon klar, dass es der Mörder gewesen sein könnte, der da gerade an uns vorbeigefahren ist, oder?«

»Dir ist schon klar, was für ein erregender Gedanke diese Art von Eile ist?«

Sie hat etwas, dem ich im Moment nicht widerstehen kann. Ich packe sie am Hinterkopf und presse ihre Lippen erneut gegen meine, dieses Mal jedoch fester. Meine Zunge findet ihre.

Ich schiebe die Hand unter ihre Bluse und spüre ihre Brüste, die mich schon den ganzen Tag verfolgen – oder besser gesagt, seitdem ich Jillian getroffen habe.

Irgendwann berührt ihre Hand meinen Oberschenkel und wandert nach oben, bis sie die Wölbung in meiner Hose erreicht.

»Wollen wir etwas dagegen unternehmen?«, flüstert sie mir ins Ohr.

Plötzlich zucke ich zusammen und lehne mich gegen die Fahrertür. »Es tut mir leid. Ich …«

»Was? Liegt es an mir?«

»Nein! Es liegt an mir. Das sind dunkle Dinge. Dunkle Orte. Ich hätte dich nicht hierher mitnehmen sollen.«

»Wäre ich nicht mitgekommen, dann wäre ich auch nicht hier.«

»Vor einer Stunde haben wir eine Leiche gesehen.«

»Die ist schon seit dreißig Jahren tot.«

»Und der Mörder läuft noch da draußen herum.«

»Ja, Theo. Das tut er. Und der Rebellenmistkerl, der meinen Ehemann ermordet hat, ist auch noch da draußen. Ich werde das auch niemals abschließen können.«

»Es tut mir leid. Es tut mir leid.«

»Sag das nicht. Tut es dir leid, dass du mich geküsst hast?«

»Nein.«

»Du musst alles in verschiedene Bereiche aufteilen. Dein Problem ist, dass du nur einen Bereich hast.«

»Das liegt an meinem Fokus.«

»Hast du schon mal die Tatsache in Betracht gezogen, dass du dich deshalb vielleicht immer im Kreis drehst?«

Damit hat sie etwas klar erkannt. MAAT hatte mir nichts von der heißen Quelle gesagt. Auf sie bin ich durch eine zufällige Bemerkung gestoßen. Ich habe das Gleiche immer und immer wieder getan.

Ich starre sie an. Sie verschränkt die Arme und beobachtet mich mit ihrem leichten, arroganten Lächeln. »Und jetzt?«

Ich schalte den Professorenteil meines Gehirns ab und sage das Erste, das mir einfällt.

»Klettere auf den Rücksitz und finde es heraus.«

Kapitel 61

DIE INTERNISTIN

Dr. Debra Mead schaut mich durch ihre große Brille an und gibt ein Geräusch von sich, das wie eine Mischung aus einem Grunzen und einem Seufzen klingt. Dann sagt sie: »Sie sind also der Trottel, der meine Proben versaut hat?«

»Vermutlich.«

»Hier entlang.« Sie führt mich den Flur hinunter zu den Büros der Rechtsmedizinerin.

Ich bin mir ihrer Existenz erst seit heute Morgen bewusst, als ich um sechs Uhr von einem Anruf geweckt wurde. Offensichtlich hat die einzige Rechtsmedizinerin von Montana sehr frühe Bürozeiten.

»Theo Cray?«, hatte sie gefragt.

»Ja?«

»Hallo, hier spricht Dr. Mead. Sind Sie derjenige, der mir ständig Leichen schickt?«

Ihre Art zu fragen hatte etwas derart Direktes, dass ich fast sofort Ja gesagt hätte.

»Ähm … vielleicht«, antwortete ich zögernd.

»Man sagte mir, Sie seien irgendein Professor?«

»Biologie.«

»Jetzt sagen Sie mir nicht, dass Sie auch unterrichten?«

»Ähm, doch.« Was war ihr Problem?

»Ihre Studenten tun mir leid. Kommen Sie in das Büro des Rechtsmediziners von Missoula.«

»Wann?«

»Jetzt.«

Mehr hatte Dr. Mead nicht gesagt, nur diese gebieterische Aufforderung, so schnell ich konnte dorthin zu kommen.

Vier Stunden später werde ich von einer zierlichen grauhaarigen Frau den Flur hinuntergeführt, die sich nicht die Mühe macht, ihre Missachtung für mich zurückzuhalten.

Aus irgendeinem Grund gefällt sie mir. Vielleicht ist meine Stimmung so gut, weil das eben so ist, wenn man wie ein wuschiger Teenager ein Stelldichein mit einer wunderschönen Frau am Straßenrand hatte.

»Also, ähm, worum geht es?«, will ich wissen.

»Es geht darum, dass ich aus der Universität ausgeschieden bin, nur um mich jetzt als vom Gouverneur ›ernannte‹« – während sie das sagt, macht sie mit den Händen Anführungszeichen in die Luft – »Bundesrechtsmedizinerin zu bezeichnen. Offensichtlich bin ich die Einzige in diesem Bundesstaat, die hierzu qualifiziert ist, nachdem der letzte Idiot gegangen ist. Hier herrscht das totale Chaos. Sie haben Leichen nach Seattle geschickt. Nach Seattle!? Du meine Güte!«

»Bundesrechtsmedizinerin? Warten Sie, es gibt nur eine in dem ganzen Bundesstaat?«

»Ja. Wir haben jede Menge Leichenbeschauer. Jeder Kurpfuscher, der die Prüfung besteht, kann Leichenbeschauer werden. Aber um eine offizielle Autopsie machen zu können, die vom Gericht anerkannt wird, muss sie von jemandem durchgeführt werden, der einen Hintern von einem Ellbogen oder eine Bärentatze von einem Messer unterscheiden kann.«

»Also wissen Sie, dass sie von einem Mann getötet wurden?«

Sie bleibt vor einer Tür stehen und schaut mich entnervt an. »Ja, Professor Genius. Sie sind nicht der Einzige, der die Dinge beim rechten Namen nennt.«

»Und warum wurde das nicht bekannt gegeben?«

Sie wischt die Frage mit einer Handbewegung fort und gibt mir ein Zeichen, auf einem Stuhl Platz zu nehmen. »Setzen Sie sich und ziehen Sie Ihr Hemd aus.«

»Mein Hemd?«

»Ich werde Blut, Haut, Körperhaare nehmen und was ich sonst noch will.«

»Ich glaube, ich verstehe Sie nicht ganz.«

»Sie unterrichten?«

»Das hatten wir schon.«

»Richtig. Nun, ich habe einen Raum voller Leichen, die ich untersuchen werde. Wenn ich DNA finde, die nicht von den Opfern stammt, wüsste ich gerne, ob es Ihre ist. Vielleicht ist es nur Ihre. Ich will auch Samenflüssigkeit haben.«

»Samenflüssigkeit?«

»Sie unterrichten Biologie?« Sie schüttelt den Kopf. »Gott steh uns bei.«

»Ich bin verwirrt.«

»Offensichtlich. Lassen Sie es mich in einfachen Worten erklären. Wenn ich DNA finde, muss ich wissen, dass es nicht Ihre ist. Ich habe keine Lust abzuwarten, um das herauszufinden. Ich bin keine geduldige Frau.«

»Eindeutig.«

Sie schaut mich scharf an. »Hören Sie, Sie Klugscheißer, Sie können das entweder freiwillig tun oder ich kann Sie durch einen Richter dazu zwingen. Und Sie wollen nicht wissen, wie wir eine Samenprobe erzwingen.«

»Das wüsste ich schon gerne. Assistieren Sie dabei?«

»Ja. Ich jage Ihnen eine zwanzig Zentimeter lange Nadel in ihr Skrotum und lege es wie eine Traube trocken.«

Ich breche in Gelächter aus. »Hat man Sie je darauf hingewiesen, dass das technisch unmöglich ist?«

»Glauben Sie, die Idioten, die wir hier normalerweise zu sehen bekommen, wissen überhaupt, wie man *Skrotum* buchstabiert? Also, wie sieht es aus?«

»Widerstand ist zwecklos, oder?«

***

Nachdem sie ihre Blut-, Follikel- und Hautproben hat, lässt sie mich allein, damit sie auch noch die letzte Probe bekommt. Es fällt mir leichter als erwartet, was aber angesichts der jüngsten Erinnerung, an die ich denken kann, nicht wirklich überrascht.

Als ich die Tür öffne, steht sie auf der anderen Seite des Flurs.

»Vergessen, wie Ihr Reißverschluss funktioniert?«

»Ich bin fertig.«

»Verdammter Rammler. Sie müssen für die Damen ja ein echtes Vergnügen sein.« Sie streckt die Hand nach dem Probenfläschchen aus. »Ich lege Ihre Ausscheidungen auf Eis, dann ziehen wir uns um.«

»Umziehen?«

»Ja. Ihre Notizen waren nicht unbedingt so genau, wie Sie vielleicht dachten. Ich habe einige Fragen, wie Sie die Leichen gefunden haben.«

»Leichen … Ich habe der Polizei nur erzählt, ich hätte Chelsea Buchorn gefunden. Oh, und dann war da noch Summer Osbourne.« So langsam verliere ich wirklich den Überblick.

Dr. Mead beobachtet meine verwirrte Antwort und meint dann: »Richtig. Das stand in den Notizen. Wir haben aber eine Reihe weiterer Leichen, die uns ein Mr Anonymus geschickt hat. Glauben Sie, es gibt noch andere aufstrebende Forensiker da draußen, die tote Frauen ausgraben und von denen ich wissen sollte?«

»Nun …«

Sie weist mein Zögern mit einer Handbewegung ab. »Falls Sie sich Sorgen um die rechtlichen Auswirkungen machen, reden Sie mit einem Anwalt. In der Zwischenzeit spielen wir einfach ein Spiel und Sie sagen mir, wie dieser andere Kerl die Leichen gefunden haben könnte und in welchem Zustand sie sich befanden, okay? Je schneller wir das klären, desto schneller können wir herausfinden, wer das wirklich getan hat, und das FBI wird endlich ihm diese Fragen stellen anstatt Ihnen.«

»Das FBI?«

Dr. Mead zuckt die Schultern. »Ich habe nichts gesagt.«

Oh, Mist! Vielleicht war es das FBI, das Jillian und mich letzte Nacht verfolgt hat. Dr. Meads dezenter Hinweis lässt vermuten, dass ich das Ziel ihrer Ermittlungen sein könnte. Mein Gott.

Sollte das der Fall sein, könnte ich jede Hilfe gebrauchen, um sie davon zu überzeugen, dass ich auf ihrer Seite stehe. Das bedeutet, ich muss tun, worum auch immer Dr. Mead mich bittet.

***

Den Rest des Tages verbringe ich damit, ihr zu jeder Leiche zu erklären, wie ich sie gefunden habe. Sie stellt sehr spezielle Fragen über Gerüche, Bodentiefe und Vegetation.

Obwohl die medizinischen Techniker, die die Leichen ausgegraben haben, detaillierte Notizen angelegt haben, ist Dr. Mead sehr neugierig, was meine Beobachtungen bei ihren Entdeckungen betrifft. Besonders interessiert ist sie an der Hautfärbung.

»Können Sie mir etwas über die Proben aus der heißen Quelle sagen?«, frage ich sie, nachdem wir über die letzte Leiche gesprochen haben.

»Die heiße Quelle?«

»Ich habe einen Brustkorb in einer heißen Quelle nahe Red Hook gefunden.«

»Herrgott noch mal. Wirklich?«

»Ich habe der Polizei letzte Nacht eine E-Mail geschickt.«

»Großartig. Machen Sie irgendwann auch mal eine Pause?«, fragt sie.

»Sie denn?«

»Red Hook, sagten Sie?«

»Ja. Erinnert Sie das an etwas?«

»Vielleicht. Seltsam.«

»Was?«

»Als ich die Leichen zum ersten Mal sah, erinnerten sie mich an etwas, das ich vor Jahren untersucht habe. Eine junge Frau, eine Prostituierte, dort aus der Nähe. Sie hatte Kratzspuren auf dem Rücken. Keine fünf, sondern vier tiefe Wunden.«

»Wirklich? Wann war das?«

»So vor zwanzig Jahren.«

»Und niemand hat sie mit dem hier in Verbindung gebracht?«

»Nein. Sie starb an einer Überdosis. Als ich die Autopsie durchführte, bemerkte ich die Verletzungen. Sie hatte sich Jahre zuvor von ihnen erholt. Ich machte lediglich eine Notiz und das war es dann.«

»Vielleicht gibt es eine Verbindung.«

»Vielleicht. Aber bei dem Tempo, mit dem sich die Polizei bewegt, würde ich nicht darauf zählen, dass sich in nächster Zeit etwas tut.«

KAPITEL 62

DIE ANGEHÖRIGEN

Zwischen ihrer Geburt und ihrem Ende auf Dr. Meads Obduktionstisch vor einigen Jahren hatte Sarah Eaves kein einfaches Leben. Abgesehen von dem Namen des Krankenhauses und dem Geburtsdatum, finde ich nicht viel über ihre Kindheit heraus. Mit achtzehn wurde sie mehrmals wegen Ladendiebstahls verhaftet, Anfang zwanzig dann wegen Prostitution und Drogenbesitzes.

Die drei Fahndungsfotos zeigen eine hübsche, aber traurig wirkende junge Frau, die zu schnell gealtert war. Zwischen ihrer letzten Verhaftung und ihrem Tod – man fand sie mit einer Spritze im Arm in einem Motelzimmer – lagen fünf Jahre.

Vielleicht hatte Sarah es geschafft, clean zu werden, wurde dann aber wieder rückfällig, was sie schließlich umbrachte.

Dr. Mead ließ einige Beziehungen spielen und fand die Adresse ihres letzten Arbeitgebers heraus, Darcy's Hotcakes & Coffee, ein Restaurant am Highway außerhalb von Red Hook.

Während ich dort sitze, an meinem Kaffee nippe und meine ganze Willenskraft aufbringen muss, um nicht den letzten Rest meiner Blaubeerpfannkuchen aufzuessen, versuche ich mir die junge Frau auf dem Foto in einer Kellnerinnenuniform vorzustellen. Was mochte passiert sein, dass sie in ihre dunkle Vergangenheit zurückgekehrt war?

Ein zur Glatze neigender Mann Anfang dreißig steigt aus einem alten Auto und betritt das Restaurant. Robert Moorhen trägt zwar einen anderen Nachnamen als seine Mutter, hat aber die gleichen Augen.

Ich winke ihn an meinen Tisch. Er zieht seinen abgetragenen Parka aus und nimmt mir gegenüber Platz.

Er starrt auf den Hefter, der vor mir liegt. »Geht es darin um meine Mutter?«

Ich zögere kurz, da sich darin auch Obduktionsfotos befinden. »Zum Teil. Vielen Dank, dass Sie sich mit mir treffen.«

»Kein Problem. Ich habe heute frei. Was kann ich für Sie tun?«

»Zunächst einmal wissen Sie, dass ich kein Polizist bin, richtig? Ich bin nur ein Forscher!«

Er nickt. »Ich werde Ihnen trotzdem alles erzählen. Auch wenn ich nicht viel weiß. Sie starb, als ich fünf Jahre alt war. Meine Großeltern haben mich großgezogen.«

»Was ist mit Ihrem Vater?«

»Er war nur selten da. Er arbeitete auf einer Bohrinsel und war die meiste Zeit in Alaska und Kanada. Mom und er waren nicht lange zusammen. Sie trennten sich, als ich zwei war.«

»Ich weiß nicht, wie ich das sagen soll, aber Sie wissen, dass Ihre Mutter eine problematische Vergangenheit hatte …«

»Das mit der Prostitution und den Drogen? Ja, Sie können es ruhig sagen. Meine Großeltern haben es zwar nie erwähnt, aber wenn mein Dad betrunken war, hat er sich immer furchtbar darüber aufgeregt. Ich wollte es nicht glauben, habe es aber wohl akzeptiert. Aber das war nicht die Frau, die ich kannte, verstehen Sie? Ich kann mich nicht mehr an viel erinnern, aber sie war immer für mich da. Sie war eine richtig gute Mom.« Robert zeigt zu einem Tisch in der Ecke. »Nach der Vorschule habe ich immer dort gesessen und gemalt. Während sie die Gäste bedient hat, hat sie zwischendurch meine Schreibübungen überprüft. Dann … Na ja.«

Roberts Erinnerung steht in einem scharfen Kontrast zu ihren Fahndungsfotos. Aber ich glaube ihm.

»Nachdem Ihre Mutter gestorben war, bemerkten die Ärzte einige seltsame Narben. Erinnern Sie sich an sie?«

Robert denkt kurz nach. »Vielleicht? Sahen sie wie Hundekratzer aus oder so?«

»Ja. So in der Art. Hat sie je erwähnt, woher sie stammten?«

»Ich war fünf. Da akzeptiert man die Welt einfach so, wie sie in dem Moment ist. Vielleicht hat sie etwas gesagt. Dass sie sie bekommen hatte, als sie jünger war, oder so.«

»Jünger? Wie viel jünger?«

»Ich weiß es nicht. Als Kind glaubt man, die eigenen Eltern waren schon immer erwachsen. Es klingt verrückt – ich bin heute älter als meine Mutter, als sie starb. Und trotzdem fühlt sie sich noch immer wie meine Mom an.« Er schweigt und starrt aus dem Fenster. »Die Narben. Vielleicht hat sie sie sich beim Spielen zugezogen?«

»Beim Spielen?«

»Ich weiß es nicht. Sie hat einfach nie darüber gesprochen. Sie hat nie über ihre Kindheit gesprochen.«

»Ich konnte nicht viel über diese Zeit herausfinden. Was wissen Sie?«

»Sie hat das Heim mit sechzehn oder siebzehn verlassen. Das ist alles.«

»Das Heim?«

»Ja. Die Pflegefamilie, in der sie lebte. Sie hat nie darüber gesprochen. Sie wurde hin und her geschoben, seit sie ein Baby war.«

»Wissen Sie etwas über diese Pflegefamilie? Wer ihre Pflegeeltern waren?«

»Nein. Sie lebten nicht weit von hier. Das weiß ich. Sie wuchs hier in dieser Region auf.«

Interessant. Ich werde Dr. Mead fragen müssen, ob sie mir weitere Informationen darüber besorgen kann. Falls Sarah dort zu den Wunden gekommen ist …

»Haben Sie irgendwelche Verdächtige?«, fragt Robert.

»Nein. Wie ich schon sagte, ich bin kein Ermittler. Ich führe lediglich eine akademische Untersuchung durch.«

»Ich hoffe, Sie kriegen den Kerl, der sie umgebracht hat.«

»Das hoffe ich auch …« Ich spreche nicht weiter, als mir bewusst wird, was er gerade gesagt hat. »Warten Sie … Ihre Mutter starb an einer Überdosis.«

»Richtig. Aber sie hat sich diese Nadel nicht in den Arm gestoßen. Irgendjemand hat ihr die tödliche Dosis verabreicht.«

Ich hole den Polizeibericht aus dem Hefter und lese ihn noch einmal durch. Die Todesursache wird als versehentliche Überdosierung angegeben. Vielleicht war Robert damit überfordert, auch wenn er sehr überzeugt klingt.

»Sie glauben nicht, dass Ihre Mutter rückfällig geworden war?«

Robert zeigt zu dem Tisch, an dem er als Kind immer gesessen hatte. »Das letzte Mal habe ich sie dort drüben gesehen. Sie hatte gerade ihre Schicht beendet und ging nach draußen, um eine Zigarette zu rauchen. Sie rauchte nie in meiner Gegenwart. Und sie kam nie wieder zurück. Zwei Tage später fand man sie fast zwanzig Kilometer entfernt in einem Motelzimmer.« Seine Stimme wird schrill. »Meine Mutter mag einiges gewesen sein – eine Hure, ein Junkie, eine Diebin –, aber sie war verdammt noch mal eine gute Mutter. Sie vergötterte mich. Hätte sie mit einem alten Freund durchbrennen und sich einen Schuss setzen wollen, hätte sie mich bei meinen Großeltern abgesetzt, anstatt mich hier zurückzulassen.«

Sein Gesicht ist voller Wut. Nicht auf mich, sondern auf die Ungerechtigkeit, die die Welt ihm angetan hat.

»Es tut mir leid, Robert. Ich wollte nichts anderes andeuten.«

Er starrt auf den Parkplatz und beruhigt sich allmählich wieder. »Entschuldigung. Aber ich denke jeden Tag darüber nach. Als Sie anriefen, nahm ich einfach an, dass es darum ging. Dass dieser … wie nennt man das noch? … ungeklärte Fall endlich gelöst wäre. Vermutlich war dieser Wunsch zu groß.«

»Nein, das ist er nicht. Warum, glauben Sie, wollte jemand Ihre Mutter töten?«

»Ich weiß es nicht. Als Kind dachte ich, es sei wie in einem Krimi und sie habe irgendetwas gesehen, das sie nicht hätte sehen sollen. Aber heute? Ich weiß es nicht. Ich kann mir nicht vorstellen, dass irgendjemand sie gehasst hat.«

»Was hat Ihr Vater dazu gesagt?«

»Nichts. Wir stehen uns nicht wirklich nahe. Vielleicht hat er einmal erwähnt, dass sie sich mit einem anderen Junkie einen Schuss gesetzt hat. Aber Sie können hier jeden fragen, der sie gekannt hat. Alle werden Ihnen sagen, dass sie mich nicht einfach so verlassen hätte. Höchstens gegen ihren Willen. Ich meine, wer würde schon ein Kind hier ganz allein zurücklassen?«

»Ich weiß nicht, Robert. Ich weiß es nicht. Aber ich werde der Sache auf den Grund gehen.«

Das ist kein leeres Versprechen. Doch dafür muss ich mit den Anfängen von Sarahs dunklerem Leben beginnen – und möglicherweise dort, wo sie zum ersten Mal ihrem Mörder begegnet ist.

Kapitel 63

EIN ZUHAUSE

Julie Lane begrüßt mich mit einem freundlichen Lächeln an der Tür. Ihr verlebtes Gesicht wird von dunklen Haaren umrahmt, die sie mit einem türkisfarbenen Band zusammengenommen hat. Sie sind von grauen Strähnen durchzogen, sodass ihr Alter schwer zu schätzen ist.

Von den späten Sechzigerjahren bis in die frühen Achtziger führten ihr Ehemann und sie hier draußen auf der Farm am Rande von Red Hook ein Pflegeheim. Ihr großes Haus, das vor den Bergen Montanas steht, ist von hohen Tannen umgeben, die in dem ansonsten flachen Weideland auffallen.

»Mrs Lane, ich bin Theo Cray. Wir haben miteinander telefoniert. Ich erforsche die Geschichte Montanas.«

»Ja. Ja, natürlich.« Sie öffnet die Tür und bittet mich herein.

Ein Sofa, dessen Orange längst verblasst ist, steht in einem Wohnzimmer, das noch aus den Siebzigern zu stammen scheint. Die einzigen modernen Zugeständnisse sind ein Flachbildfernseher und ein iPad, auf dem ein Kreuzworträtsel zu sehen ist.

Ich setze mich auf das Sofa, das neben ihrem Polstersessel steht. »Wie ich bereits am Telefon sagte, betreibe ich

Ahnenforschung und möchte mit Ihnen über einige der Kinder sprechen, die hier bei Ihnen gelebt haben.«

»Richtig. Ehrlich gesagt, weiß ich nicht wirklich viel darüber, woher sie kamen. Wir hatten hier alle Arten von Kindern. Helle, dunkle, Indianer, Mischlinge. Das war egal. Wir wollten ihnen einfach ein gutes Zuhause bieten und gaben unser Bestes.«

Am liebsten würde ich nicht lange um den heißen Brei herumreden und direkt fragen, ob einige der Kinder potenziell gemeingefährliche Wahnsinnige gewesen waren. Doch ich muss behutsam vorgehen.

»Wie alt waren sie?«

»Wir waren auf Teenager spezialisiert. Problematische Teenager, wie mein Ehemann immer sagte. Aber sie waren gute Kinder.«

»Keine Verhaltensauffälligkeiten?«

Sie lacht. »Das waren Teenager. Sie hatten alle Verhaltensauffälligkeiten. Aber die wuchsen sich aus.«

»Ich verstehe. Erinnern Sie sich an ein Mädchen namens Sarah Eaves?«

Mrs Lanes Gesichtsausdruck verändert sich für einen Moment, bevor sie leicht den Kopf schüttelt. »Nein … nicht wirklich. War sie eines unserer Kinder?«

»Sie war in den frühen Achtzigern hier. Zwei Jahre lang, bis sie das Haus verließ. Es verschlug sie letztendlich nicht weit von hier.«

»Möglich. Vielleicht wenn ich ein Foto von ihr sehe?«

Ich zeige ihr ein Bild, das Sarahs Sohn mir gegeben hat. »Da war sie so um die zwanzig.«

»Ja«, sagt sie schließlich, nachdem sie es eine Weile betrachtet hat. »Jetzt erinnere ich mich wieder an sie.«

»Können Sie mir etwas über sie erzählen?«

»Nein, leider nicht. Wie ich schon sagte, ich erinnere mich nicht an alle. Es waren so viele Gesichter. Sie wissen ja, wie das ist.«

Es ist offensichtlich, dass diese Frau mehr weiß.

»Ich habe mich vor Kurzem mit ihrem Sohn unterhalten. Er wüsste gerne, wie seine Mutter als Kind war.«

»Ihr Sohn? Sarah hatte ein Kind?«

Die Art, wie ihr Gesicht bei der Erwähnung eines Babys aufleuchtet, und wie sie den Namen »Sarah« ausspricht, verrät mir, dass sie ihr weitaus vertrauter war, als sie zugibt.

»Ja. Ein netter Kerl. Er gab mir das Foto.«

»Kann ich es noch einmal sehen?«

Ich gebe es ihr zurück. Sie greift es mit beiden Händen. »Wie alt ist der Junge jetzt?«

»Zweiunddreißig.«

Mrs Lane schaut zur Seite, als würde sie etwas nachrechnen. »Oh! So jung?« Etwas in ihrem Ton verrät mir, dass sie plötzlich das Interesse verloren hat. Sie gibt mir das Foto zurück.

Warum hätte sie ein größeres Interesse gehabt, wenn der Junge älter gewesen wäre? Vielleicht, weil sie dachte, sie würde dann den Vater kennen?

»Hatte Sarah einen Freund?«, will ich wissen.

Mrs Lane schaut mich mit zusammengekniffenen Augen an. »Solche Sachen haben wir nie erlaubt. Die Mädchen wohnten oben und die Jungen in dem Schlafsaal neben der Scheune.«

»Schon gut. Ich wollte Ihnen nichts unterstellen.«

»Wir waren hier sehr streng. Mein Ehemann Jack schonte nicht den Gürtel, weder bei den Jungen noch den Mädchen.«

Ein unheimliches Gefühl beschleicht mich. Ich möchte Mrs Lane kein Unbehagen bereiten, doch ich fürchte, ich muss das Ganze etwas forcieren, um weitere Informationen zu bekommen.

»Wissen Sie, warum Sarah fortgelaufen ist?«

»Nein«, antwortet sie scharf. »Sie hatte oft Ärger. Sorgte immer für Probleme. Machte die Jungs an. Jack tat sein Bestes, aber sie war zu wild.«

Die Art, wie sie Jacks Namen ausspricht – voller Überzeugung und fast schon ehrfürchtig –, irritiert mich.

Mich beschleicht der Verdacht, dass standardmäßige Vergewaltigungen ebenfalls zu Jacks Bestrafungsrepertoire gezählt haben könnten und dass Mrs Lane davon wusste. Doch wenn ich bei diesem Thema weiter nachhake, wirft sie mich vermutlich hinaus.

Also frage ich nach etwas anderem. »Welche Jungs waren zur gleichen Zeit hier wie Sarah?«

»Mr Cray, geht es hier um Ahnenforschung oder um Sarah Eaves?« Ihre Stimme klingt plötzlich hart. »Ich denke, Sie sollten jetzt gehen.«

»Wenn ich ehrlich sein soll, wollte ich nur wissen, woher die Narben auf Sarahs Rücken kommen. Sie stammen aus der Zeit, in der sie hier war, oder?«

»Das war ein Unfall. Sie ist auf irgendein Farmwerkzeug gefallen. Die Leute vom Jugendamt wissen Bescheid. Ich weiß zwar nicht, was Sie gehört haben, aber es ist eine Lüge. Und jetzt müssen Sie gehen.« Die freundliche Frau, die mich an der Tür begrüßt hat, ist verschwunden.

Ich kann nur noch eine Karte ausspielen, bevor sie mich vielleicht wegen Hausfriedensbruch einsperren lässt.

Wenn der Mörder eines der Pflegekinder ist, die zur gleichen Zeit wie Sarah hier waren, oder zeitlich nah genug, um sie gekannt zu haben, hat er vielleicht damals schon mit seinen Metallkrallen gespielt. Ich nehme das Foto eines Baghnakh aus meinem Hefter und halte es vor ihr Gesicht. »Haben Sie so etwas schon einmal gesehen?«

Sie sagt nichts, aber ihre Augen werden immer größer, als sie die Waffe sieht.

Ich muss dafür sorgen, dass sie nervös wird und das Gleichgewicht verliert. »Hat Ihr Ehemann Sarah damit verletzt?«

Ihr Gesicht wird weiß. »Jack? Mein Gott, nein! So etwas hätte er nie getan!«

Sie schützt jemand anderes. »Wer dann? Wer war Ihr Liebling? War er es, der ihr das angetan hat? War er wütend auf sie? Eifersüchtig auf Ihren Ehemann?«

»Das reicht.« Sie springt auf und zeigt zur Tür. »Sie sollten jetzt gehen. Sonst rufe ich … den Sheriff.«

»Wen wollten Sie eigentlich rufen?«

»Niemanden. Raus jetzt!«

Ihre Stimme ist so schrill, dass ich befürchte, sie könnte einen Herzinfarkt erleiden.

So nah! Ich war so nah an einem Namen!

Plötzlich kommt mir eine Idee. Schnell lasse ich meinen Hefter fallen und gehe auf die Knie, um die Unterlagen einzusammeln.

Sie stürmt zur Tür und reißt sie auf. »Jetzt!«

Ich schiebe die Blätter wieder in den Ordner und gehe hinaus. »Es tut mir leid. Ich wollte Sie nicht aufregen.«

Sie wirft die Tür hinter mir ins Schloss und sieht vom Fenster aus zu, wie ich fortfahre.

Ich werde mir eine verdammt gute Ausrede überlegen müssen, wenn ich in ein paar Stunden zurückkomme, um mein Handy zu holen, das ich mit laufendem Rekorder unter ihr Sofa geschoben habe.

Kapitel 64

DIE KOMPLIZIN

Nachdem ich eine Stunde einen Kilometer die Straße hinunter in meinem Wagen gesessen habe, drehe ich um und fahre wieder zu Julie Lanes Haus. Ich bin verschiedene Lügengeschichten durchgegangen, finde aber keine, die nicht zu ausgedacht klingt. Also werde ich einfach an die Tür klopfen und ihr erklären, ich hätte vermutlich einige Regierungspapiere bei ihr verloren – ohne näher darauf einzugehen, um welche Unterlagen es sich genau handelt.

Ich fühle mich ein bisschen wie ein Hochstapler, der mit dämlichen Enzyklopädien oder Versicherungspolicen ältere Menschen abzocken will. Doch dann erinnere ich mich daran, dass sie vielleicht einen Mörder schützt. Und dass die Möglichkeit besteht, dass sie tatenlos zugesehen hat, wie ihr Ehemann ihre Schutzbefohlenen sexuell missbraucht hat.

Unter diesen Umständen ist es vermutlich in Ordnung, wenn ich sie jetzt anlüge.

»Ich habe Ihnen doch gesagt, dass Sie verschwinden sollen!«, ruft sie mir von der anderen Seite der Tür zu.

»Ich glaube, ich habe einige Papiere bei Ihnen vergessen.«

»Haben Sie nicht. Gehen Sie jetzt!«

»Bitte, es ist wichtig.« Spontan greife ich nach dem Türknauf und drehe ihn herum.

Als ich die Tür öffne, springt sie erschrocken zurück. Technisch gesehen ist das hier widerrechtliches Betreten, aber ich tue so, als wäre es das nicht.

Ich schenke ihr mein breitestes Lächeln. »Vielen Dank, dass Sie mich hereingelassen haben. Ich brauche auch nur eine Sekunde.«

Ich marschiere an ihr vorbei und gehe vor dem Sofa auf alle viere, wobei ich meinen Hefter ungefähr dort fallen lasse, wo ich zuvor mein Handy zurückgelassen habe. Sie geht zur anderen Seite des Zimmers, sodass ich es leicht in meine Tasche schieben kann. Ich ziehe ein Blatt aus dem Hefter und halte es hoch, während ich aufstehe. »Hab es! Bitte entschuldigen Sie die Umstände.«

»Sie warten einfach, bis …« Sie beendet ihren Satz nicht.

Ich bleibe an der Tür stehen. »Ich warte, bis? Wollen Sie jemandem davon erzählen?«

»Der Polizei. Ich werde jetzt gleich den Sheriff anrufen!« Sie zieht ihr Handy aus der Tasche und hält es hoch, als wäre es eine Art Talisman, womit sie nur bestärkt, wie leer ihr Versprechen ist.

Ich kehre zu meinem Auto zurück und fahre wieder zu meinem früheren Wartepunkt die Straße hinunter, um die Aufnahme abzuspielen.

Ich drücke auf »Wiedergabe«.

Mrs Lane hatte nur eine Minute gewartet, nachdem ich fort war, um jemanden anzurufen.

»Verdammt!«, schrie sie ins Telefon. »Ich hatte gehofft, du würdest drangehen. Ein Mann war hier und hat Fragen über Sarah und Pa und dich gestellt. Du hast mir gesagt, ich soll dich anrufen, wenn das passiert. Nun, es ist passiert. Ich habe ihm gesagt, er soll sich zum Teufel scheren, und ihm nichts erzählt. Ich habe seine Nummer, falls du ihm den Kopf zurechtrücken willst.«

Nachdem sie aufgelegt hat, sind Schritte zu hören, während sie durch das Haus läuft und leise Selbstgespräche führt. Vermutlich hat sie sich an den Küchentisch gegenüber vom Wohnzimmer gesetzt.

Zwanzig Minuten später klingelt ein Telefon.

»Hallo? … Gott sei Dank … Ja … Vor ungefähr fünfzehn Minuten … Sein Name? Kay … Leo Kay, glaube ich … Wie war der Name? Theo Cray? … Ja, das war er! … Widerlicher Kerl … Du redest mit ihm? … Oh, danke … Danke!«

Das verrät mir nicht viel über die andere Person. Obwohl ich wetten könnte, dass es eins der Pflegekinder war, das zur gleichen Zeit wie Sarah bei den Lanes lebte. Eine Durchsicht der Akten sollte einige Namen zutage fördern.

Zu hören, dass er meinen Namen kennt, beunruhigt mich ein wenig, doch es sollte mich nicht überraschen.

Dann herrscht lange Stille, bis Mrs Lane sagt: »Okay … okay. Was ist mit den Autos? Du hast gesagt, du würdest ein paar Männer schicken, die sie wegbringen. … Okay.«

Nachdem sie aufgelegt hat, hört man nur noch Schritte, bis ich wieder auftauche. Ich klinge wie ein verdammter Haus-zu-Haus-Betrüger. Aber der Zweck heiligt die Mittel. Ich weiß nun, dass sie jemanden angerufen hat.

Vielleicht sogar ihn.

Ich weiß nicht, welchen direkten Nutzen ich aus diesen Informationen ziehen könnte, außer ihr Handy zu stehlen, was ich tatsächlich kurz in Betracht ziehe. Aber sie sind ein Hinweis. Ein wirklich großer Hinweis.

Verdammt! Vielleicht stehe ich wirklich kurz davor herauszufinden, wer es ist, vorausgesetzt, der Mann, der Sarah verletzt hat, ist auch der Mann, der die anderen Menschen getötet hat.

Und die Autos? Was hat sie damit gemeint?

In der Auffahrt stand nur ein alter Kombi. Etwas anderes habe ich nicht gesehen. Standen vielleicht welche in der Scheune oder in dem angrenzenden Wald? War das die Verbindung zu ihm?

Meine Neugier macht mich wahnsinnig. Ich muss wieder zurück.

***

Ich warte, bis es dunkel wird, um noch einmal zu ihrem Haus zurückzukehren. Ich parke ein Stück die Straße hinunter und gehe den Rest des Weges zu Fuß. Ich folge einem Stacheldrahtzaun zur Rückseite des Grundstücks, wobei ich das Haus wachsam im Auge behalte, sollte drinnen ein Licht angehen oder jemand auftauchen.

Ich versuche, mich selbst davon zu überzeugen, dass er nicht sofort herkommen wird. Vielleicht kommt er auch überhaupt nicht. Erst recht nicht, wenn er glaubt, ich wäre ihm auf der Spur.

Wobei das vielleicht eher Wunschdenken als rationales Urteilsvermögen ist.

Ich laufe an der Scheune vorbei durch hohes Unkraut zur anderen Seite. Ich bin versucht, meine Taschenlampe einzuschalten, will aber nicht auf meine Anwesenheit hinweisen.

Als ich den Wald erreiche, kann ich in der Dunkelheit kaum noch meine eigenen Schuhe sehen. Vielleicht sollte ich lieber morgens bei Tagesanbruch weitersuchen. Doch mir fehlt die Geduld, so lange zu warten.

Der Wald ist eine Mischung aus hohen Bäumen und wild wachsendem Buschwerk. Ich muss außen herumlaufen und nach einem Spalt zwischen den Brombeersträuchern suchen, um tiefer in ihn eindringen zu können.

Endlich finde ich einen schmalen Fußweg, der sich durch die Beerensträucher und Büsche schlängelt. Als ich zurückschaue, ist das Haus nicht mehr zu sehen. Also schalte ich die Taschenlampe ein.

Sofort reflektiert etwas im Gebüsch das Licht. Ich trete näher und erkenne den Scheinwerfer eines Wagens. Es ist ein verrosteter blauer Chevy Citation.

Er hat weder vorne noch hinten ein Kennzeichen. Stattdessen entdecke ich noch ein Auto, einen Datsun, der ungefähr drei Meter weiter entfernt steht. Er ist orangefarben und rostig und hat ebenfalls keine Kennzeichen.

Als ich mit der Taschenlampe die Umgebung ableuchte, stelle ich fest, dass ich von mindestens acht oder neun Wagen umgeben bin. Sie alle sind über dreißig Jahre alt und verrostet.

Keiner hat ein Kennzeichen. Ich öffne die Türen von einigen Autos und suche in den Handschuhfächern nach Hinweisen, woher sie stammen, finde aber keine.

Seltsam.

Verdammt seltsam.

Ich mache Fotos mit dem Handy und suche nach den Fahrzeugidentifikationsnummern. Die Nummern auf den Armaturenbrettern wurden alle herausgerissen. Ich überprüfe die Trittbretter und Motorblöcke und komme mit leeren Händen zurück.

Was hat es mit diesen Autos, bei denen sämtliche Kennzeichnungen entfernt wurden, auf sich? Unterhielt der alte Jack einen Autodiebstahlring?

Nein.

Deshalb stehen sie nicht hier.
Mir stockt der Atem, als mir klar wird, wo ich hier stehe.
Verdammt!
So ein Mist.
Ich muss so schnell wie möglich hier heraus.
Das ist kein Schrottplatz.
Das ist noch einer seiner Friedhöfe.

Kapitel 65

DER AUTOFRIEDHOF

Ich muss hier weg. Plötzlich ist es keine Theorie mehr, sondern die Wirklichkeit. Das mysteriöse Pflegekind der Lanes hätte einer von vielen potenziellen Verdächtigen sein können. Doch die Autos erzählen mir etwas anderes.

All die verschwundenen Wanderer aus Cougar Creek, die von überall aus dem Land dorthin kamen ... Was hatte Elizabeth gesagt? Ihre Autos müssten sich mittlerweile stapeln.

Und das taten sie.

Er hat sie hierhergebracht.

Ich laufe um die verrosteten Schrotthaufen herum und versuche, einen Weg nach draußen zu finden. Dabei stoße ich mit dem Fuß gegen ein halb vergrabenes Stück Metall und stürze.

Ein eisiger Schmerz durchfährt mich, als mein Ellbogen den Seitenspiegel eines Toyota Celica zerschmettert. Als ich den Arm wieder herausziehe, stecken Glassplitter in meiner Haut und Blut klebt an der Wagentür.

Verdammt!

Ich will das Blut mit meinem Ärmel wegwischen, verteile es aber nur noch mehr. Plötzlich sehe ich durch die Bäume ein Licht. Das ist nicht gut. Sie muss mich gehört haben.

Vergiss das Auto! Ich wickle meine Jacke um den blutenden Arm und laufe weiter.

Ich erreiche den Waldrand und laufe zur Grundstücksgrenze hinüber, um dem Zaun entlang zur Straße zu folgen. Während ich durch das trockene Gras stampfe, mache ich ziemlich viel Krach, und dann bleibe ich auch noch mit dem Knie am Rand eines Holzhaufens hängen und stolpere.

Irgendwo in der Ferne schlägt eine Tür zu, und am Rand eines Gartens leuchten Lichter auf.

»Ich weiß, dass Sie da draußen sind!«, brüllt Julie Lane. Dann ruft sie etwas wirklich Gruseliges. »Na warte, bis er es herausfindet! Na warte!«

Endlich erreiche ich mit eingezogenen Schultern die Schotterstraße und fürchte fast, eine Ladung Schrot in den Rücken gejagt zu bekommen.

Schwer atmend gerate ich ins Wanken, als mein Sichtfeld plötzlich zu verschwimmen beginnt. Mist! Ich habe mehr Blut verloren, als ich dachte.

Ich stütze mich auf einen Zaunpfahl, hole tief Luft und schaue über die Schulter zurück. Ich sehe die Silhouette von Mrs Lane auf der Veranda, die mich beobachtet.

Ich stolpere weiter und halte mich dabei an dem Holzzaun fest, damit ich nicht stürze. Endlich bin ich weit genug entfernt, sodass sie mich nicht mehr sehen kann. Nicht dass es einen Unterschied macht – höchstens mental.

Ich gehe weiter, fürchte aber, jeden Moment wegzurutschen und zusammenzubrechen.

Irgendwie muss ich bis zu meinem Wagen kommen. Als ich endlich die Autotür öffne und das Innenlicht auf meinen Arm fällt, sehe ich, dass er voller Blut ist.

Ich will losfahren und diesen verdammten Ort verlassen, aber ich befürchte, hinter dem Steuer das Bewusstsein zu verlieren und gegen einen Baum zu fahren. Ich muss mich zuerst um die Verletzung kümmern.

Mithilfe meines unversehrten Arms öffne ich die Heckklappe und hole den Erste-Hilfe-Kasten heraus.

Ich habe es tatsächlich geschafft, die große Armvene zu treffen. Es braucht schon einen Druckverband am Ellbogen, um die Blutung zu stoppen.

Ich ziehe die Glasscherbe heraus, wegen der die Wunde die ganze Zeit geblutet hat, und presse die Schnittstelle zusammen. Zum Glück wurde die Vene nicht durchtrennt, sondern nur wie bei einer stümperhaften Blutentnahme aufgeschlitzt. Während ich auf der Stoßstange sitze und darauf warte, dass die Blutplättchen gerinnen und die Wunde von innen heraus verschließen, schaue ich wachsam auf die Straße.

Ich schiebe Gus' Waffe von meinem Hosenbund auf den Boden, für den Fall, dass ich schnell nach ihr greifen muss. Das einzige Problem ist, dass ich Rechtshänder bin, und diese Hand wurde gerade außer Gefecht gesetzt.

Geduld, Theo. Geduld.

Langsam beruhigt sich mein Herzschlag wieder, und das Blut läuft nicht mehr die Fingerspitzen hinunter. Als ich die Vene wieder freigebe, rinnt zwar noch etwas Blut heraus, aber das kann ich mit einem festen Druck regeln.

Selbstverständlich brauche ich einen zweihändigen Arzt, der den Schnitt untersucht, um sicherzugehen, dass er nicht genäht werden muss.

***

Vierzig Minuten später sitze ich in der Notaufnahme des Fairfax Hospital und warte darauf, dass mein Name aufgerufen wird. Die fluoreszierenden Lichter und der antiseptische Geruch haben seltsamerweise eine beruhigende Wirkung auf mich. Das ist momentan das einzig Entspannende in meiner Welt.

Mein Verband schimmert leuchtend rot und das Blut läuft schon wieder den Arm hinunter. Ich würde der Dame am Empfang gerne Bescheid sagen, doch ich bin mir sicher, ich habe noch ein paar Liter, bevor es wirklich kritisch wird.

Es ist nicht der taube Arm, der mich am meisten stört. Es ist die Bestätigung dessen, was ich befürchtet habe.

Während ich hier sitze und langsam verblute, suche ich mit der linken Hand in meinem Handy nach allen Aufzeichnungen, die ich zu den vermissten Personen in der Nähe von Cougar Creek finden konnte.

Sechs der Autos, die ich in dem Wald entdeckt habe, passen nach Marke, Modell und Farbe zu den Wagen der Vermissten.

Er ist es.

Er ist es wirklich.

Ich schreibe eine SMS an die Polizei von Red Hook und schicke eine Kopie an Dr. Mead. Ich gebe ihnen die Adresse der Lanes, eine Liste der Wagen und ihre Verbindung zu Sarah und den Mordfällen.

Mit diesen Informationen können sie die Namen der Jugendlichen herausfinden, die dort gelebt haben, und auch *seinen* Namen ermitteln.

Als ich auf »Senden« drücke, überkommt mich eine Welle der Erleichterung. Es könnte aber auch die körperlose Euphorie des Ohnmächtigwerdens sein.

Kapitel 66

DAS ALIBI

Die Dienststelle des Sheriffs von Poitier County in Red Hook entpuppt sich als ein kleines Gebäude, das an das Postamt angeschlossen ist. Die Wände sind mit Prospekten und Notizen übersät. Auf der Rückseite eines kleinen Tresens stehen zwei Schreibtische und der Rest des Reviers verbirgt sich hinter einer gesicherten Metalltür. Dort befindet sich vermutlich eine Arrestzelle oder ein Safe.

Sergeant Graham, eine Polizistin, die eigentlich ein sehr freundliches Gesicht hat, macht sich mit ernster Miene Notizen, während ich ihr erzähle, wie ich zum Haus der Lanes gekommen bin und die Autos entdeckt habe.

Ich muss die Geschichte ein wenig verändern – oder besser gesagt, einige Details zensieren –, da ich eindeutig Hausfriedensbruch begangen habe.

»Als ich an die Tür klopfte, bekam ich keine Antwort. Also lief ich um das Haus herum, um nachzusehen, ob sie dort war.«

»Hatten Sie die Erlaubnis, das zu tun?«

»Ich hatte mit ihr telefoniert. Sie meinte, ich könnte vorbeikommen.« Dieser Teil der Geschichte stimmt, bis sie mir sagte, ich sollte mich zum Teufel scheren.

Graham schreibt alles in einer feinen, prägnanten Handschrift nieder. »Und da haben Sie die Autos entdeckt?«

»Ich sah die Bäume und beschloss, genauer nachzusehen.«

»Warum?«

»Ich bin Biologe. In dieser Höhe und in dieser Gegend sieht man nicht so oft Tannenbäume.«

Sie tippt sich mit dem Stift gegen das Kinn. »Aha! Darüber habe ich noch nie nachgedacht.«

Doch ich habe das Gefühl, dass sie über viele Dinge gründlich nachdenkt, und merke mir, nicht zu clever sein zu wollen.

»Vermutlich hat es mit dem Boden zu tun. Das hier ist eiszeitliches Überschwemmungsgebiet. Die obere Schicht eignet sich sehr gut für die Landwirtschaft, aber nur wenige Meter tiefer ist der Boden zu steinig.«

»Und da haben Sie dann die Autos entdeckt?«

»Ja. Sehr viele Autos. Das kam mir seltsam vor. Ich habe mir die Modellnummern und die Marken notiert und sie mit einer Liste von Fahrzeugen verglichen, die vermissten Personen aus den Achtzigerjahren gehörten.«

»Und Sie glauben, das Ganze steht im Zusammenhang mit den Leichen, die in letzter Zeit aufgetaucht sind?«

»Ja. Sie weisen alle ähnliche Kratzspuren auf. Man erzählte mir, dass ein Pflegekind unter der Obhut der Lanes ähnliche Wunden hatte. Also ging ich zu ihnen, um Nachforschungen anzustellen.«

Sie lehnt sich auf ihrem Stuhl zurück und taxiert mich. »Das ist ein ziemlicher Sprung.«

»Eines der Opfer in Cougar Creek weist eine ähnliche Wunde auf. Daher erschien es mir die Nachforschung wert.«

»Auf eigene Faust …«

So, wie sie das sagt, klingt es etwas herablassend.

»Sagen wir, die anderen Behörden, mit denen ich gesprochen habe, haben keine große Eigeninitiative gezeigt.«

»Das stimmt vermutlich. Ich kann nicht behaupten, dass ich viel besser bin. Mein Stapel an Berichten und Vorfällen wächst auch ständig.«

»Ich verstehe. Aber wir reden hier von Mord.«

»Und ich nehme das sehr ernst.« Sie greift nach ihrem Funkmikrofon, das an ihrem Kragen befestigt ist. »Hier spricht 163. Ist jemand in der Nähe von Highway 30 und Harris Road? Over.«

»Hey, Graham«, antwortet ein Mann. »Finley ist ungefähr zehn Minuten von dort entfernt.«

»Kannst du mich mit ihm verbinden?«

Wenige Sekunden später meldet sich ein älterer Mann. »Hier ist Finley. Over.«

»Hey, Fin. Hier spricht Graham. Ich habe hier einen Zeugen mit einer interessanten Geschichte. Kannst du zur 848 Harris Road fahren und überprüfen, ob möglicherweise gestohlene Autos auf dem hinteren Teil des Grundstücks stehen? Frag einfach den Besitzer, ob du nachsehen darfst. Wenn nicht, fragen wir den Sheriff, was wir als Nächstes tun sollen.«

»Geht klar. Das ist das Haus der Lanes, oder?«

»Richtig!«

»Sie scheint mir nicht der Typ dafür zu sein.«

»Aber vielleicht eines ihrer Pflegekinder.«

»Pflegekinder? Ich dachte, sie lebt dort allein.«

»Das ist lange her.«

»Roger.«

Sie richtet ihre Aufmerksamkeit wieder auf mich. »Wir werden sehen, was er findet. Wenn der Eigentümer uns nicht suchen lässt, müssen wir uns um eine richterliche Anordnung bemühen. Da werden Sie dann mit dem Sheriff reden müssen.«

»Kein Problem.«

»Sie glauben also, dass eines der Pflegekinder dieser Typ ist, der die jungen Frauen getötet hat?«

»Ich würde sagen, es gibt eine eindeutige Verbindung. Die Autos haben mich davon überzeugt.« Da sie anscheinend Interesse an meiner Theorie hat und mich weder eingesperrt noch hinausgeworfen hat, wage ich mich einen Schritt vor. »Könnten Sie mir eine Liste mit den Namen der Pflegekinder geben, die dort gewohnt haben?«

»Ich müsste das Jugendamt anrufen.« Sie schaut auf ihre Uhr. »Aber … etwas Eigeninitiative ist vielleicht keine schlechte Idee.«

Sie greift zum Hörer und wählt. »Hey, Bonnie, hier spricht Graham vom Büro des Sheriffs von Poitier County. Ich brauche die Aufzeichnungen über ein bestimmtes Pflegeelternpaar aus den späten Siebzigern und den frühen Achtzigern … Aha … In Helena? … Geht das nicht elektronisch? Nein? … Okay, wenn das nicht zu viele Umstände macht, könntest du sie dann heraussuchen und beiseitelegen? Das Department hat dort eine Kontaktperson.«

Als sie auflegt, zuckt sie mit den Schultern. »Das mache ich den halben Tag – nach Dingen fragen, die ich eigentlich in einer Sekunde finden sollte. Meine Freundin ruft in Helena an, damit man dort die Aufzeichnungen heraussucht. Wenn Ihre Geschichte stimmt, können wir ein bisschen tiefer graben.«

Ich bezweifle nicht, dass sie stimmt. Der Mörder hat keine Chance, so viele Autos über Nacht zu entfernen, ohne Beweise zu hinterlassen.

Plötzlich erwacht ihr Funk mit einer dringenden Meldung vom Zugleiter zum Leben. »Alle verfügbaren Einheiten bitte zu einem Feuer zur 848 Harris Road!«

Graham und ich schauen uns überrascht an. Wobei ihre Überraschung verhaltener wirkt als meine.

Ihr Funkgerät knistert. »Graham, hier ist Fin. Ist dieser Zeuge noch bei dir?«

»Ja, er steht direkt vor mir.«

»Wann, hat er gesagt, habe er das Haus der Lanes verlassen?«

»Dr. Cray?«, fragt sie.

»Letzte Nacht. Anschließend bin ich ins Krankenhaus gefahren. Sie können die Ärzte dort fragen«, antworte ich.

Graham gibt es über Funk weiter. »Er sagt, er sei letzte Nacht dort gewesen. Das Department hat vergangene Nacht außerdem eine E-Mail von ihm bekommen.«

»Okay. Gut. Verdammt! Die Bäume stehen in Flammen. Sieht so aus, als wäre der Brand schon vor einer Weile ausgebrochen. Ich denke, wir brauchen dich hier draußen.«

Graham richtet sich kerzengerade auf. »Dr. Cray, ich muss die Dienststelle absperren, aber wenn Sie in der Nähe bleiben würden, wäre das sehr hilfreich.«

»Natürlich. Auf jeden Fall.«

Mein Gott. Er hat den ganzen Wald in Brand gesetzt, damit sie nicht an die Autos kommen. Aber inwiefern hilft ihm das wirklich?

Verblüfft folge ich Sergeant Graham die Tür hinaus und sehe zu, wie sie abschließt.

Als sie sich zu ihrem Wagen umdreht, empfängt sie einen weiteren Funkspruch, den ich klar und deutlich hören kann. »Zentrale, hier ist Finley. Ich bin bei 848 Harris Road und habe einen 10-54.«

Sergeant Graham dreht sich um und starrt mich einen Moment an, während ihre Hand zögernd auf dem Türgriff ruht.

Ich zwinge mich, ihr kurz zuzunicken. »Sie finden mich bei Darcy's Hotcakes & Coffee, falls Sie mich brauchen!«, rufe ich ihr zu.

»Okay. Bleiben Sie in der Nähe«, gibt sie zurück, bevor sie in ihren Wagen steigt und losfährt.

Ich warte, bis sie um die Kurve gebogen ist. Dann sacke ich zusammen und hole tief Luft. Ich bin überrascht, dass ich so lange durchgehalten habe. Dass der letzte Funkspruch mich in Panik versetzt hat, konnte ich nur mit viel Mühe verbergen.

10-54 ist ein Polizeicode für einen möglichen Leichenfund.

Der Mörder hat nicht nur versucht, die Untersuchung der Autos zu erschweren. Er hat auch Mrs Lane ermordet, die Frau, die ihn großgezogen hat und die ihn als einzige vielleicht mit seiner Vergangenheit in Verbindung bringen konnte.

Kapitel 67

DAS PFLEGEKIND

Während ich zu meinem Auto gehe, erwarte ich fast, dass Sergeant Graham mit heulenden Sirenen die Straße zurückkommt, mit gezogener Waffe aus ihrem Wagen springt und mich auffordert, mich mit dem Gesicht nach unten auf den Boden zu legen.

Erst als ich auf dem Highway bin und in die entgegengesetzte Richtung fahre, spüre ich einen Hauch von Erleichterung.

Ich versuche das, was geschehen ist, nachdem ich Mrs Lanes Haus verlassen habe, zu verarbeiten. Vermutlich hat der Mörder befürchtet, ich ginge zur Polizei, und deshalb versucht, eine längst vergessene Verbindung zu verschleiern.

Wahrscheinlich hielt er es für sicherer, die Autos in dem Wald zu lassen, anstatt sie fortzuschaffen. Und das stimmte wohl auch. Selbst wenn jemand per Zufall über sie gestolpert wäre, sind verlassene Autos in dieser Gegend nicht gerade eine Seltenheit. Bei meiner Suche auf Google Maps entdecke ich ständig alte Wagen, die auf Blöcken in irgendwelchen Vorgärten oder mit zerstochenen Reifen halb verdeckt unter Büschen stehen.

Die Autos auf dem Grundstück der Lanes wären keine große Sache gewesen – sofern man nicht wusste, wem sie zuvor gehört hatten. Das hatte den Mörder aufgescheucht.

Selbst wenn er etwas Brandbeschleuniger in die Motorblöcke gegeben hat, wird der Waldbrand die Identifizierung der Fahrzeuge nur verzögern.

Sein wahres Motiv war die Ermordung von Julie Lane. Dadurch brachte er sie nicht nur zum Schweigen, sondern lenkt gleichzeitig die Aufmerksamkeit auf mich und führt die Behörden in die Irre. Der Mörder wollte womöglich nicht nur ein loses Ende loswerden, sondern mir etwas anhängen.

Ich war die letzte Person, die Julie Lane gesehen hat. Außerdem bin ich derjenige mit der bizarren Geschichte von dem Monster von Cougar Creek und den jüngsten Mordfällen … und ich habe eine Blutspur vom Wald zur Straße zurückgelassen.

Wenn der Mörder sie gewürgt und eines ihrer Küchenmesser in mein Blut getaucht hat, damit es so aussieht, als hätte sie sich gewehrt, bleibt mir nicht viel Zeit, um meine Unschuld zu beweisen.

Anstatt zu Gus zurückzufahren, nehme ich die Ausfahrt nach Helena. Ich brauche diese Aufzeichnungen über die Pflegeeltern und muss herausfinden, mit wem ich es zu tun habe. Und dann muss ich mir einen Anwalt suchen.

Außerdem muss ich Gus und Jillian warnen. Ich rufe sie zuerst an.

»Hey! Was ist los? Wie laufen die Nachforschungen?«, fragt sie, sobald sie abgenommen hat.

Die Worte brechen nur so aus mir heraus. »Jillian, ich glaube, ich habe herausgefunden, wer er ist, oder zumindest, woher er kommt. Ich glaube, er hat heute seine Pflegemutter getötet, um seine Spuren zu verwischen.«

»In Red Hook?«

»Ja. Ich war gestern dort, um mit ihr zu reden. Ich habe die Autos in dem Wald gefunden, die den verschwundenen Wanderern gehören. Zehn Wagen standen dort.«

»O mein Gott!«

»Aber das ist nicht alles. Er weiß von mir. Er kennt sogar meinen Namen. Das bedeutet, er könnte auch von Gus und dir wissen.«

»Was willst du mir damit sagen?«

»Ich weiß es nicht. Es tut mir so leid. Ich wollte dich nicht in die Sache hineinziehen.«

»Das hast du nicht. Hör auf, dir die Schuld zu geben.«

»Er könnte nach dir suchen.«

»Warum?«

»Warum tut er überhaupt irgendetwas?«

»Wo bist du? Komm her und wir reden darüber.«

»Ich muss zuerst noch etwas erledigen. Ich muss seinen Namen herausfinden.«

»Aber dann kommst du sofort her?«

»Ja. Aber ruf Gus an und warne ihn. Und ruf die Polizei in Hudson Creek an. Erzähl ihnen alles, was du weißt. Verdammt, behaupte, du hättest Angst vor mir.«

»Das kann ich nicht tun.«

»Du musst etwas tun.«

Ich hoffe, dass ich überreagiere, denn ich weiß nicht, was ich tue, sollte Jillian irgendetwas passieren.

***

Den Rest der Fahrt nach Helena mache ich mir über zwei Dinge Sorgen. Was, wenn er das Feuer und den Mord als Ablenkung genutzt hat, um zu fliehen? Er könnte längst verschwunden sein, bis den Behörden klar wird, dass sie ihn verfolgen sollten.

Und was, wenn er das nicht als Tarnung für eine Flucht nutzt? Was, wenn er bleibt und jeden tötet, der ihn mit dem Ganzen in Verbindung bringen könnte?

Sarah Eaves' Sohn war davon überzeugt, dass seine Mutter ermordet wurde. Was, wenn der Mörder nicht nur eine Zeugin eliminieren wollte?

Als ich vor dem Büro des Jugendamts ankomme, dreht sich mir vor Aufregung der Magen um. Ich weiß nicht mehr weiter. Und dass ich nun in dieses Gebäude gehen und lügen muss, macht es nicht besser.

Ich parke vor dem riesigen Gebäude und versuche mich zu beruhigen. Da drinnen gibt es eine Akte mit seinem Namen. Das Ganze könnte sehr schnell vorbei sein. Ich muss nur hineingehen und an die Papiere kommen, die Sergeant Graham angefordert hat.

Dass ich damit vielleicht eine Straftat begehe, ist im Moment meine kleinste Sorge.

Ich steige aus, vergewissere mich, dass ich keine Blutflecke auf dem Hemd habe, und betrete die Lobby.

Ein Sicherheitsbeamter sitzt am Empfang und schaut von seinem Handy auf. »Kann ich Ihnen helfen?«

»Ich bin hier, um einige Unterlagen für Poitier County abzuholen.«

Notfalls bluffe ich mit meiner Forschungsgenehmigung der Nationalparks und meinem Universitätsausweis. Vielleicht verleihen mir diese offiziell wirkenden Dokumente ein gewisses Maß an Glaubwürdigkeit.

»Dritter Stock. Zimmer Nummer vier.«

»Vielen Dank.«

***

Zwei Minuten später stehe ich vor dem Tresen. Mein Bein zittert so stark, dass ich es gegen die Theke presse, um es unter Kontrolle zu halten.

»Kann ich Ihnen helfen?«, fragt eine Frau, während sie hinter dem Schreibtisch Platz nimmt.

»Hallo. Ich bin hier, um einige Unterlagen für Poitier County abzuholen.«

»Wann haben Sie die Anfrage gestellt?«

»Heute Morgen.«

»Tut mir leid. Das dauert ungefähr zehn Tage. Ich bin überrascht, dass man Ihnen das nicht gesagt hat.«

Verdammt! Verdammt! Verdammt!

Bis dahin sitze ich im Gefängnis oder bin tot.

Plötzlich ruft eine Stimme aus einem Büro herüber. »Ist das jemand vom Büro des Sheriffs von Poitier County?«

»Ja«, antwortet die Frau vor mir. »Ich habe ihm gesagt, dass es mindestens zehn Tage dauert.«

»Ich habe die Unterlagen hier auf meinem Schreibtisch«, sagt die Person in dem anderen Zimmer. »Vor einer Stunde kam noch einmal ein Anruf, diesmal eine Eilanfrage. Offensichtlich geht es um eine Mordermittlung.«

Eine Frau in einem schicken Hosenanzug kommt aus ihrem Büro und hält einen dicken Ordner in den Händen. »Ich habe sie gerade zusammengestellt. Bitte schön.«

Ich versuche, das Zittern meiner Hände zu unterdrücken, als ich ihr den Ordner abnehme. Ich schlage ihn lässig auf. Er ist voller Formulare und Fotos von mindestens dreißig Kindern.

»Vielen Dank.«

Ich renne fast gegen die Tür, während ich die Gesichter durchsehe und nach dem suche, das zu dem Mörder gehört.

Kapitel 68

DIE GEGENMASSNAHME

»Hören Sie das nicht?«, fragt der Wärter, als ich an der Rezeption vorbeigehe.

»Wie bitte?« Ich schaue von dem Ordner auf.

»Ihr Handy.« Er zeigt auf meine Tasche.

Erst jetzt bemerke ich, dass es klingelt. »Oh, ja.« Ich klemme mir den Ordner unter den Arm und ziehe das Telefon heraus.

Es ist die Nummer eines Ferngesprächs, dessen Vorwahl ich nicht kenne. Ich will das Gespräch schon abweisen, entscheide mich dann aber um, während ich auf einer Bank vor dem Gebäude Platz nehme.

»Hallo?«, frage ich, wobei ich aber nur halb bei der Sache bin. Ich sehe weiterhin die vielen Gesichter durch und versuche herauszufinden, welche zu den Personen gehören, die zur gleichen Zeit wie Sarah Eaves im Hause der Lanes waren.

»Theo?«, fragt eine tiefe Bassstimme.

»Ja ...« Ich blättere nach hinten, nachdem ich feststelle, dass dort die späten Siebziger- und frühen Achtzigerjahre zusammengefasst wurden. Ich bleibe an Sarahs Gesicht hängen. Es ist eine jüngere Aufnahme als die, die ich gesehen habe.

»Habe ich Ihre Aufmerksamkeit? Denn Sie haben meine auf jeden Fall.«

Der Tonfall in der Stimme lässt mich von dem Ordner aufschauen. »Wer spricht da?«

»Wer, glauben Sie denn, spricht hier?«

Mir wird eiskalt. »Ich bin mir nicht sicher …«

»Lassen Sie uns gleich zur Sache kommen und zu dem, was Sie nun tun werden.«

»In welcher Angelegenheit?«

»Als Erstes werden Sie Ihre Aufzeichnungen und alles, was Sie noch nicht der Polizei übergeben haben, vernichten.«

Verdammt, nein … das kann nicht …

»Warten Sie …«

»Theo, ich bin noch nicht fertig.« Seine feste Stimme erinnert mich an den Ausbilder von Polizeihunden, der einem Schäferhund sagt, dass er Platz machen soll. »Nachdem Sie Ihre Aufzeichnungen vernichtet haben, werden Sie ein Video aufnehmen, in dem Sie den Mord an Julie Lane gestehen.«

»Aber ich habe sie nicht getötet …«

»Natürlich haben Sie das nicht. Ich tat es. Sie war wie eine Mutter für mich. Und jetzt sehen Sie, wozu Sie mich gebracht haben.«

Mir stockt der Atem. »Warum?«

»Warum glauben Sie wohl? Wenn Sie nicht an ihre Tür geklopft hätten, wäre sie jetzt noch am Leben. Sie haben es getan.«

»Nein, das waren Sie …«, erwidere ich schwach.

»Ich war vielleicht das Werkzeug, aber Sie waren der Grund. Sie wissen das. Es ist doch nur eine weitere Bescherung, für die Sie gesorgt haben und die wir beseitigen müssen.«

»All diese Menschen …«

»Wir alle sterben. Welchen Unterschied macht es also?«

»Wie … konnten Sie?«

»So bin ich nun mal. Aber reden wir darüber, was Sie sind und was Sie tun werden. Nachdem Sie diese Notizen vernichtet und den Mord an Julie Lane gestanden haben, wird man mehr über die anderen Leichen erfahren wollen. Deshalb werden Sie in Ihrem Geständnis erklären, dass Sie sie manipuliert haben, um zu vertuschen, dass Sie Juniper Parsons getötet haben.«

»Das ist verrückt. Das ist nicht einmal möglich.«

Das Ganze fühlt sich wie ein Traum an. Ich muss auf die vorbeifahrenden Autos starren und die Abgase einatmen, um mich selbst davon zu überzeugen, dass das hier wirklich passiert.

»Vertrauen Sie mir. Man wird Ihnen glauben. Man verdächtigt Sie ja bereits. Nutzen Sie Ihr Gehirn, um sich Methoden und Erklärungen auszudenken. Sie sind ein intelligenter Mann. Zu intelligent.«

»Man wird mir nicht glauben.«

»Das wird man, zum Teil zumindest. Es liegt an Ihnen, sie von dem Rest zu überzeugen. Vertrauen Sie mir, sie wollen eine einfache Erklärung. Das wollen sie immer.«

Aus irgendeinem Grund widerspreche ich ihm nicht. Ich stelle nur Fragen, als wäre es unvermeidbar.

»Und wenn nicht?«

»Wenn Sie sie nicht überzeugen? Was denken Sie, Theo?«

Ich zögere. »Ich weiß nicht …«

»Ich schicke Ihnen ein Foto.«

Mein Handy zwitschert, als eine Nachricht eingeht. Ein Schwarz-Weiß-Foto taucht auf. Zunächst muss ich die Augen zusammenkneifen, um die Details zu erkennen. Doch als ich erkenne, was ich sehe, bleibt die Welt plötzlich stehen.

Es ist ein Foto von Jillian, aufgenommen mit einer Nachtsichtkamera.

Sie schläft in ihrem Bett.

»Ich war letzte Nacht dort, Theo. Ich stand eine Stunde neben ihr und habe sie beobachtet. Ich bin sehr leise. Aber ich muss noch nicht einmal in ihr Haus gehen. Ich könnte an einem Tisch in ihrem Restaurant sitzen und ihr ein Messer zwischen die Rippen jagen, während sie mir noch etwas Kaffee eingießt. Ich könnte sie mir schnappen, wenn sie nachts zu ihrem Auto geht. Ich könnte sie aus neunhundert Meter Entfernung erschießen. Ich habe viele Möglichkeiten. Und Ihr Freund, der alte Mann, wie schwer, glauben Sie, würde das sein? Ich könnte die beiden innerhalb von zwanzig Minuten töten und mich dann auf den Weg nach Florida machen, um Ihre Mutter zu besuchen. Oder ich könnte nach Texas gehen und willkürlich Studenten an Ihrem College töten.«

Ich reiße mich aus meinem traumartigen Zustand und spüre, wie mein Blut zu kochen beginnt. »Sie verdammter …«

»Sie haben damit angefangen. Jetzt müssen Sie es auch zu Ende bringen. Im Moment wägen Sie noch Ihre Chancen ab. Sagen Sie der Polizei alles, was ich Ihnen gesagt habe? Oder tun Sie genau das, worum ich Sie gebeten habe? Glauben Sie, Sie könnten alle schützen? Die Leute glauben ja noch nicht einmal, dass es mich gibt.«

»Ich kenne Ihren Namen. Und den werde ich ihnen sagen.« Noch kenne ich ihn zwar nicht, aber ich weiß, dass er in dem Ordner steht.

»Nein, das tun Sie nicht. Sie kennen meinen alten Namen, den ich seit dreißig Jahren nicht mehr benutze. Dieser Junge, der … Er existiert nicht mehr.«

»Ist es das? Irgendwelche Hinterwäldler pöbeln Sie an und Sie werden zu einem Serienmörder?«

»So einfach ist das nicht, Theo. Tief in unserem Innern sind wir alle Tiere. Aber das ist nicht wichtig. Sie wissen, was Sie zu tun haben.«

»Woher weiß ich, dass Sie sie nicht trotzdem töten?«

»Das wissen Sie nicht. Aber Sie sind ein logisch denkender Mensch. Es liegt nicht in meinem Interesse, das zu tun. Ich will nur morgen in den Nachrichten hören, dass Sie gestanden haben.«

»Was, wenn ich tue, was Sie sagen, man mir aber nicht glaubt?«

»Deshalb werden Sie noch eine Sache tun müssen, um die Polizei zu überzeugen. Ich kann Ihnen nicht so weit vertrauen, dass Sie letztendlich nicht doch alles erzählen. Deshalb werden Sie sich, nachdem Sie Ihr Geständnis abgelegt haben, mit Ihrer Waffe eine Kugel in den Kopf jagen.«

»Ich … ich soll mich selbst töten?«

»Ja, Theo. Nehmen Sie mit einer Videokamera Ihr Geständnis auf. Sorgen Sie dafür, dass es der beste Auftritt Ihres Lebens wird. Dann erschießen Sie sich selbst. Es wird schnell gehen. Sie werden nichts spüren. Jillian wird in Sicherheit sein. Tun Sie es aber nicht, wird irgendjemand, der Ihnen viel bedeutet, morgen Abend tot sein. Vielleicht Jillian. Vielleicht Gus. Vielleicht auch jemand, den ich nicht erwähnt habe.«

Ich weiß nicht, wie lange ich schon nach diesem Anruf auf der Bank sitze und wie hypnotisiert einen sich wiegenden Ast anstarre.

Erst das Klingeln meines Handys reißt mich aus meiner Starre.

»Hallo?«

»Hey, Dr. Cray, hier spricht Sergeant Graham.« Ihre Stimme klingt freundlicher als der professionelle Ton, mit dem sie mich heute Morgen begrüßt hat. »Wir waren ja noch nicht fertig und ich habe noch einige Fragen an Sie. Sind Sie immer noch in dem Restaurant?«

»Ich … hatte noch etwas zu erledigen.«

»Okay. Nun, wenn Sie zur Dienststelle kommen könnten, könnten wir die Sache abschließen. Können Sie in einer Stunde hier sein?«

»Natürlich«, lüge ich.

»Großartig. Bis dann.«

Ich bin nicht der einzige Lügner. Sie war zu freundlich, zu herzlich. Ich bin mir sicher, sie war bereits im Restaurant und weiß, dass ich nicht dort war.

Sie wollen mit mir über Mrs Lane sprechen.

Jetzt in diesem Moment fragen sie sich, warum ich sie getötet und den Wald in Brand gesteckt haben könnte, um dann mit einer Geschichte vom Monster von Cougar Creek zur Polizei zu gehen. Es ergibt keinen Sinn. Das ist verrückt. Aber alles führt immer wieder zu mir zurück.

Verdammt!

Wenn ich Jillian und Gus in Sicherheit wissen will, sollte ich mir schleunigst etwas überlegen.

Kapitel 69

DAS GESTÄNDNIS

Joshua Lee Clark, das ist sein Name. Zumindest war das einmal sein Name. Als ich in dem Ordner seine Seite aufblättere, verraten ihn die Augen. Sie sind dunkelgrün und werden von einem rötlichen Haarschopf fast verdeckt. Der Blick ist intelligent, aber unsicher. Das ist kein Foto eines verschreckten Elfjährigen. Das ist ein misstrauisches Tier im Schein einer Taschenlampe.

Er kam in Pflege, nachdem man seine Mutter erstochen in der Küche gefunden hatte. Joshua hatte der Polizei erzählt, es habe einen Ehestreit zwischen ihr und seinem von ihnen getrennt lebenden Vater gegeben. Außer ihm hatte den Vater niemand kommen oder gehen sehen. Doch es war schon früher zu häuslicher Gewalt gekommen, und die Polizei hielt Joshuas Geschichte für glaubwürdig.

Ich bin mir nicht sicher, ob ich ihm glaube, jetzt, wo ich weiß, was ich weiß. Die berechnende Stimme am anderen Ende der Leitung ist zu allem fähig. Er hat gestanden, Julie Lane, seine Pflegemutter, getötet zu haben, um sie zum Schweigen zu bringen und mich zu belasten.

Töten fällt ihm leicht, ob aus Vergnügen oder Berechnung. Und nun droht er, Menschen zu töten, an denen mir etwas liegt, wenn ich nicht tue, was er verlangt.

Ich muss lügen und Erklärungen erfinden, die hauchdünn sein werden. Ich werde alles in meiner Macht Stehende tun müssen, um die Leute, die ich bisher davon überzeugen wollte, dass da draußen ein Mörder herumläuft, jetzt glauben zu lassen, dass alles nur ein Plan gewesen war, den ich mir ausgedacht hatte.

Das ist absurd und wird keiner genauen Untersuchung standhalten. Doch Clark hat recht: Wenn ich die Lüge mit meinem eigenen Tod unterstreiche, wird man sie passend machen.

Wenn ich den Mord an Juniper gestehe, wird man mir glauben. Ich kann sie davon überzeugen, dass ich Chelseas Tod arrangiert habe, wenn ich sage, es sei auf einer Fahrt geschehen, die ich vor einem Jahr hierher gemacht habe.

Das Gleiche gilt für die anderen Leichen. Sollte ich zum Zeitpunkt ihrer Ermordung außer Landes gewesen sein, werde ich mir eine Geschichte ausdenken müssen, nach der ich ihre Leichen in eine Kühltruhe gesteckt habe, damit ich sie aufbewahren konnte, oder irgendetwas in der Art, um ein Alibi zu haben.

Ich werde behaupten, die Leichen in Cougar Creek hätte ich woanders gefunden und vor Jahren zur heißen Quelle gebracht.

Wie sehr wird man sich bemühen, das Geständnis eines toten Mannes zu widerlegen? Wenn ich ihnen alles gebe, was sie brauchen, werden sie glücklich sein.

Ich werde alles tun, damit Jillian in Sicherheit ist.

Sie werden auch ein Motiv haben wollen. Ich kann nicht nur erklären, wie ich all die Morde durchgeführt habe. Sie werden wissen wollen, warum ein kranker Kopf sich eine derart gestörte Handlung ausdenkt.

Ich werde ihnen sagen, ich sei schon immer verrückt gewesen. Besessen von der Vorstellung, Frauen Gewalt anzutun, und von dem Wunsch, den perfekten Mord zu begehen. Ich werde ihnen erzählen, dass ich Juniper getötet habe, weil es mir nicht reichte, Fremden beim Sterben zuzusehen. Ich wollte jemanden töten, der mich kannte.

Warum würde ich mich selbst umbringen?

Wenn ich ein Soziopath bin, kann ich es nicht aus Schuldgefühlen tun. Tue ich es, weil ich mich offen brüsten will? Oder weil ich Angst habe, dass man mir auf die Schliche kommt?

Als Ted Bundy verhaftet wurde, erzählte er dem Polizisten, der ihn gestellt hatte, es wäre besser gewesen, hätte man ihn einfach erschossen. Obwohl er keine Reue empfand, war er gegen die Angst nicht immun.

Ich werde eine detaillierte Zeitachse erstellen müssen, um zu erklären, wann ich meine Verbrechen begangen habe. Ich sollte mir außerdem einige Erklärungen ausdenken, wie ich die Methoden zur Altersbestimmung der Leichen austrickste, zum Beispiel mithilfe eines Kühlschranks. Ich könnte einige Konservierungsstoffe und Beschleuniger enzymatischer Vorgänge anführen.

Damit das Ganze überzeugender klingt, sollte ich dafür sorgen, dass man bei der Durchsuchung meines Wagens die erforderlichen Werkzeuge und Chemikalien findet. Vielleicht gibt es hier in der Nähe das ein oder andere Fachgeschäft für Chemikalien, wo ich alles finde, was ich brauche.

Ja, ich denke, ich kriege das hin. Verdammt, ich werde mein Videogeständnis online stellen, damit es jeder sehen kann. Dann können die Nachrichtensender überhaupt nicht widerstehen.

Das sollte ihn von meiner Ernsthaftigkeit überzeugen.

***

Wird man vom Leben in eine binäre Situation gezwungen, erlebt man eine unglaubliche Klarheit.

Bliebe mir mehr Zeit, fänden sich vielleicht andere Möglichkeiten. Trotz seiner Namensänderung hätte ich ihn bestimmt gefunden. Aber ich bin zu spät und zu ungeschickt. Jeden Versuch, mehr Zeit herauszuschlagen, würde er sofort durchschauen. Er hat die Oberhand.

Ich verwende meine mentale Energie auf die Chemikalien und Materialien, die ich brauchen werde, um die Polizei davon zu überzeugen, dass ich in der Lage war, an den Leichen herumzupfuschen und ihren geschätzten Todeszeitpunkt zu manipulieren.

Es gibt eine enzymatische Lösung, die man als Industriereiniger verwendet, die vor dem Zusammenbruch eine fortgeschrittene Nekrose verursachen würde. Ein paar Liter sollten sie überzeugen. Eine leicht saure Waschung in einer Badewanne würde zu einer Verfärbung und Alterung der Haut führen.

Ich könnte behaupten, ich hätte einen Kohlendioxidbehälter verwendet, damit die inneren Organe als Folge der Zersetzung aufplatzen.

Wenn ich die Kriminaltechniker so richtig zum Narren halten wollte, könnte ich behaupten, ich hätte das Blut aus der einen Leiche abgesaugt und in die andere hineingepumpt, um ihnen die DNA-Analyse zu vermasseln.

Verdammt, ich könnte sogar eine Leiche in den toten Klon einer lebenden Person verwandeln. Ich müsste nur genügend Blut übertragen und ein Gerinnungsmittel verwenden, das das Blut in den angezapften Venen fest werden lässt, und dann die Zahnaufzeichnungen zerstören, indem ich mithilfe von Flusssäure die Zähne weich mache – als wären sie von einem aggressiven Bakterium angegriffen worden.

Okay, ich weiß, was ich sagen werde. Ich weiß, was ich zu tun habe.

Ich werde eine Zusammenfassung meiner Methoden aufschreiben, ein Videogeständnis aufnehmen und dann die Polizei wissen lassen, wo sie meine Leiche findet.

Es ist die einzige Möglichkeit, Jillian in Sicherheit zu wissen.

Kapitel 70

DER STELLVERTRETER

In meiner Einsamkeit habe ich viel über die unbegreiflichen Themen von Raum, Ewigkeit, Leben und Tod nachgedacht.

Alfred Russel Wallace

Meinen eigenen Tod vorzutäuschen, ist leichter gesagt als getan – besonders in so kurzer Zeit. Obwohl es absolut keine Möglichkeit gibt, jemanden, der eine gründliche kriminaltechnische Untersuchung durchführt, davon zu überzeugen, die Leiche eines anderen sei meine, verschaffe ich mir etwas Zeit. Mir bleiben höchstens drei oder vier Tage, bis Dr. Mead und ihre Mitarbeiter die Leiche untersuchen und erkennen, dass das Ganze eine Farce war.

Ich muss Joshua Lee Clark vor ihnen finden. Sobald er erkennt, was ich getan habe, wird er ausrasten. Und dann sind Jillian und Gus nicht mehr sicher.

Hätte ich geglaubt, dass Clark sie wirklich in Ruhe lässt, hätte ich mir die Kugel vielleicht in den Kopf gejagt. Doch ich traue ihm nicht. Nach meinem Tod hätte er vermutlich Jillian doch nur so aus Spaß getötet. Genau das tut er. Obwohl er am

Telefon tat, als wäre er eine kalte, rationale Person, ist er ein Mörder, der das Töten genießt. Es liegt in seiner DNA.

Um Zeit zu schinden, muss ich ihn glauben lassen, ich sei tot. Hierfür brauche ich eine Leiche. Im Durchschnitt sterben in Montana vierundzwanzig Menschen pro Tag. Die Anzahl der Männer in meinem Alter liegt im Schnitt bei zwei oder drei pro Tag.

Laut der *Montana Gazette* war der dreißigjährige Christopher Dunleavy nicht ansprechbar, als man ihn vor zwei Tagen fand und ins Missoula Memorial Hospital brachte. Als er dort ankam, stellte man seinen Tod infolge einer Überdosis Medikamenten fest. Laut den Behörden versucht man gerade, seine Familie zu erreichen. Im Klartext heißt das, seine Leiche liegt in der Leichenhalle des Krankenhauses und wartet darauf, dass irgendjemand die Vorbereitungen für die Beerdigung trifft.

Sein Profil in den sozialen Netzwerken, das ich gefunden habe, zeigt ihn als jemanden, der mir zwar vom Gesicht her nicht ähnelt, aber den gleichen Körperbau hat – oder zumindest ähnlich genug für das, was ich vorhabe.

***

Ich rufe in dem Krankenhaus an und lasse mich mit der Leichenhalle verbinden.

»Kaltlagerung«, meldet sich eine freundliche Frauenstimme.

»Hallo, ich rufe vom Büro des Sheriffs von Hudson Creek an. Liegt bei Ihnen noch immer die Leiche von Christopher Dunleavy?«

»Ja. Wir warten immer noch auf die Angehörigen. Was ist los?«

»Es gibt da ein kleines Problem. Ich glaube, das Bundeskriminallabor will einen Blick auf ihn werfen.«

»Sagt wer?«

»Dr. Mead, glaube ich.« Es ist wohl besser, ihren Namen einzustreuen.

»Sie glaubt unserem Forensiker nicht?«

»Nein, nein. Es könnte ein Straftatbestand vorliegen. Wir versuchen, die Herkunft der Pillen zu ermitteln.«

»Oh, verstehe.«

»Ja. Auf jeden Fall hat die Rauschgiftbehörde eine Untersuchung angeordnet.«

»Okay, schicken Sie jemanden vorbei, der für die Leiche unterschreibt. Dann können Sie damit machen, was Sie wollen.«

***

Nachdem ich die Vorarbeit geleistet habe, um die Leiche mitnehmen zu können, muss ich sie nun tatsächlich abholen. Leider kann ich nicht einfach mit meinem Wagen zum Krankenhaus fahren und sie bitten, die Leiche in den Kofferraum zu laden.

Zum Glück finde ich bei einer Autovermietung in Helena einen nagelneuen schwarzen Van mit Hochdach – genau die Art Auto, die man von einer Regierungsbehörde erwartet.

Ich miete das Auto mit meiner Kreditkarte, wobei ich davon ausgehe, dass ich zu dem Zeitpunkt, in dem die Polizei diese Aufzeichnungen überprüft, entweder tot bin oder Clark geschnappt wurde.

Als ich am Krankenhaus ankomme, sind meine Hände feucht, und ich bin mir nicht sicher, ob ich das Ganze wirklich durchziehen kann. Ich habe mir noch schnell einen dunkelblauen Anorak gekauft, damit ich wie eine offizielle Person aussehe. Sollte jemand fragen, hatte ich mir eine Tarngeschichte überlegt: Ich bin ein Bundesmediziner, den die Rauschgiftbehörde angefordert hat.

Ich parke im hinteren Bereich der Ladezone. Als ich in Richtung Hintereingang gehe, fällt mein Blick auf einen jungen

Polizisten, der gegen sein Auto lehnt und eine Zigarette raucht. Zuerst kommen mir Bedenken, doch dann habe ich plötzlich eine Eingebung.

»Entschuldigung!«, rufe ich.

»Ja, Sir?«

Perfekt, ein Polizist mit guten Manieren. »Wissen Sie, wo ich die Leichenhalle finde? Ich muss dort eine Leiche für das Bundeskriminallabor abholen.«

Er zeigt auf eine Reihe von Türen. »Ich glaube, da müssen Sie durch den Eingang und dann nach rechts. Ich bin nicht oft hier. Ich warte nur auf meinen Partner, um einen Zeugen zu überprüfen.«

»Nun, wenn Sie einen Moment Zeit hätten, könnten Sie mir dann vielleicht helfen? Ich muss das Ding einladen. Ich könnte jemanden gebrauchen, der mir die Türen aufhält. Die Frau meines Partners liegt in Bozeman in den Wehen und er musste zu ihr.«

»Klar«, antwortet er und lässt seine Zigarette fallen. »Solange ich nichts anfassen muss.«

»Vielen Dank, Officer ... Patel«, antworte ich, nachdem ich sein Namensschild gelesen habe. »Ich bin Bill Doff.« Ich nenne ihm den Namen meines Mathematiklehrers an der Highschool.

»Nick«, antwortet er und schüttelt meine Hand.

Während wir hineingehen, achte ich darauf, bei unserem Small Talk nicht auf den Beruf einzugehen. Stattdessen lenke ich die Aufmerksamkeit auf eine attraktive Krankenschwester, die uns im Flur begegnet.

»Deshalb hänge ich so gerne hier draußen herum«, erklärt Nick.

Als wir an die Rezeption kommen, werden wir von derselben freundlichen Stimme begrüßt, mit der ich telefoniert habe.

»Hallo, wir sind hier, um Christopher Dunleavy abzuholen. Ich glaube, irgendjemand hat deshalb angerufen.«

»Oh, Sie kommen vom Bundeslabor?« Sie lächelt Nick an, was vermuten lässt, dass er öfter hier ist, als er behauptet hat.

»Ja.«

Sie schiebt mir ein Klemmbrett herüber. »Füllen Sie das einfach aus.«

Ich bluffe mich durch die Fragen und gebe Dr. Meads Namen in dem Feld des ersuchenden Beamten ein.

Sie sieht das Formular durch und nickt. »Jetzt brauche ich nur noch einen Überweisungsschein.«

Einen was? Ich hatte befürchtet, dass es irgendeinen Papierkram gibt, von dem ich nichts wusste.

»Richtig.« Ich zögere. »Dr. Mead hat mir keinen mitgegeben.«

Ich will gerade fragen, wie so ein Schein aussieht, damit ich versuchen kann, so etwas in einer FedEx-Filiale zu fälschen, doch da lenkt die Mitarbeiterin schon ein. Vermutlich, weil ein Polizist neben mir steht – was eindeutig bedeutet, dass ich eine offizielle Person bin, die offizielle Dinge tut.

»Das ist schon okay. Faxen Sie ihn uns einfach so schnell wie möglich zu. Ich sorge dafür, dass ein Pfleger die Leiche auf eine Trage legt und sie in zehn Minuten zum Hinterausgang bringt.«

»Wunderbar.«

Fünfzehn Minuten später fahre ich mit einer gestohlenen Leiche davon. Ich halte noch einmal vor einem Sanitätshaus, in dem ich alles kaufe, was ich auf legalem Weg kriegen kann. Den Rest stehle ich aus einem geparkten Rettungswagen, indem ich noch einmal meinen Geheimtrick zum Öffnen der Tür anwende.

Kapitel 71

DER TODESFALL

Die toten Augen von Christopher Dunleavy starren mich vom Fahrersitz meines Wagens an. Seine Haut hat etwas mehr Farbe. Das sollte sie auch – schließlich habe ich fast ein Liter meines Blutes in seinen Körper gepumpt. Dank meines letzten Unfalls habe ich schon wenig Blut, und ich war mir nicht sicher, ob ich überhaupt so viel hatte abgeben sollen.

Aber wenn das Ganze funktionieren soll, ist es sehr wichtig, dass der Rechtsmediziner, der am Tatort erscheint, um die Leiche zu begutachten, keine direkten Anzeichen von Totenflecken erkennt. Um diese zu reduzieren, habe ich Heparin, einen Blutverdünner, in meine Blutspende gegeben, die Flüssigkeit mit einer Spritze in seinen Körper gejagt und anschließend die Einstichstelle massiert.

Gleichzeitig ließ ich die Heizung auf höchster Stufe laufen und legte ihm Taschenwärmer um den Hals und unter die Achseln. Wenn man also seine Temperatur überprüft, wird es so aussehen, als wäre er erst vor Kurzem verstorben und nicht gerade aus der Kühlung eines Krankenhauses gesprungen.

Es ist eine schlampige Arbeit, ich weiß. Doch wenn ich den Arzt bei der Erstuntersuchung in die Irre führen kann, ist so lange alles gut, bis Dr. Mead oder wer auch immer den armen Christopher aufschneidet und meine schlechte Handwerkskunst entdeckt.

Damit er auf den Fahrersitz passt, muss ich seine Gliedmaßen lockern, die wegen der Totenstarre bereits steif sind. Eine Spritze mit Salzsäure, die ich in die wichtigsten Muskelgruppen setze, entkalkt die Sehnen so stark, dass er biegsam wird.

Das Endergebnis ist eine halb steife Leiche, die in meinem Wagen sitzt und Gus' Gewehr mit den Händen umklammert. Sie ist bereit, abzudrücken und sich das Gesicht wegzuschießen – doch auch das ist leichter gesagt als getan.

Neben der emotionalen Problematik, einem anderen menschlichen Wesen buchstäblich das Gesicht zu entstellen, wird mir das praktische Problem bewusst. Wie kann ich abdrücken und es so aussehen lassen, als wäre er es gewesen? Wenn ich bei offener Fahrertür draußen stehe, hinterlässt das Ganze ziemlich seltsame Blutspritzer mit einem fehlenden Bereich. Das Gleiche passiert, wenn ich auf dem Beifahrersitz sitze.

Ich überlege, ob ich irgendetwas am Bremspedal festbinden soll, entschließe mich dann aber, mit einem Arm, der in einem Müllbeutel steckt, durch das Fenster zu greifen und per Hand abzudrücken.

Ein kompetenter Kriminaltechniker würde sicherlich bemerken, dass hier irgendetwas nicht stimmt. Doch ich brauche ja nur ein paar Tage, kein ungelöstes Rätsel, das über Jahre fortbesteht.

Zuerst hatte ich darüber nachgedacht, Christopher in Brand zu setzen. Obwohl das eine kriminaltechnische Untersuchung erschwert hätte, wäre Clark vermutlich misstrauisch geworden. Würde es in den Nachrichten heißen, die Leiche sei bis zur Unkenntlichkeit verbrannt, hätte er sicherlich irgendeinen Trick dahinter vermutet.

Ich muss ihm genau das geben, was er verlangt hat.

Ich habe die ganze Nacht geschuftet, damit Christopher frisch aussieht, und alle Beweisstücke zur Identifikation ausgelegt, sodass offensichtlich ist, wer in dem Wagen saß. Ich habe ihm meine Kleidung angezogen und meine Brieftasche in die Tasche gesteckt.

Als ich ihm meine Schuhe anzog, dachte ich plötzlich an all die kleinen Dinge, die ich vermutlich falsch gemacht habe – wie zum Beispiel den Knoten falsch herum zu binden. Ich habe mein Bestes gegeben, damit alles passt, und bin alles noch einmal über eine Stunde durchgegangen, um sicherzugehen, dass es nicht zu offensichtlich ist.

Am Ende musste ich es einfach dabei belassen und mir selbst einreden, dass es ausreicht, um die Ersthelfer vor Ort zu überzeugen und die Nachrichten mit genügend Informationen zu versorgen, damit Clark die von mir beabsichtigte Schlussfolgerung zieht.

Neben all den kriminaltechnischen Details wird der wichtigste Teil mein Geständnis sein. Während ich Christopher bearbeitet habe, habe ich mir im Kopf zurechtgelegt, was ich sagen werde. Damit habe ich mich von den schrecklichen Dingen abgelenkt, die ich der Leiche dieses Mannes antat.

Ich habe schon mit vielen Leichen gearbeitet, bevor ich nach Montana kam, aber hier übertrete ich eine Linie. Wie weit bin ich noch von Clark entfernt? Gut, Christopher war bereits tot, aber trotzdem tue ich ihm in gewisser Weise Gewalt an. Das Letzte, was er sich gewünscht hat, als er diese tödliche Überdosis nahm, war, einem Mistkerl in die Hände zu fallen, der seine Leiche schändet. Und was ist mit seiner Familie? Was passiert, wenn sie ihn irgendwann abholen und beerdigen will und sieht, was ich getan habe?

Bei diesem Gedanken komme ich an einen Punkt, an dem ich mich hinsetzen und eine Pause machen muss.

Ich lasse mich auf den harten Boden neben meinen Wagen fallen und starre in Christophers Gesicht. Das Mondlicht spiegelt sich in seinen roten und weißen Wangen und lässt ihn wie ein Lebewesen erscheinen, das halb in diese Welt und halb in eine andere gehört.

»Was zum Teufel machst du hier, Theo?«, frage ich mich selbst.

»Überleben«, antworte ich. »Überleben.«

Selbst wenn ich dieses ganze Chaos hier durchstehe, wird vermutlich niemand verstehen können, warum ich tat, was ich tat. »Warum bist du nicht zur Polizei gegangen? Warum hast du nicht alle gewarnt?«

Diese Fragen werden mich für den Rest meines Lebens verfolgen, wenn alles so klappt, wie ich es mir vorstelle.

Alle Vorbereitungen und Planungen waren nur eine Ablenkung von dem eigentlichen Problem. Vorausgesetzt, alles klappt und ich inszeniere einen überzeugenden Selbstmord, habe ich noch immer ein riesiges Problem: Ich weiß noch immer nicht, wer oder wo Clark ist.

Er befahl mir, mich selbst zu töten, weil er befürchtete, ich käme ihm zu nahe. Doch die Wahrheit ist, dass ich nicht mehr weiß als das, was er vermutet, das ich bereits der Polizei erzählt habe.

Ich stecke genau wie sie in einer Sackgasse.

Meine einzige Hoffnung ist, dass Clark sich nicht nur wegen dem vor mir fürchtet, was er dachte, das ich weiß, sondern was er glaubte, das ich bald herausfinden würde.

Kapitel 72

DIE EILMELDUNG

Um 7.22 Uhr wurde eine Leiche in einem Auto in einer noch nicht fertiggestellten Wohnsiedlung nordwestlich der Stadt gefunden. Nach noch unbestätigten Berichten handelt es sich bei dem Opfer um einen Mann Mitte dreißig, der durch einen selbst zugefügten Kopfschuss starb. Obwohl noch kein Motiv bekannt ist, können wir bestätigen, dass unser Nachrichtenbüro heute Morgen einen Link zu einem vermeintlichen Geständnis auf YouTube von einer Person erhalten hat, die mit einer Reihe mutmaßlicher Mordopfer in Verbindung steht, die Polizeibehörden im gesamten Bundesstaat zuvor als Tierangriffe identifiziert hatten. Dieses Videogeständnis wurde in einem Auto aufgenommen, das anscheinend in der Umgebung stand, in der auch die Leiche gefunden wurde. Wir berichten weiter.

Kapitel 73

TOTER MANN

Ich nippe an meinem schalen Kaffee und beobachte von meinem Zimmer im zweiten Stock aus den Parkplatz des Motels. Ich bin nicht paranoid. Ich bin es nur leid, stundenlang auf einen Computerbildschirm zu starren.

Ein großer Sattelschlepper rollt zu den Dieselpumpen, ein stämmiger Kerl in einem hellbraunen Ledermantel steigt aus und geht zur Tankstelle. Er ist ungefähr der achte Mann, dem ich bei der gleichen Sache zusehe. Als würde man sie von einem Besetzungsbüro die Straße hinunter hierherschicken.

In den Nachrichten wurden mein Name und mein Tod vor achtzehn Stunden zusammen mit dem Videogeständnis erwähnt, das ich an die Sender geschickt habe. Die letzten zwölf Stunden habe ich – dreihundert Kilometer von Helena entfernt, versteckt in diesem Motel – versucht, Clarks Muster zu knacken. Mit jeder Stunde, die verstreicht, überprüfe ich nervös das Internet, um zu sehen, ob man mir bereits auf die Schliche gekommen ist.

Ich lasse den Fernseher im Hintergrund leise laufen und warte ängstlich auf weitere Sondermeldungen. Teile meines Geständnisses habe ich schon dreimal in den Abendnachrichten gehört und Fernaufnahmen der Szene meines vorgetäuschten Todes gesehen. Bis jetzt hat es noch keine Pressekonferenz gegeben, sondern nur die Grafik eines Polizeibriefkopfs, die aussagt, dass die Ermittlungen laufen.

Laufen … Das tun sie mit Sicherheit.

Ich versuche, nicht darüber nachzudenken, wie Jillian und Gus diese Nachricht aufgenommen haben, geschweige denn meine Eltern. Ich musste mich mehrmals zwingen, nicht das Handy zu nehmen und ihnen zu sagen, dass ich okay bin.

Ich kann das jetzt nicht tun.

Erst muss ich ihn finden.

Ich weiß, er wird sich Jillian oder Gus so kurz nach meinem Tod nicht nähern. Damit würde er Aufmerksamkeit auf sich ziehen, und die Behörden wüssten, dass es noch einen Mörder gibt. Er ist intelligent und geduldig. Er wird da draußen warten – und dann wird er sie holen und dieses Kapitel abschließen.

Ständig die Nachrichten zu überprüfen, wurde mit der Zeit verwirrend. Also habe ich ein kleines Programm geschrieben, das das Internet nach meinem Namen durchsucht und mir eine Aktualisierung schickt, sobald er in den Zeitungen von Montana auftaucht.

Außerdem habe ich einen Polizeiscanner, der mich wissen lässt, was die Polizisten in der näheren Umgebung so tun – zumindest die Polizisten, die keinen verschlüsselten Kanal benutzen. Wenn sie meinen Trick durchschaut haben und mir auf den Fersen sind, weiß ich dadurch vielleicht schon früher Bescheid.

Der Van steht auf der Rückseite nahe der Feuerleiter. Ich erreiche ihn sowohl durch die Vordertür als auch durch das Fenster auf der Rückseite, das ich bereits geöffnet habe, und mithilfe eines Seils, das ich um die Toilette gebunden habe. Ich bin vielleicht übervorsichtig, aber die Polizisten sind nicht die Einzigen, die mich vielleicht finden könnten.

Clark ist ein talentierter Jäger. Obwohl ich nicht bezweifle, dass er seine Drohungen gegen Jillian und Gus ernst meint, bin ich mir sicher, dass er mich jagen wird, wenn er denkt, ich liefe frei herum.

Deshalb ist es so wichtig, dass ich ihn zuerst finde, solange ich tot bin.

Leider war meine Jagd bisher eine Pleite.

Joshua Lee Clark verschwand in den Achtzigern, kurz nachdem man auch das Monster von Cougar Creek nicht mehr gesehen hatte. Das nächste Mal, als er sich meines Wissens wieder zeigte, war, als sein ältestes Opfer, das ich außerhalb von Red Hook gefunden habe, vor sechs Jahren ermordet wurde.

Ich vermute zwar, dass er bereits früher in diesem Bundesstaat aktiv war. Doch es würde mich nicht überraschen, wenn er ein oder zwei Jahrzehnte an einem Ort gelebt hat.

Mithilfe einer Anthropologiesoftware, die für die Rekonstruktion von Gesichtsmerkmalen anhand von Knochenstrukturen entwickelt wurde, erstellte ich eine Erwachsenenversion seines Gesichts. Dieses verglich ich mit Fahndungsbildern, die online sind. Dann ging ich Tausende von Möglichkeiten durch und sortierte diejenigen aus, bei denen nachweisbare Familienverbindungen vorlagen.

Dadurch wurde die Auswahl auf weniger als zweihundert Personen eingegrenzt. Um sie zu durchleuchten, sah ich ihre Haftverzeichnisse und die Verbrechen durch, die sie begangen haben, wobei ich instinktiv vorging.

Dadurch kam ich auf ein Dutzend Vielleichts, von denen sich nicht eines richtig anfühlte. Mir war klar, dass das nicht gerade eine wissenschaftliche Vorgehensweise war. Doch ich vermutete, dass Clark vielleicht zu clever und fokussiert sein könnte, um sich bei den einfachen Sachen erwischen zu lassen wie einem Raubüberfall auf ein Lebensmittelgeschäft oder dem Verkauf von Meth aus dem Wagen heraus. Trotzdem ging ich angesichts seiner enormen Gewaltbereitschaft davon aus, dass er höchstwahrscheinlich schon einmal verhaftet worden war, nachdem er die Kontrolle über seine Aggressionen verloren hatte. Also suchte ich weiter.

Als ich ihn auf diese Art nicht zu finden schien, ließ ich die bewährten Denkmuster nach und nach hinter mir. In den letzten beiden Stunden war ich von seinem violetten Aktivitätsbereich, den MAAT für mich herausgesucht hat, wie hypnotisiert.

Während ich nun die großen Sattelschlepper anfahren und halten sehe, kommt mir eine Idee, und ich suche nach einer Route von Gütertransporten, die mit den Morden zusammenfällt. Doch nichts passt zusammen.

Außerdem beharrt MAAT vehement darauf, dass Clarks Jagdrevier auf der Verfügbarkeit von Opfern basiert. Dann müsste er aber seine Route den Opfern angepasst haben, was kaum praktikabel ist, wenn er einer vorgeschriebenen Route folgen muss. Also suche ich nach Häufungen zu bestimmten Daten, finde aber keine.

Meine Angst wächst mit jeder neuen Sackgasse. Ich renne gegen Wände öffentlicher Datensätze, auf die ich Zugriff habe. Ich habe für Dutzende von Hintergrundüberprüfungen bezahlt, aber das reicht nicht. Hätte ich Ressourcen auf FBI-Niveau und uneingeschränkte Befugnisse, dann hätte ich vielleicht mehr Glück.

Vielleicht aber auch nicht. Vielleicht würde ich die Sache immer noch falsch angehen.

Ich hatte ein paar vielversprechende Hinweise gefunden, die sich aber schnell wieder in Luft auflösten.

Auf der Toilette der Tankstelle fiel mir zum ersten Mal auf, dass es dort Verkaufsautomaten für Kondome und Pfefferminzbonbons gibt, die ich im ganzen Bundesstaat gesehen habe.

Ich rannte zurück auf mein Zimmer und suchte nach einer Verbindung, weil ich dachte, Clark könnte die Person sein, die diese Automaten auffüllt. Doch ich ging wieder leer aus. MAAT hielt das Ganze für genauso wahrscheinlich wie die Möglichkeit, dass Clark eine beliebige Person sei, die weite Strecken von zu Hause zurücklegt, um zu morden.

Es ist offensichtlich. Da bin ich mir sicher. Ich weiß nur nicht, wo die Verbindung ist. Ich werde einige Vermutungen anstellen und sehen, ob MAAT auf etwas kommt, das mir dann ins Auge springt.

Clark ist irgendwie mit seinen Opfern vertraut. Er sieht sie, er kennt ihre Abläufe. Er hat die Möglichkeit, sie zu beobachten, und wartet, bis sie verletzbar sind.

Ich gebe diese Faktoren in MAAT ein und wandle sie in einen Code um. Vertrautheit mit dem Opfer würde bedeuten, dass er die Möglichkeit hat, sie mehr als einmal zu sehen. Ihre Tagesabläufe zu kennen, bedeutet, er müsste etwas über ihr Umfeld wissen – ihre Arbeits- und ihre Gesellschaftsstrukturen. Verletzbarkeit ist codiert auf die Suche, wenn er mit ihnen in einer beruflichen Situation allein ist – zum Beispiel als Taxifahrer oder Postbote.

MAAT braucht nur den Bruchteil einer Sekunde, um mir einen sehr wahrscheinlichen Hinweis zu liefern, der mir das Blut in den Adern gefrieren lässt. Nach diesen Kriterien ist Clark am wahrscheinlichsten Streifenpolizist der Highway-Polizei.

Kapitel 74

DER REALITÄTSTEST

Es ist eine wunderbare Theorie, die so viel erklären würde. Aber leider funktioniert sie nur in der eingeschränkten Realität, die ich in MAAT einprogrammiert habe. Clark müsste jetzt fast sechzig Jahre alt sein. So alte Bundespolizisten gibt es nur wenige in Montana.

Er könnte ein ranghoher Polizeibeamter sein, doch das bezweifle ich. Ich bin mir nicht sicher, ob er die Hintergrundprüfungen, die damit einhergehen, riskieren wollte. Ich schließe es nicht gänzlich aus, lege es aber unter der Kategorie »Vielleicht« ab.

Da ich kurz vor einem Lagerkoller stehe, entschließe ich mich zu einer kleinen Autofahrt. Es ist riskant, auf die Straße zu gehen. Aber so ist nun mal die Jagd nach einem Serienmörder.

***

Eine Stimme im Hinterkopf sagt mir, dass ich dort anfangen muss, wo alles begann. Also kehre ich um und fahre in Richtung Filmount County, wo Juniper ermordet wurde.

Das ist der letzte Ort, den ich Clark zuordnen kann. Dort war er in der Nacht gewesen, in der Juniper ermordet wurde.

Irgendetwas hat die beiden zusammengeführt. Hat er sie tagelang beobachtet? War es ein Impuls?

Während ich in die Nacht hineinfahre, bewerte ich die anderen Muster, die MAAT bei meiner Eingabe bekannter Serienmörder erstellt hat. Eine recht offensichtliche Tatsache kam zum Vorschein, etwas, das ich schon früher in Betracht hätte ziehen müssen.

MAAT erkannte drei prägnante Mordmuster. Es gibt diesen breit gefächerten Typen wie Ted Bundy, dessen Mordspur sich über das ganze Land zog. Er war ein Herumtreiber, wechselte oft seinen Wohnort. Trotzdem blieb er manchmal zu lange an einem Ort und zog die Aufmerksamkeit auf sich – bis er schließlich verhaftet wurde, nur um zu fliehen und weiter zu morden.

Herumtreiber wie Bundy sind nicht sehr vorsichtig. Sie verlassen sich einfach darauf, dass die Polizei sie nicht zu fassen bekommt, bevor sie weiterziehen.

Clark ist kein Herumtreiber. Er sucht über Jahre hinweg immer wieder die gleichen Gebiete auf. Mörder, die an einem Ort bleiben, können das nur tun, wenn sie unsichtbar sind, also jemand sind, der in der Gemeinde nicht unter Verdacht gerät, und wenn der Großteil ihrer Opfer von der Gesellschaft ignoriert wird: Huren, Drogenabhängige, Obdachlose.

Wirklich produktive Mörder, die an einem Ort bleiben, jagen entweder nur eine bestimmte Gruppe von Menschen, zum Beispiel Prostituierte, oder verfügen über ausgefeilte Mittel, um ihre Verbrechen zu verbergen.

Jeffrey Dahmer lebte in einer armen Gegend, und seine Opfer waren größtenteils homosexuelle junge Männer, die keinen Kontakt zu ihrer Familie hatten.

Über einen Zeitraum von mehr als zwanzig Jahren tötete der »Grim Sleeper«, ein Serienmörder aus Los Angeles namens Lonnie David Franklin jr., drogenabhängige farbige Prostituierte.

John Wayne Gacy fiel aus dem Rahmen, denn seine Opfer hatten verschiedene sozialwirtschaftliche Hintergründe. Manchmal tötete er junge Männer, die für sein Bauunternehmen arbeiteten, manchmal Schwule, die er beim Herumfahren aufgegabelt und mit zu sich nach Hause genommen hat, um sie dort zu ermorden.

Sowohl der »Grim Sleeper« als auch John Wayne Gacy waren in ihren Gemeinden sehr bekannt, was paradoxerweise zu ihrer Unsichtbarkeit beigetragen hat. Selbst als Personen verschwanden oder entführt wurden, manchmal vor ihren eigenen Häusern, blieben beide über jeden Verdacht erhaben.

Ein wiederkehrendes Thema in diesen Fällen ist, dass die Täter Menschen waren, mit denen die Polizei bereits zu einem frühen Zeitpunkt gesprochen hatte. Bundy wurde mehrfach angehalten. Die Polizei brachte ein Opfer, einen jugendlichen Laoten, wieder in Jeffrey Dahmers Apartment zurück, weil sie befürchteten, in einen vermeintlichen Beziehungsstreit geraten zu sein. Die Eltern eines von Gacys Opfern riefen die Polizei mehr als hundert Mal an, flehten sie an, ihn weiter zu befragen, nachdem ihr Sohn im Zusammenhang mit Gacy verschwunden war. Sie taten es nicht. Drei Jahre später fand man den Jungen als siebenundzwanzigstes Opfer vergraben unter Gacys Haus.

Sehr wahrscheinlich hatte Clark bereits mit den Behörden in irgendeiner Weise gesprochen, entweder als Zeuge oder als jemand, den man zum Kreis der Verdächtigen zählte.

Angesichts der Tatsache, dass niemand überhaupt zugibt, dass ein Serienmörder in Montana sein Unwesen treibt, ist es möglich, dass die Eltern eines vermissten Mädchens auf Clark gezeigt haben, aber ignoriert wurden.

Ich übersehe etwas …

Etwas Wichtiges.

Ich muss zu den Grundlagen zurückkehren.

Als man glaubte, Juniper sei von einem Menschen ermordet worden, bevor dieser ganze Bärenquatsch aufkam, hatten sie zwei Verdächtige: mich und den Mechaniker Bryson.

Sie schlossen uns beide ziemlich schnell aus. Warum sie es bei mir taten, weiß ich, aber was ist mit Bryson?

Hatte er ein wasserdichtes Alibi? Oder ließen sie nicht die gebotene Sorgfalt walten?

Bryson schien ziemlich fit zu sein. Ich erinnere mich, dass er Ende fünfzig war, also ungefähr in Clarks Alter.

Das ist zu viel. Ich nehme die nächste Ausfahrt und fahre auf den Parkplatz einer stillgelegten Tankstelle ungefähr fünfzehn Kilometer von Filmount County entfernt.

Ich suche im Immobilienverzeichnis nach Brysons Werkstatt und bekomme seinen vollständigen Namen. Philip Joseph Bryson. Eine Hintergrundüberprüfung ergibt, dass er die Werkstatt seit zwanzig Jahren besitzt. Er ist in zweiter Ehe verheiratet, seine Mutter lebt noch immer in Missoula und er hat zwei Schwestern.

Verdammt! Das wäre auch zu schön gewesen.

Er kann nicht Clark sein.

Natürlich könnte er der Mörder sein. Doch damit wäre alles hinfällig, was mich zu Mrs Lane und den Autos geführt hat.

Die Autos.

Die verdammten Autos …

Junipers Auto stand zur Reparatur in Brysons Werkstatt. Deshalb musste sie durch den Wald laufen.

Mein Gott.

Junipers Mörder war niemand, der sie gesehen hat, wie sie durch die Stadt oder an der Straße entlanglief.

Er hat ihr Auto bei Bryson gesehen.

Er wusste, dass sie festsaß.

Sie hatte mit ihm geredet. Bryson kannte ihn vielleicht sogar.

Die Autos auf der Lane-Farm … warum sind sie bloß so wichtig?

VERDAMMT!

Jetzt verstehe ich das Muster!

Ich weiß, wer Clark ist. Er ist überall. Er ist unsichtbar. Was er tut, kann er gut sichtbar tun, und niemand würde je einen zweiten Gedanken daran verschwenden.

Mein Gott, ich muss Jillian und Gus warnen.

Kapitel 75

DER STALKER

Obwohl in Jillians Haus alle Lichter leuchten, geht sie nicht ans Telefon. Ich habe versucht, Gus anzurufen, aber bei ihm springt nur der Anrufbeantworter an. Ich versuche, mir selbst einzureden, dass es daran liegt, dass sie die Nummer meines Wegwerfhandys nicht kennen. Ich bete, dass das der Grund ist.

Ich hätte fast den Notruf gewählt, um sie zu warnen. Doch ich entschied mich dagegen, als mir bewusst wurde, dass man höchstens einen Streifenwagen vorbeischicken würde. Und wenn Clark das Haus beobachtete, käme ihm das verdächtig vor.

Bestenfalls bliebe die Polizei ein paar Stunden in der Nähe, um ihr Haus zu beobachten, doch wenn er sie holen wollte, würde er sie auch kriegen. Hudson Creek wird auf keinen Fall ohne glaubhaftere Beweise das Personal einsetzen, das erforderlich ist. Und selbst dann weiß ich nicht, wie groß mein Vertrauen in Whitmyer ist.

Ich befürchte, dass sie Joshua Lee Clark persönlich kennen und meine Vermutung, was er in Wahrheit ist, ohne weitere Beweise mit einem Lachen abtun. Um sicherzugehen, dass sie ihn nicht ignorieren, muss ich seinen Namen so laut hinausschreien, wie ich kann. Doch zuerst muss ich dafür sorgen, dass Jillian und Gus in Sicherheit sind. Ich spiele ein gefährliches Spiel.

Ich parke einen Block von ihrem kleinen Haus entfernt, das auf der anderen Straßenseite neben einem baumbestandenen Grundstück liegt. Und das macht mir Angst. Ein Mann wie Clark kann sich dort wie ein Scharfschütze verstecken und man würde ihn niemals finden.

Die Straße ist ruhig. Jillians Auto steht in der Auffahrt. Niemand hat seinen Wagen auf der Straße geparkt.

Die Bäume machen mich nervös. Ich befürchte, er könnte dort sitzen und alles beobachten. Also entscheide ich mich für den längeren Weg und nähere mich ihrem Haus von hinten, wobei ich mich durch den Garten des Nachbarn und ihren eigenen anschleiche.

Auch dieser Teil der Straße ist ruhig. Irgendwo in der Ferne bellt ein Hund, doch niemand rührt sich.

Das Haus ist hell erleuchtet. Ich verstecke mich hinter einem Busch neben einem Holzstoß und beobachte es für einen Moment, um herauszufinden, ob sie noch wach ist. Das Licht auf der Veranda ist eingeschaltet, auch Küche und Esszimmer sind beleuchtet.

Nachdem sich fünf Minuten nichts bewegt hat, rufe ich sie noch einmal an.

Es klingelt fünfmal, dann springt die Mailbox an.

Verdammt!

Ich will gerade noch einmal wählen, als ich eine Nachricht von einem meiner Computerprogramme erhalte.

EILMELDUNG: NEUER VERDACHT IN ANGEBLICHEM SELBSTMORD

Nein. Nicht so schnell! Ich klicke durch den Artikel. Eine nicht benannte Person im Polizeirevier von Helena sagt, man könne meine Identität aufgrund »kriminaltechnischer Diskrepanzen« noch nicht bestätigen.

Verdammt!

Er weiß es.

Ich rufe Jillian noch einmal an. Dieses Mal stelle ich mein Handy auf leise und lausche.

Durch den Garten kann ich ihr Handy drinnen im Haus klingeln hören.

Warum geht sie nicht dran?

Ich kann nicht länger warten.

Ich laufe zur Veranda auf der Rückseite und löse ein Bewegungslicht aus.

Als ich die Schiebetür erreiche, presse ich mein Gesicht gegen die Scheibe und starre hinein. Ich kann zwar nicht in das Schlafzimmer sehen, doch dieser Teil des Hauses ist leer.

Ich rüttle an der Tür, doch sie ist verschlossen. Ich will klopfen, befürchte aber, dass Clark durch dieses Geräusch wissen könnte, dass ich hier bin.

Also klettere ich über das Verandageländer und laufe zur anderen Seite des Hauses. Die Vorhänge sind zugezogen, doch ich kann das Licht dahinter sehen.

Ich krieche zu ihrem Schlafzimmerfenster und presse mein Ohr gegen die kalte Scheibe.

Ich glaube, ihre Stimme zu hören.

Ich hebe die Hand, um vorsichtig zu klopfen, erstarre jedoch, als in den Bäumen direkt rechts von mir ein schnappendes Geräusch zu hören ist.

Irgendjemand ist dort draußen.

Ich drücke mich flach gegen die Wand und suche die Schatten nach der Ursache für das Geräusch ab. Doch ich sehe nur Dunkelheit.

Wenn ich hinausgehe, wird er mich bemerken. Wenn er ein Gewehr auf das Haus gerichtet hält, wird er mich erschießen, bevor ich weiß, was mich trifft.

Ich nehme das Handy aus meiner Tasche, knie mich nieder und verdecke mit meiner Jacke das Leuchten, wodurch ich aber selbst nichts mehr sehe.

Ich versuche noch einmal, Jillian anzurufen.

Ihr Telefon klingelt nur wenige Meter entfernt.

Beim dritten Klingeln geht sie dran.

»Hallo?«

»Jillian! Ich bin es. «

»Theo!«

Ich kann ihre Stimme durch das Fenster hören.

»Hör gut zu. Du bist in Gefahr.«

Irgendetwas bewegt sich hinter mir. Noch immer von dem Leuchten meines Handys geblendet, kann ich lediglich ein Gartenlicht in der Ferne erkennen.

»Nicht bewegen«, sagt eine Stimme aus dem Schatten.

Ich greife nach hinten zu meiner Waffe, doch ein Mann mit einer Maske stürmt auf mich zu und schießt mit irgendetwas.

Meine Brust explodiert vor Schmerzen und ich breche zusammen.

Kapitel 76

DIE SICHERUNG

Irgendetwas leuchtet mir hell in die Augen und jemand redet mit mir.

»Sind Sie okay, Theo?«

Langsam sehe ich etwas klarer und erkenne einen Rettungssanitäter, der mein Augenlid nach oben zieht und überprüft, ob meine Pupille erweitert ist.

Als ich meine Arme bewegen will, gelingt es mir nicht. Für einen Moment befürchte ich, sie seien gelähmt. Doch dann bemerke ich, dass sie mir mit Handschellen hinter dem Rücken gefesselt wurden.

»Was ist passiert?«

»Woran können Sie sich erinnern?«, fragt der Rettungssanitäter.

»Ich … wollte nach Jillian sehen. Jillian! Wo ist sie?«

»Sie ist im Haus.«

»Ich muss mit ihr reden.«

Der Sanitäter tritt zur Seite und zieht die Handschuhe aus. »Das entscheiden diese Herren.«

Die beiden Detectives Glenn und Whitmyer stehen neben ihm. Den dritten Mann kenne ich nicht.

Jetzt erinnere ich mich wieder, warum ich hierhergekommen bin. Die blinkenden roten Lichter des Rettungswagens spiegeln sich in den Bäumen, vor denen er parkt, und mir dreht sich der Magen um, weil ich mich plötzlich ausgeliefert fühle. Ich will schreien, sie warnen, doch ich fürchte, man würde mich dann nur für noch verrückter halten.

Mein Hemd ist vorn aufgerissen, und dort, wo ich den explodierenden Schmerz gespürt habe, klebt ein Wundpflaster. Irgendjemand – vermutlich einer der Polizisten, die im Tarnanzug auf der Straße stehen – hat mit einer Elektroschockwaffe auf mich geschossen. Ich sollte mich vermutlich freuen, dass es keine echte Waffe war, doch mein ganzer Körper schmerzt.

Sie müssen auf mich gewartet haben. Und das bedeutet, dass sie mir meinen vorgetäuschten Tod vermutlich niemals abgekauft oder ihn schnell durchschaut haben.

Ein Mann, den ich nicht kenne, setzt sich neben mich auf die Veranda. Er trägt einen schwarzen Anorak und ist wirklich sehr glatt rasiert. Wenn ich raten sollte, würde ich auf einen Bundesbeamten tippen.

»Dr. Cray, möchten Sie reden?«

»Ist Jillian in Sicherheit?«

»Ja. Sie ist drinnen.«

»Was ist mit Gus?«

»Er ist auch drinnen. Würden Sie uns sagen, was Sie hier tun? Oder, wenn wir schon dabei sind, wieso Sie noch am Leben sind?«

Mein Blick ist noch immer auf die Bäume gerichtet. »Der Mörder. Er sagte, er würde sie töten, wenn ich mit Ihnen rede.«

»Hat er das? Wann hat er Ihnen das gesagt?«

»Vor zwei Tagen.«

»Persönlich? Oder hat er Ihnen geschrieben?«

Ich drehe mich zu dem Mann um. »Warum behandeln Sie mich so herablassend?«

»Tue ich das? Ich versuche nur, einige Dinge zu klären. Reden wir über Ihr Geständnis.«

»Wer sind Sie?«

»Ich bin Sonderermittler Seward vom FBI. Ich wurde auf Sie aufmerksam, als Sie anfingen, diese Leichen zu finden. Von denen Sie nun behaupten, dass Sie sie manipuliert haben.«

»Das war eine Lüge.«

»Wirklich? Dann war es eine sehr überzeugende Lüge.«

Endlich fokussiert sich mein Verstand wieder. »Mr Seward, hören Sie mir gut zu.« Ich spreche lauter, damit auch Whitmyer und Glenn mich hören können. »Der Mann, der diese Frauen getötet hat. Der Mann, der Juniper Parsons getötet hat. Ich weiß, wer er ist.«

»Joshua Lee Clark«, sagt Seward.

»Ja, aber das ist nicht mehr sein Name. Er hat Montana verlassen und ist mit einer neuen Identität zurückgekommen.«

»Okay, wie heißt er jetzt?«

»Ich weiß es nicht.«

Seward grinst selbstgefällig und dreht sich zu den anderen um. »Nun, das hilft uns nicht viel weiter.«

»Sie wissen, wer er ist«, sage ich. »Sie haben vermutlich x-mal mit ihm gesprochen.«

»Meine Herren?«, fragt Seward sarkastisch. »Haben Sie mir etwas zu sagen?«

Whitmyer verdreht die Augen und schüttelt den Kopf, doch Glenn hört aufmerksam zu. »Wer ist er?«, fragt er mich.

Ich ignoriere Seward und antworte Glenn. »Er wusste, dass Juniper gestrandet war. Er fuhr an Chelsea und den anderen vorbei. Er wusste, wenn jemand nicht aus der Stadt kam und keine Kontakte hatte.«

»Und woher konnte er das wissen?«, fragt Seward, der das Gespräch wieder unter seine Kontrolle bekommen möchte.

Ich starre ihn unbeirrt an. »Weil er der verdammte Abschleppwagenfahrer ist. Er ist der Erste, den man anruft, wenn man am Ende der Welt mit einem platten Reifen liegen bleibt oder einem das Benzin ausgeht. Er ist derjenige, dem man sein ganzes Leben erzählt, während man neben ihm im Führerhaus sitzt.« Ich schaue zu Whitmyer. »Haben Sie jemals Chelseas Wagen gefunden?«

»Nein …«

»Nein. Aber wir fanden ihre Leiche. Irgendjemand hatte ihren Wagen weggeschafft.«

Seward steht auf und geht zu Whitmyer und Glenn, um sich mit ihnen zu besprechen. Ich weiß, dass ihn das hier überrascht hat. Aus seiner abweisenden Haltung schließe ich, dass er mir mein Geständnis, nicht aber meinen Tod abgenommen hat. Er hatte nicht erwartet, dass ich wirklich einen Namen nenne.

Glenn nickt. Whitmyer schüttelt den Kopf. Sie haben einen Namen im Kopf. Sie wissen, von wem ich rede. Sie wollen es nur nicht akzeptieren.

»Wer ist er? Wie heißt er?«, brülle ich.

Seward dreht sich um und starrt mich an. »Warten Sie einfach.«

»Warten? Meine Familie ist in Gefahr. Alle sind in Gefahr!« Ich werde wütend. »Lassen Sie mich mit Jillian reden. Jillian!«

Ich höre Schritte hinter mir. Ich drehe mich um und sehe sie in der Tür stehen.

»Theo!« Sie legt eine Hand auf den Mund, als sie die Handschellen sieht.

»Gehen Sie wieder ins Haus!«, ruft Seward.

»Was geht hier vor?«, will sie wissen.

»Er wird mich und dich und Gus und jeden holen!«, schreie ich.

»Wer? Von wem sprichst du?«

»Der Typ vom Abschleppwagen. Wer auch immer diese Gegend hier und Filmount hat.«

»Joe Vik?«, fragt sie und schaut zu den Polizisten, die zusammenstehen. »Ist das wahr?«

»Wir wissen darüber nichts«, antwortet Whitmyer. »Wir werden jemanden zu Joe schicken, damit er mit ihm redet.«

»Sind Sie mit ihm per Du?«, frage ich ungläubig.

»Halten Sie den Mund, Dr. Cray«, schnappt Whitmyer zurück, »oder wir werden Sie noch einmal mit dem Elektroschocker traktieren.«

»Sie verstehen nicht.«

Whitmyer schiebt Seward beiseite und kniet sich vor mich. Er zeigt mit einem Finger auf mein Gesicht. »Ich bin Ihren Mist so leid. Halten Sie endlich den Mund!«

»Sie wissen überhaupt nicht, was Sie da anrichten«, gebe ich atemlos zurück.

»Ach, wirklich? Was werden Sie denn tun?«

»Nicht ich, Sie Idiot. Er! Dieser Joe Vik. Er ist ein Mörder!«

»Ich kenne ihn seit zwanzig Jahren. Sie sind wie lange hier, zwei Wochen? Ich denke, ich weiß sehr gut, womit ich es hier zu tun habe.«

Glenn kommt herüber und versucht, die Wogen zu glätten. »Dr. Cray, wir werden ihn zur Befragung mitnehmen. Wir werden sehen, ob seine Geschichte passt. Wir haben das unter Kontrolle.«

Ich schüttle den Kopf. »Sie verstehen es nicht. Sie wissen nicht, womit Sie es hier zu tun haben. Ich habe seine Muster gesehen. Er ist kein Mensch. Er ist ein Monster, das es ausgezeichnet versteht, so zu tun, als wäre es einer von uns. Aber in Wirklichkeit will er nur töten. Die Leichen, die ich gefunden habe, sind nur die Spitze des Eisbergs. Das ist nur der Anfang.«

Plötzlich rauscht der Polizeifunk und wir hören alle einen Funkspruch aus der Zentrale: »Polizist angeschossen!

Hilfe erforderlich in 239 Valley Pine. Ich wiederhole, Polizist angeschossen.«

Whitmyer schaut zu dem ihm am nächsten stehenden Polizeibeamten von Hudson Creek und sagt schockiert: »Das ist Joes Adresse.« Er läuft zu seinem Polizeiwagen und gibt den anderen ein Zeichen, ihm zu folgen. »Los geht's!«

»Brauchen Sie Hilfe?«, fragt Seward.

Whitmyer zeigt auf einen Beamten und dann zu mir. »Passen Sie auf diesen Mistkerl auf!«

»Verdammter Idiot!«, blaffe ich zurück. »Er versteht es nicht. Keiner von Ihnen versteht es. Joe Vik hat nur auf diesen Tag gewartet. All die Jahre, das Töten im Geheimen. Das Verstecken. Nun muss er das nicht mehr. Er wird Ihnen zeigen, was er wirklich ist.«

»Was meinen Sie damit?«, will Glenn wissen.

»Er will nur töten, sonst nichts.«

»Ich denke, unsere Männer kommen damit klar«, meint Seward.

»Wie lange ist es her? Zehn Minuten? Ein, vielleicht zwei Polizisten wurden bereits angeschossen. Vik hat auf sie gewartet. Er wird Whitmyer und all die anderen töten. Und dann wird er herkommen.«

Kapitel 77

DER VERTEIDIGUNGSRING

Seward läuft im Garten hin und her, die Fäuste in die Hüften gestemmt, während er dem Funk des Polizisten von Hudson Creek zuhört, der vor Jillians Haus zurückgeblieben ist.

Die Berichte kommen sehr unregelmäßig. Eine zweite Polizeieinheit erreichte das Haus von Joe Vik und fand einen Beamten ausgestreckt in der Auffahrt liegend, einen zweiten zusammengekauert hinter seinem Einsatzwagen mit einer blutenden Wunde im Nacken.

Whitmyer hatte uns nur gemeldet, dass sie sich dem Haus nähern und ihre Positionen um das Grundstück herum einnehmen, um ihn zu fassen.

Glenn telefoniert mit Filmount County, um ihnen kurz zu melden, was bisher geschehen ist. Ich höre, wie er mindestens drei Mal den Namen »Joe Vik« erwähnt. Ich denke nicht, dass er ihn so gut kennt wie Whitmyer, doch der Mann scheint ihm bekannt zu sein.

Die Tür öffnet sich. Jillian tritt auf die Veranda und setzt sich neben mich.

»Ma'am, wir müssen Sie bitten, wieder ins Haus zu gehen«, sagt Seward.

»Theoretisch gesehen könnte ich Sie bitten, mein Grundstück zu verlassen.«

»Sich in eine Verhaftung einzumischen, ist ein Verbrechen«, gibt er zurück.

Jillian nickt in Richtung meiner Handschellen. »Es sieht so aus, als hätten Sie ihn bereits verhaftet. Wo könnte ich mich da noch einmischen?«

Seward wendet sich wortlos wieder dem Funk zu.

»Wir haben ihn umzingelt. Ich werde Joe über den Lautsprecher bitten herauszukommen«, meldet Whitmyer gerade.

»Sagen Sie ihm, er soll warten und eine Spezialeinheit der Polizei anfordern«, brülle ich.

»Vielleicht sollten wir Whitmyer sein eigenes Ding machen lassen?«, antwortet Seward.

Glenn hört nicht mehr dem Funk zu. »Vielleicht sollte Whitmyer warten?«

»Er und Joe ziehen sich zurück. Vermutlich besser, er deeskaliert die Situation auf diese Art«, schlägt ein Hilfssheriff vor.

»Was geht da vor?«, fragt Jillian mich leise.

»Joe Vik schießt auf die Polizei. Mindestens zwei Polizisten wurden bereits angeschossen.«

»Joe Vik … aha.«

»Wer ist er?«

»Joe gehören der Abschleppdienst, ein Schrottplatz und noch ein paar andere Geschäfte. Er sponsert die Kinderbaseball-Liga.«

»Ja, aber wer ist er?«

»Jeder kennt ihn, aber ich glaube nicht, dass irgendjemand ihn wirklich gut kennt. Er hat eine Frau und zwei Töchter. Sie stammen, glaube ich, aus ihrer ersten Ehe.«

Verdammt! Ich rufe dem Hilfssheriff zu: »Suchen Sie jemanden, der seine Frau und seine Kinder anruft!«

Er winkt ab. Seward schaut zu mir.

»Du glaubst, er wird ihnen etwas antun?«, fragt Jillian.

»Vielleicht sind sie sogar schon tot. Sie waren nur ein Deckmantel. Jetzt, wo er sie nicht mehr braucht …«

Menschen entziehen sich meinem Verständnis, aber Tiere kann ich begreifen.

»Gehen wir …« Whitmyer wird von dem Geräusch einer Maschinenpistole unterbrochen.

»War das eine TAR-21?«, fragt der Hilfssheriff entsetzt. »Ich muss dorthin.«

Er rennt zu seinem Polizeiwagen, schaltet die Lichter ein und rast davon.

»Können Sie ihren Kanal einstellen?«, ruft Seward dem Sanitäter zu, der noch immer bereitsteht.

»Ich sehe nach«, antwortet er und schaltet dann durch die Frequenzen seines Funkgeräts.

Seward wendet sich an Glenn. »Mein Gott. Wie weit sind Ihre Leute weg?«

»Zwanzig Minuten.« Er zeigt auf mich. »Wir gehen alle hinein und überlegen, was wir tun werden.« Glenn packt mich am Arm, hilft mir auf die Beine und schiebt mich durch die Tür.

»Können Sie ihm nicht die Handschellen abnehmen?«, fragt Jillian, als sie uns ins Haus folgt.

»Dieser Mann ist ein mutmaßlicher Verbrecher«, antwortet Seward. Er schließt die Tür hinter uns. »Sie bleiben dran.«

»Wir sollten sie wenigstens vor den Körper nehmen«, meint Glenn. Er holt die Schlüssel heraus und schließt eine Handschelle auf, sodass ich die Hände vor den Körper nehmen kann. »Setzen Sie sich.«

Ich lasse mich auf Jillians Sofa fallen und bemerke den Schmerz in meinen Armen. Sie setzt sich neben mich. Seward schaut sie an, doch sie ignoriert ihn.

»Wie sieht Joe Vik aus?«, will ich wissen.

»Ein großer Kerl«, antwortet Glenn. »Knapp zwei Meter. Mit der Figur eines Footballspielers. Rote Haare und Bart. Ruhig. Man kann ihn sich kaum als herumschleichenden Mörder vorstellen.«

»Nun, als er dünner war, verwechselte man ihn mit einem Puma. Jetzt tut er so, als wäre er ein Bär.«

»Er tut so, als wäre er ein Bär?« Seward schüttelt den Kopf. »Ich bin mir immer noch nicht sicher, ob ich Ihnen Ihre Theorie abkaufen soll.«

»Also glauben Sie wirklich, dass eben ein echter Grizzly mit einem Maschinengewehr diese Polizisten erschossen hat?«

Glenn schneidet mir das Wort ab. »Warum, glauben Sie, wird er Sie holen? Aus Rache?«

»Nein. Ich glaube nicht, dass er so empfindet wie wir. Er meinte, er würde Jillian und Gus töten, wenn ich nicht das tue, was er verlangt. Ich denke, er legt großen Wert darauf, diese Art von Drohungen wahr zu machen. Aber das könnte heute oder in zehn Jahren sein. Was mich betrifft, will er mich aus einem sehr praktischen Grund tot sehen – wenn er flieht, will er sichergehen, dass er nicht wieder gefunden wird.«

»Und Sie sind der Einzige, der das könnte?«, fragt Seward spöttisch.

Ich schaue den Mistkerl an. »Ich bin der Einzige, der wusste, dass er existiert. Wo war denn das FBI die ganze Zeit? Wo waren Sie alle? Ich musste Ihnen buchstäblich Leichen vor die Tür legen, um meine Argumente zu beweisen. Und selbst dann …«

»Leichen, die Sie angeblich manipuliert haben«, fällt Seward mir ins Wort.

»Mein Gott. Kommen Sie mir immer noch damit? Sehen Sie sich doch um! Ich habe das Ganze doch nur gemacht, damit er sich nicht Jillian holt. Ich hatte keine Wahl.«

»Sie hätten uns informieren können.«

Ich stöhne. »Um was zu tun? Glauben Sie, Whitmyer spielt nur über Funk Verstecken? Der Mann ist tot. Ich habe versucht, ihn zu warnen. Aber nein!«

»Okay«, sagt Glenn. »Was müssen wir jetzt wissen?«

»Sobald er an den Polizisten vorbei ist, wird er vermutlich hierherkommen.«

»Vorausgesetzt, er kommt an den Reserveeinheiten vorbei«, erwidert Seward.

»Er hat sein Haus vermutlich bereits verlassen. Er hat Whitmyer erschossen, um alle dorthin zu locken.« Ich zeige in Richtung Straße. »Die Polizisten von Hudson Creek sind schon weg.«

»Und Sie glauben, er kommt hierher?«, fragt Glenn.

»Er kommt dorthin, wo er glaubt, dass ich bin. Hier oder zum Polizeirevier von Hudson Creek.«

Seward schüttelt den Kopf. »Er wird kein Polizeirevier angreifen.«

»Wie viele Polizisten sind Ihrer Meinung nach im Moment dort? Einer? Zwei?«

Der Sanitäter kommt herein und starrt uns entsetzt an. »Ich habe es gerade über Funk gehört. Fünf wurden angeschossen, sind vermutlich tot, darunter auch Whitmyer. Sie sind ins Haus gegangen und haben auch Viks Frau und Kinder tot aufgefunden. Mit Kugeln in den Köpfen, erschossen in ihren Schlafzimmern.«

»Er hatte sie bereits getötet, noch bevor die Polizisten aufgetaucht sind«, sage ich und spüre einen dicken Kloß im Hals. Schuld. »Vik hat es vermutlich in dem Moment getan, als er gehört hat, dass mein Tod nur vorgetäuscht war.«

»Was ist mit Vik?«, fragt Seward den Sanitäter.

»Ist verschwunden. Sie wissen nicht genau, wie. Aber sie sagen, er sei weg.«

»Okay, wir fahren mit meinem Auto, dem Rettungswagen und Ihrem Wagen zu meinem Büro«, sagt Glenn.

»Das ist fünf Mal weiter als bis zur Polizeistation von Hudson Creek«, entgegnet Seward.

»Sie können gerne dort warten, bis Vik auftaucht. Ich gehe lieber irgendwohin, wo wir uns verteidigen können.«

Seward schnaubt verächtlich. »Er ist nur ein Mann.«

Kapitel 78

EIN SICHERER UNTERSCHLUPF

Der Rettungswagen heult vor uns auf, während wir den Highway in Richtung Filmount County hinunterrasen. Glenn fährt, Seward sitzt neben ihm auf dem Beifahrersitz, Jillian sitzt auf der Rückbank neben mir, die Hände um meine gelegt, die noch immer in Handschellen liegen.

Sie versucht noch immer, das Ganze zu verstehen. »Er wird dich also wirklich holen?«, fragt sie.

»Wenn er denkt, dass er mich kriegen kann, ja. Er hätte mich schon früher töten können, dachte aber, er hätte die perfekte Möglichkeit gefunden, die Dinge in Ordnung zu bringen und Zeit zu schinden.«

»Indem er von dir verlangt hat, dich selbst zu töten?«

»Ja. Vermutlich hat er erwartet, dass ich zu dir laufe, wenn ich nicht zur Polizei gehe, oder tue, was er sagt. Er hat vielleicht in der Nähe deines Hauses gewartet.«

»Warum ist er nicht einfach abgehauen?«, will Seward wissen. »Das hätte ich an seiner Stelle getan.«

»Wie ich schon sagte, er befürchtet, dass ich Ihnen helfen werde, ihn zu fangen. Aber er überschätzt mich.«

»Also kommt er direkt zu uns? Ich verstehe das nicht.«

»Er wird nicht direkt auf uns zukommen. Wir werden es nicht kommen sehen.«

»Ich habe innerhalb von zwei Stunden mehr Leute, als er fertigmachen kann. Er wird es nicht kommen sehen.«

»Hoffentlich behalten Sie recht. Aber ich glaube nicht, dass er so leicht untergehen wird. Er hat die Polizisten von Hudson Creek getötet, weil sie ihn unterschätzt haben. Wenn er zu mir kommt, wird es auf indirekte Weise sein.«

»Sie glauben, Sie kennen diesen Typen?«, fragt Glenn.

»Alles, was ich weiß, ist ein Haufen Zahlen und Gleichungen, die mit ihm in Verbindung stehen. Die Leichen, die ich in den Wäldern gefunden habe, sind nicht die einzige Art von Opfern, die er getötet hat. Er hat mehrere verschiedene Geschäfte? Wissen Sie, wer in Ihrem Bezirk Meth verteilt? Wie viele Haftbefehle haben Sie für Dealer ausgestellt, die Sie nicht ausfindig machen konnten?«

»Sie behaupten also, er sei auch ein Drogendealer?«, fragt Seward.

»Hat irgendjemand die beiden Junkies gesehen, die mir bei der Suche nach Chelsea Buchorns Leiche geholfen haben? Glauben Sie, sie hätten es so lange geschafft, nicht wegen irgendeines kleinen Vergehens von der Polizei aufgegriffen zu werden?«

»Er hat sie?«, fragt Glenn.

»Darauf würde ich wetten. Ich denke, das Töten ist für ihn sowohl Hobby als auch Beruf.«

»Kann sein«, antwortet Seward, »aber Serienmörder laufen fort – sie riskieren keinen Abschuss.«

»Was wissen Sie über einen Mann wie Vik? Wie viele Serienmörder sind uns je begegnet, die so produktiv waren?«

»Wie produktiv?«, will Glenn wissen.

»Das werden wir erst wissen, wenn wir anfangen, seine Schritte nachzugehen. Aber eine vorsichtige Schätzung? Dreihundert.«

»Dreihundert Menschen?«, schnaubt Seward. »Hier hat irgendjemand ein Inflationsproblem.«

»Ach, wirklich? Zehn Opfer oder mehr pro Jahr, und das über dreißig Jahre. Rechnen Sie doch selber nach. Und dann werfen Sie einen Blick auf die Anzahl der Vermisstenfälle in Montana und fragen sich selbst, warum sie höher ist als in Florida oder Kalifornien. Das sind nicht nur Unregelmäßigkeiten in den Meldungen. Sie zeigen die Präsenz eines sehr aktiven Serienmörders an.«

»Ja, aber dreihundert?«, meint Glenn.

»Gary Ridgway, der ›Green River Killer‹, tötete zweiundvierzig Frauen in nur zwei Jahren. Und er wurde erst zwanzig Jahre später gefasst. Er hatte einen IQ von zweiundachtzig. Wie intelligent, glauben Sie, ist Joe Vik?«

»Sehr intelligent.«

»Ein Leichenschänder mit einem niedrigen IQ, der gerne in den Wald zurückkehrt, um sich dort an seinen Opfern zu vergehen, kann so viele Frauen in so kurzer Zeit töten und damit über zwanzig Jahre durchkommen. Wie groß mag dann Ihrer Meinung nach der Schaden sein, den jemand wie Vik anrichten könnte?«

»Dreihundert Menschen?«, wiederholt Seward noch immer ungläubig.

»Vorsichtig geschätzt.«

»So etwas haben wir noch nie erlebt.«

»Soweit Sie das wissen. Ridgway hatte viele DNA-Spuren hinterlassen. Gacy versteckte die Leichen unter seinem Haus. Robert Hansen, der Typ, der Prostituierte entführte und sie in den Wäldern von Alaska jagte, tat das mehr als dreißig Mal und wurde nur entdeckt, weil einem seiner Opfer die Flucht gelang.

Ich habe die Zahlen überprüft und habe noch eine nackte Tatsache für Sie: Statistisch gesehen, fangen Sie die Mehrzahl der sehr gut organisierten Serienmörder nicht. Und die wirklichen Experten unter ihnen, also die Mörder, die keine DNA zurücklassen, töten nicht innerhalb eines Umkreises von acht Kilometern um ihren Wohnort. Sie wählen ihre Opfer ebenso sorgfältig aus wie ihre Methoden zum Vergraben, von denen Sie noch nicht einmal wissen, dass es sie gibt. Sie haben deren Profile nicht in Quantico, weil Sie ihnen nie wissentlich begegnet sind.«

»Aber Sie haben natürlich alle Antworten«, gibt Seward zurück.

So ein Idiot.

»Nur die Zahlen. Und die erzählen eine schreckliche Geschichte. Es gibt mindestens dreißig weitere Joe Viks, die dort draußen ihr Unwesen treiben.«

»Lassen Sie uns diesen hier schnappen. Dann machen wir uns Gedanken um die anderen«, sagt Glenn.

»Dann haben Sie im Gefängnis auch etwas zu tun«, fügt Seward hinzu.

»Sie wollen die Sache mit dieser Verhaftung hier wirklich durchziehen?«, fragt Jillian. »Nach all dem, was er getan hat?«

»Erzählen Sie das der Familie von Christopher Dunleavy, nachdem sie gesehen hat, was Ihr Freund der Leiche ihres Sohnes angetan hat«, antwortet Seward.

»Das Wort, auf das es ankommt, ist *Leiche*«, schieße ich zurück, kann aber nicht leugnen, dass er nicht ganz unrecht hat. Ich schaue Jillian traurig an. »Ich glaube nicht, dass ich eine andere Wahl hatte.«

Sie drückt meine Hände. »Ich glaube dir.«

»Im Nachhinein war das Ganze natürlich irgendwie dumm. Ich hätte versuchen sollen, ihn anzulocken.«

»Wir werden schon …«

Sie beendet ihren Satz nicht.

»Verdammt!«, schreit Glenn, als er versucht, zur Seite auszuweichen.

Ich sehe gerade noch, wie sich der Rettungswagen seitlich überschlägt und in unsere Richtung schleudert.

Das Dach des Rettungswagens rammt unsere Vorderseite und wir werden heftig herumgewirbelt. Schließlich durchbrechen wir eine Leitplanke und rasen auf einen Graben zu.

Als wir vom Highway rutschen, sehe ich einen riesigen schwarzen Abschleppwagen an uns vorbeifliegen. Plötzlich leuchten seine Rücklichter auf und er wendet mit quietschenden Reifen.

Kapitel 79

DER ZUSAMMENSTOSS

Unser Geländewagen rutscht rückwärts die Böschung hinunter und prallt gegen mehrere Bäume. Mein Hinterkopf wird aus der Kopfstütze geschleudert, mein Gesicht prallt gegen meine Fäuste und die Handschellen, und ich spüre, wie meine Nase bricht. Für einen Moment sehe ich Sterne und rieche den scharfen Geruch von Blut.

»Bist du okay?«, fragt Jillian, während sie ihren Sicherheitsgurt löst und sich über mich schiebt.

»Ja … ich bin okay.«

Sie greift nach vorn und fasst Seward an der Schulter. »Können Sie ihm die verdammten Handschellen abnehmen?«

Er rührt sich nicht.

Sein Kopf hängt zur Seite. Seine Fensterscheibe ist zersplittert.

Ich umfasse seinen Hals mit beiden Händen und suche nach dem Puls. »Er lebt.«

Glenn reibt sich die Schläfen. »So ein Mist! Alle okay?«

Jillian hält ihm die Hand vor das Gesicht. »Die Schlüssel für die Handschellen. Sofort!«

»Moment …« Er ist noch immer benommen von dem Aufprall. »Ich rufe Hilfe.«

Er zieht sein Handy heraus und beginnt zu wählen. Entnervt beugt Jillian sich vor und durchsucht Sewards Taschen.

»Vorsichtig! Er könnte verletzt sein«, sagt Glenn.

»Glauben Sie wirklich?«, gibt sie zurück.

Irgendetwas bewegt sich durch das helle Scheinwerferlicht und läuft am Straßenrand entlang nahe der Stelle, an der wir die Leitplanke durchbrochen haben.

Reflexartig packe ich Jillian am Kragen ihrer Jacke und ziehe sie nach unten. »Deckung!«

»Was ist?«, fragt Glenn.

Den Bruchteil einer Sekunde später wird die Windschutzscheibe von einem Trommelfeuer getroffen und Glassplitter fliegen uns um die Ohren.

Ich drücke Jillian auf den Boden und werfe mich über sie.

Dann trifft uns eine zweite Ladung, und der Wagen gibt knallende Geräusche von sich, als Kugeln Motorhaube und Kühlergrill durchschlagen.

»Irgendjemand getroffen?«, ruft Glenn von vorn – vermutlich ebenso am Boden zusammengekauert wie wir.

»Ich bin okay«, flüstert Jillian.

»Ich bin okay.«

Der Lichtschein leuchtet erneut auf.

»Er kommt auf uns zu.«

»Bleiben Sie unten«, sagt Glenn. Ich höre, wie er seine Waffe lädt. »Ich zähle bis drei, dann erwidere ich das Feuer.«

»Er wird nicht dort sein«, erkläre ich.

»Was?«

»Er wird einen Scheinangriff vortäuschen. Vermutlich auf Ihrer Seite.«

»Wie kommen Sie darauf?«

»Weil er weiß, dass Sie eine Waffe haben und er Sie zuerst erledigen muss.«

»Sind Sie …«

PENG! PENG! PENG! PENG! PENG! PENG!

Kugeln fliegen uns um die Köpfe und noch mehr Glassplitter prasseln wie ein Hagelsturm auf uns nieder.

»Verdammt!«, schreit Glenn.

»Sind Sie verletzt?«

»Streifschuss. Kam durch die Tür. Ich werde das Feuer erwidern. Sie beide klettern zur anderen Seite hinaus und bleiben hinter dem Wagen!«

»Warte«, sagt Jillian. Ich sehe, dass sie Sewards Schlüssel in der Hand hält. Mit zitternden Fingern findet sie den Schlüssel für die Handschellen und schließt sie auf. »Okay.«

Glenn schießt, und in dem Wagen herrscht plötzlich ein ohrenbetäubender Lärm.

Ich rüttle an dem Türgriff und klettere hinaus, wobei ich geduckt bleibe. Jillian rutscht hinter mir hinaus.

»Sind Sie draußen?«, ruft Glenn.

»Ja.«

»Er liegt im Gras. Vielleicht habe ich ihn getroffen.«

»Oder er liegt in der Position eines Scharfschützen«, gibt Jillian zurück.

»Vielleicht. Ich werde noch einmal schießen. In dem Moment werden Sie in den Wald laufen.«

Ich habe kein gutes Gefühl bei der Sache. Im Wald hat er ein Heimspiel, doch mir fällt nichts Besseres ein.

»Los!«, brüllt Glenn und beginnt zu schießen.

Jillian und ich laufen in Richtung Wald, doch ich erstarre in dem Moment, in dem Glenn nicht mehr schießt.

»Was ist?«, fragt Jillian.

Wir sind ungefähr drei Meter vom Van entfernt. Ich entdecke eine Grasfläche hinter den Baumstümpfen, doch Joe ist nirgends zu sehen.

»Der andere Weg!« Ich ziehe sie am Arm mit. »Er ist bereits im Wald!«

Wir rennen um den Van herum und bringen ihn zwischen uns und den Wald. Dann klettern wir den Hügel hinauf in Richtung Highway.

Ich schaue zurück und sehe die Spitze von Glenns Pistole über dem Armaturenbrett.

Ich brülle: »Er ist im Wald, kommen Sie uns nach!«

Glenn hebt den Kopf und sieht, wie wir in Richtung Straße laufen. Ohne zu zögern, klettert er durch die zerbrochene Windschutzscheibe, rollt sich über die Motorhaube ab und jagt uns nach.

Ich sehe, wie er stehen bleibt und zu Seward zurückschaut. Er will ihn nicht zurücklassen.

PENG! PENG! PENG! PENG! PENG! PENG!

Aus dem Wald ist Gewehrfeuer zu hören und Kugeln prallen von dem Wagen ab.

»Lauf!«, schreie ich.

Jillian zieht an meinem Arm und will, dass ich auch endlich weiterlaufe.

Wir springen über die Leitplanke, während diese lautstark von Kugeln getroffen wird. Glenn erreicht den Hügel, dreht sich um und erwidert das Feuer in die Richtung, aus der die Schüsse kamen.

Das Gewehrfeuer erstirbt. Er rafft sich auf, rennt den Hügel hinauf und erreicht Jillian und mich.

Gemeinsam laufen wir zu dem Rettungswagen, der auf der Beifahrerseite liegt. Die Lichter blinken und die Hinterreifen drehen sich noch von dem Unfall.

Der Sanitäter klettert über die Beifahrerseite heraus und versucht sich aufzurichten.

Wir ziehen ihn hinter das Fahrzeug, weg vom Wald.

»Sind Sie okay?«,

»Ja. Ich glaube schon.«

Ich zeige die Straße hinunter. »Dann nehmen Sie sie und laufen Sie.«

»Nein«, widerspricht Jillian tonlos. Und zu dem Rettungssanitäter: »Laufen Sie!«

Von den Gewehrschüssen verängstigt, rennt er los.

Hinter uns leuchten rote und blaue Lichter auf, als ein Polizeiwagen von Hudson Creek rutschend zum Stehen kommt. Ein älterer Polizist springt aus dem Auto. »Was geht hier vor?«

»Schütze im Wald!«, antwortet Glenn.

Der Polizist marschiert an uns vorbei und ist den Bäumen ungeschützt ausgesetzt.

»Bleiben Sie zurück!«, brüllt Glenn.

PENG! PENG! PENG!

Der Polizist wird an der Schulter getroffen und geht schreiend zu Boden.

»Helfen Sie mir!«, rufe ich Glenn zu, bevor ich mich ducke und zu dem Mann renne.

»Bringen wir ihn zum Wagen. Wir versuchen, damit hier herauszukommen«, ruft Jillian.

PENG! PENG! PENG! PENG! PENG! PENG!

Die Salve einer Maschinenpistole geht auf den Einsatzwagen nieder, durchschlägt den Motorkühler und setzt eine Dampfwolke frei.

»Verdammt! Er hat uns im Visier!«, ruft Glenn. »Ich werde schießen. Sie packen ihn und bringen ihn zum Rettungswagen.«

Glenn schießt zweimal. Dann duckt er sich hinter dem Polizeiwagen und benutzt ihn als Schutzschild.

Jillian hilft mir, den verletzten Polizisten in den Rettungswagen zu ziehen. Er versucht tapfer, nicht zu schreien, als wir ihn über die Seitentür heben.

Ich durchsuche die medizinischen Materialien nach Verbänden, die überall auf dem Boden verteilt sind – der eigentlich einmal eine Wand war. Nachdem ich Verbandsmaterial gefunden habe, versuche ich, die verletzte Schulter des Mannes zu verbinden. Sie sieht schlimm aus.

Durch die Heckscheibe sehe ich, wie Glenn in den Polizeiwagen steigt und ein Gewehr herausholt.

Er bewegt sich in Richtung Motorhaube und legt einen Finger auf seine Lippen, als er sieht, dass wir ihn beobachten. Er zeigt auf seine Augen und dann hinter uns.

Joe hat seine Position erneut verändert und schleicht sich von hinten an unser Versteck heran.

Kapitel 80

TAPFER

In diesem Moment hat sich mein Eindruck von Glenn herauskristallisiert. Als ich ihn zum ersten Mal getroffen habe, hielt ich ihn für einen harten Hund. Ich ärgerte mich über die Art, wie er mich dazu brachte, ihm mein Herz auszuschütten, und war wütend auf meine eigene Naivität. Er wusste um meine Intelligenz, nutzte sie aber in einer Art Judogriff gegen mich. Ich besaß ein großes theoretisches Wissen, er bezog seines aus tagtäglichen Gesprächen mit realen Personen und sortierte so die Lügner und Diebe unter ihnen aus.

Er wurde mein Antagonist, doch in den letzten Minuten hat er sein Leben mehrmals aufs Spiel gesetzt, um Jillian und mich zu schützen.

Glenn prüft die Waffe, die er aus dem Polizeiwagen geholt hat, und bereitet sich auf einen Angriff von Joe vor.

In diesem Moment verhindern der Rettungswagen und das Auto einen Rückzug, und Glenn könnte fortlaufen und uns hier zurücklassen. Doch das wird er nicht tun. Er versucht noch nicht einmal, zu unserem Versteck zu kommen, das uns größeren Schutz vor dem Sturmgewehr bietet.

Er könnte von hier aus vielleicht sogar besser letzten Widerstand leisten. Doch von seiner momentanen Position aus hat er eine bessere Schusslinie, sollte Joe zu uns kommen.

Was Glenn tut, ist selbstlos. Er kann vielleicht von dort aus besser schießen, doch es wird vermutlich sein einziger Schuss sein.

Er bemerkt, dass ich ihn anstarre. Er nickt Jillian kurz zu und schaut dann zu mir herüber.

Schützen Sie sie.

Das ist ursächlich, chauvinistisch. Das ist es, wozu wir biologisch programmiert sind – zumindest die Besten unter uns.

Ich schaue zu unserem Patienten. Er lehnt gegen die Wand und hält den Arm unterhalb der Wunde fest.

Zum ersten Mal fällt mir auf, dass dieser Rettungswagen ein mobiles Krankenhaus mit Kühlung und Miniapotheke ist.

»Wie geht es Ihnen, Sergeant Bryant?«

»Wunderbar«, stöhnt er. »Ich hatte die Nacht frei.«

Ich öffne eine Schiebetür und finde die harten Sachen. »Wollen Sie etwas gegen die Schmerzen?«

»Gott, ja.«

Ich gebe ihm eine Spritze mit Morphium, und sein Gesicht entspannt sich.

»Ist das eine gute Idee?«, fragt Jillian mich leise.

»Er stand noch unter Schock. In ein oder zwei Minuten hätte er sich die Seele aus dem Leib gebrüllt. Er hat einen Großteil seiner Schulter verloren.«

Ich habe Angst, diese Wunde ohne angemessene chirurgische Umgebung zu behandeln. Wenn ich den Verband entferne, riskiere ich, das aufzumachen, was auch immer ihn vom Verbluten abhält. Stattdessen lege ich also einen weiteren Verband über seine Schulter und achte auf ausreichend Druck.

Die ersten Verbände, die ich verwendet habe, verfügen über ein integriertes Gerinnungsmittel und funktionieren recht gut.

Um auf der sicheren Seite zu sein, bereite ich eine Spritze mit einem Gerinnungsmittel und einen Beutel synthetisches Blut vor, sollte Bryant zu viel eigenes Blut verlieren. Synthetisches Blut kann das eigene Blut nicht ersetzen. Es verdünnt es nur besser als reine Kochsalzlösung und hält den Blutdruck aufrecht.

»Was werden wir tun?«, fragt Jillian.

»Glenn hat Hilfe angefordert. Ich bin sicher, sie sind schon auf dem Weg.«

Wir beide wissen genau, dass Joe in der Nähe ist und vor jeder Hilfe hier sein wird.

Glenn kriecht in Richtung Polizeiwagen. Die Waffe hält er auf einen Punkt rechts von uns gerichtet.

WUMM! Er schießt auf etwas.

Dann bewegt er sich auf die andere Seite der Motorhaube und schießt wieder. *WUMM!*

PENG! PENG! PENG! PENG! PENG! PENG!

Kugeln schlagen in den Polizeiwagen ein und klirren beim Einschlag wie Eispickel.

Glenn taumelt nach vorn und stöhnt laut auf. Eine Kugel hat ihn in die Seite getroffen.

Ich stürme zum hinteren Teil des Rettungswagens, um ihm zu helfen.

»Bleiben Sie zurück!«, knurrt er mit zusammengebissenen Zähnen und lädt die Waffe nach.

Er richtet sich auf und feuert eine weitere Salve ab. *WUMM! WUMM! WUMM!*

PENG! PENG! PENG! Seine Brust ist von roten Punkten übersät, als er zu Boden geht.

Ich springe aus dem Rettungswagen und greife nach seiner Waffe. Als ich zur Tür zurücklaufen will, knickt mein Bein unter mir weg. Noch bevor ich auf der Straße aufpralle, weiß ich, dass ich angeschossen wurde.

Mein Kinn schlägt zuerst auf den harten Asphalt auf.

Als ich benommen nach oben schaue, sehe ich ihn zum ersten Mal in zwanzig Meter Entfernung.

Meine erste Reaktion ist weder Grauen noch Schock, sondern Ehrfurcht.

Joe ist riesig. Er trägt von Kopf bis Fuß eine Rüstung, und sein Gesicht wird von einem Metallschild mit schmalen Schlitzen und Kriegsbemalung verdeckt. Um seine kugelsichere Brust trägt er eine Halskette aus Bärenklauen.

An seiner Taille sehe ich die Metallklauen aus Edelstahl, die nur darauf warten, ausgefahren zu werden.

Er kommt langsam auf mich zu, das Gewehr auf meine Brust gerichtet. Er hätte längst schießen können, doch er genießt es. Er genießt es, mich zu beobachten, wie ich ihn zum ersten Mal sehe.

Ich stütze mich auf mein unverletztes Knie und hinke zurück zum Rettungswagen. Sobald ich nah genug bin, packt Jillian mich unter den Armen und zieht mich herein.

Ich sehe, wie sich ihre Augen weiten, als sie einen kurzen Blick auf Joe wirft.

»Hast du ihn gesehen?«, will ich wissen.

»Ja.« Sie reißt das Hosenbein auf, um meine Wunde zu untersuchen. »Hilf mir damit … Was soll ich tun?«

»Er ist …« Mir fehlen die Worte.

»Theo! Hilf mir damit!«, brüllt sie.

Ich starre aus dem Fenster zu Joes Schatten hinaus, der immer näher kommt. Wie mag es sein, so viele Tode verursacht zu haben? Hält man sich dann nicht mehr für einen Menschen? Hält man sich dann für einen in Menschengestalt gefangenen Gott? Fühlt man überhaupt noch etwas? Oder ist man nur noch ein Lebewesen der reinen Reaktion – wie Programmzeilen?

So viele Fragen.

Kapitel 81

GEJAGT

Er legt das Gewehr an und schießt auf die Heckscheibe. Ich werfe mich über Jillian und Bryant und drehe den Rücken in Richtung Sperrfeuer.

Das Innere des Rettungswagens ist das reinste Chaos, als die Kugeln das Glas zersplittern, durch Metallwände brechen und die Türen mit Löchern durchsieben.

Ich spüre einen brennenden Schmerz in meiner Hüfte und in meiner Seite.

Das Stakkato des Gewehrs hört auf und das einzige Geräusch ist unser Atmen. Ich spüre Jillian unter meiner Brust. Ihr Kopf ist unter meinem Kinn eingeklemmt.

Ihr Körper schützt den verletzten Polizisten – eine weitere Schicht Menschlichkeit, die ihn zu schützen versucht.

Ein tiefes, wimmerndes Geräusch ist zu hören, als jemand zu atmen versucht.

Jillian schaut zu mir auf, wischt sich die aschblonden Haarsträhnen aus dem Gesicht und fragt lautlos: »Bist du okay?«

»Ich glaube schon«, will ich sagen, doch spucke nur Blut.

Ihr Gesicht, das nur wenige Zentimeter von meinem entfernt ist, ist tief erschrocken, als rot gefärbte Kochsalzlösung aus meinem Mund tropft.

Ich bemerke, dass das Wimmern von mir kommt. Eine von Joes Kugeln hat eine Rippe gestreift und sie gebrochen.

»Warte«, sagt Jillian. Sie krabbelt unter mir heraus zur Tür.

Ich will sagen: »Geh nicht hinaus!«, muss aber husten.

Sie greift nach der Entriegelung der unteren Tür, zieht sie zu und schließt uns ein.

Das obere Fenster ist zwar durchlöchert, aber größtenteils intakt. Obwohl ich nicht weiß, welchen Unterschied das noch macht. Noch ein Kugelhagel von Joe, und das Glas wird nachgeben.

Einige Sekunden später beginnt der Griff sich zu bewegen, als Joe versucht, die Tür zu öffnen.

Jillian und ich schauen entsetzt zu. Doch plötzlich hört das Geräusch auf.

»Ich glaube, er ist weg«, sagt Jillian.

»Nein, ist … er nicht«, stammle ich.

»Theo, sag mir, was ich tun soll!« Sie fährt mit den Händen über meinen Körper und findet die Wunde an meinem Brustkorb.

»Wie geht es ihm?«, frage ich zwischen zwei hörbaren Atemzügen.

Sie berührt den Nacken des Polizisten und misst seinen Puls. »Er lebt. Jetzt hilf mir bei dir.« Sie bringt mich in eine sitzende Position.

»Keine Zeit …«

»Quatsch. Sag mir, was ich tun soll!«

»Handschuhe«, sage ich keuchend.

Sie durchsucht die Vorräte und findet schließlich eine Kiste mit blauen Handschuhen; sie streift ein Paar über. »Und jetzt?«

»Ist die Wunde tief?«, will ich wissen.

Sie untersucht die Verletzung und versucht vorsichtig festzustellen, ob es eine Eintrittswunde gibt, was bedeuten würde, dass irgendwo in meinem Körper eine Kugel sitzt.

»Verdammt!«, schreie ich, als ein unerträglicher, brennender Schmerz meinen Körper durchfährt.

Sie zuckt zusammen. »Tut mir leid!«

»Ist schon okay … Das ist ein gutes Zeichen.«

»Ich kann deine Rippe spüren. Ich glaube, sie ist gebrochen.«

»Kein Loch. Hol … das Verbandszeug mit dem … Gerinnungsmittel«, keuche ich.

Die innere Blutung ist hoffentlich nur ein vorübergehendes Symptom. Hätte eine Kugel Brust und Lunge durchschlagen, dann wäre ich in wenigen Minuten tot.

Jillian reißt ein Verbandspäckchen auf, wie ich eben eins für Bryant verwendet habe, und legt mir den Verband an. Die Gerinnungsmittel vermischen sich mit dem Blut und bilden eine Art Dichtung, wodurch kein Blut mehr aus der Wunde tritt.

Trotzdem fühle ich mich noch benebelt.

»Theo?« Jillian hebt ihre Hand. Sie ist voller Blut. »Ich glaube, du wurdest zweimal am Bein getroffen.«

Sie untersucht meinen Körper und drückt auf meinen Oberschenkel. Ich habe das Gefühl, als hätte sie mich gestochen.

»Es tut mir so leid! Aber ich glaube, die Kugel ist wenigstens durchgegangen.«

Sie findet eine Schere und schneidet meine Jeans auf.

»Soll ich diese Wunde auch verbinden?«

»Hineinstecken …«, sage ich durch zusammengepresste Zähne. »Wie einen Tampon …«

Manchmal ist das beste Verbandspäckchen ein runder Pflock, der in die Wunde gesteckt wird. Es kann Leben retten oder die Sache verschlimmern, je nach Art der Wunde. Für einen Durchschuss an meinem Oberschenkelmuskel ist es die hilfreichste Lösung.

»So etwas?«, fragt sie und hält einen spritzenartigen Applikator hoch.

»Ja …«

Ohne Vorwarnung – was vermutlich das Beste war – jagt sie ihn mir in die Wunde. Der Schmerz ist so heftig, dass ich kurz das Bewusstsein verliere.

Ich komme wieder zu mir, als Jillian mir eine Ohrfeige verpasst und meinen Namen ruft.

Mir ist kalt und ich fühle mich schwach. »Ja.«

»Du hast viel Blut verloren.«

»Weil ich blute«, antworte ich völlig sinnfrei.

»Soll ich dir künstliches Blut geben?« Sie hält ein Päckchen hoch.

»Kannst du … kannst du … eine Vene treffen?«

»Ja. Wahrscheinlich.«

Ich bin so müde, dass ich noch nicht mal antworten will.

»Theo! Bleib bei mir!« Sie schlägt mir wieder ins Gesicht.

»So … heftig.«

Die Dinge um mich herum verschwimmen und werden immer dunkler. Ich spüre einen stechenden Schmerz in meinem Arm und nach und nach wird mein Blick wieder klarer.

Jillian hat einen Beutel mit künstlichem Blut an den Türgriff über unsere Köpfe gehängt. Sein Ende steckt in meinem Arm.

»So?«, fragt sie.

»Ja. Laufe ich noch immer aus?«

»Ich glaube nicht.«

Sie wickelt einen Verband um die Nadel in meinem Arm, um sie zu fixieren.

»Joe?«, frage ich.

»Er ist seit ein paar Minuten verschwunden. Bestimmt ist Hilfe unterwegs.«

Ich wünschte, ich könnte das glauben. Ich habe das Gefühl, als wären wir weit davon entfernt, von irgendjemandem gerettet zu werden. Es ergibt keinen Sinn, dass er einfach so weggegangen ist.

Ich versuche, mich aufrecht hinzusetzen, kann mich aber kaum bewegen. Ich falle zur Seitenwand zurück und ringe um Luft.

Jillian beugt sich über mich und überprüft meine Verbände, bevor sie sich versichert, dass der verwundete Polizist ebenfalls in Ordnung ist.

Sie friert und schaut nach oben, als sie sich über mich beugt.

Ich will sie gerade fragen, was los ist, als ich schwere Schritte höre, die sich dem Rettungswagen von hinten nähern.

Durch das zerbrochene Glas können wir einen vorbeihuschenden Schatten erkennen.

Ein schreckliches Kreischgeräusch erfüllt die Luft, als Joe irgendein mechanisches Gerät in Gang setzt. Der Lärm erfüllt den Rettungswagen, als er mit einer Metallsäge die Türen aufschneidet.

Jillian wirbelt herum und wirft sich über meinen Körper, um mich zu schützen.

»Sieh nach, ob der Polizist eine Waffe hat«, flüstere ich ihr unter Schmerzen zu.

Sie greift um mich herum und tastet nach seinem Holster.

»Ich kann es nicht finden …«

Ihre Worte erstarren, als die obere Hecktür auf den Boden fällt.

Hinter ihr sehe ich einen Berg von Mann. Joe.

Eine riesige Hand greift ins Innere und packt Jillian an den Knöcheln.

»Theo!«, ruft sie, als sie fortgerissen wird.

Ich will ihre Hände halten, sie festhalten. Doch sie ist schon aus meiner Reichweite, bevor ich mich überhaupt bewegen kann.

Sie klammert sich am Türrahmen fest und versucht sich zu wehren. Doch Joe ist zu stark. Er reißt sie heraus und zerrt sie aus meinem Sichtfeld.

Er hat sie geholt.

Er hat sie zuerst geholt.

Er weiß, dass ich hier bin, mehr tot als lebendig, unfähig, irgendetwas zu tun.

So lässt er mich leiden.

Kapitel 82

WACHSAM

Sie ist fort.

Ich versuche aufzustehen. Alles beginnt sich um mich herum zu drehen, meine Beine geben nach, ich falle nach hinten und lande auf Bryant.

Er stöhnt auf.

Er braucht Hilfe. Verdammt, ich brauche Hilfe.

Ich versuche, auf alle viere zu kommen, damit ich fortkriechen kann. Doch meine Arme sind nicht stark genug, um mich zu tragen.

Er hat Jillian geholt. Und das Schlimmste ist, dass sie noch nicht einmal geschrien hat. Sie wusste, dass ich zu schwer verletzt war, um irgendetwas zu tun.

Ich habe so viel Blut verloren. Ich blute noch immer.

Ich sollte aufgeben.

Es ist okay, die Hände hochzuheben und zu sagen, dass ich mein Bestes gegeben habe.

Ich konnte sie nicht retten.

Ich konnte Juniper nicht retten.

Ich habe es verdient zu sterben.

Wenn Joe mich holen kommt, werde ich mich nicht wehren.

Ich kann nicht mehr weiterleben mit dem Wissen, hilflos hier gelegen zu haben, während er Jillian fortgeschleppt hat.

Ich kann nicht mehr leben …

Mir wird plötzlich klar, dass es für mich tatsächlich keinen Grund mehr gibt zu leben, wenn ich zulasse, dass er sie tötet.

Meine Hand fällt auf eine Reihe von Ampullen.

Dextroamphetaminsulfat.

Speed.

Als Rettungssanitäter hatte ich es mehr als einmal mit einem Speedfreak zu tun. Es brauchte schon mehrere Polizisten, um sie zu beruhigen. Und selbst das reichte nicht immer aus. Ihre Hirne wussten nicht, dass sie nicht mehr weitergehen konnten.

Nicht mehr weitergehen konnten …

Schließlich bezahlten ihre Körper den Preis. Herzstillstand oder Schlimmeres.

Aber was könnte schlimmer sein als das hier?

Die Blutkonserve, die über meinem Kopf baumelt, bringt mich auf eine Idee. Genau genommen ist es der Plan für einen Selbstmord. Aber er schenkt mir vielleicht noch einige Minuten …

Ich finde eine Spritze und gebe das Amphetamin in den Beutel.

Ich durchsuche die Schränke, entdecke Epinephrin, also Adrenalin, und gebe es ebenfalls dazu.

Ich nehme viel zu viel.

Eine derart hohe Dosis würde man noch nicht einmal einem Rennpferd geben, es sei denn, man hasst das Tier und will, dass sein Herz auf der letzten Runde explodiert.

Doch genau das möchte ich erreichen.

Mein Körper hat bereits aufgegeben.

Ich werde so oder so heute Nacht sterben. Dann kann ich auch kämpfend untergehen.

Ich binde mir mit einem Verband das Blut in der Brust ab und bewege die Nadel in Richtung einer Arterie in meinem Oberschenkel, nur wenige Zentimeter neben der Schusswunde.

Ich will sie mir in die Haut stechen, doch ich bin zu schwach. Ich fühle, wie ich in eine Traumwelt abgleite.

»THEO!«

Ich weiß nicht, ob Jillian mich ruft oder ob es eine Stimme irgendwo in meinem Hinterkopf ist. So oder so gibt sie den Ausschlag. Ich finde die Arterie und die Nadel dringt ein …

Ich spüre bereits ein Kribbeln, das in Wellen über meine Haut wandert.

Mein Atem geht schneller. Mein Herz beginnt zu rasen.

ACH DU SCHANDE.

ICH BRENNE.

Mein Kopf fühlt sich an wie eine dieser Plasmakugeln in den Kuriositätenläden.

In einem Moment der Klarheit greife ich nach einigen Spritzen auf dem Boden, fülle sie mit verschiedenen Präparaten auf und stecke sie in die Jackentaschen.

Mein Blut ist überall auf dem Boden. Ich befestige zwei weitere Blutkonserven an meiner Brust und klebe mir eine kleine Pumpe seitlich an den Bauch. So werden sie erst angezapft, wenn mein Blutdruck noch weiter fällt. Sicherheitshalber füge ich beiden Konserven Adrenalin bei.

Das ist so etwas wie die nächste Stufe von dem biologisch-technologischen Mist eines Lance Armstrong.

Jetzt bin ich stärker – ich stehe nicht einfach auf, ich springe auf die Füße.

Ich steige aus dem Rettungswagen und habe das Gefühl, als bestünde ich aus purer Energie. Ich renne in die Richtung, in der ich Jillian zuletzt gesehen habe.

Ich laufe sehr schnell. Unterbewusst weiß ich, dass ich mein linkes Bein wegen der Schussverletzung nachziehe. Doch die Aufputschmittel treiben die Nerven an, und die Muskelfasern tun, was ich ihnen sage. All ihre Kontrollmechanismen sind abgeschaltet.

Die Nazis haben ihre Soldaten mit solchem Mist vollgepumpt, um sie in Supersoldaten zu verwandeln. Körperlich haben sie einen hohen Preis dafür gezahlt. Doch die Ärzte dieses Regimes hatten anfangs die besten Absichten.

Eben war ich noch verzweifelt und bereit, Joe meinem Leben ein Ende setzen zu lassen. Jetzt … zum Teufel damit. Ich bin eine VERDAMMTE LOKOMOTIVE UND BEREIT, IHN ZU ZERREISSEN.

Ein Teil von mir sagt mir, dass da die Drogen reden.

ZUM TEUFEL MIT DIESEM LÄRM.

ICH WERDE IHN IN STÜCKE REISSEN.

Weiter so, du Teufelskerl. Jetzt denk kurz nach. Vielleicht solltest du das Gewehr neben Glenns Leiche nehmen? Vielleicht hatte er noch ein oder zwei Patronen übrig.

Ich schnappe sie mir und laufe in den Wald. Dort ist eine Bresche zwischen den Bäumen, durch die er sie vermutlich gezerrt hat.

Ich überprüfe die Trommel. Eine Hülse ist noch übrig.

MACH WAS DARAUS.

Ich laufe über den Hügel und springe die letzten Meter hinunter.

Mein Bein knickt ein, doch ich renne weiter.

Er will, dass ich ihn verfolge. Er hat mich verletzt im Rettungswagen liegen gesehen und wollte wissen, aus was ich gemacht bin. Würde ich es zulassen, dass er mein Mädchen fortschleppt? Oder würde ich die Kraft finden, ein verdammter Mann zu sein?

Ich stampfe durch die Büsche und schiebe mit dem Lauf des Gewehrs die Äste beiseite.

Schließlich erreiche ich eine kleine Lichtung.

Auf der anderen Seite steht eine große Gestalt. Jillian kniet auf dem Boden, Blut rinnt von ihren Lippen und ihr linkes Auge ist angeschwollen. Joe hat eine Hand um ihren Hals gelegt und hält die andere mit seinen Krallen bereit, ihre Halsschlagader zu durchtrennen.

Er schaut in meine Richtung. Still und doch voller Wut.

Ich überlege kurz, ob ich schießen soll. Doch dann bemerke ich, wie die Waffe in meinen Händen zittert.

Ich bin zu high, um richtig zu zielen.

Ich könnte genauso sie anstatt ihn treffen – und außerdem steckt er in einer Rüstung.

Ich lasse das Gewehr auf den Boden fallen.

Schnell, verdammt schnell, schleudert Joe Jillian zur Seite und rennt auf mich zu.

Er will mir zeigen, wie schnell er ist. Ich soll sehen, dass er wirklich eine Art Tierseele im Besitz eines männlichen Körpers ist.

Ich soll in dem Wissen sterben, dass er nicht nur ein verdorbener Spinner ist.

Ich soll glauben, er sei ein Halbgott.

Für den Bruchteil einer Sekunde glaube ich ihm sogar. Kein Mann seiner Größe sollte so schnell laufen können. Kein Mensch kann derart schnell reagieren.

Dann fällt mir wieder ein, dass ich ein Wissenschaftler bin.

UND DASS ICH MEINEM KÖRPER GERADE EINE MENGE LEISTUNGSSTARKEN MIST EINGESPRITZT HABE, DER MICH TÖTEN WIRD.

ABER FÜR EINEN KURZEN MOMENT … BIN ICH EIN VOM TEUFEL ANGETRIEBENER SOLDAT DER VERGELTUNG.

Und ich habe die Taschen voller Spritzen, von denen er keine Ahnung hat.

Kapitel 83

DIE ANPASSUNG

Ich hatte mal eine Freundin, eine Meeresbiologin, die Weiße Haie markierte. Ich fragte sie, wie zum Teufel sie das machte.

Als Erstes – erklärte sie mir – nimmt man einen langen Stab und bringt das Beruhigungsmittel an einem Ende an. Dann wirft man den Köder ins Wasser und lässt den Hai sehr nah an das Boot herankommen. Sobald der Hai unter Wasser nach den Fischstücken schnappt, sticht man ihn. Sobald er erschlafft, hält man ihn mithilfe einer speziellen Hängematte vorübergehend im Wasser. Irgendjemand zählt die verbleibenden Minuten der Dosierung und man selbst macht sich an die Arbeit.

Das wirkliche Problem, meinte sie, seien nicht die großen Weißen Haie, sondern das, was passiert, nachdem diese Riesentiere bewegungslos und hilflos in dem Wassergurt hängen.

Man muss den Hai nämlich vor den Delfinen beschützen.

Die cleveren kleinen Bastarde verschwenden keine Gelegenheit, die Haie zu schlagen. Sie kommen aus dem Nichts geflogen, rammen ihre Nasen in die Kiemenspalten der Haie und versuchen, sie zu vernichten.

Ich kann ihnen das nicht vorwerfen.

Doch die Forscher mussten stets einen Blick nach hinten werfen und sichergehen, dass keine dreihundert Kilo schweren Torpedos auf ihren Patienten zielten.

Haie schwimmen seit mehr als vierhundert Millionen Jahren im Meer – Delfine nur ein Zehntel dieser Zeit. Trotzdem wurden die Delfine in dieser kurzen Zeit ihr größter Feind.

Während sie im Vergleich zum Weißen Hai stumpfe Babyzähne haben, besitzen sie einen enormen Vorteil gegenüber dem Hai – ihr Gehirn. Delfine sind unglaubliche Improvisatoren.

Haie haben Strategien, die vor Millionen von Jahren vorprogrammiert wurden, Delfine haben Täuschungscodes.

Ich bin kein Kämpfer, obwohl Gus sich wirklich bemüht hat. Doch Joe ist es auch nicht. Er ist ein Mörder. Er ist ein großer Weißer Hai auf zwei Beinen. Und wie ein Hai nutzt er immer wieder die gleiche Strategie. Er macht Beute auf die Ängstlichen, die Schwachen und die Verletzlichen. Ich muss denken wie ein Delfin.

Joe überwältigt mich, und ich falle auf die Knie. Seine Arme schwingen über meinen Kopf hinweg und seine Krallen schneiden in die Luft. Er bewegt sich so schnell, dass er sich selbst nicht stoppen kann. Sein rechtes Bein stößt gegen meine Schulter und er gerät ins Wanken.

Ich rolle zur Seite.

Bevor ich mich wieder aufgerafft habe, ist Joe schon wieder herumgewirbelt.

Verdammt, er ist schnell.

Vier Krummsäbel kommen auf mich zu. Ich ziehe den Kopf ein und spüre, wie sie in meinen Rücken schneiden. Ich bin high, und so ist es weniger ein schmerzvolles als ein seltsames Gefühl, aufgeschnitten zu werden.

Ich reiße meinen Arm vor, eine Spritze in der Hand, und ziele auf seine Wade. Ich habe genügend Beruhigungsmittel hineingegeben, um das Herz eines Grizzlys lahmzulegen.

Die Nadel geht durch das Leder. In dem Moment, in dem ich die Spritze abdrücken will, zieht Joe sein Bein weg und die Nadel bricht ab.

Verdammt!

Das ist das letzte Mal, dass er mich so nah an sich herankommen lässt.

Ich nutze die Ablenkung, um nach hinten zu springen und ihm für eine Sekunde zu entkommen.

Ich halte eine weitere Spritze mit der linken Hand vor mich.

Er hält einen Moment inne und beobachtet mich. Ich kann hinter seiner Maske nichts erkennen, doch ich weiß, dass er mich abschätzt.

Ich muss eine neue Taktik ausprobieren.

Ich muss etwas tun, das seine Opfer nie getan haben.

»Schlechte Nacht, Joe?«

Ich weiß, dass seine einzige Antwort ein Angriff ist. Also springe ich zur Seite, sobald ich meinen Satz beendet habe.

Joe stürzt dorthin, wo ich gestanden habe, greift ins Leere und entblößt seinen linken Deltamuskel. Ich stürze mich auf ihn und klammere mich an seinen Arm wie ein Affe an einen Baumstamm.

Bevor die Nadel eindringt, jagt Joe seine Krallen in meine Schulter und sticht mich nieder.

Ein Blutstrahl schießt in seine Maske.

Verdammt! Er hat meine Arterie getroffen.

Das Blut strömt weiter.

Ich falle von ihm ab und lande unsanft auf meinem Rücken.

Joe steht über mir. Triumphierend. Er hat mich wie King Kong zerquetscht.

Mein Blut fließt immer weiter, schießt in die Luft und bildet eine Lache um meinen Kopf.

Er sieht nur zu.

Das ist sein Ding: Jemanden verletzen und zusehen, wie er verblutet.

Das macht ihm Spaß.

Ich bin so zugedröhnt und mein Gehirn zu aufgedreht, um zu wissen, dass kein Blut mehr kommt.

Der Springbrunnen wird zu einem Rinnsal, bevor er versiegt.

Als Nächstes wird mein Herz aussetzen.

Mein letztes Bild wird der Mann sein, der mich ermordet hat.

Der Mann, der Jillian töten wird.

Kapitel 84

THROMBOSE

Joe baut sich über mir auf und genießt leise meinen Tod, während er mich wie eine gestochene Sau verbluten lässt.

Ich liege hilflos hier, starre zu einem Riesen von Mann hinauf und warte darauf, dass mein Blick verblasst und der Fährmann mich über den Fluss bringt.

Ich warte … und warte …

Verdammt, sterben dauert ganz schön lange.

Vergeht die Zeit langsamer?

Ich erlebe meinen Tod im Zeitlupentempo, wie der Beobachter in den Marvel-Comics, der für das Ende der Dinge bereitsteht.

Ist der Tod wie der Ereignishorizont eines schwarzen Loches, in das man für immer fällt?

Ich weiß, das ist sehr subjektiv und so. Aber verdammt, ich sollte jetzt wirklich schon tot sein.

Es ist egal, wie viele Drogen in meinem Körper sind – wenn man wie ich zum Beispiel durch eine arterielle Verletzung ausgeblutet ist, ist das eine Sache der Physik. Man sollte tot sein.

Aber ich lebe noch immer. Oder bin zumindest bei Bewusstsein.

Joe geht in die Knie. Ich höre ihn unter seiner Maske atmen. Er fühlt etwas.

»Theo …«, stöhnt Jillian.

Sie liegt wie ein zerknülltes Stück Stoff am Rand der Lichtung.

Joes Kopf geht in die Richtung, aus der ihre Laute kamen.

Dann wird mir alles klar.

Joe hat keine Arterie getroffen.

Er hat eine Blutkonserve aufgeschnitten.

Ich bin mir sicher, dass ich getroffen wurde, aber dieser Strahl war nicht mein Blut.

Mein Druck fällt, das ist sicher … was auch bedeutet, dass jeden Moment …

SUMMMMMMMMMM.

Meine kleine Blutpumpe erwacht zum Leben. Joe wirbelt den Kopf herum und schaut zu mir.

Ich stelle mich weiter tot.

Die Pumpe hört sich an wie ein Pager.

Er beugt sich über mich und versucht, den Grund für die Vibration herauszufinden.

Ich … atme … verdammt … noch … mal … nicht.

Joe streift seinen rechten Handschuh ab und hält ihn in seiner Linken. Seine riesige Hand klopft mir in die Seite.

Ich sehe den dicken roten Hals unter seiner Maske. Das ist seine Schwachstelle. Seine Kiemenspalten.

Wie ein opportunistischer Delfin ramme ich ihm die Spritze, die ich fest umklammere, in den Hals.

»DU DRECKSAU!«, brüllt er.

»Dafür versaust du dir deine Rolle, du Mistkerl.«

Seine Faust landet in meinem Gesicht und zerquetscht meine Nase.

Joe will sich die Krallen wieder überstreifen und setzt sich nach hinten auf seine Fersen. Als er aufsteht, schwankt er.

Ich rolle zur Seite und komme selbst auf die Knie. Nun gerate ich ins Wanken.

Joe taumelt zur Seite, fängt sich aber wieder. Er zieht sich den Handschuh vollständig an und kommt auf mich zugetrampelt.

Geschwächt, aber etwas koordinierter als er, springe ich zur Seite. Er läuft an mir vorbei, bevor er wie ein Betrunkener zusammenbricht.

Mein verletztes Bein gibt nach und ich falle auf die Knie, bevor ich mit dem Gesicht zuerst im Dreck lande.

Blut läuft mir in Hals und Mund. Ich kann Joe nicht sehen.

Ich kann überhaupt nichts sehen.

Ich glaube, ich stürze ab.

Eine Hand packt mich am Oberarm und zieht mich hoch.

Ich will mich mit einem Faustschlag gegen meinen Angreifer wehren, weiß aber nicht, wo er ist.

»Theo!«, schreit Jillian.

Verdammt! Fast hätte ich sie getroffen.

Ich gebe den Widerstand auf und lasse zu, dass sie mich zu einem Baumstamm schleift, damit ich mich aufrecht hinsetzen kann.

»Bist du okay?«, fragt sie vor mir kauernd.

An der Stelle, an der Joe sie geschlagen hat, rinnt Blut über ihr Gesicht. »Bist du es?«, frage ich.

»Mehr als du. Warte.« Sie humpelt zu der Stelle, an der ich das Gewehr fallen ließ, und hebt es auf. »Bleib bei mir.«

Sie setzt sich auf den Boden und wiegt mit einer Hand meinen Kopf in ihrem Schoß, während sie mit der anderen das Gewehr auf Joes bewusstlosen Körper richtet.

Ich gleite davon.

»Theo!« Sie hält mich mit einer Ohrfeige wach. »Der Rettungswagen ist unterwegs. Bleib bei mir.«

Ich schaue hinüber und sehe, dass Joes Körper noch immer dort liegt. Ich versuche nachzurechnen und will sie warnen, dass er, sollte er nicht tot sein, jeden Moment wieder aufwachen kann. Wir müssen wie die Delfine denken.

Doch ich bin zu benommen, um etwas zu sagen.

Ich glaube, ich träume.

WUMM!

Ich schrecke auf und sehe nach Joes Körper – er ist verschwunden.

»Jillian!«

»Ist schon okay«, sagt sie.

»Er ist weggegangen!«

»In die Hölle, Theo. Er ist in die Hölle gegangen.«

Dann sehe ich sie. Joes Leiche liegt ausgestreckt vor einem Baum. Seine Maske wurde ihm weggerissen, und an der Stelle, wo eigentlich sein Gesicht sein sollte, gibt es nur noch eine blutige Masse.

Ich weiß nicht genau, wie, aber sie hat diesen Mistkerl abgeschossen.

Ich mag diese Frau.

***

Sie tragen mich fort.

Rote und blaue Lichter überziehen die Bäume.

Rettungssanitäter zerren an meinen Kleidern und lösen die Schläuche.

Ich rechne schon damit, dass das Gesicht des Sanitäters mein eigenes ist.

Doch das ist es nicht.

Ich glaube noch nicht einmal, dass ich hier bin.

Ich entscheide, dass ich es nicht bin.

Ich bin wieder mit meinen Studenten in der Pizzeria nahe dem Campus. Juniper schaut mich an. Sie beugt sich zu mir herüber und unsere Finger berühren sich fast auf der Bank zwischen uns.

Sie hat Jillians Gesicht.

Dieses Mal wende ich mich nicht ab. Ich komme ihr näher und lege meine Hand auf ihre zarten Hände.

Sie lächelt.

Danksagung

Danke an Erica Silverman-Spellman, die dafür gesorgt hat, dass Theo im Wald nicht verloren ging. Ein besonderer Dank geht an Jacquelyn BenZekry, durch die Theo ein Zuhause gefunden hat, und an Liz Pearsons, die dafür gesorgt hat, dass er sich wohlfühlte. Außerdem möchte ich meinen Eltern danken, Jamie und Zory Harter, Justin Robert Young, Kenneth Montgomery, Hannah Wood, Mary Jaras, Peter J. Wacks, Steven L. Sears, der Winner-Familie, Chris Brennan, Brian Brushwood, Paul Zak, Jack Horner, David Sands, Richard Friedman, James Randi und allen anderen, mit denen ich das Vergnügen hatte, mich über unsere gemeinsame Liebe zur Wissenschaft zu unterhalten.

31332215R10273

Printed in Poland
by Amazon Fulfillment
Poland Sp. z o.o., Wrocław